Elogios para Zorro por Isabel Allende

"Aunque *Zorro* está lleno de misiones temerarias y de fugas intempestivas, no es un simple relato de aventuras: Allende tiene una maestría literaria impecable. El personaje de De la Vega está bellísimamente ilustrado, y Allende logra crear intimidad y suspenso con su vívida voz narrativa. A la vez novela de aventuras, novela histórica y saga familiar, *Zorro* es el conmovedor retrato de un héroe indiscutiblemente humano."

—*People*

"Todos los fanáticos de aventuras y leyenda, de héroes y de la historia ¡a sus marcas! Isabel Allende ha tomado la historia de Zorro y cuenta la inigualable saga de sus años de formación con la maestría que sólo tiene una autora de su calibre... *Zorro* es una novela tremendamente divertida, es un viaje apasionante a un mundo en el que las culturas se enfrentan al igual que las espadas... Allende logra darle nueva vida a este viejo personaje."

—*Miami Herald*

"El talento discretamente subversivo de Allende se hace evidente en esta novela. Zorro es un personaje atrapado entre la luz y la sombra, la moderación y la pasión. Es en medio de estas tensiones que el personaje de Zorro se revela ser un héroe al estilo clásico. Las páginas se pasan solas, y el lector va siempre por el hombre enmascarado."

—*Los Angeles Times*

"Uno de esos encuentros perfectos entre autor y contenido. Allende ancla su historia en una vívida reconstrucción de la California latina, y transforma a Diego de la Vega en el primer héroe americano... un personaje con alma e historia."

—*The Houston Chronicle*

"Maravillosamente escrito... Con su capacidad para capturar al lector, mantenerlo interesado, y para hacer que la historia siga avanzando a un paso veloz, Allende le da a esta novela el tono de un cuento de hadas."

— *USA Today*

"Allende escribe largos y amplios párrafos que bailan enérgicamente. Su prosa es a la vez sencilla y sensual, y sus personajes son maravillosos arquetipos, tomados del mito."

— *New York Times Book Review*

"*Zorro* es una novela que se lee como si fuera un clásico de la literatura del siglo XIX. De manera increíble, Diego no es ningún héroe de cartón. Con la maestría que la caracteriza, Allende ha logrado suavizar sus ángulos, matizar su personalidad, y darle nueva vida... Al leer esta vívida reimaginación de la leyenda de Zorro le darán ganas de tomar una espada y comenzar a grabar sus iniciales en el primer malo que se encuentre... Esta fantástica aventura es divertida, romántica, heroica y un verdadero placer de lectura."

— *San Antonio Express News*

"Generosamente agradable y encantadora... una novela llena de luchas a capa y espada, de historias de honor, deseo oculto, coincidencias extraordinarias y un buen villano de antaño... Es difícil no dejarse llevar por la aventura."

— *Washington Post*

"Un relato de aventuras, historia y romance... justo a tiempo para ser leído en el transcurso de una larga tarde de verano..."

— *Austin American Statesman*

"Fascinante y entretenido."

— *Chicago Tribune*

Ilustración de la autora por Matt Gouig

ABOUT THE AUTHOR

Nacida en el Perú, Isabel Allende se crió en Chile. Sus libros, *La Casa de los Espíritus*, *De Amor y de Sombra*, *Eva Luna*, *Cuentos de Eva Luna*, *El Plan Inifinito*, *Paula*, *Afrodita*, *Hija de la Fortuna*, *Retrato en Sepia*, *Mi País Inventado* y más recientemente su trilogía de novelas para jóvenes: *La Ciudad de las Bestias*, *El Reino del Dragón de Oro* y *El Bosque de los Pigmeos* encabezan la lista de bestsellers en varios países del mundo entero.

OTROS LIBROS POR ISABEL ALLENDE

El Bosque de los Pigmeos

El Reino del Dragón de Oro

La Ciudad de las Bestias

Mi País Inventado

Retrato en Sepia

Hija de la Fortuna

El Plan Infinito

Eva Luna

De Amor y de Sombra

La Casa de los Espíritus

Cuentos de Eva Luna

Paula

Afrodita

ORRO

UNA NOVELA

Isabel Allende

Una rama de HarperCollins*Publishers*

Los Libros de HarperCollins pueden ser adquiridos para uso educacional, comercial o promocional. Para recibir más información, diríjase a: Special Markets Department, HarperCollins Publishers, 10 East 53rd Street, New York, NY 10022.

Este libro fue publicado originalmente en tapa dura en el año 2005 por Rayo, una rama de HarperCollins.

Library of Congress ha catalogado la edición en inglés.

ISBN-10: 0-06-077902-0

ISBN-13: 978-0-06-077902-3

06 07 08 09 10 ❖/RRD 10 9 8 7 6 5 4 3 2 1

Índice

Ésta es la historia de Diego de la Vega y de cómo se convirtió en el legendario Zorro. Por fin puedo revelar su identidad, que por tantos años mantuvimos en secreto, y lo hago con cierta vacilación, ya que una página en blanco me intimida tanto como los sables desnudos de los hombres de Moncada. Con estas páginas intento adelantarme a aquellos que están empeñados en difamar al Zorro. El número de nuestros rivales es considerable, como suele suceder a quienes defienden a los débiles, salvan doncellas y humillan a los poderosos. Naturalmente, todo idealista se echa encima enemigos, pero nosotros preferimos sacar la cuenta de nuestros amigos, que son muchos más. Debo narrar estas aventuras, porque de poco serviría que Diego se jugara la vida por la justicia si nadie se entera. El heroísmo es una ocupación mal remunerada, que a menudo conduce a un fin prematuro, por eso atrae a personas fanáticas o con una malsana fascinación por la muerte. Existen muy pocos héroes de corazón romántico y de sangre liviana. Digámoslo sin rodeos: no hay ninguno como el Zorro.

PRIMERA PARTE

California, 1790-1810

Empecemos por el principio, por un evento sin el cual Diego de la Vega no habría nacido. Sucedió en Alta California, en la misión San Gabriel, en el año 1790 de Nuestro Señor. En aquellos tiempos dirigía la misión el padre Mendoza, un franciscano con espaldas de leñador, más joven de aspecto que sus cuarenta años bien vividos, enérgico y mandón, para quien lo más difícil de su ministerio era imitar la humildad y dulzura de san Francisco de Asís. En California había varios otros religiosos en veintitrés misiones, encargados de propagar la doctrina de Cristo entre varios millares de gentiles de las tribus chumash, shoshone y otras, que no siempre se prestaban de buena gana para recibirla. Los nativos de la costa de California tenían una red de trueque y comercio que había funcionado por miles de años. Su ambiente era muy rico en recursos naturales y las tribus desarrollaban diferentes especialidades. Los españoles estaban impresionados con la economía chumash, tan compleja, que la comparaban con la de China. Los indios usaban conchas como moneda y organizaban ferias regularmente, donde además de intercambiar bienes se acordaban los matrimonios.

A los indios los confundía el misterio del hombre torturado en una cruz, que los blancos adoraban, y no comprendían la ventaja de pasarlo mal en este mundo para gozar de un hipotético bienestar en otro. En el paraíso cristiano podrían instalarse en una nube a tocar el arpa con los ángeles, pero en realidad la mayoría de ellos prefería, después de la muerte, cazar osos con sus antepasados en las tierras del Gran Espíritu. Tampoco entendían que los extranjeros plantaran una bandera en el suelo, marcaran líneas imaginarias, lo declararan de su propiedad y se ofendieran si alguien entraba persiguiendo a un venado. La idea de poseer la tierra les resultaba tan inverosímil como la de repartirse el mar. Cuando al padre Mendoza le llegaron las noticias de que varias tribus se habían sublevado, comandadas por un guerrero con cabeza de lobo, elevó sus plegarias por las víctimas, pero no se preocupó demasiado, porque estaba seguro de que San Gabriel se encontraba a salvo. Pertenecer a su misión era un privilegio, así lo demostraban las familias indígenas, que acudían a solicitar su protección a cambio del bautizo y se quedaban bajo su techo de buen grado; él nunca debió usar militares para reclutar futuros conversos. Atribuyó la reciente insurrección, la primera que ocurría en Alta California, a los abusos de la soldadesca española y la severidad de sus hermanos misioneros. Las tribus, repartidas en grupos pequeños, tenían diversas costumbres y se comunicaban mediante un sistema de señales; nunca se habían puesto de acuerdo para nada, excepto el comercio, y ciertamente nunca para la guerra. Según él, esas pobres gentes eran inocentes corderos de Dios, que pecaban por ignorancia y no por vicio; debían existir razones contundentes para que se alzaran contra los colonizadores.

El misionero trabajaba sin descanso, codo a codo con los indios en los campos, en la curtiembre de cueros, en la molienda del maíz. Por las tardes, cuando los demás descansaban, él curaba heridas de accidentes menores o arrancaba alguna muela podrida. Además, daba lecciones de catecismo y de aritmética, para que los neófitos —como llamaban a los indios conversos— pudieran contar las pieles, las velas y las vacas, pero no de lectura o escritura, conocimientos sin aplicación práctica en ese lugar. Por las noches hacía vino, sacaba cuentas, escribía en sus cuadernos y rezaba. Al amanecer tocaba la campana de la iglesia para llamar a su congregación a misa y después del oficio supervisaba el desayuno con ojo atento, para que nadie se quedara sin comer. Por todo lo anterior, y no por exceso de confianza en sí mismo o vanidad, estaba convencido de que las tribus en pie de guerra no atacarían su misión. Sin embargo, como las malas nuevas siguieron llegando semana tras semana, acabó por prestarles atención. Envió a un par de hombres de toda su confianza a averiguar qué estaba pasando en el resto de la región, y éstos no tardaron en ubicar a los indios en guerra y conseguir los detalles, porque fueron recibidos como compadres por los mismos sujetos a los cuales iban a espiar. Regresaron a contarle al misionero que un héroe surgido de la profundidad del bosque y poseído por el espíritu de un lobo había logrado unir a varias tribus para echar a los españoles de las tierras de sus antepasados, donde siempre habían cazado sin permiso. Los indios carecían de estrategia clara, se limitaban a asaltar las misiones y los pueblos en el impulso del momento, incendiaban cuanto hallaban a su paso y enseguida se retiraban tan deprisa como habían llegado. Reclutaban a los neófitos, que aún no estaban reblandecidos por la prolongada humillación de servir a los blancos, y así engrosaban sus filas. Agregaron los hombres del padre Mendoza que el jefe Lobo Gris tenía en la mira a San Gabriel, no por rencor particular contra el misionero, a quien nada se le podía reprochar, sino porque le quedaba de paso. En vista de esto, el sacerdote debió tomar medidas. No estaba dispuesto a perder el fruto de su trabajo de años y menos lo estaba a permitir que le arrebataran a sus indios, que lejos de su tutela sucumbirían al pecado y volverían a vivir como salvajes. Escribió un mensaje al capitán Alejandro de la Vega pidiéndole pronto socorro. Temía lo peor, decía, porque los insurrectos se encontraban muy cerca, con ánimo de atacar en cualquier momento, y él no podría defenderse sin refuerzo militar adecuado. Mandó dos misivas idénticas al fuerte de San Diego mediante jinetes expeditos, que usaron diferentes rutas, de modo que si uno era interceptado el otro lograría su propósito.

Unos días más tarde el capitán Alejandro de la Vega llegó galopando a la misión. Desmontó de un salto en el patio, se arrancó la pesada casaca del uniforme, el pañuelo y el sombrero, y hundió la cabeza en la artesa donde las mujeres enjuagaban la ropa. El caballo estaba cubierto de sudor espumoso, porque había cargado por varias leguas al jinete con sus aperos de dragón del ejército español: lanza, espada, escudo de cuero doble y carabina, además de la montura. De la Vega venía acompañado por un par de hombres y varios caballos que transportaban las provisiones. El padre Mendoza salió a recibirlo con los brazos abiertos, pero al ver que sólo lo acompañaban dos soldados rotosos y tan extenuados como las cabalgaduras, no pudo disimular su frustración.

—Lo lamento, padre, no dispongo de más soldados que este par de bravos hombres. El resto del destacamento quedó en el pueblo de La Reina de los Ángeles, que también está amenazado por la sublevación —se excusó el capitán, secándose la cara con las mangas de la camisa.

—Que Dios nos ayude, ya que España no lo hace —replicó entre dientes el sacerdote.

—¿Sabe cuántos indios atacarán?

—Muy pocos saben contar con precisión aquí, capitán, pero, según averiguaron mis hombres, pueden ser hasta quinientos.

—Eso significa que no serán más de ciento cincuenta, padre. Podemos defendernos. ¿Con qué contamos? —inquirió Alejandro de la Vega.

—Conmigo, que fui soldado antes de ser cura, y con otros dos misioneros, que son jóvenes y valientes. Tenemos tres soldados asignados a la misión, que viven aquí. También varios mosquetes y carabinas, municiones, un par de sables y la pólvora que usamos en la cantera de piedras.

—¿Cuántos neófitos?

—Hijo mío, seamos realistas: la mayoría no peleará contra gente de su raza —explicó el misionero—. A lo más cuento con media docena de jóvenes criados aquí y algunas mujeres que pueden ayudarnos a cargar las armas. No puedo arriesgar las vidas de mis neófitos, son como niños, capitán. Los cuido como si fueran mis hijos.

—Bien, padre, manos a la obra, en nombre de Dios. Por lo que veo, la iglesia es el edificio más sólido de la misión. Allí nos defenderemos —dijo el capitán.

Durante los días siguientes nadie descansó en San Gabriel, hasta los niños pequeños fueron puestos a trabajar. El padre Mendoza, buen conocedor del alma humana, no podía confiar en la lealtad de los neófitos una vez que se vieran rodeados de indios libres. Consternado, notó un cierto brillo salvaje en los ojos de algunos de ellos y la forma desganada en que cumplían sus órdenes; dejaban caer las piedras, se les rompían los sacos de arena, se enredaban en los cordeles, se les volcaban los baldes de brea. Forzado por las circunstancias, violó su propio reglamento de compasión y, sin que le temblara la voluntad, condenó a un par de indios al cepo y a un tercero le propinó diez azotes, a modo de escarmiento. Luego hizo fortalecer con tablones la puerta del dormitorio de las mujeres solteras, construido como una prisión para que no salieran las más audaces a rondar bajo la luna con sus enamorados. Era un edificio rotundo, de grueso adobe, sin ventanas y con la ventaja adicional de que se podía atrancar por fuera con una barra de hierro y candados. Allí encerraron a la mayor parte de los neófitos varones, engrillados por los tobillos para evitar que a la hora de la batalla colaboraran con el enemigo.

—Los indios nos tienen miedo, padre Mendoza. Creen que poseemos una magia muy poderosa —dijo el capitán De la Vega, dando una palmada a la culata de su carabina.

—Esta gente conoce de sobra las armas de fuego, aunque todavía no haya descubierto su funcionamiento. Lo que en verdad temen los indios es la cruz de Cristo —replicó el misionero, señalando el altar.

—Entonces, vamos a darles una muestra del poder de la cruz y el de la pólvora —se rió el capitán y procedió a explicar su plan.

Se encontraban en la iglesia, donde habían colocado barricadas de sacos de arena por dentro, frente a la puerta, y habían dispuesto nidos con las armas de fuego en sitios estratégicos. En opinión del capitán De la Vega, mientras mantuvieran a los atacantes a cierta distancia, para que ellos pudieran recargar las carabinas y mosquetes, la balanza se inclinaba en su favor, pero en combate cuerpo a cuerpo su desventaja era tremenda, ya que los indios los superaban en número y ferocidad.

El padre Mendoza admiró la audacia del hombre. De la Vega tenía alrededor de treinta años y ya era un soldado veterano, curtido en las guerras de Italia, de donde regresó marcado con orgullosas cicatrices. Era el tercer hijo de una familia de hidalgos, cuyo linaje podía trazarse hasta el Cid Campeador. Sus antepasados lucharon contra los moros bajo los estandartes católicos de Isabel y Fernando, pero de tanto valor exaltado y de tanta sangre derramada por

España no les quedó fortuna, sólo honor. A la muerte de su padre, el hijo mayor heredó la casa de la familia, un centenario edificio de piedra incrustado en un pedazo de tierra seca en Castilla. Al segundo hermano lo reclamó la Iglesia y a él le tocó ser soldado; no había otro destino para un joven de su sangre. En pago por el coraje demostrado en Italia, recibió una pequeña bolsa de doblones de oro y autorización para ir al Nuevo Mundo a mejorar su destino. Así acabó en Alta California, donde llegó acompañando a doña Eulalia de Callís, la esposa del gobernador Pedro Fages, apodado el Oso por su mal genio y por el número de esos animales cazados por su propia mano.

El padre Mendoza había escuchado los chismes sobre el viaje épico de doña Eulalia, una dama de temperamento tan fogoso como el de su marido. Su caravana demoró seis meses en recorrer la distancia entre Ciudad de México, donde vivía como una princesa, y Monterrey, la inhóspita fortaleza militar donde la aguardaba su marido. Avanzaba a paso de tortuga, arrastrando un tren de carretas de bueyes y una fila interminable de mulas con el equipaje; además, en cada lugar donde acampaban, organizaba una fiesta cortesana que solía durar varios días. Decían que era excéntrica, que se lavaba el cuerpo con leche de burra y se pintaba el cabello, que le llegaba a los talones, con los ungüentos rojizos de las cortesanas de Venecia; que por puro despilfarro, y no por virtud cristiana, se desprendía de sus vestidos de seda y brocado para cubrir a los indios desnudos que le salían al paso en el camino; y agregaban que, para colmo de escándalo, se prendó del guapo capitán Alejandro de la Vega. En fin, quién soy yo, un pobre franciscano, para juzgar a esa señora, concluyó el padre Mendoza, observando de reojo a De la Vega y preguntándose con curiosidad, muy a pesar suyo, cuánto habría de cierto en los rumores.

En sus cartas al director de las misiones en México, los misioneros se quejaban de que los indios preferían vivir desnudos, en chozas de paja, armados con arco y flecha, sin educación, gobierno, religión o respeto por la autoridad y dedicados por entero a satisfacer sus desvergonzados apetitos, como si el agua milagrosa del bautizo jamás hubiera lavado sus pecados. La porfía de los indios en aferrarse a sus costumbres tenía que ser obra de Satanás, no había otra explicación, por eso salían a cazar a los desertores con lazo y enseguida los azotaban para enseñarles su doctrina de amor y perdón. El padre Mendoza, sin embargo, había tenido una juventud bastante disipada antes de hacerse sacerdote, y la idea de satisfacer desvergonzados apetitos no le era ajena, por lo mismo simpatizaba con los indígenas. Además, sentía secreta admiración por las ideas progresistas de sus rivales, los jesuitas. Él no era como otros religiosos, ni siquiera como la mayor parte de sus hermanos franciscanos, que hacían de la ignorancia una virtud. Unos años antes, cuando se preparaba para hacerse cargo de la misión San Gabriel, había leído con sumo interés el informe de un tal Jean-François de la Pérouse, un viajero que describió a los neófitos en California como seres tristes, sin personalidad, privados de espíritu, que le recordaban a los traumatizados esclavos negros en las plantaciones del Caribe. Las autoridades españolas atribuyeron las opiniones de La Pérouse al hecho lamentable de que el hombre era francés, pero al padre Mendoza le hicieron una profunda impresión. En el fondo de su alma confiaba en la ciencia casi tanto como confiaba en Dios, por lo mismo decidió que convertiría la misión en un ejemplo de prosperidad y justicia. Se propuso ganar adeptos mediante la persuasión, en vez del lazo, y retenerlos con buenas obras, en vez de azotes. Lo logró de manera espectacular. Bajo su dirección la existencia de los indios mejoró tanto, que si La Pérouse hubiera pasado por allí habría quedado admirado. El padre Mendoza podía jactarse —aunque jamás lo hacía— de que en San Gabriel había triplicado el número de bautizados y ninguno escapaba por mucho tiempo, los escasos fugitivos siempre regresaban arrepentidos. A pesar del trabajo duro y las restricciones sexuales, volvían porque él los trataba con clemencia, y porque nunca antes habían dispuesto de tres comidas diarias y un techo sólido para refugiarse en las tormentas.

La misión atraía a viajeros del resto de América y España, que acudían a ese remoto territorio para aprender el secreto del éxito del padre Mendoza. Quedaban muy bien impresionados con los campos de cereales y verduras, las viñas que producían buen vino, el sistema de irrigación inspirado en los acueductos romanos, las caballerizas y los corrales, los rebaños pastando en los cerros hasta donde se perdía la vista, las bodegas atiborradas de pieles curtidas y botas de grasa. Se maravillaban de la paz en que transcurrían los días y la mansedumbre de los neófitos, que estaban adquiriendo fama más allá de las fronteras con su fina cestería y sus productos de cuero. «A barriga llena, corazón contento», era el lema del padre Mendoza, quien vivía obsesionado con la nutrición desde que oyó decir que a veces los marineros morían de escorbuto, cuando un limón podía prever la enfermedad. Es más fácil salvar el alma si el cuerpo está sano, pensaba, por eso lo primero que hizo al llegar a la misión fue reemplazar la eterna mazamorra de maíz, base de la dieta, por estofado de carne, verduras y manteca para las tortillas. Proveía leche para los niños con enorme esfuerzo, porque cada balde del espumante líquido se obtenía a costa de una batalla con las vacas bravas. Se requerían tres hombres fornidos para ordeñar a cada una de ellas y a menudo ganaba la vaca. Mendoza combatía la repugnancia de los niños por la leche con el mismo método con que los purgaba una vez al mes para quitarles los gusanos intestinales: los amarraba, les apretaba la nariz y les introducía un embudo en la boca. Tanta determinación tenía que dar resultados. A punta de embudo los niños crecían fuertes y de carácter templado. La población de San Gabriel carecía de gusanos, y era la única libre de las pestes fatídicas que diezmaban a otras colonias, aunque a veces un resfrío o una diarrea común mandaba a los neófitos directos al otro mundo.

El miércoles al mediodía atacaron los indios. Se aproximaron sigilosamente, pero cuando invadieron los terrenos de la misión, los estaban aguardando. La primera impresión de los enardecidos guerreros fue que el lugar se encontraba desierto; sólo un par de perros flacos y una gallina distraída los recibieron en el patio. No encontraron un alma por ninguna parte, no escucharon voces ni vieron humo en los fogones de las chozas. Algunos de los indios vestían pieles y montaban a caballo, pero la mayoría iban desnudos y a pie, armados de arcos y flechas, mazas y lanzas. Adelante galopaba el misterioso jefe, pintado con rayas rojas y negras, vestido con una túnica corta de piel de lobo y adornado con una cabeza completa del mismo animal a modo de sombrero. Apenas se le veía la cara, que asomaba entre las fauces del lobo, envuelta en una larga melena oscura.

En pocos minutos los asaltantes recorrieron la misión, prendieron fuego a las chozas de paja y destrozaron los cántaros de barro, los toneles, las herramientas, los telares y todo lo demás a su alcance, sin encontrar la menor resistencia. Sus pavorosos aullidos de combate y su tremenda prisa les impidieron oír los llamados de los neófitos, encerrados bajo tranca y candado en el galpón de las mujeres. Envalentonados, se dirigieron a la iglesia y lanzaron una lluvia de flechas, pero éstas se estrellaron inútilmente contra las firmes paredes de adobe. A una orden del jefe Lobo Gris se abalanzaron sin orden ni concierto contra las gruesas puertas de madera, que temblaron con el impacto, pero no cedieron. El chivateo y los alaridos aumentaban de volumen con cada empeño del grupo por echar abajo la puerta, mientras algunos guerreros más atléticos y audaces buscaban la forma de treparse a los delgados ventanucos y el campanario.

Dentro de la iglesia la tensión se volvía más intolerable con cada empujón que recibía la puerta. Los defensores —cuatro misioneros, cinco soldados y ocho neófitos— estaban emplazados en los costados de la nave, protegidos por sacos de arena y secundados por muchachas encargadas de recargar las armas. De la Vega las había entrenado lo mejor posible, pero no se podía esperar demasiado de unas muchachas aterrorizadas que nunca habían visto un mosquete de cerca. La tarea consistía en una serie de movimientos que cualquier soldado realizaba sin pensar pero que al capitán le tomó horas explicarles. Una vez lista el arma, la joven se la entregaba al hombre encargado de dispararla, mientras ella preparaba otra. Al accionar el gatillo, una chispa encendía el explosivo de la cazoleta que, a su vez, detonaba el cañón. La pólvora húmeda, el pedernal desgastado y los fogones bloqueados causaban numerosos fallos de tiro y además era frecuente olvidarse de sacar la baqueta del cañón antes de disparar.

«No os desaniméis, así es siempre la guerra, puro ruido y turbulencia. Si un arma se atranca, la siguiente debe estar pronta para seguir matando», fueron las instrucciones de Alejandro de la Vega.

En una habitación detrás del altar se encontraban el resto de las mujeres y todos los niños de la misión, que el padre Mendoza había jurado proteger con su vida. Los defensores del sitio, con los dedos agarrotados en los gatillos y media cara protegida por un pañuelo empapado en agua con vinagre, esperaban en silencio la orden del capitán, el único inconmovible ante el griterío de los indios y el estruendo de sus cuerpos estrellándose contra la puerta. Fríamente, De la Vega calculaba la resistencia de la madera. El éxito de su plan dependía de actuar en el momento oportuno y en perfecta coordinación. No había tenido ocasión de combatir desde las campañas de Italia, varios años antes, pero estaba lúcido y tranquilo; el único signo de aprensión era el cosquilleo en las manos que siempre sentía antes de disparar.

Al rato los indios se agotaron de golpear la puerta y retrocedieron a recuperar fuerzas y recibir instrucciones de su jefe. Un silencio amenazante reemplazó el escándalo anterior. Ése fue el momento que escogió De la Vega para dar la señal. La campana de la iglesia empezó a repicar furiosamente, mientras cuatro neófitos encendían trapos untados en brea, produciendo una humareda espesa y fétida. Otros dos levantaron la pesada tranca de la puerta. Los campanazos devolvieron la energía a los indios, que se reagruparon para lanzarse de nuevo al ataque. Esta vez la puerta cedió al primer contacto y cayeron unos encima de otros en la mayor confusión, estrellándose contra una barrera de sacos de arena y piedras. Venían cegados por la luz de afuera y se encontraron en la penumbra y la humareda del interior. Diez mosquetes dispararon al unísono desde los costados, hiriendo a varios indios, que cayeron dando alaridos. El capitán encendió la mecha y en pocos segundos el fuego alcanzó las bolsas de pólvora mezclada con grasa y proyectiles que habían dispuesto delante de la barricada. La explosión remeció los cimientos de la iglesia, lanzó una granizada de partículas de metal y peñascos contra los indios y arrancó de cuajo la gran cruz de madera que había sobre el altar. Los defensores sintieron el golpe caliente, que los tiró hacia atrás, y el ruido espantoso, que los ensordeció, pero alcanzaron a ver los cuerpos de los indios proyectados como marionetas en una nube rojiza. Protegidos tras sus parapetos, tuvieron tiempo de recuperarse, recargar sus armas y disparar por segunda vez antes de que las primeras flechas volaran en el aire. Varios indios yacían por el suelo, y aquellos que aún permanecían de pie tosían y lagrimeaban con el humo; no podían apuntar con sus arcos, pero en cambio eran blanco fácil para las balas.

Tres veces pudieron recargar los mosquetes antes de que el jefe Lobo Gris, seguido por sus más valientes guerreros, lograra trepar la barricada e invadir la nave, donde fue recibido por los españoles. En el caos de la batalla el capitán Alejandro de la Vega nunca perdió de vista al jefe indio, y tan pronto logró liberarse de los enemigos que lo rodeaban, le saltó encima, enfrentándolo con un rugido de fiera, sable en mano. Dejó caer el acero con todas sus fuerzas, pero dio en el vacío, porque el instinto del jefe Lobo Gris le advirtió del peligro un segundo antes y alcanzó a hurtar el cuerpo, echándose hacia un lado. El brutal impulso empleado en la estocada desequilibró al capitán, quien se fue hacia delante, tropezó, cayó de rodillas y su espada se golpeó contra el suelo, y se partió por la mitad. Con un grito de triunfo, el indio levantó la lanza para traspasar al español de lado a lado, pero no alcanzó a completar el gesto porque un culatazo en la nuca lo tiró de boca y lo dejó inmóvil.

—¡Que Dios me perdone! —exclamó el padre Mendoza, quien esgrimía un mosquete por el cañón y repartía golpes a diestra y siniestra con placer feroz.

Un charco oscuro se extendió rápidamente en torno al jefe, y la altiva cabeza de lobo de su tocado se tornó roja ante la sorpresa del capitán De la Vega, quien ya se daba a sí mismo por muerto. El padre Mendoza coronó su impropia alegría con una buena patada al cuerpo inerte del caído. Le había bastado oler la pólvora para volver a ser el soldado sanguinario que fuera en su juventud.

En cuestión de minutos se corrió la voz entre los indios de que su jefe había caído y empezaron a retroceder, primero con dudas y enseguida a la carrera, perdiéndose a lo lejos. Los vencedores, bañados de sudor y medio asfixiados, esperaron a que se asentara el polvo de la retirada del enemigo para salir a respirar aire puro. Al repique demencial de la campana de la iglesia se sumaron una salva de tiros al aire y los vítores inacabables de quienes habían salvado la vida, dominando los quejidos de los heridos y el llanto histérico de las mujeres y los niños, todavía encerrados detrás del altar y sumidos en la humareda.

El padre Mendoza se arremangó la sotana empapada en sangre y procedió a devolver la normalidad a su misión, sin darse cuenta de que había perdido una oreja y que la sangre no era de sus adversarios, sino suya. Sacó la cuenta de sus mínimas pérdidas y elevó al cielo una doble plegaria para dar gracias por el triunfo y pedir perdón por haber perdido de vista la compasión cristiana en el entusiasmo de la pelea. Dos de sus soldados sufrieron heridas menores y uno de los misioneros tenía un brazo traspasado por una flecha. La única muerte que hubo que lamentar fue la de una de las muchachas que cargaban las armas, una indiecita de quince años que quedó tendida boca arriba, con el cráneo destrozado por un garrotazo y una expresión de sorpresa en sus grandes ojos sombríos. Mientras el padre Mendoza organizaba a los suyos para apagar los incendios, atender a los heridos y enterrar a los muertos, el capitán Alejandro de la Vega, con un sable ajeno en la mano, recorría la nave de la iglesia buscando el cadáver del jefe indio, con la idea de ensartar su cabeza en una pica y plantarla a la entrada de la misión, para desanimar a cualquiera que acariciara la idea de seguir su ejemplo. Lo encontró donde había caído. Era apenas un bulto patético encharcado en su propia sangre. De un manotazo le arrancó la cabeza de lobo y con la punta del pie volteó el cuerpo, mucho más pequeño de lo que parecía cuando enarbolaba una lanza. El capitán, todavía ciego de rabia y jadeando por el esfuerzo del combate, cogió al jefe por la larga cabellera y levantó el sable para decapitarlo de un solo tajo, pero antes que alcanzara a bajar el brazo, el caído abrió los ojos y lo miró con una inesperada expresión de curiosidad.

—¡Santa Virgen María, está vivo! —exclamó De la Vega, dando un paso atrás.

No lo sorprendió tanto que su enemigo aún respirara, como la belleza de sus ojos color caramelo, alargados, de tupidas pestañas, los ojos diáfanos de un venado en ese rostro cubierto de sangre y pintura de guerra. De la Vega soltó el sable, se arrodilló y le pasó la mano bajo la nuca, incorporándolo con cuidado. Los ojos de venado se cerraron y un gemido largo escapó de su boca. El capitán echó una mirada a su alrededor y comprendió que estaban solos en ese rincón de la iglesia, muy cerca del altar. Obedeciendo a un impulso, levantó al herido con ánimo de echárselo al hombro, pero resultó mucho más liviano de lo esperado. Lo cargó en brazos como a un niño, sorteó los sacos de arena, las piedras, las armas y los cuerpos de los muertos, que aún no habían sido retirados por los misioneros, y salió de la iglesia a la luz de ese día de otoño, que recordaría por el resto de su vida.

—Está vivo, padre —anunció, depositando al herido en el suelo.

—En mala hora, capitán, porque igual tendremos que ajusticiarlo —replicó el padre Mendoza, quien ahora llevaba una camisa enrollada en torno a la cabeza, como un turbante, para restañar la sangre de la oreja cortada.

Alejandro de la Vega nunca pudo explicar por qué, en vez de aprovechar ese momento para decapitar a su enemigo, partió a buscar agua y unos trapos para lavarlo. Ayudado por una neófita separó la melena negra y enjuagó el largo corte, que en contacto con el agua volvió a sangrar profusamente. Palpó el cráneo con los dedos, verificando que había una herida inflamada, pero el hueso estaba intacto. En la guerra había visto cosas mucho peores. Cogió una de las agujas curvas para hacer colchones y las crines de caballo, que el padre Mendoza había puesto a remojar en tequila para remendar a los heridos, y cosió el cuero cabelludo. Después lavó el rostro del jefe, comprobando que la piel era clara y las facciones delicadas. Con su daga rasgó la ensangrentada túnica de piel de lobo para ver si había otras heridas y entonces un grito se le escapó del pecho.

—¡Es una mujer! —exclamó espantado.

El padre Mendoza y los demás acudieron deprisa y se quedaron contemplando, mudos de asombro, los pechos virginales del guerrero.

—Ahora será mucho más difícil darle muerte... —suspiró al fin el padre Mendoza.

Su nombre era Toypurnia y tenía apenas veinte años. Había conseguido que los guerreros de varias tribus la siguieran porque iba precedida por una mítica leyenda. Su madre era Lechuza Blanca, chamán y curandera de una tribu de indios gabrieleños, y su padre era un marinero desertor de un barco español. El hombre vivió varios años escondido entre los indios, hasta que lo despachó una pulmonía, cuando su hija ya era adolescente. Toypurnia aprendió de su padre los fundamentos de la lengua castellana, y de su madre el uso de plantas medicinales y las tradiciones de su pueblo. Su extraordinario destino se manifestó a los pocos meses de nacida, la tarde en que su madre la dejó durmiendo bajo un árbol, mientras ella se bañaba en el río, y un lobo se acercó al bulto envuelto en pieles, lo cogió en sus fauces y se lo llevó a la rastra hacia el bosque. Desesperada, Lechuza Blanca siguió las huellas del animal por varios días, sin encontrar a su hija. Durante el resto de ese verano, a la madre se le puso blanco el pelo y la tribu buscó a la niña sin cesar, hasta que se esfumó la última esperanza de recuperarla; entonces realizaron las ceremonias para guiarla a las vastas planicies del Gran Espíritu. Lechuza Blanca se negó a participar en el funeral y siguió oteando el horizonte, porque sentía en los huesos que su hija estaba viva. Una madrugada, a comienzos del invierno, vieron surgir de la niebla a una criatura escuálida, inmunda y desnuda, que avanzaba gateando, con la nariz pegada a la tierra. Era la niña perdida, que llegaba gruñendo como perro y con olor a fiera. La llamaron Toypurnia, que en la lengua de su tribu quiere decir Hija de Lobo, y la criaron como a los varones, con arco, flecha y lanza, porque había vuelto del bosque con un corazón indómito.

De todo esto se enteró Alejandro de la Vega en los días siguientes por boca de los indios prisioneros, que lamentaban sus heridas y su humillación encerrados en los galpones de la misión. El padre Mendoza había decidido soltarlos a medida que se repusieran, ya que no podía mantenerlos cautivos por tiempo indefinido y sin su jefe parecían haber vuelto a la indiferencia y docilidad de antes. No quiso azotarlos, como estaba seguro que merecían, porque el castigo sólo provocaría más rencor, y tampoco intentó convertirlos a su fe, porque le pareció que ninguno tenía pasta de cristiano; serían como manzanas podridas contaminando la pureza de su rebaño. Al misionero no se le escapó que la joven Toypurnia ejercía verdadera fascinación sobre el capitán De la Vega, quien buscaba pretextos para acudir a cada rato a la cueva subterránea donde se envejecía el vino y donde habían instalado a la cautiva. Dos motivos tuvo el misionero para escoger la bodega como celda: se podía mantener cerrada con llave y la oscuridad daría a Toypurnia ocasión de meditar sobre sus acciones. Como los indios aseguraban que su jefe se transformaba en lobo y podía escapar de cualquier parte, tomó la precaución adicional de inmovilizarla con correas de cuero sobre los burdos tablones que le servían de litera. La joven se debatió durante varios días entre la inconsciencia y las pesadillas, empapada en sudor febril, alimentada con cucharadas de leche, vino y miel, por la mano del capitán De la Vega. De vez en cuando despertaba en tinieblas absolutas y temía haberse quedado ciega, pero otras veces abría los ojos en la luz temblorosa de un candil y percibía el rostro de un desconocido llamándola por su nombre.

Una semana más tarde Toypurnia daba sus primeros pasos clandestinos apoyada en el apuesto capitán, quien había decidido ignorar las órdenes del padre Mendoza de mantenerla atada y en la oscuridad. Para entonces los dos jóvenes podían comunicarse, porque ella recordaba el fragmentado castellano que le enseñara su padre y él hizo el esfuerzo de aprender unas palabras en la lengua de ella. Cuando el padre Mendoza los sorprendió tomados de la mano, decidió que ya era tiempo de dar a la prisionera por sana y juzgarla. Nada más lejos de su ánimo que ejecutar a nadie, en verdad ni siquiera sabía cómo hacerlo, pero él era responsable de la seguridad de la misión y de sus neófitos; mal que mal esa mujer había causado varias muertes. Le recordó tristemente al capitán que en España la pena por crímenes de rebelión, como el de Toypurnia, consistía nada menos que en la muerte lenta en el garrote vil, donde el supliciado perdía el aliento a medida que un torniquete de hierro le apretaba el cuello.

—No estamos en España —replicó el capitán, estremeciéndose.

—Supongo que concuerda conmigo, capitán, en que mientras ella esté viva, todos corremos peligro, porque volverá a sublevar a las tribus. Nada de garrote, es demasiado cruel, pero con dolor del alma habrá que ahorcarla, no hay alternativa.

—Esta mujer es mestiza, padre, tiene sangre española. Usted tiene jurisdicción sobre los indios a su cargo, pero no sobre ella. Sólo el gobernador de Alta California puede condenarla —replicó el capitán.

El padre Mendoza, para quien la idea de echarse encima la muerte de otro ser humano resultaba una carga demasiado pesada, se aferró de inmediato a ese argumento. De la Vega ofreció ir personalmente a Monterrey para que Pedro Fages decidiera el destino de Toypurnia y el misionero aceptó con un hondo suspiro de liberación.

Alejandro de la Vega llegó a Monterrey en menos tiempo del que requería un jinete en circunstancias normales para cubrir esa distancia, porque iba apurado por cumplir su cometido y porque debía evitar a los indios sublevados. Viajó solo y al galope, deteniéndose en las misiones a lo largo del camino para cambiar el caballo y dormir unas horas. Había hecho el trayecto otras veces y lo conocía bien, pero siempre le maravillaba esa naturaleza pródiga de bosques interminables, las mil variedades de animales y pájaros, los arroyos y vertientes dulces, las arenas blancas de las playas del Pacífico. No tuvo encontronazos con los indios, porque éstos vagaban por los cerros sin jefe y sin rumbo fijo, desmoralizados. Si las predicciones del padre Mendoza resultaban correctas, el entusiasmo había desaparecido por completo y les tomaría años volver a organizarse.

El presidio de Monterrey, construido en un promontorio aislado, a setecientas leguas de la ciudad de México y a medio mundo de distancia de Madrid, era un edificio fúnebre como una mazmorra, una monstruosidad de piedra y argamasa, donde se hallaba estacionado un pequeño contingente de soldados, única compañía del gobernador y su familia. Ese día una niebla húmeda amplificaba el fragor de las olas contra las rocas y el alboroto de las gaviotas.

Pedro Fages recibió al capitán en una sala casi desnuda, cuyos ventanucos apenas dejaban entrar luz, pero por los que se colaba la ventisca helada del mar. Las paredes lucían cabezas disecadas de osos, sables, pistolas y el escudo de armas de doña Eulalia de Callís bordado en oro, pero ya ajado y desteñido. A modo de mobiliario había una docena de butacas de madera sin tapizar, un enorme armario y una mesa militar. Los techos, negros de hollín, y el suelo de tierra apisonada eran propios del más rudo cuartel. El gobernador, un prohombre corpulento con un vozarrón colosal, tenía la rara virtud de ser inmune a la lisonja y la corrupción. Ejercía el poder con la recóndita certeza de que era su maldito destino sacar a Alta California de la barbarie al precio que fuese. Se comparaba con los primeros conquistadores españoles, gente como Hernán Cortés, que ganaron tanto mundo para el imperio. Cumplía su obligación con un sentido histórico, aunque en verdad habría preferido gozar de la fortuna de su mujer en Barcelona, como ella le pedía sin cesar. Un ordenanza les sirvió vino tinto en vasos de cristal de Bohemia, traídos de lejos en los baúles de Eulalia de Callís, que contrastaban con el rudimentario amoblado del fuerte. Los hombres brindaron por la lejana patria y por su amistad, y comentaron la revolución en Francia, que había levantado al pueblo en armas. El hecho había ocurrido hacía más de un año, pero la noticia acababa de llegar a Monterrey. Estuvieron de acuerdo en que no había razón para alarmarse, seguramente para entonces ya se habría restablecido el orden en ese país y el rey Luis XVI estaría de nuevo en su trono, a pesar de que lo consideraban un hombre pusilánime, indigno de lástima. En el fondo se alegraban de que los franceses estuvieran matándose unos a otros, pero las buenas maneras les impedían expresarlo en voz alta. De lejos llegaba un sonido apagado de voces y gritos, que fue aumentando en intensidad, hasta que resultó imposible seguir ignorándolo.

—Disculpe, capitán, son asuntos de mujeres —dijo Pedro Fages, con un gesto de impaciencia.

—¿Se encuentra bien su excelencia, doña Eulalia? —inquirió Alejandro de la Vega, enrojeciendo hasta el pelo.

Pedro Fages lo clavó con su mirada de acero, tratando de adivinar sus intenciones. Estaba al tanto de las murmuraciones de la gente sobre ese apuesto capitán y su mujer; no era sordo. Nadie entendió, y menos él mismo, que a doña Eulalia le tomara seis meses llegar a Monterrey, cuando la distancia podía recorrerse en mucho menos; decían que el viaje se alargó a propósito porque ellos no querían separarse. A esos chismes se sumó la versión exagerada de un asalto de bandidos en el que supuestamente De la Vega arriesgó su vida por salvar la de ella. La verdad era otra, pero Pedro Fages nunca la supo. Los atacantes habían sido sólo media docena de indios alborotados por el alcohol, que huyeron a perderse apenas oyeron los primeros tiros, nada más, y en cuanto a la herida que De la Vega recibió en una pierna, no fue en defensa de doña Eulalia de Callís, como se decía, sino debida a una leve cornada de vaca. Pedro Fages se preciaba de ser buen juez de las personas, no en vano llevaba tantos años ejerciendo el poder, y después de examinar a Alejandro de la Vega decidió que no valía la pena malgastar sospechas en él, estaba seguro de que le entregó a su esposa con la fidelidad intacta. Conocía a su mujer a fondo. Si esos dos se hubieran enamorado, ningún poder humano o divino habría disuadido a Eulalia de dejar al amante para volver con el marido. Tal vez hubo una afinidad platónica entre ellos, pero nada que pueda quitarme el sueño, concluyó el gobernador. Era hombre de honor y se sentía en deuda con ese oficial, quien habiendo tenido seis meses para seducir a Eulalia, no lo había hecho. Le atribuía el mérito completo, porque consideraba que si bien se puede confiar a veces en la lealtad de un varón, no se debe confiar jamás en la de las mujeres, seres veleidosos por naturaleza, no aptos para la fidelidad.

Entretanto el trasiego de sirvientes corriendo por los pasillos, los portazos y los gritos ahogados continuaban. Alejandro de la Vega conocía, como todo el mundo, las peleas de esa pareja, tan épicas como sus reconciliaciones. Había oído que en sus arrebatos los Fages se lanzaban la vajilla por la cabeza y que en más de una ocasión don Pedro había desenvainado el sable contra ella, pero después se encerraban por varios días a hacer el amor. El fornido gobernador dio un puñetazo sobre la mesa haciendo bailar las copas, y le confesó a su huésped que Eulalia llevaba cinco días encerrada en sus habitaciones con una virulenta rabieta.

—Echa de menos el refinamiento al que está acostumbrada —dijo, al tiempo que un aullido de lunática remecía las paredes.

—Tal vez se siente un poco sola, excelencia —masculló De la Vega, por decir algo.

—Le he prometido que dentro de tres años volveremos a México o a España, pero no quiere oír razones. Se me acabó la paciencia con ella, capitán De la Vega. ¡La enviaré a la misión más cercana, para que los frailes la pongan a trabajar con los indios, a ver si aprende a respetarme! —rugió Fages.

—¿Me permite hablar unas palabras con la señora, excelencia? —pidió el capitán.

Durante esos cinco días de pataleta la gobernadora se había negado a recibir incluso a su hijo de tres años. El mocoso lloraba acurrucado en el suelo y se orinaba de terror cuando su padre atacaba la puerta con inútiles bastonazos. Sólo cruzaba el umbral una india para llevar comida y sacar la bacinilla, pero cuando Eulalia supo que Alejandro de la Vega había aparecido de visita y quería verla, se le enfrió la histeria en un minuto. Se lavó la cara, se acomodó su trenza roja y se vistió de seda color malva con todas sus perlas encima. Pedro Fages la vio entrar tan rozagante y sonriente como en sus buenos tiempos y anticipó con añoranza el calor de una posible reconciliación, a pesar de que no estaba dispuesto a perdonarla con demasiada prontitud, la mujer merecía algún castigo. Esa noche, durante la austera cena, en un comedor tan lúgubre como el salón de armas, Eulalia de Callís y Pedro Fages se lanzaron a la cara las recriminaciones que les emponzoñaban el alma, tomando por testigo a su huésped. Alejandro de la Vega se refugió en un incómodo silencio hasta el momento del postre, cuando adivinó que el vino había hecho efecto y la ira de los esposos comenzaba a ceder, entonces planteó el motivo de su visita. Explicó el hecho de que Toypurnia tenía sangre española, describió su valor e inteligencia, aunque omitió su belleza, y rogó al gobernador que fuera indulgente con ella, haciendo justicia a su fama de compasivo y en nombre de la mutua amistad. Pedro Fages no se hizo de rogar, porque el rubor en el escote de Eulalia había logrado distraerlo, y consintió en cambiar la pena de muerte por veinte años de prisión.

—En la prisión esa mujer se convertirá en mártir a los ojos de los indios. Bastará invocar su nombre para poner de nuevo a las tribus en pie de guerra —lo interrumpió Eulalia—. Se me ocurre una solución mejor. Antes que nada, debe ser bautizada, como Dios manda, luego me la traes aquí y yo me encargaré del problema. Te apuesto que en un año habré convertido a esa Toypurnia, la Hija de Lobo, la india brava, en una dama cristiana y española. Así destruiremos para siempre su influencia entre los indios.

—Y, de paso, tendrás en qué entretenerte y alguien que te haga compañía —agregó su marido, de buen talante.

Así se hizo. Al mismo Alejandro de la Vega le tocó ir a buscar a la prisionera a San Gabriel y conducirla a Monterrey, ante el alivio del padre Mendoza, quien tenía prisa por deshacerse de ella. La joven era un volcán listo para explotar en la misión, donde los neófitos no se habían repuesto todavía del bochinche de la guerra. Toypurnia recibió en el bautizo el nombre de Regina María de la Inmaculada Concepción, pero olvidó de inmediato la mayor parte y se quedó sólo con Regina. El padre Mendoza la vistió con el sayal de tela burda de los neófitos, le colgó una medalla de la Virgen al cuello, la ayudó a subir al caballo, porque iba con las manos atadas, y le dio su bendición. Apenas los chatos edificios de la misión quedaron atrás, el capitán De la Vega soltó las manos de la cautiva y, mostrándole con un gesto la inmensidad del horizonte, la invitó a escapar. Regina lo pensó por unos minutos y debió de llegar a la conclusión de que si volvían a apresarla no habría perdón para ella, porque negó con la cabeza. O tal vez no fue sólo temor, sino el mismo ardiente sentimiento que ofuscaba la mente del español. En todo caso, lo siguió sin asomo de rebelión durante la travesía, que él demoró lo más posible porque imaginaba que no volverían a verse. Alejandro de la Vega saboreó cada paso del Camino Real con ella, cada noche en que durmieron bajo las estrellas sin tocarse, cada ocasión en que se remojaron juntos en el mar, mientras libraba obstinado combate contra el deseo y la imaginación. Sabía que un hidalgo De la Vega, un hombre de su honor y linaje, no podía ni soñar en unirse con una mestiza. Si esperaba que esos días a caballo con Regina por las soledades de California le enfriarían el amor, se llevó un chasco, porque cuando inevitablemente llegaron al presidio de Monterrey, estaba enamorado como un adolescente. Debió echar mano de su larga disciplina de soldado para despedirse de la mujer y jurarse porfiadamente que no intentaría comunicarse con ella nunca más.

Tres años más tarde Pedro Fages cumplió la promesa hecha a su esposa y renunció a su puesto de gobernador de Alta California, con el fin de regresar a la civilización. En el fondo estaba feliz con esa resolución, porque el ejercicio del poder le había parecido siempre una tarea ingrata. La pareja cargó las recuas de mulas y las carretas de bueyes con sus baúles, reunió a su pequeña corte y emprendió la marcha hacia México, donde Eulalia de Callís había hecho alhajar un palacio barroco con la pomposidad propia de su rango. De necesidad se detenían en cada pueblo y misión del camino, para recuperar fuerzas y dejarse agasajar por los colonos. A pesar del mal carácter de ambos, los Fages eran queridos, porque él había gobernado con justicia y ella tenía fama de loca generosa. La gente de La Reina de los Ángeles juntó sus recursos con los de la cercana misión San Gabriel, la más próspera de la provincia, a cuatro leguas de distancia, para ofrecer a los viajeros un recibimiento digno. El pueblo, fundado al estilo de las ciudades coloniales españolas, era un cuadrado con una plaza central, bien planeado para crecer y prosperar, aunque en aquel momento sólo contaba con cuatro calles principales y un centenar de casas de cañabrava. También había una taberna, cuya trastienda servía de almacén, una iglesia, una cárcel y media docena de edificios de adobe, piedra y teja, donde residían las autoridades. A pesar de la escasa población y la pobreza generalizada, los colonos eran famosos por su hospitalidad y por las rondas de festejos que ofrecían las familias a lo largo del año. Las noches se animaban con guitarras, trompetas, violines y pianos; los sábados y domingos se bailaba el fandango. La llegada de los gobernadores fue el mejor pretexto que habían tenido desde su fundación para celebrar. Levantaron arcos con estandartes y flores de papel en torno a la plaza, pusieron mesones largos con manteles blancos, y todo aquel capaz de tocar un instrumento fue reclutado para el sarao, incluso un par de presos, que se libraron del cepo cuando se supo que podían rasgar una guitarra. Los preparativos tomaron varios meses y durante ese tiempo no se habló de otra cosa. Las mujeres se hicieron vestidos de gala, los hombres pulieron sus botones y hebillas de plata, los músicos ensayaron bailes llegados de México, las cocineras se afanaron en el banquete más suntuoso que se había visto por allí. El padre Mendoza acudió con sus neófitos, provisto de varios toneles de su mejor vino, dos vacas y varios cerdos, gallinas y patos, que fueron sacrificados para la ocasión.

Al capitán Alejandro de la Vega le tocó hacerse cargo del orden durante la estadía de los gobernadores en el pueblo. Desde el instante en que se enteró de su venida, la imagen de Regina lo atormentó sin darle tregua. Se preguntaba qué habría sido de ella en esos tres siglos de separación, cómo habría sobrevivido en el sombrío presidio de Monterrey, si acaso se acordaría de él. Las dudas se le pasaron la noche de la fiesta, cuando a la luz de las antorchas y al son de la orquesta vio llegar a una joven deslumbrante, vestida y peinada a la moda europea, y reconoció al punto esos ojos color azúcar quemada. Ella también lo distinguió en la muchedumbre y avanzó sin vacilar, plantándosele al frente con la expresión más seria del mundo. El capitán, con el alma a punto de hacérsele trizas, quiso extender la mano para invitarla a bailar, pero en vez le preguntó a borbotones si quería casarse con él. No fue un impulso descontrolado, lo había pensado durante tres años, y había llegado a la conclusión de que más valía manchar su impecable linaje, que vivir sin ella. Se daba cuenta de que nunca podría presentarla a su familia o a la sociedad en España, pero no le importaba, porque por ella estaba dispuesto a echar raíces en California y no moverse más del Nuevo Mundo. Regina lo aceptó porque lo había amado en secreto desde los tiempos en que él la trajo de vuelta a la vida, cuando ella agonizaba en la bodega de vinos del padre Mendoza.

Y así fue como la brillante visita de los gobernadores en La Reina de los Ángeles fue coronada por la boda del capitán con la misteriosa dama de compañía de Eulalia de Callís. El padre Mendoza, quien se había dejado crecer el cabello hasta los hombros para disimular la horrenda cicatriz de la oreja cortada, ofició la ceremonia, a pesar de que hasta el último momento intentó disuadir al capitán de casarse. Que la novia fuera mestiza no le molestaba, muchos españoles se casaban con indias, sino la sospecha de que bajo la impecable apariencia de señorita europea de Regina acechaba intacta Toypurnia, Hija de Lobo. Pedro Fages en persona entregó a la novia en el altar, porque estaba convencido de que ella había salvado su matrimonio, ya que, en el afán de educarla, a Eulalia se le suavizó el carácter y dejó de atormentarlo con sus rabietas. Considerando que además le debía la vida de su mujer a Alejandro de la Vega, como aseguraban los chismes, decidió que ésa era una buena ocasión de mostrarse generoso. De un plumazo asignó a la flamante pareja los títulos de propiedad de un rancho y varios millares de cabezas de ganado, ya que estaba entre sus facultades distribuir tierras entre los colonos. Trazó el contorno en un mapa siguiendo el impulso del lápiz; después, cuando averiguaron los límites reales del rancho, resultó que eran muchas leguas de pastizales, cerros, bosques, ríos y playa. Se necesitaban varios días para recorrer la propiedad a caballo: era la más grande y mejor ubicada de la región. Sin haberlo solicitado, Alejandro de la Vega se vio convertido en hombre rico. Unas semanas más tarde, cuando la gente comenzó a llamarlo don Alejandro, renunció al ejército del rey para dedicarse por entero a prosperar en esa tierra nueva. Un año después fue elegido alcalde de La Reina de los Ángeles.

De la Vega construyó una vivienda amplia, sólida y sin pretensiones, de adobe, con techos de teja y suelos de tosca baldosa de greda. Decoró su casa con pesados muebles, fabricados en el pueblo por un carpintero gallego, sin ninguna consideración por la estética, sólo por la durabilidad. La ubicación era privilegiada, muy cerca de la playa, a pocas millas de La Reina de los Ángeles y de la misión San Gabriel. La gran casa de adobe, al estilo de las haciendas mexicanas, se hallaba sobre un promontorio y su orientación ofrecía una vista panorámica de la costa y el mar. A corta distancia estaban los siniestros depósitos naturales de brea, donde nadie se acercaba de buen grado porque allí penaban las almas de los muertos atrapados en el alquitrán. Entre la playa y la hacienda había un laberinto de cuevas, lugar sagrado de los indios, tan temido como los charcos de brea. Los indios no iban allí por respeto a sus antepasados y los españoles tampoco por los frecuentes derrumbes y porque resultaba muy fácil perderse adentro.

De la Vega instaló a varias familias de indios y de vaqueros mestizos en su propiedad, marcó su ganado y se propuso criar caballos de raza a partir de unos ejemplares que hizo traer de México. En el tiempo que le sobraba instaló una pequeña fábrica de jabón y se dedicó a hacer experimentos en la cocina para encontrar la fórmula perfecta de ahumar carne aliñada con chile. Pretendía obtener una carne seca, pero sabrosa, que durara meses sin descomponerse. Este experimento consumía sus horas y llenaba el cielo de una humareda volcánica que el viento arrastraba varias leguas mar adentro, alterando la conducta de las ballenas. Calculaba que si obtenía el equilibrio justo entre el buen sabor y la durabilidad podría vender el producto al ejército y a los barcos. Le parecía un tremendo desperdicio arrancar los cueros y la grasa del ganado y perder montañas de buena carne. Mientras su marido multiplicaba el número de vacunos, ovejas y caballos del rancho, dirigía la política del pueblo y hacía negocios con los barcos mercantes, Regina se ocupaba de atender las necesidades de los indios de la hacienda. Carecía de interés por la vida social de la colonia y respondía con olímpica indiferencia a los comentarios que circulaban sobre ella. A sus espaldas se hablaba sobre su carácter hosco y despectivo, sus orígenes más que dudosos, sus escapadas a caballo, sus baños desnuda en el mar. Como llegó protegida por los Fages, la minúscula sociedad del pueblo, que ahora había abreviado su nombre y se llamaba simplemente Pueblo de Los Ángeles, se dispuso a aceptarla en su seno sin hacer preguntas, pero ella misma se excluyó. Pronto los vestidos, que lucía bajo la influencia de Eulalia de Callís, terminaron devorados por las polillas en los armarios. Se sentía más cómoda descalza y con la burda ropa de los neófitos. Así pasaba el día. Por la tarde, cuando calculaba que Alejandro estaba por volver a la casa, se lavaba, se enroscaba la cabellera en un improvisado moño y se colocaba un vestido sencillo que le daba la inocente apariencia de una novicia. Su marido, ciego de amor y ocupado en sus negocios, descartaba los signos delatores del estado de ánimo de Regina; deseaba verla feliz y nunca le preguntó si lo era, por temor a que le respondiera con la verdad. Atribuía las rarezas de su mujer a su inexperiencia de recién casada y su carácter hermético. Prefería no pensar que la señora de buenos modales, que se sentaba con él a la mesa, era el mismo guerrero pintarrajeado que atacó la misión San Gabriel pocos años antes. Creía que la maternidad curaría a su mujer de los últimos resabios del pasado, pero a pesar de los retozos largos y frecuentes en la cama de cuatro pilares que compartían, el hijo tan deseado no llegó hasta 1795.

Durante los meses de su preñez Regina se volvió aún más silenciosa y salvaje. Con el pretexto de estar cómoda no volvió a vestirse ni peinarse a la europea. Se bañaba en el mar con los delfines, que acudían por centenares a aparearse cerca de la playa, acompañada por una neófita dulce, de nombre Ana, que el padre Mendoza le había enviado de la misión. La joven también estaba embarazada, pero carecía de marido y se había negado tenazmente a confesar la identidad del hombre que la sedujo. El misionero no quería ese mal ejemplo entre sus indios, pero como tampoco le alcanzó la severidad para expulsarla de la misión, acabó entregándosela de sirvienta a la familia De la Vega. Fue una buena idea, porque entre Regina y Ana surgió al punto una callada complicidad muy conveniente para las dos, así la primera obtuvo compañía y la segunda protección. Ana tomó la iniciativa de bañarse con los delfines, seres sagrados que nadan en círculos para mantener el mundo seguro y en orden. Los nobles animales sabían que las dos mujeres estaban preñadas y las pasaban rozando con sus grandes cuerpos aterciopelados, para darles fuerza y ánimo en el momento del parto.

En mayo de ese año, Ana y Regina dieron a luz en el curso de la misma semana, que coincidió con la célebre semana de los incendios, registrada en las crónicas de Los Ángeles como la más catastrófica desde su fundación. Cada verano había que resignarse a ver arder algunos bosques porque una chispa alcanzaba los pastizales secos. No era grave, así se despejaban abrojos y se creaba espacio para los brotes tiernos de la siguiente primavera, pero ese año los incendios ocurrieron temprano en la estación y, según el padre Mendoza, fueron castigo de Dios por tanto pecado sin arrepentimiento en la colonia. Las llamas abrasaron varios ranchos, destruyendo a su paso las instalaciones humanas y quemando el ganado, que no halló hacia dónde escapar. El domingo cambiaron los vientos y el incendio se detuvo a un cuarto de legua de la hacienda De la Vega, lo que fue interpretado por los indios como excelente augurio para los dos niños nacidos en la casa.

El espíritu de los delfines ayudó a parir a Ana, pero no así a Regina. Mientras la primera tuvo a su bebé en cuatro horas, en cuclillas sobre una manta en el suelo y con una indiecita adolescente de la cocina por toda ayuda, Regina pasó cincuenta horas pariendo al suyo, suplicio que soportó estoica, con un trozo de madera entre los dientes. Alejandro de la Vega, desesperado, hizo llamar a la única comadrona de Los Ángeles, pero ésta se dio por vencida al comprender que Regina tenía a la criatura atravesada en el vientre y ya no le quedaban fuerzas para seguir luchando. Entonces Alejandro recurrió al padre Mendoza, lo más parecido a un médico que había por los alrededores. El misionero puso a los sirvientes a rezar el rosario, salpicó a Regina con agua bendita y enseguida se dispuso a sacar el crío a mano. Por pura determinación logró pescarlo a ciegas de los pies y lo tironeó hacia la luz sin demasiadas consideraciones, porque el tiempo apremiaba. El bebé venía azul y con el cordón enrollado en el cuello, pero a punta de oraciones y cachetadas el padre Mendoza logró obligarlo a respirar.

—¿Qué nombre le pondremos? —preguntó cuando lo colocó en los brazos de su padre.

—Alejandro, como yo, mi padre y mi abuelo —indicó éste.

—Se llamará Diego —lo interrumpió Regina, consumida por la fiebre y por el constante hilo de sangre que le ensopaba las sábanas.

—¿Por qué Diego? Nadie se llama así en la familia De la Vega.

—Porque ése es su nombre —replicó ella.

Alejandro había padecido con ella el largo suplicio y temía más que nada en el mundo perderla. Vio que se estaba desangrando y le faltó valor para contradecirla. Concluyó que si en su lecho de agonía ella escogía ese nombre para su primogénito, debía tener muy buenas razones, de modo que autorizó al padre Mendoza para bautizar al crío a las volandas, porque parecía tan débil como su madre y corría el riesgo de ir a dar al limbo si fallecía antes de recibir el sacramento.

A Regina le tomó varias semanas recuperarse de la paliza del parto y lo logró únicamente gracias a su madre, Lechuza Blanca, quien llegó caminando, descalza y con su saco de plantas medicinales al hombro, cuando ya estaban preparando los cirios para el funeral. La curandera india no había visto a su hija desde hacía siete años, es decir, desde los tiempos en que ésta se fue al bosque para soliviantar a los guerreros de otras tribus. Alejandro atribuyó la extraña aparición de su suegra al sistema de correo de los indígenas, un misterio que los blancos no lograban descubrir. Un mensaje enviado desde el presidio de Monterrey demoraba dos semanas a mata caballo en alcanzar Baja California, pero cuando llegaba la noticia ya era vieja para los indios, que la habían recibido diez días antes por obra de magia. No había otra explicación para que la mujer surgiera de la nada sin ser llamada, justo cuando más la necesitaban. Lechuza Blanca impuso su presencia sin decir palabra. Tenía poco más de cuarenta años, era alta, fuerte, hermosa, curtida por el sol y el trabajo. Su rostro joven, de ojos de miel, como los de su hija, estaba enmarcado por una mata indómita de pelo color humo, a la cual debía su nombre. Entró sin pedir permiso, le dio un empujón a Alejandro de la Vega cuando éste intentó averiguar quién era, recorrió sin vacilar la complicada geografía de la mansión y se plantó frente al lecho de su hija. La llamó por su nombre verdadero, Toypurnia, y le habló en la lengua de sus antepasados, hasta que la moribunda abrió los ojos. Enseguida extrajo de su bolsa las hierbas medicinales para su salvación, las hizo hervir en una olla sobre un brasero y se las dio a beber. La casa entera se impregnó de olor a salvia.

Entretanto Ana, con su habitual buena voluntad, se había puesto al seno al hijo de Regina, que lloraba de hambre; así Diego y Bernardo comenzaron la vida con la misma leche y en los mismos brazos. Eso los convirtió en hermanos de alma para el resto de sus vidas.

Una vez que Lechuza Blanca verificó que su hija podía ponerse de pie y comía sin asco, metió sus plantas y bártulos en el saco, les dio una mirada a Diego y Bernardo, que dormían lado a lado en la misma cuna, sin manifestar el menor interés en averiguar cuál de los dos era su nieto, y se fue sin despedirse. Alejandro de la Vega la vio partir con gran alivio. Le agradecía que hubiese salvado a Regina de una muerte segura, pero prefería mantenerla lejos, porque bajo el influjo de esa mujer se sentía incómodo y además los indios del rancho actuaban con insolencia. En las mañanas aparecían a trabajar con las caras pintarrajeadas, por las noches bailaban como sonámbulos al son de lúgubres ocarinas, y en general ignoraban sus órdenes, como si hubieran perdido el castellano.

La normalidad regresó a la hacienda en la medida en que Regina recuperó la salud. En la primavera siguiente todos, menos Alejandro de la Vega, habían olvidado que estuvo con un pie en la tumba.

No se requerían conocimientos de medicina para adivinar que no podría tener más hijos. Sin que él mismo se diera cuenta, esta circunstancia comenzó a alejar a Alejandro de su mujer. Soñaba con una familia numerosa, como las de otros dones de la región. Uno de sus amigos había engendrado treinta y seis niños legítimos, además de los bastardos que no entraban en sus cuentas. Tenía veinte del primer matrimonio en México y dieciséis del segundo, los últimos cinco nacidos en Alta California, uno por año. El temor de que algo malo sucediera a ese irreemplazable hijo suyo, como a tantas criaturas que morían antes de aprender a caminar, desvelaba a Alejandro en las noches. Tomó la costumbre de rezar en voz alta, arrodillado junto a la cuna de su hijo, clamando protección al cielo. Impávida, con los brazos cruzados sobre el pecho, Regina observaba desde el umbral de la puerta a su marido humillado. En esos momentos creía odiarlo, pero después los dos se encontraban entre las sábanas, donde el calor y el olor de la intimidad los reconciliaba por algunas horas. Al amanecer Alejandro se vestía y bajaba a su despacho, donde una india le servía el chocolate espeso y amargo, como le gustaba. Empezaba el día reuniéndose con su mayordomo para dar las órdenes pertinentes al rancho, y luego se hacía cargo de sus múltiples deberes como alcalde. Los esposos pasaban el día separados, cada uno en sus ocupaciones, hasta que la puesta del sol marcaba la hora de reencontrarse. En verano cenaban en la terraza de las trinitarias, siempre acompañados por algunos músicos que tocaban sus canciones preferidas; en invierno lo hacían en la sala de costura, donde nadie había cosido nunca ni un solo botón, el nombre se debía a un cuadro de una holandesa bordando a la luz de un candil. Con frecuencia Alejandro se quedaba en Los Ángeles a pasar la noche, porque se le hacía tarde en una fiesta o jugando baraja con otros dones. Las rondas de bailes, naipes, veladas musicales y tertulias ocupaban cada día del año, no había otra cosa que hacer, aparte de los deportes al aire libre, que practicaban hombres y mujeres por igual. En nada de eso participaba Regina, era un alma solitaria y desconfiaba por principio de todos los españoles, menos de su marido y el padre Mendoza. Tampoco demostraba interés en acompañar a Alejandro en sus viajes o en visitar los barcos americanos del contrabando, nunca había subido a bordo de uno para negociar con los marineros. Al menos una vez al año Alejandro iba por negocios a México, ausencias que solían durar un par de meses y de las cuales regresaba cargado de regalos e ideas novedosas que no lograban conmover demasiado a su mujer.

Regina volvió a sus largas cabalgatas, ahora con su hijo en una cesta amarrada a la espalda, y perdió toda inclinación por los asuntos domésticos, que fueron delegados en Ana. Recuperó su antigua costumbre de visitar a los indios, incluso los que no pertenecían a su rancho, con el ánimo de averiguar sus miserias y en lo posible aliviarlas. Al repartirse las tierras y subyugar a las tribus de la región, los blancos establecieron un sistema de servicio obligatorio que sólo se diferenciaba de la esclavitud en que los indios también eran súbditos del rey de España y en teoría gozaban de ciertos derechos. En la práctica eran pobres de solemnidad, trabajaban a cambio de comida, licor, tabaco y permiso para criar algunos animales. Por lo general los rancheros eran patriarcas benevolentes, más ocupados de sus placeres y pasiones, que de la tierra y los peones, pero a veces tocaba alguno de mal carácter y entonces la «indiada», como la llamaban, pasaba hambre o sufría azotes. Los neófitos de la misión eran igualmente pobres, vivían con sus familias en chozas redondas hechas con palos y paja, trabajaban de sol a sol y dependían por completo de los frailes para su subsistencia. Alejandro de la Vega procuraba ser buen patrón, pero le mortificaba que Regina siempre pidiera más para los indios. Le había explicado mil veces que no podía haber diferencia en el trato que recibían los suyos y los de otros ranchos, porque eso producía problemas en la colonia.

El padre Mendoza y Regina, unidos por el mismo afán de proteger a los indios, acabaron por hacerse amigos; él le perdonó que atacara la misión y ella le agradecía que hubiera traído a Diego al mundo. Los patrones les rehuían, porque el misionero tenía autoridad moral y ella era la esposa del alcalde. En las ocasiones en que Regina iniciaba una de sus campañas de justicia, se vestía de española, se peinaba con un moño severo, se colgaba una cruz de amatista al pecho y usaba un elegante carruaje de paseo, regalo de su marido, en vez de la yegua brava que habitualmente montaba a pelo. La recibían secamente, porque no era una de los suyos. Ningún ranchero admitía tener antepasados indígenas, se profesaban de pura cepa española, gente blanca y de *buena sangre*. No le perdonaban a Regina que ni siquiera intentara disimular sus orígenes, aunque eso era justamente lo que más admiraba de ella el padre Mendoza. Cuando se supo con certeza que era de madre india, la colonia española le dio la espalda, pero nadie se atrevió a hacerle un desaire a la cara, por respeto a la posición y fortuna de su marido. Continuaron invitándola a tertulias y fandangos con la tranquilidad de que no la verían, su marido acudía solo.

De la Vega no disponía de mucho tiempo para su familia, atareado como estaba con el manejo del pueblo, su hacienda, sus negocios y dirimir pleitos, que nunca faltaban entre los pobladores. Martes y jueves sin faltar iba a Los Ángeles a cumplir sus tareas políticas, cargo prestigioso con más deberes que satisfacciones, pero al cual no renunciaba por espíritu de servicio. No era codicioso ni abusaba del poder. Poseía un don natural de autoridad, pero no era hombre de gran visión. Rara vez ponía en tela de juicio las ideas heredadas de sus antepasados, aunque no calzaran con la realidad de América. Para él todo se reducía a una cuestión de honor, al orgullo de ser quien era —intachable hidalgo católico— y llevar la frente en alto. Le preocupaba que Diego, demasiado apegado a su madre, a Bernardo y a la servidumbre indígena, no asumiera la posición que le correspondía por nacimiento, pero calculaba que aún era muy niño, ya habría tiempo para enderezarlo. Se hizo el propósito de dirigir su formación viril tan pronto fuera posible, pero ese momento siempre se postergaba, había otros asuntos más urgentes que atender. A menudo el deseo de proteger a su hijo y hacerlo feliz lo conmovía hasta el llanto. Su amor por esa criatura lo dejaba perplejo, era como el dolor de una estocada. Trazaba soberbios planes para él: sería valiente, buen cristiano y leal al rey, como todo gentilhombre De la Vega, y más rico de lo que nunca fuera ninguno de sus parientes, dueño de tierras vastas y fértiles, con clima templado y agua en abundancia, donde la naturaleza era generosa y la vida dulce, no como en los yermos suelos de su familia en España. Tendría más rebaños de vacas, ovejas y cerdos que el rey Salomón, criaría los mejores toros de lidia y los más elegantes caballos moros, se convertiría en el hombre más influyente de Alta California, llegaría a ser gobernador. Pero eso sería después, primero tendría que templarse en la universidad o la escuela militar en España. Contaba con que para la época en que Diego tuviera edad de viajar, Europa estaría en mejor pie. Paz no se podía esperar, puesto que nunca la hubo en el Viejo Continente, pero cabía suponer que la gente habría vuelto a la cordura. Las noticias eran desastrosas. Así se lo explicaba a Regina, pero ella no compartía sus ambiciones para el hijo ni su preocupación por los problemas del otro lado del mar. No concebía el mundo más allá de los límites que podía recorrer a caballo, y menos lograban conmoverla los asuntos de Francia. Su marido le había contado que en 1793, justamente el año en que ellos se casaron, habían decapitado al rey Luis XVI en París delante de un populacho ávido de revancha y sangre. José Díaz, un capitán de barco amigo de Alejandro, le había regalado una guillotina en miniatura, juguete pavoroso que le servía para cortar las puntas de los cigarros y, de paso, explicar cómo volaban las cabezas de los nobles en Francia, un terrible ejemplo que a su parecer podría sumir a Europa en el caos más absoluto. A Regina la idea le parecía tentadora, porque suponía que si los indios dispusieran de una máquina así, los blancos les tomarían respeto, pero tenía el buen tino de no compartir estas cavilaciones con su marido. Entre los dos existían suficientes motivos de amargura, no valía la pena agregar uno más. Ella misma se extrañaba de cuánto había cambiado, se miraba en el espejo y no podía encontrar ni rastro de Toypurnia, sólo veía una mujer de ojos duros y labios apretados. La necesidad de vivir fuera de su medio y evitar problemas la había vuelto prudente y solapada; rara vez se enfrentaba a su marido, prefería actuar a sus espaldas. Alejandro de la Vega no sospechaba que ella le hablaba a Diego en su lengua, por lo mismo se llevó una sorpresa desagradable cuando las primeras palabras que dijo el niño fueron de indio. Si hubiera sabido que su mujer aprovechaba cada una de sus ausencias para llevarlo a visitar la tribu de su madre, se lo hubiese prohibido.

Cuando Regina aparecía en la aldea de los indios con Diego y Bernardo, la abuela Lechuza Blanca abandonaba sus quehaceres para dedicarse por completo a ellos. La tribu se había reducido con las enfermedades mortales y los hombres reclutados por los españoles. Quedaban apenas unas veinte familias, cada vez más miserables. La india les llenaba las cabezas a los chiquillos con mitos y leyendas de su pueblo, les limpiaba el alma con el humo de pasto dulce empleado en sus ceremonias y los llevaba a recoger plantas mágicas. Apenas pudieron sostenerse con firmeza en dos piernas y empuñar un palo, hizo que los hombres les enseñaran a pelear. Aprendieron a pescar ensartando los peces con varillas afiladas, y a cazar. Recibieron de regalo una piel de ciervo completa, incluso con la cabeza y los cuernos, para cubrirse durante la caza. Así atraían a los venados; esperaban inmóviles hasta que la presa se acercaba y entonces disparaban sus flechas. La invasión de los españoles había vuelto sumisos a los indios, pero en presencia de Toypurnia-Regina se les calentaba de nuevo la sangre con el recuerdo de la guerra de honor conducida por ella. El asombrado respeto que le profesaban se traducía en cariño por Diego y Bernardo. Creían que ambos eran sus hijos.

Fue Lechuza Blanca quien llevó a los niños a recorrer las cuevas cercanas a la hacienda De la Vega, les enseñó a leer los símbolos tallados hacía mil años en las paredes y les indicó la forma de usarlos para guiarse en el interior. Les explicó que las cuevas estaban divididas en Siete Direcciones Sagradas, mapa fundamental para los viajes espirituales, por eso en tiempos antiguos los iniciados iban allí en busca del centro de sí mismos, que debía coincidir con el centro del mundo, donde se genera la vida. Cuando esa concomitancia ocurría, les informó la abuela, surgía una llama incandescente del fondo de la tierra y bailaba en el aire por largo rato, bañando de luz y calor sobrenatural al iniciado. Les advirtió que las cuevas eran templos naturales y estaban protegidas por una energía superior, por eso sólo se debía entrar a ellas con limpia disposición.

—A quien entre con malos propósitos, las cuevas se lo tragan vivo y después escupen sus huesos —les dijo.

Agregó que, tal como manda el Gran Espíritu, si uno ayuda a otros, se abre un espacio en el cuerpo para recibir bendiciones, ésa es la única forma de prepararse para el Okahué.

—Antes de que llegaran los blancos veníamos a estas cuevas a buscar armonía y alcanzar el Okahué, pero ahora nadie viene —les contó Lechuza Blanca.

—¿Qué es el Okahué? —preguntó Diego.

—Son las cinco virtudes esenciales: honor, justicia, respeto, dignidad y valor.

—Yo las quiero todas, abuela.

—Para eso tienes que pasar muchas pruebas sin llorar —replicó secamente Lechuza Blanca.

Desde ese día, Diego y Bernardo empezaron a explorar las cuevas solos. Antes de que lograran memorizar los petroglifos para guiarse, como les había indicado la abuela, marcaban el camino con guijarros. Inventaban sus propias ceremonias, inspiradas en lo que habían oído y visto en la tribu y en los cuentos de Lechuza Blanca. Le pedían al Gran Espíritu de los indios y al Dios del padre Mendoza que les permitieran obtener Okahué, pero nunca vieron llamarada alguna surgir espontáneamente y danzar en el aire, como esperaban. En cambio, la curiosidad los condujo por un pasaje natural, que hallaron por casualidad al mover unas piedras para marcar una Rueda Mágica en el suelo, como las que dibujaba la abuela: treinta y seis piedras en círculo y una al centro, de donde salían cuatro caminos rectos. Al quitar un peñasco redondo, que pensaban poner al centro de la Rueda, se desmoronaron varios, dejando a la vista una pequeña entrada. Diego, más delgado y ágil, se arrastró hacia adentro y descubrió un largo túnel que pronto se ensanchaba lo suficiente como para ponerse de pie. Regresaron con velas, picos y palas y en las semanas sucesivas lo ampliaron. Un día la punta del pico de Bernardo abrió un boquete por donde se filtró un rayo de luz, entonces los niños comprendieron, encantados, que habían desembocado medio a medio en la inmensa chimenea del salón de la hacienda De la Vega. Unos campanazos fúnebres del reloj de bulto les dieron la bienvenida. Muchos años más tarde supieron que Regina había sugerido el emplazamiento de la casa justamente por su cercanía a las cuevas sagradas.

A partir de ese descubrimiento se dedicaron a fortalecer el túnel con tablas y rocas, porque las paredes de arcilla solían desmigajarse, y además abrieron una portezuela disimulada entre los ladrillos de la chimenea para conectar las cuevas con la casa. El fogón era tan alto, ancho y hondo, que cabía una vaca de pie adentro, como correspondía a la dignidad de ese salón, que jamás se usaba para agasajar a huéspedes, pero que de tarde en tarde acogía las reuniones políticas de Alejandro de la Vega. Los muebles, toscos e incómodos, como los del resto de la casa, se alineaban contra las paredes, como si estuvieran en venta, acumulando polvo y ese olor a manteca rancia de los trastos viejos. Lo más visible era un enorme óleo de san Antonio, ya anciano y en los huesos, cubierto de pústulas y andrajos, en el acto de rechazar las tentaciones de Satanás, uno de esos esperpentos encargados por pie cuadrado a España, muy apreciados en California. En un rincón de honor, donde pudieran ser admirados, se exponían el bastón y los paramentos de alcalde que el dueño de la casa usaba en los actos oficiales. Esos actos incluían desde asuntos mayores, como el trazado de las calles, hasta las minucias, como autorizar las serenatas, porque si se dejaban al albedrío de los señoritos enamorados nadie habría podido dormir en paz en el pueblo. Colgaba del techo, sobre una gran mesa de mezquite, una lámpara de hierro del tamaño de cedro, con ciento cincuenta velas intactas, porque nadie tenía ánimo para bajar ese armatoste y encenderlas; las pocas veces que se abría la sala se usaban faroles de aceite. Tampoco se prendía la chimenea, aunque siempre estaba preparada con varios troncos gruesos. Diego y Bernardo tomaron la costumbre de acortar camino desde la playa a través de las cuevas. Usaban el túnel secreto para surgir como fantasmas en el oscuro socavón de la chimenea. Habían jurado, con la solemnidad de los niños absortos en sus juegos, que jamás compartirían ese secreto con otros. También habían prometido a Lechuza Blanca que sólo entrarían a las cuevas con buenos propósitos y no para jugarretas, pero para ellos todo lo que hacían allí era parte del entrenamiento para alcanzar el sueño del Okahué.

Más o menos por la misma época en que Lechuza Blanca se esmeraba en alimentar las raíces indígenas de los niños, Alejandro de la Vega comenzó a educar a Diego como hidalgo. Ése fue el año en que llegaron los dos baúles que mandó Eulalia de Callís de regalo desde Europa. El antiguo gobernador, Pedro Fages, había muerto en México, fulminado por una de sus rabietas. Cayó como un saco a los pies de su mujer en medio de una pelea, arruinándole para siempre la digestión, porque ella se culpó de haberlo matado. Después de haber pasado la vida discutiendo con él, Eulalia se sumió en la mayor tristeza al verse viuda, porque comprendió cuánta falta le haría ese rotundo marido. Sabía que nadie podría reemplazar a ese hombre estupendo, cazador de osos y gran soldado, el único capaz de enfrentarla sin bajar la cerviz. La ternura que no sintió por él en vida, le cayó encima como una plaga al verlo en el ataúd y siguió martirizándola para siempre con recuerdos mejorados por el tiempo. Por último, cansada de llorar, siguió el consejo de sus amistades y de su confesor y regresó con su hijo a Barcelona, su ciudad natal, donde contaba con el respaldo de su fortuna y su poderosa familia. De vez en cuando se acordaba de Regina, a quien consideraba su protegida, y le escribía en papel egipcio con su escudo de armas impreso en oro. Por una de esas cartas se enteraron de que el hijo de los Fages había muerto de peste, dejando a Eulalia aún más desolada. Los dos baúles llegaron bastante aporreados, porque habían salido de Barcelona casi un año antes y habían navegado por muchos mares antes de alcanzar Los Ángeles. Uno estaba lleno de vestidos de lujo, zapatos de tacón, sombreros emplumados y chucherías que Regina rara vez tendría ocasión de ponerse. El otro, destinado a Alejandro de la Vega, contenía una capa negra forrada en seda con botones toledanos de plata labrada, unas botellas del mejor jerez español, un juego de pistolas de duelo con incrustaciones de nácar, un florete italiano y el *Tratado de Esgrima y Prontuario del Duelo*, del maestro Manuel Escalante. Tal como se explicaba en la primera página, era un compendio de las «utilísimas instrucciones para no vacilar jamás cuando hay que batirse en lances de honor con sable español o florete».

Eulalia de Callís no podría haber enviado un presente más apropiado. Alejandro de la Vega llevaba años sin practicar la espada, pero gracias al manual pudo refrescar sus conocimientos para enseñarle esgrima a su hijo, quien todavía no sabía limpiarse la nariz. Hizo fabricar un florete, un peto acolchado y una máscara en miniatura para Diego y desde ese momento tomó el hábito de entrenar con él un par de horas al día. Diego demostró para la esgrima el mismo talento natural que tenía para todas las actividades atléticas, pero no la tomaba en serio, como su padre pretendía; para él era sólo otro juego de los muchos que compartía con Bernardo. Esa complicidad permanente de los niños preocupaba a Alejandro de la Vega, le parecía una debilidad de carácter de su hijo, quien ya estaba en edad de asumir su destino. Sentía cariño por Bernardo y lo distinguía entre los indios del servicio, mal que mal lo había visto nacer, pero no olvidaba las diferencias que separan a las personas. Sin esas diferencias, impuestas por Dios con un fin claro, reinaría el caos en este mundo, sostenía. Su ejemplo favorito era Francia, donde todo estaba patas arriba por culpa de la execrable revolución. En ese país ya no se sabía quién era quién, el poder pasaba de mano en mano como una moneda. Alejandro rezaba para que algo así jamás sucediera en España. A pesar de que una sucesión de monarcas ineptos iba sumiendo irremisiblemente al imperio en la ruina, jamás había puesto en duda la divina legitimidad de la monarquía, de la misma manera que no cuestionaba el orden jerárquico en que él se había formado y la superioridad absoluta de su raza, su nación y su fe. Opinaba que Diego y Bernardo habían nacido distintos, nunca serían iguales y cuanto antes lo comprendieran, menos problemas tendrían en el futuro. Bernardo lo había asumido sin que nadie se lo machara, pero ése era un tema que arrancaba lágrimas a Diego cuando su padre se lo recordaba. Lejos de secundar a su marido en sus propósitos didácticos, Regina seguía tratando a Bernardo como si fuera también su hijo. En su tribu nadie era superior a otro por nacimiento, sólo por coraje o sabiduría, y, según ella, todavía era muy pronto para saber cuál de los dos muchachos era el más valiente o el más sabio.

Diego y Bernardo sólo se separaban a la hora de dormir, cuando cada uno se iba a la cama con su madre. A los dos los mordió el mismo perro, los picaron las abejas del mismo panal y les dio sarampión al mismo el tiempo. Cuando uno cometía una travesura, nadie se daba el trabajo de identificar al culpable; los obligaban a agacharse lado a lado, les propinaban igual número de varillazos en el trasero y ellos recibían el castigo sin chistar, porque les parecía de una justicia prístina. Todos, menos Alejandro de la Vega, los consideraban hermanos, no sólo porque eran inseparables, sino porque a primera vista se parecían. El sol les había quemado la piel del mismo tono de madera, Ana les hacía pantalones iguales de lienzo, Regina les cortaba el cabello al estilo de los indios. Había que mirarlos con atención para ver que Bernardo tenía nobles facciones de indio, mientras que Diego era alto y delicado, con los ojos color caramelo de su madre. En los años siguientes aprendieron a manejar el florete según las utilísimas instrucciones del maestro Escalante, a galopar sin montura, a usar el látigo y el lazo, a colgarse del alero de la casa por los pies, como murciélagos. Los indios les enseñaron a sumergirse en el mar para arrancar mariscos de las rocas, a seguir a una presa durante días hasta darle caza, a fabricar arcos y flechas, a soportar el dolor y el cansancio sin quejumbre.

Alejandro de la Vega los llevaba al rodeo en la época de marcar el ganado, cada uno con su reata o lazo, para que ayudaran en la tarea. Era la única ocupación manual de un hidalgo, más deporte que trabajo. Se juntaban los dones de la región con sus hijos, vaqueros e indios, rodeaban a los animales, los separaban y les ponían sus marcas, que después se registraban en un libro, para evitar confusiones y robos. Era también el tiempo de la matanza, cuando había que recolectar las pieles, salar la carne y preparar la grasa. Los nuqueadores, fabulosos jinetes, capaces de matar de una puñalada en la nuca a un toro en plena carrera, eran los reyes del rodeo y solían ser contratados para esa faena con un año de anticipación. Llegaban de México y de las praderas americanas, con sus caballos entrenados y sus dagas largas de filo doble. A medida que las reses se desplomaban, les caían encima los peladores para quitarles la piel, que sacaban entera en pocos minutos, los tasajeros, encargados de cortar la carne, y por último las indias, cuya humilde tarea era juntar la grasa, derretirla en inmensos calderos y luego almacenarla en botas hechas con vejigas, tripas o pieles cosidas. A ellas también les tocaba curtir los cueros, raspándolos con piedras afiladas, en una interminable labor de rodillas. El olor de la sangre enloquecía al ganado y nunca faltaban caballos destripados y algún vaquero pisoteado o muerto de una cornada. Había que ver al monstruo de millares de cabezas resollando a la carrera en un infierno de polvo suspendido en el aire; había que admirar a los vaqueros con sus sombreros blancos, pegados a sus corceles, con los lazos bailando sobre sus cabezas y los refulgentes cuchillos en el cinturón; había que oír el trepidar del ganado en el suelo, los gritos de los hombres exaltados, los relinchos de los caballos, los ladridos de los perros; había que sentir el vaho de la espuma en los animales, el sudor de los vaqueros, el olor tibio y secreto de las indias, que perturbaba a los hombres para siempre.

Al término del rodeo, el pueblo celebraba el trabajo bien cumplido en una parranda de varios días, en la que participaban pobres y ricos, blancos e indios, jóvenes y los pocos viejos de la colonia. Sobraba comida y licor, se bailaba hasta que las parejas caían aturdidas al son de los músicos llegados de México, se cruzaban apuestas en peleas de hombres, de ratas, de gallos, de perros, de osos con toros. En una noche se podía perder lo ganado en el rodeo. La fiesta culminaba al tercer día con una misa ofrecida por el padre Mendoza, quien arreaba a los borrachos con una fusta rumbo a la iglesia y obligaba, mosquete en mano, a casarse a los seductores de las doncellas neófitas, porque había sacado la cuenta de que nueve meses después de cada rodeo nacía un escándalo de criaturas sin padre conocido.

Durante un año de sequía hubo que sacrificar a los caballos salvajes para dejar el pasto al ganado. Diego acompañó a los vaqueros, pero por una vez Bernardo se negó a ir con él, porque sabía de qué se trataba y no podía soportarlo. Rodeaban a las manadas de caballos, las espantaban con pólvora y perros, las perseguían al galope tendido, guiándolas hacia los acantilados, donde se precipitaban en ciega estampida. Caían al vacío por centenares, unos encima de otros, desnucándose o quebrándose las patas en el fondo del barranco. Los más afortunados morían con el golpe, otros agonizaban durante días en una nube de moscas y una fetidez de carne macerada que atraía a osos y buitres.

Dos veces a la semana Diego debía hacer el viaje hasta la misión San Gabriel para recibir del padre Mendoza rudimentos de escolaridad. Bernardo siempre lo acompañaba y el misionero terminó por aceptarlo en la clase, a pesar de que consideraba innecesario y hasta peligroso educar demasiado a los indios, porque les ponía ideas atrevidas en el cerebro. El chiquillo no tenía la misma rapidez mental de Diego y solía quedarse atrás, pero era porfiado y no cejaba, aunque pasara las noches quemándose las pestañas a la luz de las velas. Tenía un carácter reservado y quieto, que contrastaba con la alegría explosiva de Diego. Secundaba a su amigo con lealtad incuestionable en todas las trastadas que a éste se le ocurrían y, si llegaba el caso, se resignaba sin aspavientos a ser castigado por algo que no había sido idea suya, sino de Diego. Desde que pudo tenerse en pie asumió el papel de proteger a su hermano de leche, a quien creía destinado a grandes proezas, como los heroicos guerreros del repertorio mitológico de Lechuza Blanca.

Diego, para quien estar quieto y puertas adentro era un tormento, se las arreglaba a menudo para escabullirse de la tutela del padre Mendoza y salir al aire libre. Las lecciones le entraban por una oreja y las recitaba deprisa, antes de que le salieran por la otra. Con su desparpajo lograba engañar al padre Mendoza, pero después tenía que enseñárselas letra por letra a Bernardo y así, de puro repetirlas, terminaba por aprenderlas. Estaba tan empeñado en jugar, como Bernardo en estudiar. Al cabo de mucho tira y afloja llegaron al acuerdo de que instruiría a Bernardo a cambio de que éste practicara el lazo, el látigo y la espada con él.

—No veo para qué esmerarnos en aprender cosas que no nos servirán de nada —reclamó Diego, un día que llevaba horas repitiendo la misma cantaleta en latín.

—Todo sirve tarde o temprano —replicó Bernardo—. Es como la espada. Probablemente nunca seré un dragón, pero no está de más aprender a usarla.

Muy pocos sabían leer y escribir en Alta California, salvo los misioneros, que siendo hombres rudos, casi todos de origen campesino, al menos tenían un barniz de cultura. No había libros disponibles y en las contadas ocasiones en que llegaba una carta, seguro contenía una mala noticia, de modo que el destinatario no se apuraba demasiado en llevársela a un fraile para que la descifrara. Pero Alejandro de la Vega tenía el prurito de la educación y luchó por años para traer un maestro de México. Entonces Los Ángeles era algo más que el pueblo de cuatro calles que él viera nacer; se había convertido en paso obligado de los viajeros, en lugar de reposo para los marineros de los barcos mercantes, en centro del comercio de la provincia. Monterrey, la capital, quedaba tan lejos, que la mayoría de los asuntos de gobierno se ventilaban en Los Ángeles. Aparte de las autoridades y los oficiales militares, la población era mezclada y se hacía llamar gente de razón, para distinguirse de los indios puros y la servidumbre. Clase aparte eran los españoles de buena sangre. El pueblo ya contaba con plaza de toros y un flamante prostíbulo compuesto por tres mestizas de virtud negociable y una mulata opulenta de Panamá cuyo precio era fijo y bastante alto. Había un edificio especial para las reuniones del alcalde y los regidores, que también servía de tribunal y teatro, donde solían representarse zarzuelas, obras morales y actos patrióticos. En la plaza de Armas se construyó una glorieta para músicos, que animaban las tardes a la hora del paseo, cuando los jóvenes solteros de ambos sexos, vigilados por sus padres, se lucían en grupos, las niñas caminando en un sentido y los muchachos en el contrario. Hotel, en cambio, aún no existía; en realidad pasarían diez años antes de que se creara el primero; los viajeros se alojaban en las casas pudientes, donde nunca faltó comida y camas para recibir a quienes solicitaran hospitalidad. En vista de tanto progreso, Alejandro de la Vega consideró indispensable que también hubiese una escuela en el pueblo, aunque nadie compartía su inquietud. Con su propio dinero, solo y a pulso, logró fundar la primera de la provincia, que por muchos años habría de ser la única.

La escuela abrió sus puertas justo cuando Diego cumplió nueve años y el padre Mendoza anunció que ya le había enseñado todo lo que sabía, menos decir misa y exorcizar demonios. Era un galpón tan oscuro y polvoriento como la cárcel, situado en una esquina de la plaza principal, provisto de una docena de bancos de hierro y un látigo de siete colas colgando junto a la pizarra. El maestro resultó ser uno de esos hombrecillos insignificantes a quienes el menor ápice de autoridad convierte en seres brutales. Diego tuvo la mala suerte de ser uno de sus primeros alumnos, junto a un puñado de otros niños varones, retoños de las familias honorables del pueblo. Bernardo no pudo asistir, a pesar de que Diego le suplicó a su padre que le permitiera estudiar. A Alejandro de la Vega le pareció encomiable la ambición de Bernardo, pero decidió que no se podía hacer excepciones, porque si era aceptado se debía dar entrada a otros como él, y el maestro había anunciado, con claridad meridiana, su intención de marcharse si cualquier indio asomaba la nariz en su «digno establecimiento del saber», como lo llamaba. La necesidad de enseñarle a Bernardo, más que el látigo de siete colas, motivó a Diego a prestar atención en las clases.

Entre los alumnos estaba García, hijo de un soldado español y la dueña de la taberna, un niño sin muchas luces, gordinflón, con los pies planos y sonrisa bobalicona, víctima favorita del maestro y de los otros estudiantes, que le atormentaban sin tregua. Por un anhelo de justicia que él mismo no lograba explicar, Diego se convirtió en su defensor, ganándose la admiración fanática del gordo.

En los afanes de cultivar la tierra, arrear el ganado y cristianizar a los indios, al padre Mendoza se le fueron pasando los años sin arreglar el techo de la iglesia, averiado durante el ataque de Toypurnia. En esa ocasión atajaron a los indios con una explosión de pólvora que sacudió el edificio hasta los tuétanos. Al elevar la hostia para consagrarla en la misa, su mirada se posaba inevitablemente en las vigas tembleques y, alarmado, el misionero se prometía repararlas antes de que se desmoronaran sobre su pequeña congregación, pero luego debía atender otros asuntos y olvidaba sus propósitos hasta la misa siguiente. Entretanto las termitas fueron devorando las maderas y por fin ocurrió el accidente que el padre Mendoza tanto temía. Por fortuna no sucedió cuando el recinto estaba lleno, que hubiera sido catastrófico, sino en uno de los muchos temblores que solían sacudir la tierra en la zona, por algo el río se llamaba Jesús de los Temblores. El techo le cayó encima a una sola víctima, el padre Alvear, santo varón que había viajado desde el Perú para conocer la misión San Gabriel. El estrépito del derrumbe y la nube de polvo atrajeron a los neófitos, que acudieron corriendo y se pusieron de inmediato a la tarea de quitar los escombros para desenterrar al desafortunado visitante. Lo hallaron despachurrado como una cucaracha debajo de la viga mayor. En toda lógica debió haber muerto, porque demoraron buena parte de la noche en rescatarlo, mientras el pobre hombre se desangraba sin consuelo; pero Dios hizo un milagro, como explicó el padre Mendoza, y cuando por fin lo extrajeron de las ruinas, todavía respiraba. Al padre Mendoza le bastó una mirada para darse cuenta de que sus escasos conocimientos de medicina no lograrían salvar al herido, por mucho que ayudara el poder divino. Sin más demora, mandó a un neófito con dos caballos a buscar a Lechuza Blanca. En esos años había podido comprobar que la veneración de los indios por esa mujer era plenamente justificada.

Por casualidad, Diego y Bernardo llegaron a la misión al día siguiente del terremoto, conduciendo unos corceles de pura raza que Alejandro de la Vega había enviado de regalo a los misioneros. Como nadie salió a recibirlos ni a darles las gracias, porque todo el mundo estaba atareado en recoger los destrozos del sismo y en atender la agonía del padre Alvear, los niños ataron los caballos y se quedaron a participar del novedoso espectáculo. Así fue como estuvieron presentes cuando por fin llegó Lechuza Blanca al galope, siguiendo al neófito que fuera a buscarla. A pesar de su rostro surcado por nuevas arrugas y su melena aún más blanca, había cambiado muy poco en esos años, era la misma mujer fuerte y eternamente joven que acudiera diez años antes a la hacienda De la Vega a salvar a Regina de la muerte. Esta vez venía en una misión similar y también traía su bolsa de plantas medicinales. Como la india se negaba a aprender castellano y el vocabulario del padre Mendoza en la lengua de ella era muy reducido, Diego se ofreció para traducir. Habían puesto al paciente sobre el mesón de palo sin pulir del comedor y a su alrededor se habían congregado los habitantes de San Gabriel. Lechuza Blanca examinó atentamente las heridas, que el padre Mendoza había vendado, pero no se había atrevido a coser porque debajo estaban los huesos hechos trizas. La curandera palpó con sus dedos expertos el cuerpo entero e hizo un inventario de las reparaciones que debían efectuarse.

—Dile al blanco que todo tiene remedio menos esta pierna, que está podrida. Primero la corto, después me ocupo del resto —le anunció a su nieto.

Diego tradujo sin tomar la precaución de bajar la voz, porque de todos modos el padre Alvear estaba casi difunto, pero apenas repitió el diagnóstico de su abuela, el moribundo abrió de par en par unos ojos de fuego.

—Prefiero morirme de una vez, maldición —dijo con la mayor certeza.

Lechuza Blanca lo ignoró, mientras el padre Mendoza abría a la fuerza la boca del pobre hombre, como hacía con los críos que se negaban a tomar leche, y le introducía su famoso embudo. Por allí le echaron un par de cucharadas de un espeso jarabe color óxido que Lechuza Blanca extrajo de su bolsa. En lo que demoraron en lavar con lejía una sierra de cortar madera y preparar unos trapos para el vendaje, el padre Alvear estaba sumido en un sueño profundo, del cual habría de despertar diez horas más tarde, lúcido y tranquilo, cuando ya el muñón de su pierna había dejado hacía rato de sangrar. Lechuza Blanca le había remendado el resto del cuerpo con una docena de costurones y lo había amortajado en telas de araña, ungüentos misteriosos y vendas. Por su parte, el padre Mendoza dispuso que los neófitos se turnaran para rezar sin pausa, día y noche, hasta que el enfermo sanara. El método dio resultado. Contra todas las expectativas, el padre Alvear se repuso con bastante rapidez y siete semanas más tarde, acarreado en una litera de mano, pudo regresar por barco al Perú.

Bernardo nunca olvidaría el espanto de la pierna cercenada del padre Alvear y Diego nunca olvidaría el fabuloso poder del jarabe de su abuela. En los meses siguientes la visitó a menudo en su aldea para rogarle que le desvelara el secreto de aquella poción, pero ella se negó una y otra vez con el argumento lógico de que una medicina tan mágica no podía caer en manos de un chiquillo travieso, quien seguro la utilizaría para un mal propósito. En un impulso, como tantos que luego pagaba con palizas, Diego se robó una calabaza con el elixir del sueño, prometiéndose a sí mismo que no lo usaría para amputar miembros humanos, sino para un buen fin, pero tan pronto tuvo el tesoro en su poder comenzó a planear formas de sacarle provecho. La ocasión se le presentó un caliente mediodía de junio en que volvía con Bernardo de nadar, único deporte en que éste lo aventajaba con creces, porque tenía más resistencia, calma y fuerza. Mientras Diego se agotaba dando aletazos anhelantes contra las olas, Bernardo mantenía durante horas el ritmo pausado de su aliento y sus brazadas, dejándose llevar por las corrientes misteriosas del fondo del mar. Si llegaban los delfines, pronto rodeaban a Bernardo, como hacían los caballos, incluso los más indómitos. Cuando nadie se atrevía a aproximarse a un potro embravecido, él se le acercaba con cuidado, le pegaba la cara a la oreja y le musitaba palabras secretas, hasta aplacarlo. No había en toda la zona quien domara más rápido y mejor a un potro que ese niño indio. Aquella tarde oyeron desde lejos los gritos de terror de García, torturado una vez más por los matones de la escuela. Eran cinco, guiados por Carlos Alcázar, el alumno mayor y más temible de todos. Tenía la capacidad intelectual de un piojo, pero le alcanzaba para inventar métodos de crueldad siempre novedosos. Esta vez habían desnudado a García y lo tenían atado a un árbol y untado de arriba abajo con miel. García chillaba a pleno pulmón, mientras sus cinco verdugos observaban fascinados la nube de mosquitos y las filas de hormigas que empezaban a atacarlo. Diego y Bernardo hicieron una evaluación rápida de las circunstancias y comprendieron que estaban en indudable desventaja. No podían batirse con Carlos y sus secuaces, tampoco era cosa de ir a buscar ayuda, porque habrían quedado como cobardes. Diego se les acercó sonriendo, mientras a sus espaldas Bernardo apretaba los dientes y los puños.

—¿Qué hacéis? —preguntó, como si no fuera evidente.

—Nada que te importe, idiota, a menos que quieras acabar igual que García —replicó Carlos, coreado por las carcajadas de su banda.

—No me importa nada, pero pensaba usar a este gordo como carnada para osos. Sería una lástima perder esa buena grasa en las hormigas —dijo Diego, indiferente.

—¿Oso? —gruñó Carlos.

—Te cambio a García por un oso —propuso Diego con aire lánguido, mientras se escarbaba las uñas con un palito.

—¿De dónde vas a sacar un oso? —preguntó el matón.

—Eso es cosa mía. Pienso traerlo vivo y con un sombrero puesto. Puedo regalártelo, si es que lo quieres, Carlos, pero para eso necesito a García —repuso Diego.

Los muchachos se consultaron en murmullos, mientras García sudaba hielo y Bernardo se rascaba la cabeza, calculando que esta vez a Diego se le pasaba la mano. El método usual para atrapar osos vivos, que se usaban para las peleas con toros, requería fuerza, destreza y buenos caballos. Varios jinetes expertos laceaban al animal y lo sujetaban con los corceles, mientras otro vaquero, que servía de señuelo, iba adelante provocándolo. Así lo conducían a un corral, pero la diversión solía costar cara, porque a veces el oso, capaz de correr más rápido que cualquier caballo, lograba soltarse y se lanzaba contra quien estuviera más cerca.

—¿Quién te ayudará? —preguntó Carlos.

—Bernardo.

—¿Ese indio bruto?

—Bernardo y yo podemos hacerlo solos, siempre que tengamos a García como cebo —dijo Diego.

En dos minutos cerraron el trato y los desalmados se fueron, mientras Diego y Bernardo soltaban a García y lo ayudaban a lavarse la miel y los mocos en el río.

—¿Cómo vamos a cazar un oso vivo? —preguntó Bernardo.

—No sé todavía, tengo que pensarlo —replicó Diego, y a su hermano no le cupo duda de que hallaría la solución.

El resto de la semana se fue en preparar los elementos necesarios para la barrabasada que iban a cometer. Encontrar un oso era lo de menos, se juntaban por docenas en los sitios donde mataban a las reses, atraídos por el olor de la carnaza, pero no podían enfrentarse con más de uno, sobre todo si se trataba de hembras con crías. Debían hallar un oso solitario, lo que tampoco resultaba difícil, porque abundaban en verano. García se declaró enfermo y no salió de su casa en varios días, pero Diego y Bernardo lo obligaron a acompañarlos con el argumento imbatible de que si no lo hacía iría a parar de nuevo a manos de la patota de Carlos Alcázar. Bromeando, Diego le dijo que en verdad iban a usarlo como señuelo, pero al ver que a García le flaqueaban las rodillas se apiadó y lo hizo partícipe del plan trazado con Bernardo.

Los tres chiquillos anunciaron a sus madres que pasarían la noche en la misión, donde el padre Mendoza celebraba, como todos los años, la fiesta de San Juan. Se fueron muy temprano, en una carreta tirada por un par de mulas viejas, provistos de sus reatas. García iba muerto de miedo, Bernardo preocupado y Diego silbando. Tan pronto dejaron atrás la casa de la hacienda y abandonaron la ruta principal, se internaron por el Sendero de las Astillas, que los indios creían embrujado. La edad de las mulas y las irregularidades del terreno los obligaban a avanzar con parsimonia, y eso les daba tiempo de guiarse por las huellas en el suelo y los arañazos en las cortezas de los árboles. Iban llegando al aserradero de Alejandro de la Vega, que proveía madera para las viviendas y los barcos en reparación, cuando los rebuznos de las mulas despavoridas avisaron de la presencia de un oso. Los leñadores habían acudido a la fiesta de San Juan y no se veía un alma por los alrededores, sólo las sierras y hachas abandonadas y las pilas de troncos en torno a una rústica construcción de tablas. Desengancharon las mulas y las llevaron a tirones hasta el galpón, para protegerlas; luego Diego y Bernardo procedieron a instalar su trampa, mientras García vigilaba a corta distancia del refugio. Había llevado una abundante merienda y, como los nervios le daban hambre, no había dejado de masticar desde que salieron por la mañana. Atrincherado en su escondite, observó a los otros, que pasaron cuerdas por las ramas más gruesas de un par de árboles, colocaron los lazos, como habían visto hacer a los vaqueros, y al centro acomodaron lo mejor posible unas ramas cubiertas con la piel de ciervo que usaban cuando salían a cazar con los indios. Debajo de la piel pusieron la carne fresca de un conejo y una bola de cebo empapado en el jarabe de la adormidera. Después se fueron al galpón a compartir la merienda de García.

Los compinches se habían preparado para pasar allí un par de días, pero no tuvieron que aguardar tanto, porque poco más tarde apareció el oso, anunciado por los rebuznos de las mulas. Era un macho viejo bastante grande. Avanzaba como una masa temblorosa de grasa y piel oscura, bamboleándose de lado a lado con inesperada agilidad y gracia. Los chavales no se dejaron engañar por la actitud de mansa curiosidad de la bestia, sabían de lo que era capaz, y rogaron para que la brisa no le llevara el olor humano y el de las mulas. Si el oso embestía el galpón, la puerta no resistiría. El animal dio un par de vueltas por los alrededores y de pronto vio lo que parecía un venado inmóvil. Se levantó en dos patas y alzó los brazos, entonces los niños pudieron verlo entero, se trataba de un gigante de ocho pies de altura. Lanzó un gruñido pavoroso, dio unos manotazos amenazantes y enseguida se precipitó con la inmensidad de su peso sobre la piel, aplastando el ligero armazón que la sostenía. Se vio desplomado en el suelo sin saber qué había ocurrido, pero se repuso de inmediato y se incorporó. Volvió a atacar al falso venado con las garras y entonces descubrió la carnada oculta debajo y la devoró de dos tarascones. Destrozó la piel buscando algún alimento más consistente y, al no encontrarlo, volvió a ponerse de pie, confuso. Dio un paso adelante y pisó medio a medio los lazos, activando la trampa. En un instante se tensaron las cuerdas y el oso quedó colgando cabeza abajo entre los dos árboles. Los muchachos celebraron a grito pelado un triunfo muy breve, porque el peso del animal balanceándose en el aire quebró las ramas. Espantados, Diego, Bernardo y García se parapetaron en el galpón con las mulas, buscando algo con qué defenderse, mientras afuera el oso, despatarrado en el suelo, trataba de soltar la pata derecha del lazo, que todavía lo unía a una de las ramas rotas del árbol. Forcejeó un buen rato, cada vez más enredado e iracundo, y como no pudo soltarse, avanzó arrastrando la rama.

—¿Y ahora? —preguntó Bernardo con fingida calma.

—Ahora esperamos —replicó Diego.

Al notar algo caliente entre las piernas y ver que una mancha se extendía por su pantalones, García perdió la cabeza y se puso a sollozar a pulmón partido. Bernardo le saltó encima y le tapó la boca, pero ya era tarde. El oso los había oído. Se volvió hacia el galpón y dio unos manotazos a la puerta, sacudiendo en tal forma la frágil construcción, que se desprendieron unas tablas del techo. Adentro Diego esperaba frente a la puerta con su látigo en la mano y Bernardo blandía una barreta de hierro que halló en el galpón. Por suerte para ellos, la bestia estaba aporreada por la caída del árbol e incómoda por la rama atada a la pata. Propinó un último golpe a la puerta, sin mucho entusiasmo, y se alejó trastabillando hacia el bosque, pero no llegó lejos, porque la rama se ancló entre unos troncos del aserradero, deteniéndolo en seco. Los niños ya no podían verlo, pero oyeron sus rugidos desesperados durante un buen rato, hasta que fueron espaciándose en suspiros resignados y por último cesaron del todo.

—¿Y ahora? —volvió a preguntar Bernardo.

—Ahora hay que echarlo en la carreta —anunció Diego.

—¿Estás loco? ¡No podemos salir de aquí! —clamó García, ahora con los pantalones embarrados y fétidos.

—No sé cuánto rato estará dormido. Es muy grande y supongo que la poción del sueño de mi abuela está calculada para el tamaño de un hombre. Debemos hacerlo rápido, porque si despierta estamos fritos —ordenó Diego.

Bernardo lo siguió sin pedir más explicaciones, como hacía siempre, pero García se quedó atrás, encogido en el charco de su propia porquería y gimoteando con el poco aliento que le quedaba. Encontraron al oso de espaldas, tal como había caído con el mazazo de la droga, a corta distancia del galpón. El plan de Diego contemplaba que el animal se durmiera colgado de la trampa en los árboles, para que ellos pudieran poner la carreta debajo y dejarlo caer. Ahora tendrían que izar al gigante a la carreta. Lo tantearon de lejos con un palo y, como no se movió, se atrevieron a acercarse. Era más viejo de lo que pensaban: le faltaban dos garras en una de las manos, tenía varios dientes quebrados, estaba salpicado de peladuras y antiguas cicatrices. El aliento de dragón les dio en la cara, pero no era cosa de retroceder, procedieron a amarrarle el hocico y las cuatro patas con cuerdas. Al principio improvisaban precauciones, que habrían sido inútiles si la fiera despertaba, pero cuando se convencieron de que estaba como muerta se dieron prisa. Pronto tuvieron al oso inmovilizado, entonces fueron a buscar a las pobres mulas, paralizadas de terror. Bernardo usó con ellas el método de susurrarles al oído, como hacía con los caballos bravos, y así le obedecieron. García se aproximó con cautela, después de asegurarse de que los ronquidos del oso eran legítimos, pero tiritaba y estaba tan hediondo, que lo mandaron a lavarse y enjuagar los pantalones en un arroyo. Bernardo y Diego usaron el método habitual de los vaqueros para izar toneles: fijaron dos reatas en un extremo de la carreta inclinada, las pasaron por debajo del animal, las llevaron por encima en sentido contrario, luego ataron los extremos a las mulas y las hicieron halar. Al segundo intento consiguieron moverlo rodando y así lo subieron de a poco a la carreta. Quedaron sin aliento por el brutal esfuerzo, pero habían logrado su propósito. Se abrazaron dando saltos de lunáticos, orgullosos como nunca habían estado antes. Engancharon las mulas al carruaje y se dispusieron a regresar al pueblo, pero antes Diego trajo un tarro con alquitrán, que había conseguido en los depósitos de brea cerca de su casa, y con eso le pegó un sombrero mexicano en la cabeza al oso. Estaban exhaustos, ensopados en sudor e impregnados de la pestilencia de la fiera; por su parte García era un manojo de nervios, apenas podía mantenerse de pie, todavía olía a chiquero y tenía la ropa empapada. La tarea les había tomado buena parte de la tarde, pero cuando al fin enfilaron las mulas por el Sendero de las Astillas, todavía les quedaban un par de horas de luz. Apuraron el tranco y consiguieron llegar al Camino Real justo antes de que oscureciera; de allí en adelante las sufridas mulas siguieron por instinto, mientras el oso resollaba en su prisión de cuerdas. Había despertado del letargo provocado por la droga de Lechuza Blanca, pero todavía estaba confundido.

Cuando entraron a Los Ángeles era noche cerrada. A la luz de un par de lámparas de aceite, soltaron las patas traseras del animal, pero le dejaron las manos y el hocico atados, y lo azuzaron hasta que se echó fuera de la carreta y se puso de pie, mareado, pero con la furia intacta. Empezaron a llamar a gritos y de inmediato asomó gente de sus casas con lámparas y antorchas. Se llenó la calle de curiosos admirando el más insólito espectáculo: Diego de la Vega iba adelante tironeando con un lazo a un oso de tamaño descomunal que se bamboleaba en dos patas con un sombrero en la cabeza, mientras Bernardo y García lo picaneaban por detrás. Los aplausos y vítores quedarían sonando durante semanas en los oídos de los tres muchachos. Para entonces habían tenido tiempo sobrado de medir la gravedad de su imprudencia y reponerse del merecido castigo que recibieron. Nada pudo opacar la victoria radiante de esa aventura. Carlos y sus secuaces no volvieron a molestarlos.

La proeza del oso, exagerada y adornada hasta lo imposible, pasó de boca en boca y con el tiempo atravesó el estrecho de Bering, llevada por los comerciantes de pieles de nutria, y llegó hasta Rusia. Diego, Bernardo y García no se salvaron de la paliza propinada por sus padres, pero nadie pudo discutirles el título de campeones. Se guardaron bien, eso sí, de mencionar la pócima de adormidera de Lechuza Blanca. Su trofeo estuvo en un corral, expuesto a las burlas y peñascos de los curiosos durante unos días, mientras buscaban el mejor toro para combatirlo, pero Diego y Bernardo se apiadaron del oso prisionero y la noche anterior a la pelea lo pusieron en libertad.

En octubre, cuando todavía no se hablaba de otra cosa en el pueblo, atacaron los piratas. Se dejaron caer de súbito, con la experiencia de muchos años de maldad, aproximándose a la costa sin ser vistos en un bergantín provisto de catorce cañones ligeros que había hecho el viaje desde Sudamérica, desviándose por Hawai para aprovechar los vientos que los impulsaron a Alta California. Andaban a la caza de barcos cargados con tesoros de América, que se destinaban a las arcas reales en España. Rara vez atacaban en tierra firme, porque las ciudades importantes podían defenderse y las otras eran demasiado pobres, pero llevaban una eternidad navegando sin suerte y la tripulación necesitaba agua fresca y quemar un poco de energía. El capitán decidió visitar Los Ángeles, aunque no esperaba encontrar nada interesante allí, sólo alimentos, licor y motivo de diversión para sus muchachos. Contaban con que no habría resistencia, porque les precedía la mala fama que ellos mismos se encargaban de difundir, historias horripilantes de sangre y ceniza, de cómo picaban a los hombres en pedazos, destripaban a las mujeres preñadas y ensartaban a los niños en garfios y los colgaban de los mástiles como trofeos. La reputación de bárbaros les convenía. En los asaltos les bastaba anunciarse con unos cuantos cañonazos, o aparecer dando aullidos, para que la población saliera volando, así ellos recogían el botín sin el incordio de pelear. Echaron el ancla y se dispusieron al ataque. Los cañones del bergantín en este caso resultaban inútiles, porque no alcanzaban a Los Ángeles. Desembarcaron en lanchones, con los cuchillos entre los dientes y los sables en las manos, como una horda de demonios. A medio camino tropezaron con la hacienda De la Vega. La gran casa de adobe, con sus techos rojos, sus trinitarias moradas trepando por las paredes, su jardín de naranjales, su aire amable de prosperidad y paz, resultó irresistible para esos groseros navegantes, que llevaban mucho tiempo alimentados de agua verde, charqui hediondo y galletas agusanadas y duras como piedra calcinada. Nada sacó su capitán con bramar que el objetivo era el pueblo; sus hombres se abalanzaron sobre la hacienda pateando a los perros y disparando a quemarropa contra el par de indios jardineros que tuvieron la desgracia de salirles al paso.

En esos momentos Alejandro de la Vega se encontraba en la ciudad de México, comprando muebles más graciosos que los armatostes de su casa, terciopelo dorado para hacer cortinas, cubiertos de plata maciza, vajilla inglesa y copas de cristal de Austria. Con ese regalo de faraón pensaba conmover a Regina, a ver si de una vez por todas dejaba sus hábitos de india y se inclinaba hacia el refinamiento europeo que él pretendía para su familia. Sus negocios iban viento en popa y podía darse el gusto de vivir por primera vez como correspondía a un hombre de su linaje. No podía sospechar que mientras él regateaba el precio de las alfombras turcas, su casa era atropellada por treinta y seis desalmados.

Regina despertó con los ladridos escandalosos de los perros. Su pieza quedaba en un pequeño torreón, única audacia en la arquitectura chata y pesada de la casa. La luz tímida de esa hora temprana alumbraba el cielo con tonos anaranjados y entraba por su ventana, que carecía de cortinas o persianas. Se arropó con un chal y salió descalza al balcón a ver qué les pasaba a los perros, justo cuando los primeros asaltantes forzaban el portón de madera del jardín. No se le ocurrió que fueran piratas, porque jamás los había visto, pero no se detuvo a averiguar su identidad. Diego, que a los diez años todavía compartía la cama con su madre cuando su padre no estaba, la vio pasar a la carrera en camisón de dormir. Regina cogió al vuelo un sable y una daga colgados en la pared, que no se habían usado desde que su marido dejara la carrera militar pero que se mantenían afilados, y bajó la escalera llamando a gritos a la servidumbre. Diego saltó también de la cama y la siguió. Las puertas de la casa eran de roble y en ausencia de Alejandro de la Vega se atrancaban por dentro con una pesada barra de hierro. El ímpetu de los piratas se estrelló contra ese obstáculo invulnerable y eso dio tiempo a Regina de repartir las armas de fuego guardadas en los arcones y disponer la defensa.

Diego, todavía sin despabilarse por completo, se encontró ante una mujer desconocida que apenas tenía un vago aire familiar. Su madre se había transformado en pocos segundos en Hija de Lobo. Se le había erizado el cabello, un brillo feroz en los ojos le daba aspecto de alucinada y mostraba los dientes, echando espuma por la boca, como perro con rabia, mientras ladraba órdenes a los empleados en su lengua nativa. Blandía un sable en una mano y una daga en la otra cuando cedieron las persianas que protegían las ventanas del piso principal y los primeros piratas irrumpieron en la casa. A pesar del estruendo del asalto, Diego alcanzó a oír un alarido, que más pareció de júbilo que de terror, salir de la tierra, recorrer el cuerpo de su madre y estremecer las paredes. La vista de esa mujer apenas cubierta por la tela delgada de un camisón, que les salía al encuentro enarbolando dos aceros con un ímpetu imposible en alguien de su tamaño, sorprendió por unos segundos a los asaltantes. Eso dio tiempo a los empleados que disponían de armas para disparar. Dos filibusteros cayeron de bruces con los fogonazos y un tercero se tambaleó, pero no hubo tiempo de recargar, ya otra docena trepaba por las ventanas. Diego cogió un pesado candelabro de hierro y salió a la defensa de su madre mientras ésta retrocedía hacia el salón. Había perdido el sable y sujetaba la daga a dos manos, dando mandobles a ciegas contra los vándalos que la cercaban. Diego metió el candelabro entre las piernas de uno, lanzándolo al suelo, pero no alcanzó a descargarle un garrotazo porque una brutal patada en el pecho lo proyectó contra la pared. Nunca supo cuánto tiempo estuvo allí aturdido, porque las versiones del asalto que se dieron más tarde fueron contradictorias. Unos le atribuyeron horas, pero otros dijeron que en pocos minutos los piratas mataron o hirieron a cuantos se cruzaron en su camino, destrozaron lo que no pudieron robar y antes de encaminarse hacia Los Ángeles prendieron fuego a los muebles.

Cuando Diego recuperó el conocimiento todavía los malhechores recorrían la casa buscando qué llevarse y ya el humo del incendio se colaba por los resquicios. Se puso de pie con un dolor tremendo en el pecho, que lo obligaba a respirar a sorbitos, y avanzó a trastabillones, tosiendo y llamando a su madre. La encontró debajo de la mesa grande del salón, con la camisa de batista empapada en sangre, pero lúcida y con los ojos abiertos. «¡Escóndete, hijo!», le ordenó ella con la voz entera, y enseguida se desmayó. Diego la tomó por los brazos y con un esfuerzo titánico, porque tenía las costillas aplastadas por la patada recibida, la haló a tirones en dirección a la chimenea. Logró abrir la puerta secreta, cuya existencia sólo él y Bernardo conocían, y la arrastró hacia el túnel. Cerró la trampa desde el otro lado y se quedó allí, en la oscuridad, con la cabeza de su madre sobre las rodillas, mamá, mamá, llorando y rogando a Dios y a los espíritus de su tribu que no la dejaran morir.

Bernardo también estaba en la cama cuando se inició el asalto. Dormía con su madre en uno de los cuartos destinados a la servidumbre, en el otro extremo de la mansión. El de ellos era más amplio que las celdas sin ventanas de los demás criados, porque también se usaba para planchar, tarea que Ana no delegaba. Alejandro de la Vega exigía que las alforzas de sus camisas quedaran perfectas y ella tenía orgullo en plancharlas personalmente. Aparte de una cama angosta con colchón de paja y un destartalado arcón, donde guardaban sus magras pertenencias, la pieza contenía una mesa larga para el trabajo y un recipiente de hierro para las brasas de las planchas, también un par de enormes canastos con ropa limpia que Ana pensaba planchar al día siguiente. El suelo era de tierra; un sarape de lana colgado del dintel servía de puerta; la luz y el aire entraban por dos ventanucos.

Bernardo no despertó con los alaridos de los piratas ni los disparos al otro lado de la casa, sino con el sacudón que le dio Ana. Pensó que la tierra estaba temblando, como otras veces, pero ella no le dio tiempo de especular, lo tomó por un brazo, lo levantó con la fuerza de un vendaval y de una zancada lo condujo al otro lado de la pieza. Lo zambulló de un empujón brutal dentro de uno de los grandes canastos. «Pase lo que pase, no te muevas. ¿Me has entendido?» Su tono era tan terminante, que a Bernardo le pareció que le hablaba con un odio recóndito. Jamás la había visto alterada. Su madre era de una dulzura legendaria, siempre dócil y contenta, a pesar de que no le sobraban motivos para la felicidad. Estaba entregada sin reparos a la tarea de adorar a su hijo y servir a sus patrones, conforme con su existencia humilde y sin inquietudes en el alma; sin embargo, en ese momento, el último que compartiría con Bernardo, se endureció con la solidez del hielo. Tomó un atado de ropa y cubrió al niño, aplastándolo al fondo del canasto. Desde allí, envuelto en las blancas tinieblas de los trapos, sofocado por el olor a almidón y el terror, Bernardo escuchó los gritos, palabrotas y carcajadas de los hombres que entraron al cuarto, donde Ana los esperaba, con la muerte ya escrita en la frente, dispuesta a distraerlos por el tiempo necesario para que no encontraran a su hijo.

Los piratas tenían prisa y les bastó una ojeada para darse cuenta de que en ese cuarto de sirvienta nada había de valor. Tal vez se habrían asomado al umbral y dado media vuelta, pero allí estaba esa joven indígena desafiándolos con los brazos en jarra y una determinación suicida, con su rostro redondo, con el manto nocturno de su cabello, con sus caderas generosas y sus senos firmes. Durante un año y cuatro meses habían recorrido el océano sin punto fijo y sin el consuelo de poner los ojos sobre una mujer. Por un instante creyeron hallarse ante un espejismo, como tantos que los atormentaban en alta mar, pero entonces les llegó el olor azucarado de Ana y olvidaron la prisa. De un manotón arrancaron la tosca camisa de lienzo que cubría su cuerpo y se abalanzaron sobre ella. Ana no forcejeó. Soportó en un silencio de tumba todo lo que se les antojó hacer con ella. Al caer al suelo, avasallada por los hombres, su cabeza quedó tan cerca del canasto de Bernardo, que éste pudo contar uno a uno los tenues quejidos de su madre, opacados por el resuello brutal de sus atacantes.

El niño no se movió bajo el cerro de trapos que lo cubría, allí vivió el suplicio completo de su madre, paralizado de horror. Estaba ovillado en el canasto, con la mente en blanco, sudando bilis, estremecido por las náuseas. Después de un tiempo infinito se dio cuenta del silencio absoluto y del olor a humo. Dejó pasar un rato, hasta que ya no pudo más, porque se estaba ahogando, y llamó quedamente a Ana. Nadie respondió. Volvió a llamarla en vano un par de veces y por fin se atrevió a asomar la cabeza. Por el hueco de la puerta entraban ráfagas de humo, pero hasta allí no llegaba el incendio de la casa. Entumecido por la tensión y la inmovilidad, Bernardo debió hacer un esfuerzo para salir de la cesta. Vio a su madre donde mismo la habían aplastado los hombres, desnuda, con el largo cabello negro abierto como abanico en el suelo y el cuello cercenado de oreja a oreja. El niño se sentó a su lado y le tomó la mano, quieto y callado. No volvería a decir ni una palabra por muchos años.

Así lo encontraron, mudo y manchado con la sangre de su madre, horas más tarde, cuando ya los piratas navegaban lejos. La población de Los Ángeles estaba contando sus muertos y apagando sus incendios, a nadie se le ocurrió ir a ver qué había pasado en la hacienda De la Vega, hasta que el padre Mendoza, alertado por una premonición tan vívida que no pudo ignorar, acudió con media docena de neófitos a hacerse cargo del lugar. Las llamas habían quemado el mobiliario y lamido algunas de las vigas, pero la casa era sólida y cuando él llegó el fuego se estaba apagando solo. El asalto dejó un saldo de varios heridos y cinco muertos, incluyendo a Ana, a quien hallaron tal como la abandonaron sus asesinos.

—Que Dios nos ampare —exclamó el padre Mendoza al enfrentarse con aquella tragedia.

Cubrió el cuerpo de Ana con una manta y levantó en sus fornidos brazos a Bernardo. El niño estaba petrificado, con la vista fija y un espasmo en la cara, que le trababa las mandíbulas.

—¿Dónde están doña Regina y Diego? —preguntó el misionero, pero Bernardo no dio muestras de oírle.

Le dejó en manos de una india del servicio, quien le acunó en su regazo meciéndolo como a un bebé al son de una triste letanía en su lengua, mientras él recorría de nuevo la casa llamando a los que faltaban.

El tiempo transcurrió sin cambios en el túnel, porque hasta allí no entraba la luz del día, era imposible calcular la hora en esas tinieblas eternas. Diego no pudo adivinar lo que ocurría en la casa, porque hasta allí tampoco llegaban los sonidos del exterior ni el humo del incendio. Esperó sin saber qué esperaba, mientras Regina entraba y salía del desmayo, extenuada. Inmóvil para no perturbar a su madre, a pesar del martirio de la patada, que le clavaba dagas en el pecho con cada aliento, y el cosquilleo atroz en las piernas dormidas, el niño aguardaba. En algunos momentos lo vencía la fatiga, pero despertaba enseguida, rodeado de sombras, mareado de sufrimiento. Sintió que se iba helando y varias veces trató de sacudir los miembros, pero lo invadía una pereza sin remedio y volvía a cabecear, sumiéndose en algodonosa niebla. En ese letargo transcurrió buena parte del día, hasta que por fin Regina lanzó un quejido y se movió, entonces él despertó sobresaltado. Al comprobar que su madre estaba viva, recuperó el ánimo de un solo golpe y una oleada de felicidad lo bañó de la cabeza a los pies mientras se inclinaba para cubrirle la cara de besos delirantes. Diego tomó con infinito cuidado la cabeza de ella, que se había vuelto de mármol, y la acomodó en el suelo. Le costó varios minutos recuperar el movimiento de las piernas, hasta que logró gatear en busca de las velas que Bernardo y él escondían para sus invocaciones del Okahué. La voz de su abuela le preguntó en la lengua de los indios cuáles eran las cinco virtudes esenciales y no pudo recordar ninguna, sólo el valor.

A la luz de la candela Regina abrió los ojos y se encontró sepultada en una caverna con su hijo. No le dieron las fuerzas para preguntarle qué había pasado ni para consolarlo con palabras de mentira, sólo pudo indicarle que le rompiera el camisón y con eso le vendara la herida del pecho. Diego lo hizo con dedos temblorosos y vio que su madre tenía una cuchillada profunda debajo del hombro. No supo qué más hacer y siguió esperando.

—Se me va la vida, Diego, tienes que ir a buscar ayuda —murmuró Regina al cabo de un rato.

El niño calculó que por las cuevas podía alcanzar la playa y de allí podía correr sin ser visto a pedir socorro, pero le tomaría tiempo. En un impulso, decidió que valía la pena correr el riesgo de asomarse por la trampa de la chimenea para averiguar cómo estaba la situación en la casa. La portezuela se hallaba bien disimulada detrás de la pila de troncos del fogón y podría echar una mirada sin ser visto, aunque hubiese gente en el salón.

Lo primero que percibió al abrir la trampa fue el olor acre de chamusquina y el coletazo de la humareda, que le hicieron retroceder, pero enseguida comprendió que eso le permitía ocultarse mejor. Silencioso como un gato pasó por la puerta secreta y se agazapó detrás de los troncos. Las sillas y la alfombra estaban tiznadas, el óleo de san Antonio se había quemado por completo, las paredes y las vigas del techo humeaban, pero las llamas se habían apagado. Reinaba una quietud anormal en la casa; supuso que ya no quedaba nadie, y eso le dio ánimo para avanzar. Se deslizó cauteloso a lo largo de los muros, lagrimeando y tosiendo, y recorrió las piezas del piso principal una a una. No podía imaginar qué había pasado, si acaso estaban todos muertos o habían logrado escapar. En las ruinas del vestíbulo vio un desorden de naufragio y manchas de sangre, pero no estaban los cuerpos de los hombres que él mismo había visto caer en la madrugada. Atolondrado por las dudas, imaginó que estaba sumido en una pesadilla espantosa, de la que despertaría con la voz cariñosa de Ana anunciando el desayuno. Siguió explorando en dirección a los cuartos de los sirvientes, sofocado por la bruma gris del incendio, que al abrir una puerta o voltear la esquina surgía en ramalazos. Recordó a su madre, muriéndose sin ayuda, decidió que no había más que perder y, olvidando toda cautela, echó a correr por los interminables corredores de la hacienda, casi a ciegas, hasta que se estrelló de súbito contra un cuerpo sólido y dos brazos poderosos lo apresaron. Gritó de susto y del dolor de las costillas rotas; sintió que le volvían las náuseas y estaba a punto de desmayarse. «¡Diego! ¡Bendito sea Dios!», oyó el vozarrón del padre Mendoza y olió su vieja sotana y sintió sus mejillas mal afeitadas contra su frente y entonces se abandonó, como la criatura que aún era, llorando y vomitando sin consuelo.

El padre Mendoza había enviado a los sobrevivientes a la misión San Gabriel. La única explicación que se le ocurrió para la ausencia de Regina y su hijo fue que hubiesen sido raptados por los piratas, aunque nunca había oído de algo semejante por esos lados. Sabía que en otros mares cogían rehenes para obtener rescate o venderlos como esclavos, pero nada de eso sucedía en aquella costa remota de América. No podía imaginar cómo le daría la terrible noticia a Alejandro de la Vega. Ayudado por los otros dos franciscanos que vivían en la misión, había hecho lo posible por aliviar a los heridos y consolar a las demás víctimas del asalto. Al día siguiente tendría que ir a Los Ángeles, donde le esperaba la pesada tarea de enterrar a los muertos y hacer un inventario de los destrozos. Estaba extenuado, pero se sentía tan inquieto, que no pudo irse con los demás a la misión y prefirió quedarse para revisar la casa una vez más. En eso estaba cuando Diego le cayó encima.

Regina sobrevivió gracias a que el padre Mendoza la envolvió en mantas, la puso en su destartalado carricoche y la llevó a la misión. No hubo tiempo de llamar a Lechuza Blanca, porque del corte profundo seguía brotando sangre y Regina se debilitaba a ojos vista. A la luz de unos candiles los misioneros procedieron primero a emborracharla con ron y luego a lavar la herida y extraer, con las tenazas de torcer alambre, la punta del puñal del pirata, incrustada en el hueso de la clavícula. Después cauterizaron la herida con un hierro incandescente, mientras Regina mordía un trozo de madera, como había hecho durante su parto. Diego se tapaba los oídos para no oír sus gemidos sofocados, oprimido por la culpa y la vergüenza de haber malgastado en una jugarreta de mocoso la pócima del sueño, que podría haberle ahorrado a Regina ese tormento. El dolor de su madre fue su terrible castigo por haber robado la medicina mágica.

Al quitarle la camisa a Diego, comprobaron que la patada le había puesto la carne morada desde el cuello hasta la ingle. El padre Mendoza calculó que debía de tener varias costillas hundidas y él mismo le hizo un corsé de cuero de vaca reforzado con varillas de bejuco para inmovilizarlo. El niño no podía agacharse ni levantar los brazos, pero gracias al corsé recuperó en pocas semanas el uso completo de los pulmones. Bernardo, en cambio, no se curó de sus golpes, porque eran mucho más serios que los de Diego. Pasó varios días en el mismo estado pétreo en que lo encontró el padre Mendoza, con la vista fija y los dientes tan apretados que debieron recurrir al embudo para alimentarlo con papilla de maíz. Asistió al funeral colectivo de las víctimas de los piratas y presenció sin una lágrima el descenso a un hoyo en la tierra del cajón que contenía el cuerpo de su madre. Cuando los demás vinieron a darse cuenta de que Bernardo no había hablado durante semanas, Diego, quien lo había acompañado de noche y de día sin dejarlo solo ni un instante, ya había asumido el hecho irrefutable de que tal vez no lo haría nunca más. Los indios dijeron que se había tragado la lengua. El padre Mendoza empezó por obligarlo a hacer gárgaras con vino de misa y miel de abeja; luego le pintó la garganta con bórax, le puso emplastos calientes en el cuello y le dio a comer escarabajos molidos. Como ninguno de sus improvisados remedios contra la mudez dio resultado, optó por el recurso extremo de exorcizarlo. Jamás le había tocado expulsar demonios y, aunque conocía el método, no se sentía capacitado para tan ímproba tarea, pero no había nadie más que pudiera hacerlo por esos lados. Para encontrar un exorcista autorizado por la Inquisición había que viajar a México y, francamente, el misionero consideró que no valía la pena. Estudió a fondo los textos pertinentes, ayunó por dos días a modo de preparación y luego se encerró con Bernardo en la iglesia a pelear mano a mano con Satanás. No sirvió de nada. Derrotado, el padre Mendoza concluyó que el trauma había embrutecido al pobre niño y dejó de prestarle atención. Delegó el incordio de alimentarlo con un embudo en una neófita y volvió a lo suyo. Estaba entretenido en sus deberes de la misión, en la tarea espiritual de apoyar a la población de Los Ángeles a recuperarse de sus desgracias, y en las minucias burocráticas que le exigían sus superiores en México, siempre lo más pesado de su ministerio. La gente había ya descartado a Bernardo como idiota sin remedio, cuando apareció Lechuza Blanca en la misión para llevárselo a su villorrio. El misionero se lo entregó, porque no sabía qué hacer con él, aunque no esperaba que las magias de la india lograran la curación que él no consiguió con exorcismos. Diego se moría por acompañar a su hermano de leche, pero no tuvo corazón para dejar a su madre, quien aún no se levantaba de su lecho de convaleciente, y además el padre Mendoza no le permitió montar a caballo con el corsé. Por primera vez desde sus nacimientos, los niños se separaron.

Lechuza Blanca comprobó que Bernardo no se había tragado la lengua —la tenía intacta en la boca— y diagnosticó que su mudez era una forma de duelo: no hablaba porque no quería. Calculó que bajo la ira sorda que devoraba al niño había un océano insondable de tristeza. No intentó consolarlo o sanarlo, porque en su opinión Bernardo tenía todo el derecho del mundo a quedarse callado, pero le enseñó a comunicarse con el espíritu de su madre mediante la observación de las estrellas, y con sus semejantes valiéndose del lenguaje de signos que usaban los indios de diferentes tribus para comerciar. También le enseñó a tocar una delicada flauta de caña. Con el tiempo y la práctica el niño llegaría a sacarle a ese sencillo instrumento casi tantos sonidos como los de la voz humana. Apenas lo dejaron en paz, Bernardo se despabiló. El primer síntoma fue un apetito voraz, ya no hubo necesidad de alimentarlo con métodos crueles, y el segundo fue la tímida amistad que estableció con Rayo en la Noche. La niña era dos años mayor que él y llevaba ese nombre porque había nacido una noche de tormenta. Era diminuta para su edad y tenía la expresión amable de una ardilla. Acogió a Bernardo con naturalidad, sin darse por aludida de su impedimento para hablar, y se convirtió en su permanente compañera, reemplazando sin saberlo a Diego. No se separaban más que en la noche, cuando él debía irse a dormir a la choza de Lechuza Blanca y ella a la de su familia. Rayo en la Noche lo llevaba al río, allí se desnudaba por completo y se lanzaba de cabeza al agua, mientras él buscaba en qué distraerse para no mirarla de frente, porque a los diez años ya le habían impresionado las enseñanzas del padre Mendoza sobre las tentaciones de la carne. Bernardo la seguía sin quitarse los pantalones, asombrado de que ella tuviera la misma resistencia que él para nadar como pez en el agua helada.

Rayo en la Noche conocía de memoria la historia mítica de su pueblo y no se cansaba de contársela, al igual que él no se cansaba de escucharla. La voz de la niña era un bálsamo para Bernardo, la oía deslumbrado, sin darse cuenta de que el amor por ella empezaba a derretir el glaciar de su corazón. Volvió a portarse como cualquier chiquillo de su edad, aunque ni hablaba ni lloraba. Juntos acompañaban a Lechuza Blanca, ayudándola en sus quehaceres de curandera y chamán, recogiendo plantas curativas, preparando pociones. Cuando Bernardo volvió a sonreír, la abuela consideró que ya no podía hacer más por él y que había llegado el momento de enviarlo de regreso a la hacienda De la Vega. Ella debía ocuparse de los ritos y ceremonias que marcarían la primera menstruación de Rayo en la Noche, quien en esos días entró de sopetón en la adolescencia. Esa súbita transición no distanció a la niña de Bernardo, por el contrario, pareció acercarlos más. A modo de despedida, lo llevó una vez más al río y con su sangre menstrual pintó sobre una roca dos pájaros en vuelo. «Somos nosotros, siempre volaremos juntos», le dijo. En un impulso, Bernardo la besó en la cara y luego echó a correr, con el cuerpo en llamas.

Diego, quien había esperado a Bernardo con una tristeza de perro huérfano, lo vio venir de lejos y corrió a darle la bienvenida con gritos de júbilo, pero cuando lo tuvo al frente comprendió que su hermano de leche era otra persona. Venía en un caballo prestado, más grande y tosco, con el pelo largo, facha de indio adulto y la luz inconfundible de un amor secreto en las pupilas. Diego se detuvo azorado, pero entonces Bernardo desmontó y lo abrazó, levantándolo en vilo sin esfuerzo, y volvieron a ser los gemelos inseparables de antes. Diego sintió que había recuperado la mitad del alma. No le importaba un bledo que Bernardo no hablara, porque ninguno de los dos había necesitado nunca palabras para saber lo que el otro pensaba.

A Bernardo le sorprendió que en esos meses hubieran reconstruido por completo la casa quemada en el incendio. Alejandro de la Vega se había propuesto borrar toda huella del paso de los piratas y aprovechar aquella desgracia para mejorar su residencia. Cuando regresó a Alta California seis semanas después del asalto, con su cargamento de enseres de lujo para sorprender a su mujer, se encontró con que no había ni un perro que le ladrara; la vivienda estaba abandonada; su contenido, convertido en cenizas, y su familia, ausente. El único que salió a recibirlo fue el padre Mendoza, quien le puso al tanto de lo ocurrido y se lo llevó a la misión, donde Regina empezaba a dar sus primeros pasos de convaleciente, todavía envuelta en vendas y con un brazo en cabestrillo. La experiencia de haberse asomado al otro lado de la muerte le arrebató a Regina la frescura de un solo zarpazo. Alejandro había dejado una esposa joven y poco después lo acogió una mujer de sólo treinta y cinco años pero ya madura, con algunas mechas grises en el cabello, que no demostró ni el menor interés en las alfombras turcas o los cubiertos de plata labrada que él había comprado.

Las noticias eran malas, pero, tal como dijo el padre Mendoza, podrían ser mucho peores. De la Vega decidió dar vuelta a la hoja, puesto que no había posibilidad de castigar a esos forajidos, que debían de estar a medio camino hacia el mar de China, y puso manos a la obra para reparar la hacienda. En México había visto cómo vivía la gente de alcurnia y decidió imitarla, no por jactancia, sino para que en un futuro Diego heredara la mansión y se la llenara de nietos, como decía a modo de excusa por el despilfarro. Encargó materiales de construcción y mandó buscar artesanos a Baja California —herreros, ceramistas, talladores, pintores— que en poco tiempo añadieron otro piso, largos corredores con arcos, suelos de azulejos, un balcón en el comedor y una glorieta en el patio para los músicos, pequeñas fuentes moriscas, rejas de hierro forjado, puertas de madera labrada, ventanas con vidrios pintados. En el jardín principal instaló estatuas, bancos de piedra, jaulas con pájaros, vasijas de flores y una fuente de mármol coronada por Neptuno y tres sirenas que los indios talladores copiaron exacta de una pintura italiana. Cuando llegó Bernardo la mansión ya tenía las tejas rojas instaladas, la segunda mano de pintura color durazno en los muros y empezaban a abrir los bultos traídos de México para alhajarla. «Apenas sane Regina, vamos a inaugurar la casa con un sarao que el pueblo recordará por cien años», anunció Alejandro de la Vega; pero ese día tardó en llegar, porque a su mujer no le faltaron renovados pretextos para postergar la fiesta.

Bernardo le enseñó a Diego el lenguaje de signos de los indios, que ellos enriquecieron con señales de su invención y usaban para entenderse cuando les fallaban la telepatía o la música de la flauta. A veces, cuando se trataba de asuntos más complicados, recurrían a tiza y pizarra, pero debían hacerlo con disimulo para que no fuera percibido como presunción de su parte. Valiéndose del látigo de siete colas, el maestro de la escuela lograba enseñar el alfabeto a unos cuantos muchachos privilegiados del pueblo, pero de allí a la lectura de corrido había un abismo y, en todo caso, ningún indio era admitido en la escuela. Diego, muy a su pesar, terminó por convertirse en buen alumno, entonces entendió por primera vez la manía de su padre por la educación. Empezó a leer todo lo que caía en sus manos. El *Tratado de Esgrima y Prontuario del Duelo*, del maestro Manuel Escalante, se le reveló como un compendio de ideas notablemente parecidas al Okahué de los indios, porque también versaban sobre el honor, la justicia, el respeto, la dignidad y el valor. Antes se había limitado a asimilar las lecciones de esgrima de su padre e imitar los movimientos dibujados en las páginas del manual, pero cuando comenzó a leerlo supo que la esgrima no es sólo habilidad en el manejo del florete, la espada y el sable, sino también un arte espiritual. En esos días el capitán José Díaz le regaló a Alejandro de la Vega un cajón de libros que un pasajero había dejado olvidado en su barco a la altura del Ecuador. Llegó a la casa cerrado a machote y al ser abierto reveló un fabuloso contenido de poemas épicos y novelas, volúmenes amarillentos, muy manoseados, con olor a miel y cera. Diego los devoró con ansia, a pesar de que su padre despreciaba las novelas como un género menor plagado de inconsistencias, errores fundamentales y dramas personales que no eran de su incumbencia. Esos libros fueron una adicción para Diego y Bernardo, los leyeron tantas veces, que terminaron por memorizarlos. El mundo en que vivían se encogió y empezaron a soñar con países y aventuras más allá del horizonte.

A los trece años Diego parecía todavía un niño, pero Bernardo, como muchos niños de su raza, alcanzó el tamaño definitivo que tendría de adulto. La impavidez de su rostro cobrizo sólo se dulcificaba en los momentos de complicidad con Diego, cuando acariciaba a los caballos y en las numerosas ocasiones en que se escapaba para ir a visitar a Rayo en la Noche. La muchacha creció poco en ese tiempo, era de corta estatura y delgada, con un rostro inolvidable. Su alegría y belleza le dieron notoriedad y cuando cumplió quince años se la disputaban los mejores guerreros de varias tribus. Bernardo vivía con el temor tremendo de que al visitarla un día no estuviera, porque se habría ido con otro. La apariencia del muchacho engañaba, no era demasiado alto ni musculoso, pero tenía una fuerza inesperada y una resistencia de buey para el trabajo físico. Su mudez también engañaba, no sólo porque la gente pensaba que era bobo, sino porque también parecía triste. En realidad no lo era, pero se contaban con los dedos de una mano las personas con acceso a su intimidad, que lo conocían a fondo y habían oído su risa. Vestía siempre el pantalón y la camisa de lienzo de los neófitos, con una faja tejida en la cintura, y un sarape de varios colores en invierno. Un cintillo en la frente echaba hacia atrás el tupido cabello trenzado, que le caía hasta la mitad de la espalda. Estaba orgulloso de su raza.

Diego, en cambio, tenía el aspecto engañoso de un señorito, a pesar de sus ademanes atléticos y su tez tostada por el sol. De su madre había heredado los ojos y la rebeldía; de su padre tenía huesos largos, facciones cinceladas, elegancia natural y curiosidad por el conocimiento. De ambos obtuvo una impulsiva valentía, que en ocasiones rayaba en la demencia; pero quién sabe de dónde sacó la gracia juguetona, que ninguno de sus antepasados, gente más bien taciturna, demostró jamás. Al contrario de Bernardo, quien era de una serenidad pasmosa, Diego no podía estar quieto por mucho rato, se le ocurrían tantas ideas al mismo tiempo, que no le alcanzaba la vida para ponerlas en práctica. A esa edad ya vencía a su padre en los duelos de esgrima y no había quien lo superara manejando el látigo. Bernardo le había hecho uno con cuero de toro trenzado, que siempre llevaba en un rollo colgado del cinturón. No perdía ocasión de ejercitarse. Con la punta del látigo podía arrancar una flor intacta o apagar una vela, también podía quitarle el cigarro de la boca a su padre sin tocarle la cara, pero tal atrevimiento jamás le pasó por la mente. Su relación con Alejandro de la Vega era de temeroso respeto, lo trataba de «su merced» y nunca cuestionaba su autoridad de frente, aunque casi siempre se las arreglaba para hacer a sus espaldas lo que se le antojaba, más por travieso que por rebelde, puesto que admiraba a su padre ciegamente y había asimilado sus severas lecciones de honor. Estaba orgulloso de ser descendiente del Cid Campeador, hidalgo de pura cepa, pero nunca negaba su parte indígena, porque también sentía orgullo por el pasado guerrero de su madre. Mientras Alejandro de la Vega, siempre consciente de su clase social y de la limpieza de sangre, procuraba ocultar el mestizaje de su hijo, éste lo llevaba con la cabeza en alto. La relación de Diego con su madre era íntima y cariñosa, pero a ella no podía engañarla, como hacía de vez en cuando con su padre. Regina poseía un tercer ojo en la nuca para ver lo invisible y una firmeza de piedra para hacerse obedecer.

Su cargo de alcalde obligaba a Alejandro de la Vega a viajar con frecuencia a la sede de la gobernación en Monterrey. Regina aprovechó una de sus ausencias para llevar a Diego y Bernardo a la aldea de Lechuza Blanca, porque consideró que ya estaban en edad de hacerse hombres; pero eso, como tantas otras cosas, fue algo que no le contó a su marido, para evitar problemas. Con los años las diferencias entre ambos se habían acentuado, ya no bastaban los abrazos nocturnos para reconciliarse. Sólo la nostalgia del antiguo amor los ayudaba a permanecer juntos, a pesar de que vivían en mundos muy distantes y ya poco tenían que decirse. En los primeros años era tan urgente el entusiasmo amoroso de Alejandro, que más de una vez dio media vuelta en uno de sus viajes y galopó varias leguas sólo para estar un par de horas más con su mujer. No se cansaba de admirar su real belleza, que siempre le alborozaba el espíritu y le inflamaba el deseo, pero al mismo tiempo le avergonzaba su condición de mestiza. Por orgullo fingía ignorar que la cicatera sociedad colonial la rechazaba, pero con el tiempo empezó a culparla a ella por esos desaires; su mujer nada hacía por hacerse perdonar su sangre mezclada, era arisca y desafiante. Regina se había esforzado al principio por acomodarse a las costumbres de su marido, a su idioma de consonantes ásperas, a sus ideas fijas, a su oscura religión, a los gruesos muros de su casa, a la ropa apretada y los botines de cabritilla, pero la tarea resultaba hercúlea y acabó dándose por vencida. Por amor había tratado de renunciar a sus orígenes y convertirse en española, pero no lo logró, porque seguía soñando en su propia lengua. Regina no les dijo a Diego y Bernardo las razones del viaje a la aldea de los indios, porque no quiso asustarlos antes de tiempo, pero ellos adivinaron que se trataba de algo especial y secreto, que no podían compartir con nadie y menos con Alejandro de la Vega.

Lechuza Blanca los estaba esperando a medio camino. La tribu había tenido que irse más lejos, empujada hacia las montañas por los blancos, que seguían acaparando tierra. Los colonos eran cada vez más numerosos e insaciables. El inmenso territorio virgen de Alta California empezaba a hacerse chico para tanto ganado y tanta codicia. Antes los cerros estaban cubiertos de pasto siempre verde y alto como un hombre, había vertientes y riachuelos por todos lados, en primavera los campos se cubrían de flores, pero las vacas de los colonos pisotearon el suelo y los cerros se secaron. Lechuza Blanca vio el futuro en sus viajes chamánicos, sabía que no habría forma de detener a los invasores, pronto su pueblo desaparecería. Aconsejó a la tribu que buscara otros pastizales, lejos de los blancos, y ella misma dirigió el traslado de su aldea varias leguas más lejos. La abuela había preparado para Diego y Bernardo un ritual más completo que las pruebas de bravuconería de los guerreros. No le pareció indispensable colgarlos de un árbol con garfios atravesados en los pectorales, porque eran demasiado jóvenes para eso y además no necesitaba probar su coraje. Se propuso, en cambio, ponerlos en contacto con el Gran Espíritu, para que les revelara sus destinos. Regina se despidió de los muchachos con su habitual sobriedad, indicando que volvería a buscarlos dentro de dieciséis días, cuando hubieran completado las cuatro etapas de su iniciación.

Lechuza Blanca se echó al hombro el saco de su oficio, donde llevaba instrumentos musicales, pipas, plantas medicinales y reliquias mágicas, y echó a andar a largos trancos de caminante hacia los cerros vírgenes. Los chiquillos, llevando por único equipaje unas mantas de lana, la siguieron sin hacer preguntas. En la primera etapa del viaje anduvieron cuatro días por la espesura sostenidos tan sólo por unos sorbos de agua, hasta que el hambre y la fatiga les produjeron un estado anormal de lucidez. La naturaleza se les reveló en toda su misteriosa gloria, percibieron por primera vez la inmensa variedad del bosque, el concierto de la brisa, la presencia cercana de los animales salvajes, que a veces los acompañaban por largo trecho. Al principio sufrían con los arañazos y cortaduras de las ramas, con el cansancio sobrenatural de los huesos, con el vacío insondable en el estómago, pero al cuarto día andaban flotando en la niebla. Entonces la abuela decidió que estaban listos para la segunda fase del rito y les ordenó cavar un hueco de medio cuerpo de profundidad por uno de diámetro. Mientras ella preparaba una hoguera para calentar piedras, los niños cortaron y pelaron delgadas ramas de árboles y con ellas montaron una cúpula sobre el hueco, que cubrieron con las mantas. En esa vivienda redonda, símbolo de la Madre Tierra, deberían purificarse y realizar el viaje en busca de una visión, guiados por los espíritus. Lechuza Blanca alimentó un Fuego Sagrado rodeado de rocas, en representación de la fuerza creativa de la vida. Los tres bebieron agua, comieron un puñado de nueces y frutos secos, luego la abuela les ordenó que se desnudaran y, al son de su tambor y su matraca, los hizo danzar frenéticamente durante horas y horas, hasta que cayeron postrados. Los condujo al refugio, donde habían colocado las piedras ardientes, y les dio un brebaje de *toloache*. Los jóvenes se sumergieron en el vapor de las rocas húmedas, el humo de las pipas, el olor de las hierbas mágicas y las imágenes que invocaba la droga. En los cuatro días siguientes salieron de vez en cuando a respirar aire fresco, renovar el Fuego Sagrado, recalentar las piedras y alimentarse con unos granos de cereal. A ratos se dormían, sudando. Diego soñaba que nadaba en aguas heladas con los delfines y Bernardo soñaba con la risa contagiosa de Rayo en la Noche. La abuela los guió en oraciones y cantos, mientras afuera los espíritus de todos los tiempos rondaban la choza. Durante el día se acercaban venados, liebres, pumas y osos; de noche aullaban lobos y coyotes. Un águila planeaba en el cielo, vigilándolos incansable, hasta que estuvieron preparados para la tercera parte del ritual, entonces desapareció.

La abuela les entregó un cuchillo a cada uno, les permitió llevar sus mantas y los envió en direcciones contrarias, uno al este y el otro al oeste, con instrucciones de alimentarse de lo que pudieran hallar o cazar, menos hongos de ninguna clase, y de regresar dentro de cuatro días. Si así lo determina el Gran Espíritu, dijo, encontrarán su visión en ese plazo, de otro modo no ocurrirá en esta ocasión y deberán dejar pasar cuatro años antes de intentarlo de nuevo. A la vuelta dispondrían de los últimos cuatro días para descansar y reincorporarse a una vida normal, antes de regresar a la aldea. Diego y Bernardo se habían consumido tanto en las primeras etapas del rito, que al verse a la luz espléndida del alba no se reconocieron. Estaban deshidratados, con los ojos hundidos en las cuencas, la mirada ardiente de alucinados, la piel cenicienta estirada sobre los huesos y un aire de tal desolación, que a pesar de la gravedad de la despedida, se echaron a reír. Se abrazaron conmovidos y partieron cada uno por su lado.

Caminaron sin rumbo, sin saber qué buscaban, hambrientos y asustados, alimentándose de raíces tiernas y semillas, hasta que el hambre los incitó a cazar ratones y pájaros con un arco y flechas, hechas con varillas. Cuando la oscuridad les impedía seguir avanzando, preparaban una fogata y se echaban a dormir, tiritando de frío, rodeados de espíritus y de animales silvestres. Despertaban duros de escarcha y doloridos hasta el último hueso, con esa pasmosa clarividencia que suele venir con la extremada fatiga.

A las pocas horas de marcha, Bernardo se dio cuenta de que lo seguían, pero cuando se volvía a mirar a sus espaldas, no veía más que los árboles, vigilándolo como quietos gigantes. Estaba en el bosque, abrazado por helechos de hojas brillantes, rodeado de torcidos robles y fragantes abetos, un espacio quieto y verde, alumbrado por manchones de luz que se filtraban entre las hojas. Era un lugar sagrado. Habría de transcurrir gran parte de ese día para que su tímido acompañante se revelara. Era un potrillo sin madre, tan joven que todavía se le doblaban las patas, negro como la noche. A pesar de su delicadeza de recién nacido y de su inmensa soledad de huérfano, se podía adivinar al ejemplar magnífico que llegaría a ser. Bernardo comprendió que era un animal mágico. Los caballos andan en manadas, siempre en las praderas, ¿qué hacía solo en el bosque? Lo llamó con los mejores sonidos de su flauta, pero el animal se detuvo a cierta distancia, la mirada desconfiada, las narices abiertas, las patas temblorosas, y no se atrevió a acercarse. El muchacho recogió un puñado de pasto húmedo, se sentó sobre una roca, se lo echó a la boca y empezó a masticarlo, después se lo ofreció al animalito en la palma de la mano. Pasó un buen rato antes de que éste se decidiera a dar unos pasos vacilantes. Por fin estiró el cuello y se aproximó para olisquear esa pasta verde, observando al muchacho con la mirada prístina de sus ojos castaños, midiendo sus intenciones, calculando su retirada en caso de apuro. Debió de gustarle lo que vio, porque pronto su hocico aterciopelado tocaba la mano extendida para probar el extraño alimento. «No es lo mismo que la leche de tu madre, pero también sirve», susurró Bernardo. Eran las primeras palabras que pronunciaba desde hacía tres años. Sintió que cada una se formaba en su vientre, subía como una bola de algodón por su garganta, se quedaba dándole vueltas en la boca un rato y luego salía entre sus dientes masticada, como el pasto para el potrillo. Algo se le rompió dentro del pecho, una pesada vasija de greda, y toda su rabia, su culpa y sus juramentos de pavorosa venganza se derramaron en un torrente incontenible. Cayó de rodillas sobre la tierra, llorando, vomitando un barro verde y amargo, estremecido por el recuerdo pertinaz de aquella mañana fatídica en que perdió a su madre y con ella perdió también su infancia. Las arcadas le dieron vuelta el estómago al revés y lo dejaron vacío y limpio. El potrillo retrocedió, asustado, pero no se fue, y cuando por fin Bernardo se tranquilizó, pudo ponerse de pie y buscar un charco de agua para lavarse, lo siguió de cerca. Desde ese momento ya no se separaron más durante los tres días siguientes. Bernardo le enseñó a escarbar con los cascos para encontrar los pastos más tiernos, lo sostuvo hasta que se le afirmaron bien las patas y pudo empezar a trotar, durmió abrazado a él en las noches para darle calor, lo entretuvo con su flauta. «Te llamarás Tornado, si es que te gusta ese nombre, para que corras como el viento», le propuso con la flauta, porque después de aquella única frase había vuelto a refugiarse en el silencio. Pensó que lo domaría para regalárselo a Diego, porque no se le ocurrió una suerte más apropiada para esa noble criatura, pero cuando despertó al cuarto día, el potrillo se había ido. Se había levantado la niebla y el sol lamía los cerros con la luz blanca del amanecer. Bernardo buscó en vano a Tornado, llamándolo con voz ronca por falta de uso, hasta que comprendió que el animal no había acudido a su lado para tener dueño, sino con el propósito de mostrarle el camino que debía seguir en la vida. Entonces adivinó que su espíritu guía era el caballo y que debía desarrollar sus virtudes: lealtad, fuerza y resistencia. Decidió que su planeta sería el sol y su elemento las colinas, donde seguramente Tornado trotaba en esos momentos a reunirse con su manada.

Diego tenía menos sentido de la orientación que Bernardo y se perdió rápidamente, también tenía menos habilidad para cazar y sólo consiguió un ratón diminuto, que una vez descuerado quedó reducido a un manojo de huesitos patéticos. Acabó devorando hormigas, gusanos y lagartijas. Estaba extenuado por el hambre y las exigencias de los ocho días anteriores y no le alcanzaban las fuerzas para prever los peligros que lo acechaban, pero estaba resuelto a no dejarse tentar por el impulso de retroceder. Lechuza Blanca le había explicado que el propósito de esa larga prueba era dejar atrás la infancia y convertirse en hombre, no pensaba fallarle a su abuela a medio camino, sin embargo las ganas de echarse a llorar iban ganándole la mano a su determinación. No conocía la soledad. Había crecido junto a Bernardo, rodeado de amigos y gente que lo celebraba, y nunca le había faltado la presencia incondicional de su madre. Por primera vez se encontraba solo y hubo de tocarle justamente en medio de esa naturaleza salvaje. Temió que no encontraría el camino de vuelta al minúsculo campamento de Lechuza Blanca, se le ocurrió que podía pasar los cuatro días siguientes sentado bajo el mismo árbol, pero su impaciencia natural lo impulsó adelante. Pronto se halló perdido en la inmensidad de los cerros. Dio con una vertiente y aprovechó para beber y bañarse, después se alimentó con frutos desconocidos arrancados de los árboles. Tres cuervos, aves veneradas por la tribu de su madre, pasaron volando varias veces muy cerca de su cabeza; lo atribuyó a una señal de augurio favorable y eso le dio ánimo para continuar. Al caer la noche encontró un hueco protegido por dos rocas, encendió fuego, se envolvió en su manta y se durmió al instante, rogando para que no le fallara la buena estrella, que según Bernardo siempre lo alumbraba, porque no tendría la menor gracia haber llegado tan lejos para morir en las zarpas de un puma. Despertó de noche cerrada con el reflujo ácido de los frutos que había comido y unos aullidos cercanos de coyotes. Del fuego sólo quedaban tímidas brasas, que alimentó con unos palos, calculando que no bastaría esa ridícula fogata para mantener a raya a las fieras. Se acordó de que en los días anteriores había visto varias clases de animales, que los rondaban sin atacarlos, y elevó una plegaria para que no lo hicieran ahora, cuando se hallaba solo. En ese momento vio claramente a la luz de las llamas unos ojos colorados observándolo con fijeza espectral. Empuñó el cuchillo, creyendo que era un lobo atrevido, pero al incorporarse lo vio mejor y se dio cuenta de que se trataba de un zorro. Le pareció curioso que no se moviera, parecía un gato calentándose en el rescoldo de la fogata. Lo llamó, pero el animal no se acercó, y cuando él quiso hacerlo, retrocedió con cautela, manteniendo siempre la misma distancia entre ambos. Diego cuidó el fuego por un rato, hasta que lo venció el cansancio y volvió a dormirse, a pesar de los insistentes aullidos de los lejanos coyotes. Cada tanto despertaba de súbito, sin saber dónde se hallaba, y veía al extraño zorro en el mismo lugar, como un espíritu vigilante. La noche se le hizo eterna, hasta que por fin las primeras luces del amanecer revelaron el perfil de las montañas. El zorro ya no estaba.

En los días siguientes nada sucedió que Diego pudiera interpretar como una visión, salvo la presencia del zorro, que llegaba con la caída de la noche y se quedaba con él hasta la madrugada, siempre quieto y atento. Al tercer día, aburrido y desfalleciente de hambre, trató de hallar el camino de regreso, pero no fue capaz de ubicarse. Decidió que sería imposible dar con Lechuza Blanca, pero si bajaba los cerros, tarde o temprano llegaría al mar y allí encontraría el Camino Real. Se puso en marcha, pensando en la frustración de su abuela y su madre cuando supieran que el descomunal esfuerzo de esos días no le había dado una visión reveladora de su destino, sino sólo desaliento, y se preguntó si Bernardo habría tenido más suerte que él. No alcanzó a llegar lejos, porque al pasar por encima de un tronco caído plantó el pie sobre una serpiente. Recibió un pinchazo en el tobillo y habrían de transcurrir un par de segundos antes de que oyera el golpeteo inconfundible de la cascabel y se diera cuenta cabal de lo sucedido. No le cupo duda: la bicha tenía el cuello delgado, la cabeza triangular y los párpados capotudos. El espanto lo golpeó en el estómago como la inolvidable patada del pirata. Retrocedió varios pasos, alejándose de la culebra, al tiempo que hacía un recuento de sus vagos conocimientos sobre la cascabel. Sabía que el veneno no siempre es mortal, depende de la cantidad inyectada, pero él estaba debilitado y se encontraba tan lejos de cualquier clase de ayuda, que la muerte parecía muy probable, si no del veneno, de inanición. Había visto a un vaquero despachado al otro mundo por uno de esos reptiles; el hombre se tendió en un pajar a dormir su borrachera y no despertó más. Según el padre Mendoza, Dios se lo había llevado a su santo seno, donde ya no volvería a golpear a su mujer, mediante la perfecta combinación de ponzoña y alcohol. Se acordó también de los tratamientos de burro para esos casos: cortarse a fondo con un cuchillo o quemarse con un carbón encendido. Vio que la pierna se le ponía morada, sintió que le salivaba la boca, le cosquilleaban la cara y las manos, se sacudía de escalofríos. Comprendió que empezaba a desvariar de pánico y debía tomar una resolución pronto, antes de que se le acabaran de nublar los pensamientos: si se movía, la ponzoña de la víbora circularía más rápido por su cuerpo, y si no lo hacía, moriría allí mismo. Prefirió seguir adelante, a pesar de que se le doblaban las rodillas y se le habían hinchado tanto los párpados que no podía ver. Echó a trotar cerro abajo, llamando a su abuela con voz de sonámbulo, mientras se consumían irremisiblemente sus últimas fuerzas.

Diego cayó de bruces. Con un esfuerzo lento y largo pudo darse vuelta y quedar con la cara al cielo, bajo el sol refulgente de la mañana. Jadeaba, atormentado por una sed súbita, y sudaba cal viva, mientras al mismo tiempo tiritaba con el hielo de la sepultura. Maldijo al Dios cristiano, por abandonarlo, y al Gran Espíritu, quien en vez de premiarlo con una visión, como había sido el trato, se burlaba de él con aquella trastada indigna. Perdió el contacto con la realidad y perdió también el miedo. Empezó a flotar en un caliente vendaval, como si prodigiosas corrientes lo elevaran en espiral hacia la luz. Se sintió súbitamente alborozado ante la posibilidad de la muerte y se abandonó con una inmensa paz. El torbellino ardiente en que flotaba iba alcanzando el cielo, cuando los vientos se invirtieron, lanzándolo como un peñasco al fondo de un abismo. Antes de hundirse en total desvarío, vio en un chispazo de conciencia los ojillos colorados del zorro mirándolo desde la muerte.

En las horas siguientes Diego chapaleó en el alquitrán de sus pesadillas, y cuando por fin logró desprenderse y salir a la superficie, sólo recordaba la sed infinita y los ojos inmóviles del zorro. Se encontró envuelto en una manta, alumbrado por las llamas de una hoguera y acompañado por Bernardo y Lechuza Blanca. Tardó un rato en volver al cuerpo, hacer un inventario de sus dolores y llegar a una conclusión.

—Me mató la cascabel —dijo apenas pudo sacar la voz.

—No estás muerto, hijo, pero te faltó poco —sonrió Lechuza Blanca.

—No pasé la prueba, abuela —dijo el muchacho.

—Sí la pasaste, Diego —le informó ella.

Bernardo lo había encontrado y llevado hasta allí. El niño indio estaba listo para regresar donde Lechuza Blanca, cuando se le apareció un zorro. No dudó de que se trataba de una señal, porque le pareció insólito que ese animal de hábitos nocturnos se le cruzara entre las piernas a plena luz de sol. En vez de obedecer al instinto de darle caza, se detuvo a observarlo. El zorro no huyó, sino que se instaló a pocas varas de distancia a mirarlo de vuelta con las orejas alertas y el hocico tembloroso. En otra circunstancia, Bernardo se habría limitado a tomar nota de la rara conducta del animal, pero se encontraba en un estado de alucinación, con los sentidos en ascuas y el corazón abierto a los presagios. Sin vacilar, empezó a seguirlo por donde el zorro quiso llevarlo, hasta que un rato más tarde tropezó con el cuerpo inerte de Diego. Vio la pierna de su hermano monstruosamente hinchada y supo de inmediato lo ocurrido. No podía perder ni un instante, se lo echó al hombro como un fardo y emprendió marcha forzada hacia el sitio donde estaba Lechuza Blanca, quien aplicó sus hierbas en la pierna de su nieto y le hizo sudar el veneno hasta que abrió los ojos.

—El zorro te salvó. Es tu animal totémico, tu guía espiritual —le explicó—. Debes cultivar su habilidad, su astucia, su inteligencia. Tu madre es la luna y tu casa son las cuevas. Como el zorro, te tocará descubrir lo que se oculta en la oscuridad, disimular, esconderte de día y actuar por la noche.

—¿Para qué? —preguntó Diego, confundido.

—Un día lo sabrás, no se puede apurar al Gran Espíritu. Entretanto, prepárate para que estés listo cuando llegue ese día —le instruyó la india.

Por prudencia, los muchachos mantuvieron en secreto el rito conducido por Lechuza Blanca. La colonia española consideraba las tradiciones de los indios como disparatados actos de ignorancia, cuando no de salvajismo. Diego no quería que le llegaran comentarios a su padre. A Regina le confesó la extraña experiencia con el zorro, sin darle detalles. A Bernardo nadie le hizo preguntas, porque la mudez lo había vuelto invisible, condición insospechadamente ventajosa. La gente hablaba y actuaba delante de él como si no existiera, dándole oportunidad de observar y aprender sobre la duplicidad de la condición humana. Empezó a practicar la habilidad de leer la expresión corporal y así descubrió que no siempre las palabras corresponden a las intenciones. Concluyó que los matones resultaban por lo general fáciles de doblegar, que los vehementes eran los menos sinceros, que la arrogancia era propia de los ignorantes, que los aduladores solían ser ruines. Mediante observación sistemática y disimulada aprendió a descifrar el carácter ajeno y aplicó esos conocimientos para proteger a Diego, quien era de naturaleza confiada y le costaba mucho imaginar en otros los defectos que él no tenía. Los muchachos no volvieron a ver al potrillo negro ni al zorro. Bernardo creyó vislumbrar a veces a Tornado galopando en medio de una manada salvaje y, en uno de sus paseos, Diego encontró una covacha con zorritos recién nacidos; pero no pudieron relacionar nada de eso con las visiones atribuidas al Gran Espíritu.

En todo caso, el rito de Lechuza Blanca marcó una etapa. Ambos tuvieron la impresión de haber cruzado un umbral y dejado atrás la infancia. No se sentían hombres todavía, pero sabían que estaban dando los primeros pasos en el arduo camino de la virilidad. Despertaron juntos a las exigencias perentorias del deseo carnal, mucho más intolerables que la dulce y vaga atracción que Bernardo sentía desde los diez años por Rayo en la Noche. No se les ocurrió satisfacer sus ansias entre las complacientes indias de la tribu de Lechuza Blanca, donde no imperaban las restricciones impuestas por los misioneros a las neófitas, porque a Diego lo sujetaba un respeto absoluto por su abuela y a Bernardo lo frenaba su amor de cachorro por Rayo en la Noche. Bernardo no aspiraba a ser correspondido, se daba cuenta de que ella era una mujer hecha y derecha, cortejada por media docena de hombres que llegaban de lejos para traerle regalos, mientras él era un adolescente torpe, sin nada que ofrecer y más encima mudo como un conejo. Ninguno de los dos acudió tampoco a las mestizas o la mulata hermosa de la casa de remolienda de Los Ángeles, porque les tenían más terror que a un toro suelto; eran criaturas de otra especie, con las bocas pintadas con carmín y penetrante fragancia de jazmines muertos. Como todos los otros críos de su edad —menos Carlos Alcázar, que se jactaba de haber pasado la prueba—, miraban a esas mujeres de lejos, con veneración y espanto. Diego iba con otros hijos de hidalgos a la plaza de Armas a la hora del paseo. En cada vuelta en torno a la plaza se cruzaban con las mismas muchachas de su clase social y su edad, que sonreían apenas, mirando de reojo, media cara oculta por un abanico o una mantilla, mientras ellos sudaban de amor imposible en sus trajes de domingo. No se hablaban, pero algunos, los más atrevidos, pedían permiso al alcalde para ir a dar serenatas bajo los balcones de las niñas, idea que a Diego lo estremecía de vergüenza, en parte porque el alcalde era su padre. Sin embargo, se ponía en el caso de verse obligado a recurrir a ese método en el futuro, por eso practicaba a diario canciones románticas en su mandolina.

Alejandro de la Vega vio con enorme satisfacción que ese hijo, a quien creía un tarambana incorregible, por fin se estaba convirtiendo en el heredero con el cual soñaba desde que lo vio nacer. Renovó los planes de educarlo como caballero, que fueran postergados en el torbellino de reconstruir la hacienda. Pensó mandarlo a un colegio religioso en México, ya que la situación en Europa seguía siendo inestable, ahora por culpa de Napoleón Bonaparte, pero Regina armó tal alboroto ante la idea de separarse de Diego, que no se volvió a hablar del asunto por dos años. Entretanto Alejandro incluyó a su hijo en el manejo de la hacienda y vio que era mucho más listo de lo que sus notas en la escuela permitían suponer. No sólo descifró a la primera mirada el enjambre de anotaciones y números de los libros de contabilidad, sino que aumentó los ingresos de la familia perfeccionando la fórmula del jabón y la receta para ahumar carne, que su padre había logrado después de innumerables sahumerios. Diego suprimió la sosa cáustica del jabón, le agregó crema de leche y sugirió dárselo a probar a las damas de la colonia, quienes adquirían esos artículos de los marineros americanos violando las restricciones impuestas por España al comercio de las colonias. El que fuese contrabando no importaba, todo el mundo hacía la vista gorda, el inconveniente consistía en que los barcos se hacían esperar demasiado. Los jabones de leche resultaron un éxito, y lo mismo sucedió con la carne ahumada cuando Diego logró atenuar la fetidez a sudor de mula que la caracterizaba. Alejandro de la Vega empezó a tratar a su hijo con respeto y a consultarlo en ciertas materias.

En esos días Bernardo le contó a Diego, en su lenguaje privado de signos y anotaciones en la pizarra, que uno de los rancheros, Juan Alcázar, padre de Carlos, había extendido sus tierras más allá de los límites señalados en los papeles. El español había invadido con su ganado los montes donde se refugiaba una de las muchas tribus desplazadas por los colonos. Diego acompañó a su hermano y llegaron a tiempo para ver a los capataces quemar las chozas, secundados por un destacamento de soldados. De la aldea no quedó sino ceniza. A pesar del terror que les provocaba la escena, Diego y Bernardo se abalanzaron corriendo para intervenir. Sin ponerse de acuerdo, en un solo impulso, se colocaron entre los caballos de los agresores y los cuerpos de las víctimas. Habrían sido pisoteados sin misericordia si uno de ellos no llega a reconocer al hijo de don Alejandro de la Vega. De todos modos, los apartaron a latigazos. Desde cierta distancia los dos niños presenciaron espantados cómo los pocos indios que se rebelaron fueron domados con azotes y el jefe, un anciano, fue ahorcado de un árbol, para servir de advertencia a los demás. Secuestraron a los hombres en capacidad de trabajar en los campos o servir en el ejército y se los llevaron atados como animales. Los ancianos, mujeres y niños quedaron condenados a vagar por los bosques, hambrientos y desesperados. Nada de esto era una novedad, ocurría cada vez con más frecuencia, sin que nadie se atreviera a intervenir, excepto el padre Mendoza, pero sus protestas caían en los oídos sordos de la lenta y remota burocracia de España. Los documentos navegaban por años, se perdían en los polvorientos escritorios de unos jueces que jamás habían puesto los pies en América, se enredaban en triquiñuelas de leguleyos y al final, aunque los magistrados fallaran en favor de los indígenas, no había quien hiciera valer la justicia a este lado del océano. En Monterrey el gobernador ignoraba los reclamos porque los indios no eran su prioridad. Los oficiales a cargo de los presidios eran parte del problema, porque ponían sus soldados al servicio de los colonos blancos. No dudaban de la superioridad moral de los españoles que, como ellos, habían llegado de muy lejos con el único propósito de civilizar y cristianizar esa tierra salvaje. Diego fue a hablar con su padre. Lo encontró, como siempre estaba en las tardes, estudiando batallas antiguas en sus libracos, único resabio aún vigente de las ambiciones militares de su juventud. Sobre una mesa larga desplegaba sus ejércitos de soldados de plomo de acuerdo a las descripciones de los textos, pasión que nunca logró inculcar en Diego. El muchacho contó a borbotones lo que acababa de vivir con Bernardo, pero su indignación se estrelló contra la indiferencia de Alejandro de la Vega.

—¿Qué propones que yo haga, hijo?

—Su merced es el alcalde...

—La repartición de tierras no es de mi jurisdicción, Diego, y carezco de autoridad para controlar a los soldados.

—¡Pero el señor Alcázar ha matado y secuestrado indios! Perdone mi insistencia, su merced, pero ¿cómo puede usted permitir estos abusos? —balbuceó Diego, sofocado.

—Hablaré con don Juan Alcázar, pero dudo que me escuche —replicó Alejandro, moviendo una línea de sus soldaditos sobre el tablero.

Alejandro de la Vega cumplió su promesa. Hizo más que hablar con el ranchero, fue a quejarse al cuartel, escribió un informe al gobernador y envió la denuncia a España. Mantuvo a su hijo informado de cada gestión, porque lo hacía sólo por él. Conocía de sobra el sistema de clases como para albergar alguna esperanza de reparar el mal. Presionado por Diego, trató de ayudar a las víctimas, convertidas en miserables vagabundos, ofreciéndoles protección en su propia hacienda. Tal como suponía, sus gestiones ante las autoridades de poco sirvieron. Juan Alcázar anexó las tierras de los indios a las suyas, la tribu desapareció sin rastro y no se volvió a hablar del asunto. Diego de la Vega nunca olvidó la lección; el mal sabor de la injusticia le quedó para siempre en lo más recóndito de la memoria y volvería a emerger una y otra vez, determinando el curso de su vida.

La celebración de los quince años de Diego originó la primera fiesta en la gran casa de la hacienda. Regina, quien se había opuesto siempre a abrir sus puertas, decidió que ésa era la ocasión perfecta para tapar la boca de la gentuza que se había dado el gusto de despreciarla por tantos años. No sólo aceptó que su marido invitara a quien le diera la gana, sino que ella misma se ocupó de organizar los festejos. Por primera vez en su vida visitó los barcos del contrabando para aperarse de lo necesario y puso a una docena de mujeres a coser y bordar. A Diego no se le pasó que también era el cumpleaños de Bernardo, pero Alejandro de la Vega le hizo ver que, a pesar de que el chiquillo era como un miembro de la familia, no se podía ofender a los invitados sentándolos a la mesa con él. Por una vez Bernardo tendría que ocupar su puesto entre los indios del servicio, determinó. No hubo necesidad de discutir más, porque Bernardo zanjó el asunto sin apelación escribiendo en su pizarra que pensaba visitar la aldea de Lechuza Blanca. Diego no trató de hacerle cambiar de opinión, porque sabía que su hermano quería ver a Rayo en la Noche, y tampoco podía estirar demasiado la cuerda con su padre, quien ya había aceptado que Bernardo viajara con él a España.

Los planes de enviar a Diego al colegio en México habían cambiado con la llegada de una carta de Tomás de Romeu, el más antiguo amigo de Alejandro de la Vega. En su juventud habían hecho juntos la guerra en Italia y durante más de veinte años se mantuvieron en contacto con esporádicas cartas. Mientras Alejandro cumplía su destino en América, Tomás se casó con una heredera catalana y se dedicó a vivir bien, hasta que ella murió al dar a luz, entonces no le quedó otra alternativa que sentar cabeza y hacerse cargo de sus dos hijas y de lo que quedaba de la fortuna de su mujer. En su carta, Tomás de Romeu comentaba que Barcelona seguía siendo la ciudad más interesante de España y que ese país ofrecía la mejor educación para un joven. Se vivían tiempos fascinantes. En 1808 Napoleón había invadido España con ciento cincuenta mil hombres, había raptado al legítimo rey y lo había inducido a abdicar en favor de su propio hermano, José Bonaparte, todo lo cual a Alejandro de la Vega le parecía un inconcebible atropello, hasta que recibió la carta de su amigo. Tomás explicaba que sólo el patriotismo de un populacho ignorante, azuzado por el bajo clero y por unos cuantos fanáticos, podía oponerse a las ideas liberales de los franceses, que pretendían acabar con el feudalismo y la opresión religiosa. La influencia de los franceses, decía, era como un viento fresco de renovación, que barría con instituciones medievales, como la Inquisición y los privilegios de nobles y militares. En su carta, Tomás de Romeu ofrecía hospedar a Diego en su casa, donde sería cuidado y querido como un hijo, para que pudiera completar su educación en el Colegio de Humanidades, que a pesar de ser religioso —y él no era amigo de sotanas— tenía excelente reputación. Agregaba, como broche de oro, que el joven podría estudiar con el famoso maestro de esgrima Manuel Escalante, quien se había radicado en Barcelona después de recorrer Europa enseñando su arte. A Diego le bastó lo último para suplicarle a su padre con tal tenacidad que le permitiera hacer el viaje, que al final Alejandro cedió más por cansancio que por convicción, ya que ningún argumento de su amigo Tomás podía disminuir la repugnancia de saber su patria invadida por extranjeros. Padre e hijo se cuidaron mucho de contarle a Regina que además España estaba asolada por las guerrillas, cruenta fórmula de lucha discurrida por el pueblo para combatir a las tropas de Napoleón, que si bien no servía para recuperar territorios, picaba como avispas al enemigo, agotándole los recursos y la paciencia.

El sarao del cumpleaños se inició con una misa del padre Mendoza, carreras de caballos y una corrida de toros, en la que el mismo Diego hizo varios pases de capa, antes de que el matador profesional entrara al ruedo; siguió con un espectáculo de acróbatas itinerantes, y culminó con fuegos artificiales y baile. Hubo comida por tres días para quinientas personas, separadas por clases sociales: los españoles de pura cepa en las mesas principales con manteles bordados en Tenerife, bajo un parrón cargado de uvas, la gente de razón con sus mejores galas en las mesas laterales a la sombra, la indiada a pleno sol en los patios, donde se asaba la carne, se tostaban las tortillas y hervían las ollas de chile y mole. Los invitados acudieron desde los cuatro puntos cardinales y por primera vez en la historia de la provincia hubo congestión de carruajes en el Camino Real. No faltó ni una sola niña de familia respetable, porque todas las madres tenían en la mira al único heredero de Alejandro de la Vega, a pesar de su cuarto de sangre india. Entre ellas se contaba Lolita Pulido, sobrina de don Juan Alcázar, una criatura de catorce años, suave y coqueta, muy diferente a su primo Carlos Alcázar, quien estaba enamorado de ella desde la infancia. A pesar de que Alejandro de la Vega detestaba a Juan Alcázar desde el incidente con los indios, debió invitarlo con toda su familia, porque era uno de los hombres notables del pueblo. Diego no saludó al ranchero ni a su hijo Carlos, pero fue atento con Lolita porque consideró que la niña no tenía la culpa de los pecados de su tío. Además ella llevaba un año enviándole recados de amor con su dueña, que él no había contestado por timidez y porque prefería mantenerse lo más lejos posible de cualquier miembro de la familia Alcázar, aunque fuese una sobrina. Las madres de las doncellas casaderas se llevaron un chasco al comprobar que Diego no estaba ni remotamente listo para pensar en novias, era mucho más niño de lo que sus quince años hacían suponer. A la edad en que otros hijos de dones cultivaban el bigote y daban serenatas, Diego todavía no se afeitaba y perdía la voz delante de una señorita.

El gobernador viajó desde Monterrey trayendo consigo al conde Orloff, pariente de la zarina de Rusia y encargado de los territorios de Alaska. Medía casi siete pies de altura, tenía los ojos de un azul imposible y se presentó ataviado con el vistoso uniforme de los húsares, todo de escarlata, con chaquetilla festoneada de piel blanca colgada al hombro, el pecho atravesado de cordones dorados y bicornio emplumado. Era, sin duda, el hombre más hermoso que se había visto nunca por esos lados. Orloff había oído hablar en Moscú de un par de osos blancos que Diego de la Vega había atrapado vivos y vestido con ropas de mujer cuando apenas tenía ocho años de edad. A Diego no le pareció oportuno sacarlo de su error, pero Alejandro, con su innecesario afán de exactitud, se apresuró a explicar que no eran dos osos, sino uno y de color oscuro, no había de otros en California; que Diego no lo había cazado solo, sino con dos amigos; que le habían pegado un sombrero con brea, y que en esa época el rapaz tenía diez años y no ocho, como rezaba la leyenda. Carlos y su banda, para entonces convertidos en matones notables, pasaron casi desapercibidos en la masa de invitados, pero no así García, quien se tomó varios tragos de más y lloraba públicamente de desconsuelo por la próxima partida de Diego. En esos años el hijo del tabernero había acumulado más grasa que un búfalo, pero todavía era el mismo niño asustado de antes y seguía sintiendo por Diego el mismo deslumbramiento. La presencia del espléndido noble ruso y el despilfarro del ágape acallaron temporalmente las malas lenguas de la colonia. Regina se dio el gusto de ver a las mismas empingorotadas personas que antes la desdeñaban, inclinarse para besarle la mano. Alejandro de la Vega, ajeno por completo a tales mezquindades, se paseaba entre los huéspedes ufano de su posición social, su hacienda, su hijo y, por una vez, orgulloso también de su mujer, quien se presentó a la fiesta vestida de duquesa con un traje de terciopelo azul y una mantilla de encaje de Bruselas.

Bernardo había galopado dos días montaña arriba a la aldea de su tribu para despedirse de Rayo en la Noche. Ella lo estaba esperando, porque el correo de los indios había repartido la noticia de su viaje con Diego de la Vega. Le tomó la mano y se lo llevó al río para preguntarle qué había más allá del mar y cuándo pensaba volver. El muchacho le hizo un burdo dibujo en el suelo con un palito, pero no pudo hacerle comprender las inmensas distancias que separaban su aldea de la España mítica, porque él mismo no lograba imaginarlas. El padre Mendoza le había mostrado un mapamundi, pero esa bola pintada no podía darle una idea de la realidad. En cuanto al regreso, le explicó con signos que no lo sabía con certeza, pero serían muchos años. «En ese caso, quiero que te lleves algo de mí como recuerdo», dijo Rayo en la Noche. Con los ojos brillantes y una mirada de milenaria sabiduría, la muchacha se despojó de los collares de semillas y plumas, de la faja roja de la cintura, de sus botas de conejo, de su túnica de piel de cabrito, y quedó desnuda en la luz dorada que se filtraba a puntitos entre las hojas de los árboles. Bernardo sintió que la sangre se le convertía en melaza, que se ahogaba de asombro y agradecimiento, que el alma se le escapaba en suspiros. No sabía qué hacer ante esa criatura extraordinaria, tan diferente a él, tan hermosa, que se le ofrecía como el más extraordinario regalo. Rayo en la Noche le tomó una mano y la puso sobre uno de sus pechos, le tomó la otra y la puso en su cintura, luego levantó los brazos y empezó a deshacer la trenza de sus cabellos, que cayeron como una cascada de plumas de cuervo sobre sus hombros. Bernardo lanzó un sollozo y murmuró su nombre, Rayo en la Noche, la primera palabra que ella escuchaba de él. La joven recogió con un beso el sonido de su nombre y siguió besando a Bernardo y bañándole la cara con lágrimas adelantadas, porque antes de que se fuera ya estaba echándolo de menos. Horas más tarde, cuando Bernardo despertó de la dicha absoluta en que lo había sumido el amor y pudo volver a pensar, se atrevió a sugerirle a Rayo en la Noche lo impensable: que se quedaran juntos para siempre.

Ella le contestó con una carcajada alegre y le hizo ver que todavía era un mocoso, tal vez el viaje le ayudaría a hacerse hombre.

Bernardo pasó varias semanas con su tribu y en ese tiempo sucedieron acontecimientos esenciales en su vida, pero no ha querido contármelos. Lo poco que sé sobre este asunto me lo dijo Rayo en la Noche. Aunque puedo imaginar el resto sin problemas, no lo haré, por respeto al temperamento reservado de Bernardo. No quiero ofenderlo. Regresó a la hacienda a tiempo para ayudar a Diego a empacar sus cosas para la travesía en los mismos baúles enviados por Eulalia de Callís muchos años antes. Apenas apareció Bernardo ante él, Diego supo que algo fundamental había cambiado en la vida de su hermano de leche, pero cuando quiso averiguarlo se encontró con una mirada de piedra que lo atajó en seco. Entonces adivinó que el secreto estaba relacionado con Rayo en la Noche y no hizo más preguntas. Por primera vez en sus vidas había algo que no podían compartir.

Alejandro de la Vega había encargado a México un ajuar de príncipe para su hijo, que completó con las pistolas de duelo con incrustaciones de nácar y la capa negra forrada en seda con botones de plata toledana, regalos de Eulalia. Diego agregó su mandolina, instrumento muy útil en caso de que superara su timidez ante las mujeres, el florete que fuera de su padre, su látigo de piel de toro y el libro del maestro Manuel Escalante. Por contraste, el equipaje de Bernardo consistía en la ropa puesta, un par de mudas de recambio, una manta negra de Castilla y botas adecuadas para sus pies anchos, obsequio del padre Mendoza, quien consideró que en España no debía andar descalzo.

El día anterior a la partida de los jóvenes apareció Lechuza Blanca a despedirse. Se negó a entrar a la casa, porque sabía que Alejandro de la Vega se avergonzaba de tenerla por suegra y prefirió no darle un mal rato a Regina. Se reunió con los dos muchachos en el patio, lejos de oídos ajenos, y les entregó los presentes que había traído para ellos. A Diego le dio un frasco contundente del jarabe de la adormidera, con la advertencia de que sólo podía usarlo para salvar vidas humanas. Por su expresión, Diego comprendió que su abuela sabía que él le había robado la poción mágica cinco años antes y, rojo de vergüenza, le aseguró que podía estar tranquila, había aprendido la lección, cuidaría el brebaje como un tesoro y no volvería a robar. A Bernardo la india le trajo una bolsita de cuero que contenía una trenza de cabello negro. Rayo en la Noche se la había enviado con un recado: que se fuera en paz y se hiciera hombre sin apuro, porque, aunque transcurrieran muchas lunas, a su regreso ella estaría esperándolo con el amor intacto. Conmovido hasta la médula, Bernardo le preguntó con gestos a la abuela cómo podía ser que la joven más linda del universo lo quisiera justamente a él, que era un piojo, y ella le contestó que no lo sabía, así de extrañas eran las mujeres. Luego agregó, con un guiño travieso, que cualquier mujer sucumbiría ante un hombre que sólo habla para ella. Bernardo se colgó la bolsita al cuello debajo de la camisa, cerca del corazón.

Los esposos De la Vega con sus criados y el padre Mendoza con sus neófitos acudieron a despedir a los muchachos en la playa. Los recogió un bote para llevarlos a la goleta *Santa Lucía*, de tres mástiles, bajo el mando del capitán José Díaz, quien había prometido conducirlos sanos y salvos a Panamá, primera parte del largo viaje a Europa. Lo último que vieron Diego y Bernardo antes de subir al barco fue la figura altiva de Lechuza Blanca, con su manto de piel de conejo y su pelo indómito al viento, diciéndoles adiós con la mano desde un promontorio de rocas, cerca de las cuevas sagradas de los indios.

SEGUNDA PARTE

Barcelona, 1810-1812

Me animo a continuar con paso ligero, puesto que habéis leído hasta aquí. Lo que viene es más importante que lo anterior. La niñez de un personaje no es fácil de contar, pero debía hacerlo para daros una idea cabal del Zorro. La infancia es una época desgraciada, llena de temores infundados, como el miedo a monstruos imaginarios y al ridículo. Desde el punto de vista literario, no tiene suspenso, ya que, salvo excepciones, los niños suelen ser un poco sosos. Además, carecen de poder, los adultos deciden por ellos y lo hacen mal, les inculcan sus propias ideas erróneas sobre la realidad y después los críos pasan el resto de sus vidas tratando de librarse de ellas. No fue, sin embargo, el caso de Diego de la Vega, nuestro Zorro, porque desde temprano hizo más o menos lo que le daba la gana. Tuvo la buena fortuna de que las personas a su alrededor, preocupadas de sus pasiones y asuntos, descuidaran su vigilancia. Llegó a los quince años sin grandes vicios ni virtudes, excepto un desproporcionado afán de justicia, que no sé si pertenece a la primera o la segunda categoría; digamos que es simplemente un trazo inseparable de su carácter. Podría añadir que otro trazo es la vanidad, pero sería adelantarme mucho, eso se le desarrolló más tarde, cuando se dio cuenta de que aumentaban sus enemigos, lo cual siempre es buen signo, y sus admiradores, sobre todo de sexo femenino. Ahora es un hombre apuesto —al menos a mí me lo parece—, pero a los quince años, cuando llegó a Barcelona, era todavía un mozalbete de orejas salidas, que no había terminado de cambiar la voz. El problema de las orejas fue la razón por la cual se le ocurrió la idea de usar una máscara, que cumple la doble función de ocultar por igual su identidad y esos apéndices de fauno. Si Moncada se los hubiera visto al Zorro, habría deducido de inmediato que su detestado rival era Diego de la Vega.

Y ahora, si me lo permitís, continuaré con mi narración, que a estas alturas se pone interesante, al menos para mí, porque en esta época conocí a nuestro héroe.

La nave mercante *Santa Lucía* —que los marineros llamaban *Adelita* por cariño y porque estaban hartos de embarcaciones con nombres de santas— hizo el trayecto entre Los Ángeles y la ciudad de Panamá en una semana. El capitán José Díaz llevaba ocho años recorriendo la costa americana del Pacífico y en ese tiempo había acumulado una pequeña fortuna, con la que pensaba conseguir una esposa treinta años más joven que él y retirarse a su pueblo en Murcia dentro de un plazo breve. Alejandro de la Vega le confió a su hijo Diego con algo de temor porque lo consideraba hombre de moral flexible, se decía que había hecho su dinero con contrabando y tráfico de mujeres de reputación alegre. La panameña fenomenal, cuyo desenfadado gozo por la vida iluminaba las noches de los caballeros en Los Ángeles, había llegado a bordo de la *Santa Lucía*; pero no era cosa de ponerse quisquilloso, decidió Alejandro, mejor estaba Diego en manos de una persona conocida, por ruin que fuera, que navegando solo a través del mundo. Diego y Bernardo serían los únicos pasajeros a bordo, y creía que el capitán los cuidaría con celo. Conducían la goleta doce avezados tripulantes, divididos en dos turnos, llamados babor y estribor para diferenciarlos, aunque en este caso esos nombres nada significaban. Mientras un equipo trabajaba su turno de cuatro horas, el otro descansaba y jugaba a los naipes. Una vez que Diego y Bernardo lograron controlar el mareo y se acostumbraron al vaivén de la navegación, pudieron incorporarse a la vida normal a bordo. Se hicieron amigos de los marineros, que los trataban con cariño protector, y repartieron su tiempo en las mismas actividades de ellos. El capitán pasaba la mayor parte del día encerrado en su camarote retozando con una mestiza y ni cuenta se daba de que los jóvenes a su cargo saltaban como monos en los mástiles, con riesgo de romperse la crisma.

Diego resultó tan hábil para hacer acrobacias en los cabos colgado de una mano o de una pierna, como para los naipes. Tenía suerte para sacar cartas y un talento pasmoso para hacer trampas. Con cara de la mayor inocencia esquilmó a esos expertos jugadores, que si hubieran apostado monedas habrían quedado desconsolados, pero sólo usaban garbanzos o conchas. El dinero estaba prohibido a bordo, para evitar que los tripulantes se masacraran unos a otros por deudas de juego. A Bernardo se le reveló un aspecto hasta entonces desconocido de su hermano de leche.

—No pasaremos hambre en Europa, Bernardo, porque siempre habrá a quien ganarle en el juego y entonces será con doblones de oro y no con garbanzos, ¿qué te parece? No me mires así, hombre, por Dios, cualquiera diría que soy un criminal. Lo malo contigo es que eres tan mojigato... ¿No ves que por fin somos libres? Ya no está el padre Mendoza para mandarnos al infierno —se rió Diego, acostumbrado como estaba a hablar con Bernardo y contestarse solo.

A la altura de Acapulco los marineros empezaron a sospechar que Diego se burlaba de ellos y amenazaron con lanzarlo al agua a espaldas del capitán, pero los distrajeron las ballenas. Llegaron por docenas, colosales criaturas que susurraban de amor en coro y agitaban el mar con sus apasionados coletazos. Surgían de pronto en la superficie y rodeaban a la *Santa Lucía* tan de cerca, que se podían contar los pedregosos y amarillentos crustáceos adheridos al lomo. La piel, oscura y llena de costras, tenía impresa la historia completa de cada uno de esos gigantes y la de sus antepasados de siglos y siglos. De pronto, alguna se levantaba en el aire, daba una vuelta de tirabuzón y caía con gracia. Sus chorros salpicaban el barco con una fina y fresca lluvia. En el esfuerzo de hacer el quite a las ballenas y la excitación del puerto de Acapulco, los marineros perdonaron a Diego, pero le advirtieron que se cuidara, porque es más fácil morir por tramposo que en la guerra. Además, Bernardo no lo dejaba en paz con sus escrúpulos telepáticos y debió prometerle que no utilizaría esa nueva destreza para hacerse rico a costa de la ruina de otros, como estaba planeando.

Lo más útil de la travesía en barco, aparte de conducirlos a donde iban, fue la libertad que tuvieron los muchachos para ejercitarse en proezas atléticas que sólo los marineros curtidos y los fenómenos de feria pueden hacer. En la infancia se colgaban del alero de la casa cabeza abajo, sujetos por los pies, deporte que Regina y Ana procuraron inútilmente desalentar a escobazos. En la nave no había quien les prohibiera correr riesgos y aprovecharon para desarrollar la habilidad que tenían latente desde muy pequeños y que tanto habría de servirles en este mundo. Aprendieron a hacer cabriolas de trapecista, a trepar por el cordaje como arañas, a balancearse a ochenta pies de altura, a descender de la punta del mástil abrazados a los cables, y a deslizarse a lo largo de un cabo flojo para bregar con las velas. Nadie les prestaba atención y a nadie en realidad le importaba si se partían el cráneo en una caída. Los marineros les dieron algunas lecciones muy principales. Les enseñaron a hacer diversos nudos, a cantar para multiplicar la fuerza en cualquier tarea, a golpear las galletas para desprender los gusanillos del gorgojo, a no silbar jamás en alta mar, porque altera el viento, a dormir a ratitos, como los recién nacidos, y a beber ron con pólvora para probar la hombría. Ninguno de los dos pasó esta última prueba, a Diego casi lo despachan las náuseas, y Bernardo lloró toda la noche, porque se le apareció su madre. El segundo de a bordo, un escocés de nombre McFerrin, mucho más ducho en materias de navegación que el capitán, les dio el consejo más importante: «Una mano para navegar, la otra para ti». En todo momento, incluso en aguas mansas, debían estar bien agarrados. Bernardo lo olvidó por un instante, cuando se asomaba en la popa a verificar si los tiburones los seguían. No se veían por ninguna parte, pero tenían la intuición de aparecer apenas el cocinero tiraba los desperdicios por la borda. En eso estaba, distraído mirando la superficie del océano, cuando un vaivén inesperado lo tiró al agua. Era muy buen nadador y para fortuna suya alguien lo vio caer y dio la alarma, si no allí se queda, porque ni siquiera en esas circunstancias consiguió sacar la voz para gritar. Esto causó un incidente desagradable. El capitán José Díaz consideró que no valía la pena detenerse y enviar un bote a buscarlo, con las consiguientes molestias y pérdida de tiempo. Si fuera el hijo de Alejandro de la Vega, tal vez no lo habría dudado tanto, pero se trataba sólo de un indio mudo y, en su opinión, también tonto. Debía serlo para irse por la borda, argumentó. Mientras el capitán vacilaba, presionado por McFerrin y el resto de la tripulación, para quienes rescatar al infeliz que cae al mar es un principio inalienable de la navegación, Diego se lanzó en pos de su hermano. Cerró los ojos y saltó sin pensarlo demasiado, porque vista desde arriba la altura resultaba enorme. Tampoco olvidaba los tiburones, que si bien no estaban allí en ese momento, nunca andaban demasiado lejos. El golpe con el agua lo dejó turulato por unos segundos, pero Bernardo lo alcanzó de unas cuantas brazadas y lo sostuvo con la nariz sobre la superficie. En vista de que su pasajero principal corría el riesgo de acabar devorado si no se decidía pronto, José Díaz autorizó el salvamento. El escocés y otros tres hombres ya habían bajado el bote, cuando aparecieron los primeros tiburones, que comenzaron una alegre danza en círculos en torno a los náufragos. Diego gritaba hasta desgañitarse y tragaba agua, mientras Bernardo, calmadamente, sujetaba a su amigo con un brazo y nadaba con el otro. McFerrin le disparó un pistoletazo al escualo más próximo y de inmediato el agua se tiñó con un ondulante brochazo color óxido. Eso sirvió de distracción a los demás animales, que se echaron encima del herido con claras intenciones de servírselo para el almuerzo, y dio tiempo a los marineros de socorrer a los muchachos. Un coro de aplausos y rechiflas de la tripulación celebró la maniobra.

Entre descender el bote, ubicar a los náufragos, darles golpes con los remos a los tiburones más audaces y regresar a bordo, se perdió un buen rato. El capitán consideró un insulto personal que Diego se hubiese tirado al agua, forzándole la mano, y como represalia le prohibió trepar a los mástiles, pero ya era tarde, porque se encontraban frente a Panamá, donde debía dejar a sus pasajeros. Los jóvenes se despidieron con pesar de la tripulación de la *Santa Lucía* y bajaron a tierra con su equipaje, bien armados con las pistolas de duelo, la espada y el látigo de Diego, tan mortífero como un cañón, además del cuchillo de Bernardo, arma de muchos usos, desde limpiarse las uñas y rebanar el pan, hasta cazar presas mayores. Alejandro de la Vega les había advertido que no confiaran en nadie. Los nativos tenían fama de ladrones y por lo tanto debían turnarse para dormir, sin perder de vista los baúles en ningún momento.

A Diego y Bernardo la ciudad de Panamá les pareció magnífica, porque cualquier cosa comparada con el pueblito de Los Ángeles seguramente lo era. Por allí pasaban, desde hacía tres siglos, las riquezas de las Américas rumbo a las arcas reales de España. De Panamá eran transportados en recuas de mulas a través de las montañas y luego en botes por el río Chagres hasta el mar Caribe. La importancia de ese puerto, así como la de Portobelo, en la costa atlántica del istmo, había disminuido en la misma medida en que mermaron el oro y la plata de las colonias. También se podía llegar desde el océano Pacífico al Atlántico dando la vuelta al continente por el extremo sur, en el cabo de Hornos, pero bastaba echar una mirada al mapa para darse cuenta de que era un trayecto eterno. Tal como explicó el padre Mendoza a los muchachos, el cabo de Hornos queda donde se termina el mundo de Dios y empieza el mundo de los espectros. Atravesando la angosta cintura del istmo de Panamá, un viaje que sólo requiere un par de días, se ahorran meses de navegación, por lo mismo el emperador Carlos I soñaba, ya en 1534, con abrir un canal para unir los dos océanos, idea descabellada, como tantas que se les ocurren a ciertos monarcas. El mayor inconveniente del lugar eran las miasmas, o emanaciones gaseosas, que se desprendían de la vegetación podrida de la selva y de los lodazales de los ríos, dando origen a horripilantes plagas. Un número aterrador de viajeros moría fulminado por fiebre amarilla, cólera y disentería. Tampoco faltaban quienes se volvían locos, según decían, pero supongo que se trataba de gente imaginativa, poco apta para andar suelta en los trópicos. En las epidemias morían tantos, que los sepultureros no cubrían las fosas comunes, donde se apilaban los cadáveres, porque sabían que llegarían más en las próximas horas. Para proteger a Diego y Bernardo de esos peligros, el padre Mendoza les entregó sendas medallas de san Cristóbal, patrono de viajeros y navegantes. Estos talismanes dieron milagrosos resultados y ambos sobrevivieron. Menos mal, porque de otro modo no tendríamos esta historia. El calor de hoguera les impedía respirar, y debían matar los mosquitos a zapatazos, pero por lo demás lo pasaron muy bien. Diego estaba encantado en esa ciudad, donde nadie los vigilaba y había tantas tentaciones para escoger. Sólo la santurronería de Bernardo le impidió terminar en un garito clandestino o en brazos de una mujer de buena voluntad y mala reputación, donde tal vez habría perecido de una puñalada o de exóticas enfermedades. Bernardo no pegó los ojos esa noche, no tanto para defenderse de los bandidos, como para cuidar a Diego.

Los hermanos de leche cenaron en una fonda del puerto y pernoctaron en el dormitorio común de un hostal, donde los viajeros se acomodaban como podían en jergones en el suelo. Mediante pago doble, consiguieron hamacas y roñosos mosquiteros, así estaban más o menos a salvo de ratones y cucarachas. Al día siguiente cruzaron las montañas para dirigirse a Cruces por una buena vía de adoquines, del ancho de dos mulas, que con su característica falta de inventiva para los nombres, los españoles llamaban Camino Real. En las alturas el aire era menos denso y húmedo que en las tierras bajas, y la vista tendida a sus pies era un verdadero paraíso. En el verde absoluto de la selva brillaban, como prodigiosas pinceladas, aves de plumaje enjoyado y mariposas multicolores. Los nativos resultaron ser personas sumamente decentes y, en vez de aprovecharse de la inocencia de los dos jóvenes viajeros, como correspondía a su mala fama, les ofrecieron pescado con plátano frito y esa noche los hospedaron en una choza infestada de sabandijas, pero donde al menos estaban protegidos de las lluvias torrenciales. Les aconsejaron evitar las tarántulas y ciertos sapos verdes, que escupen a los ojos y dejan ciego, así como una variedad de nuez que quema el esmalte de los dientes y produce calambres mortales en el estómago.

El río Chagres en algunos trechos parecía un pantano espeso, pero en otros era de aguas prístinas. Se recorría en canoas o en botes chatos, con capacidad para ocho o diez pasajeros con su equipaje. Diego y Bernardo debieron aguardar un día completo, hasta que se juntaron suficientes personas para llenar la embarcación. Quisieron darse un chapuzón en el río para refrescarse —el calor pesado aturdía a las culebras y silenciaba a los monos—, pero apenas introdujeron un pie en el agua despertaron los caimanes, que dormitaban bajo la superficie, mimetizados con el fango. Los chavales retrocedieron deprisa, entre las carcajadas de los nativos. No se atrevieron a beber el agua verdosa con guarisapos que les ofrecían sus amables anfitriones, y aguantaron la sed hasta que otros viajeros, rudos comerciantes y aventureros, compartieron con ellos sus botellas de vino y cerveza. Aceptaron tan ansiosos y bebieron con tanto gusto, que después ninguno de los dos fue capaz de recordar esa parte de la travesía, salvo la peculiar forma de navegar de los nativos. Seis hombres, provistos de largas pértigas, iban de pie sobre dos pasarelas a ambos lados de la embarcación. Empezando por la popa, enterraban las puntas de las pértigas en el lecho del río, y caminaban lo más rápido posible hacia la proa, empujando con todo el cuerpo, así avanzaban, incluso contra la corriente. Debido al calor, iban desnudos. El recorrido tomó más o menos dieciocho horas, que Diego y Bernardo hicieron en un estado de alucinación etílica, despatarrados bajo el toldo que los protegía del sol de lava ardiente sobre sus cabezas. Al llegar a su destino, los otros viajeros, entre codazos y risas, los bajaron del bote a empujones. Así perdieron, en las doce leguas de camino entre la desembocadura del río y la ciudad de Portobelo, uno de los baúles con gran parte del ajuar de príncipe adquirido por Alejandro de la Vega para su hijo. Fue un hecho más bien afortunado, porque a California no había llegado todavía la última moda europea en el vestir. Los trajes de Diego eran francamente para la risa.

Portobelo, fundada en el 1500 en el golfo del Darién, era una ciudad fundamental, porque allí se embarcaban los tesoros para España y llegaba la mercadería europea a América. En opinión de los antiguos capitanes, no existía en las Indias un puerto más capaz y seguro. Contaba con varios fuertes para la defensa, además de inexpugnables arrecifes. Los españoles construyeron las fortalezas con corales extraídos del fondo del mar, maleables cuando estaban húmedos, pero tan resistentes al secarse, que las balas de los cañones apenas les hacían mella. Una vez al año, cuando llegaba la Flota del Tesoro, se organizaba una feria de cuarenta días y entonces la población aumentaba con miles y miles de visitantes. Diego y Bernardo habían oído que en la Casa Real del Tesoro se apilaban los lingotes de oro como leños, pero se llevaron una desilusión, porque en los últimos años la ciudad había decaído, en parte por los ataques de piratas, pero más que nada debido a que las colonias americanas ya no eran tan rentables para España como lo fueran antes. Las viviendas de madera y piedra estaban desteñidas por la lluvia, los edificios públicos y bodegas estaban invadidos de maleza, las fortalezas languidecían en una siesta eterna. A pesar de ello, había varios barcos en el puerto y un enjambre de esclavos cargando metales preciosos, algodón, tabaco, cacao, y descargando bultos para las colonias. Entre las embarcaciones se distinguía la *Madre de Dios*, en la que Diego y Bernardo cruzarían el Atlántico.

Esa nave, construida cincuenta años antes, pero aún en excelente estado, tenía tres mástiles y velas cuadradas. Era más grande, lenta y pesada que la goleta *Santa Lucía* y se prestaba mejor para viajes a través del océano. La coronaba un espectacular mascarón de proa en forma de sirena. Los marineros creían que los senos desnudos calmaban el mar y los de esa esfinge eran opulentos. El capitán, Santiago de León, demostró ser un hombre de personalidad singular. Era de corta estatura, enjuto, con las facciones talladas a cuchillo en un rostro curtido por muchos mares. Cojeaba, debido a una desgraciada operación para quitarle una bala de la pierna siniestra, que el cirujano no pudo extraer, pero en el intento lo dejó baldado y dolorido para el resto de sus días. El hombre no era proclive a quejarse, apretaba los dientes, se medicaba con láudano y procuraba distraerse con su colección de fantasiosos mapas. En ellos figuraban lugares que tenaces viajeros han buscado por siglos sin éxito, como El Dorado, la ciudad de oro puro; la Atlántida, el continente sumergido cuyos habitantes son humanos pero tienen agallas, como los peces; las islas misteriosas de Luquebaralideaux, en el mar Salvaje, pobladas por enormes salchichas de filudos dientes, pero carentes de huesos, que circulan en manadas y se alimentan de la mostaza que fluye en los arroyos y, según se cree, puede curar hasta las peores heridas. El capitán se entretenía copiando los mapas y agregando sitios de su propia invención, con detalladas explicaciones; luego los vendía a precio de oro a los anticuarios de Londres. No pretendía engañar, siempre los firmaba de puño y letra y agregaba una hermética frase que cualquier entendido conocía: «Obra numerada de la *Enciclopedia de Deseos,* versión íntegra».

El viernes la carga estaba a bordo, pero la *Madre de Dios* no zarpó porque Cristo murió un viernes. Ése es mal día para iniciar la navegación. El sábado, los cuarenta hombres de la tripulación se negaron a partir porque se les cruzó un sujeto de cabello rojo en el muelle y un pelícano cayó muerto sobre el puente del barco, dos pésimos augurios. Por fin el domingo Santiago de León consiguió que su gente desplegara las velas. Los únicos pasajeros eran Diego, Bernardo, un auditor, que regresaba de México a la patria, y su hija de treinta años, fea y quejumbrosa. La señorita se enamoró de cada uno de los rudos marineros, pero éstos la rehuían como al demonio, porque todo el mundo sabe que las mujeres honradas a bordo atraen mal tiempo y otras calamidades. Dedujeron que era honrada por falta de oportunidades de pecar, más que por virtud natural. El auditor y su hija disponían de un camarote diminuto, pero Diego y Bernardo, como la tripulación, dormían en hamacas colgadas en la maloliente cubierta inferior. La cabina del capitán en la popa servía de escritorio, oficina de mando, comedor y sala de recreo para oficiales y pasajeros. La puerta y los muebles se plegaban a conveniencia, como la mayor parte de las cosas a bordo, donde el espacio constituía el mayor lujo. Durante varias semanas en alta mar los muchachos no dispusieron jamás de un instante de privacidad, incluso las funciones más elementales se llevaban a cabo a plena vista de los demás en un balde, si había oleaje, o en caso contrario sentados sobre una tabla con un hoyo directamente sobre el mar. Nadie supo cómo se las arregló la púdica hija del auditor, porque nunca la vieron vaciar una bacinilla. Los marineros cruzaban apuestas al respecto, primero muertos de la risa y después asustados, porque una constipación tan perseverante parecía cosa de brujería. Aparte del movimiento constante y la promiscuidad, lo más notable era el ruido. Las maderas crujían, los metales chocaban, los toneles rodaban, los cabos gemían y el agua azotaba a la nave. Para Diego y Bernardo, acostumbrados a la soledad, el espacio y el silencio inmensos de California, el ajuste a la vida de navegantes no fue fácil.

Diego discurrió sentarse sobre los hombros del mascarón de proa, lugar perfecto para otear la línea infinita del horizonte, salpicarse de agua salada y saludar a los delfines. Se abrazaba a la cabeza de la doncella de madera y apoyaba los pies en sus pezones. Dadas las condiciones atléticas del muchacho, el capitán se limitó a exigirle que se sujetara con un cabo en la cintura, porque si se caía de allí, el barco le pasaría por encima; pero más tarde, cuando lo sorprendió encaramado en la punta del palo mayor, a más de cien pies de altura, no le dijo nada. Decidió que si estaba destinado a morir temprano, él no podría impedirlo. Siempre había actividad en la nave, que no se detenía por la noche, pero el grueso del trabajo se realizaba de día. Se marcaba el primer turno con campanazos al mediodía, cuando el sol estaba en su cenit y el capitán hacía la primera medida para ubicarse. A esa hora el cocinero distribuía una pinta de limonada por hombre, para prevenir el escorbuto, y el segundo oficial repartía el ron y el tabaco, únicos vicios permitidos a bordo, donde apostar dinero, pelear, enamorarse e incluso blasfemar estaba prohibido. En el crepúsculo náutico, esa hora misteriosa del atardecer y del alba en que las estrellas titilan en el firmamento, pero aún es visible la línea del horizonte, el capitán tomaba nuevas medidas con su sextante, consultaba sus cronómetros y el libraco de efemérides celestiales, que indica dónde se hallan los astros en cada momento. Para Diego esta operación geométrica resultó fascinante, porque todas las estrellas le parecían iguales y para donde mirara no veía más que el mismo mar de acero y el mismo cielo blanco, pero pronto aprendió a observar con ojos de navegante. El capitán también vivía pendiente del barómetro, porque los cambios de presión en el aire le anunciaban las tormentas y los días en que la pierna le dolería más.

Los primeros días dispusieron de leche, carne y vegetales, pero antes de una semana debieron limitarse a legumbres, arroz, fruta seca y la eterna galleta dura como mármol e hirviendo de gorgojo. También tenían carne salada, que el cocinero remojaba un par de días en agua con vinagre antes de echarla a la olla, para quitarle la consistencia de montura de caballo. Diego pensó que su padre podría hacer un estupendo negocio con su carne ahumada, pero Bernardo le hizo ver que llevarla en suficiente cantidad a Portobelo era un sueño. En la mesa del capitán, a la que Diego, el auditor y su hija estaban siempre invitados, pero no así Bernardo, se servía además lengua de vaca en escabeche, aceitunas, queso manchego y vino. El capitán puso a disposición de los pasajeros su tablero de ajedrez y sus naipes, así como un atado de libros, que sólo interesaron a Diego, entre los que encontró un par de ensayos sobre la independencia de las colonias. Diego admiraba el ejemplo de los norteamericanos, que se habían librado del yugo inglés, pero no se le había ocurrido que las aspiraciones de libertad de las colonias españolas en América también eran encomiables hasta que leyó las publicaciones del capitán.

Santiago de León resultó ser un interlocutor tan entretenido, que Diego sacrificó horas de alegres acrobacias en el cordaje para conversar con él y estudiar sus mapas fantásticos. El capitán, un solitario, descubrió el placer de compartir sus conocimientos con una mente joven e inquisitiva. Era un lector incansable, llevaba consigo cajones de libros, que cambiaba por otros en cada puerto. Había dado la vuelta al mundo varias veces, conocía tierras tan extrañas como las descritas en sus fabulosos mapas y había estado a punto de morir tantas veces, que le había perdido el miedo a la vida. Lo más revelador para Diego, acostumbrado a verdades absolutas, fue que ese hombre de mentalidad renacentista dudaba de casi todo aquello que constituía el fundamento intelectual y moral de Alejandro de la Vega, el padre Mendoza y su maestro en la escuela. A veces a Diego le surgían preguntas sobre los rígidos esquemas martillados en su cerebro desde su nacimiento, pero nunca osó desafiarlos en alta voz. Cuando las reglas le incomodaban demasiado, les quitaba el cuerpo con disimulo, nunca se rebelaba abiertamente. Con Santiago de León se atrevió a hablar de temas que jamás habría tocado con su padre. Descubrió, maravillado, que había un sinfín de maneras diversas de pensar. De León le hizo ver que no sólo los españoles se decían superiores al resto de la humanidad, todos los pueblos sufrían del mismo espejismo; que en la guerra los españoles cometían exactamente las mismas atrocidades que los franceses o cualquier otro ejército: violaban, robaban, torturaban, asesinaban; que cristianos, moros y judíos sostenían por igual que su Dios era el único verdadero y despreciaban otras religiones. El capitán era partidario de abolir la monarquía e independizar las colonias, dos conceptos revolucionarios para Diego, quien había sido formado en la creencia de que el rey era sagrado y la obligación natural de todo español era conquistar y cristianizar otras tierras. Santiago de León defendía exaltadamente los principios de igualdad, libertad y fraternidad de la Revolución francesa, sin embargo no aceptaba que los franceses hubieran invadido España. En ese tema dio muestras de feroz patriotismo: prefería ver a su patria sumida en el oscurantismo de la Edad Media, dijo, que ver el triunfo de las ideas modernas, si eran impuestas por extranjeros. No le perdonaba a Napoleón que hubiese obligado al rey de España a abdicar al trono y colocase en su lugar a su hermano, José Bonaparte, a quien el pueblo había apodado Pepe Botella.

—Toda tiranía es abominable, joven —concluyó el capitán—. Napoleón es un tirano. ¿De qué sirvió la revolución si el rey fue reemplazado por un emperador? Los países deben ser gobernados por un consejo de hombres ilustrados, responsables de sus acciones ante el pueblo.

—La autoridad de los reyes es de origen divino, capitán —alegó débilmente Diego, repitiendo palabras de su padre, sin entender bien lo que decía.

—¿Quién lo asegura? Que yo sepa, joven De la Vega, Dios no se ha pronunciado al respecto.

—Según las Sagradas Escrituras...

—¿Las ha leído? —lo interrumpió, enfático, Santiago de León—. En ninguna parte dicen las Sagradas Escrituras que los Borbones han de reinar en España o Napoleón en Francia. Además, las Sagradas Escrituras nada tienen de sagradas, fueron escritas por hombres y no por Dios.

Era de noche y ellos paseaban sobre el puente. El mar estaba calmo y entre los crujidos eternos de la nave se escuchaba con nitidez alucinante la flauta de Bernardo buscando a Rayo en la Noche y a su madre en las estrellas.

—¿Crees que Dios existe? —le preguntó el capitán.

—¡Por supuesto, capitán!

Santiago de León señaló con un amplio gesto el oscuro firmamento salpicado de constelaciones.

—Si Dios existe, seguramente no se interesa en designar los reyes de cada astro celestial... —dijo.

Diego de la Vega soltó una exclamación de espanto. Dudar de Dios era lo último que se le pasaría por la mente, mil veces más grave que dudar del mandato divino de la monarquía. Por mucho menos que eso la temida Inquisición había quemado a gente en infames hogueras, lo cual no parecía preocupar en lo más mínimo al capitán.

Cansado de ganarles garbanzos y conchitas con los naipes a los marineros, Diego discurrió asustarlos con historias horripilantes inspiradas en los libros del capitán y los mapas fantásticos, que él enriqueció echando mano de su inagotable imaginación, donde figuraban pulpos gigantescos capaces de destrozar con sus tentáculos a una nave tan grande como la *Madre de Dios*, salamandras carnívoras del tamaño de ballenas y sirenas que de lejos parecían sensuales doncellas, pero en realidad eran monstruos con lenguas en forma de culebra. Jamás había que aproximarse a ellas, les advirtió, porque tendían sus brazos mórbidos, abrazaban a los incautos, los besaban y entonces sus lenguas mortíferas se introducían por la garganta de la desafortunada víctima y la devoraban por dentro, dejando sólo el esqueleto cubierto de pellejo.

—¿Habéis visto esas luces que a veces brillan sobre el mar, esas que llaman fuegos fatuos? Sabéis, por supuesto, que anuncian la presencia de los muertos-vivos. Son marineros cristianos que naufragaron en asaltos de piratas turcos. No alcanzaron a obtener la absolución de sus pecados y sus almas no encuentran el camino al purgatorio. Están atrapados en los restos de sus naves al fondo del mar sin saber que ya están muertos. En noches como ésta, esas almas en pena suben a la superficie. Si por desgracia un barco se encuentra por allí, los muertos-vivos trepan a bordo y se roban lo que encuentran, el ancla, el timón, los instrumentos del capitán, los cabos y hasta los mástiles. Eso no es lo peor, amigos, sino que también necesitan marineros. Al que logran atrapar, lo arrastran a las profundidades del océano para que los ayude a rescatar sus barcos y navegar hacia playas cristianas. Espero que eso no nos ocurra en este viaje, pero debemos estar alerta. Si aparecen sigilosas figuras negras, podéis estar seguros de que son los muertos-vivos. Los reconoceréis por las capas que llevan para disimular la sonajera de sus pobres huesos.

Comprobó, encantado, que su elocuencia producía pavor colectivo. Contaba sus cuentos de noche, después de la cena, a la hora en que la gente saboreaba su pinta de ron y masticaba su tabaco, porque en la penumbra le resultaba mucho más fácil erizarles los pelos de espanto. Después de preparar el terreno durante varios días de espeluznantes narraciones, se aprontó para dar el golpe de gracia. Vestido enteramente de negro, con guantes y la capa de botones toledanos, efectuaba apariciones súbitas y muy breves en los rincones más oscuros. En ese atuendo se tornaba casi invisible de noche, excepto por la cara, pero a Bernardo se le ocurrió cubrírsela con un pañuelo también negro, al que le abrió dos huecos para los ojos. Varios marineros vieron por lo menos a un muerto-vivo. Se corrió la voz en un instante de que el barco estaba hechizado y culparon a la hija del auditor, quien debía estar endemoniada, puesto que no usaba la bacinilla. Sólo ella podía ser responsable de haber atraído a los espectros. El rumor llegó a la nerviosa solterona y le provocó una jaqueca tan brutal, que el capitán debió aturdirla por dos días con dosis espléndidas de láudano. Al enterarse de lo ocurrido, Santiago de León reunió a los marineros en el puente y los amenazó con suprimirles el licor y el tabaco a todos por igual si continuaban propagando tonterías. Los fuegos fatuos, dijo, eran un fenómeno natural provocado por gases emanados de la descomposición de algas y las apariciones que creían ver eran sólo producto de la sugestión. Nadie le creyó, pero el capitán impuso orden. Una vez restaurada una semblanza de calma entre su gente, condujo de un ala a Diego a su camarote y a solas le advirtió de que si cualquier muerto-vivo volvía a rondar en la *Madre de Dios*, no tendría escrúpulos en hacerle propinar una azotaina.

—Tengo derecho de vida o muerte en mi barco, con mayor razón a marcarle las espaldas para siempre. ¿Nos entendemos, joven De la Vega? —le dijo entre dientes, acentuando cada palabra.

Estaba claro como el mediodía, pero Diego no respondió, porque se distrajo observando un medallón de oro y plata, grabado con extraños símbolos, colgado al cuello del capitán. Al percibir que Diego lo había visto, Santiago de León se apresuró a ocultarlo y abotonarse la casaca. Fue tan brusca su acción, que el muchacho no se atrevió a preguntarle el significado de la joya. Una vez desahogado, el capitán se suavizó.

—Si tenemos suerte con los vientos y no nos topamos con piratas, este viaje durará seis semanas. Tendrá ocasión de sobra para aburrirse, joven. Le sugiero que en vez de asustar a mi gente con jugarretas infantiles, se dedique a estudiar. La vida es corta, siempre falta tiempo para aprender.

Diego calculó que había leído casi todo lo interesante a bordo y ya dominaba el sextante, los nudos náuticos y las velas, pero asintió sin vacilar, porque tenía otra ciencia en mente. Se dirigió a la sofocante cala del barco, donde el cocinero estaba preparando el postre de los domingos, un budín de melaza y nueces que la tripulación aguardaba toda la semana con ansiedad. Era un genovés que había embarcado en la marina mercante española para escapar de la prisión, donde en justicia debía estar por haber matado de un hachazo a su mujer. Tenía un nombre inadecuado para un navegante: Galileo Tempesta. Antes de convertirse en cocinero de la *Madre de Dios*, Tempesta había sido mago y se ganaba la vida recorriendo mercados y ferias con sus trucos de ilusión. Poseía un rostro expresivo, ojos dominantes y manos de virtuoso con dedos como tentáculos. Podía hacer desaparecer una moneda con tal destreza, que a un palmo de distancia era imposible descubrir cómo diablos lo hacía. Aprovechaba los momentos de tregua en sus labores de la cocina para ejercitarse; cuando no estaba manoseando monedas, naipes y dagas, cosía compartimentos secretos en sombreros, botas, forros y puños de chaquetas, para esconder pañuelos multicolores y conejos vivos.

—Me manda el capitán, señor Tempesta, para que me enseñe todo lo que sabe —le anunció Diego a quemarropa.

—No es mucho lo que sé de cocina, joven.

—Me refiero más bien a la magia…

—Eso no se aprende hablando, se aprende haciendo —replicó Galileo Tempesta.

El resto del viaje se dedicó a enseñarle sus trucos por la misma razón que el capitán le contaba sus viajes y le mostraba sus mapas: porque esos hombres nunca habían disfrutado de tanta atención como la que Diego les regalaba. Al término de la travesía, cuarenta y un días más tarde, Diego podía, entre otras proezas inusitadas, tragarse un doblón de oro y extraerlo intacto por una de sus notables orejas.

La *Madre de Dios* dejó la ciudad de Portobelo y, aprovechando las corrientes del golfo, enfiló hacia el norte bordeando la costa. A la altura de las Bermudas cruzó el Atlántico y unas semanas más tarde se detuvo en las islas Azores a abastecerse de agua y alimentos frescos. El archipiélago de nueve islas volcánicas, pertenecientes a Portugal, era paso obligado de balleneros de varias nacionalidades. Arribaron a la isla Flores, bien llamada, porque estaba cubierta de hortensias y rosas, justamente un día de fiesta nacional. La tripulación se hartó de vino y de la robusta sopa típica del lugar, luego se divirtió un rato en riñas a puñetazos con balleneros americanos y noruegos, y para completar un fin de semana perfecto salió en masa a participar en la juerga generalizada de los toros. La población masculina de la isla, más los marineros visitantes, se lanzó delante de los toros por las calles empinadas del pueblo gritando las obscenidades que el capitán Santiago de León prohibía a bordo. Las hermosas mujeres de la localidad, adornadas con flores en el cabello y el escote, avivaban a prudente distancia, mientras el cura y un par de monjas preparaban vendajes y sacramentos para atender a heridos y moribundos. Diego sabía que cualquier toro es siempre más rápido que el más veloz ser humano, pero como embiste ciego de rabia es posible burlarlo. Había visto tantos en su corta vida que no lo temía demasiado. Gracias a eso salvó por un pelo a Galileo Tempesta cuando un par de cuernos se disponían a ensartarlo por el trasero. El chiquillo corrió a pegarle a la bestia con una varilla para obligarla a cambiar de rumbo, mientras el mago se lanzaba de cabeza a una mata de hortensias, entre aplausos y carcajadas de la concurrencia. Después le tocó el turno a Diego de escapar como gamo, con el toro en los talones. Aunque hubo un número suficiente de magullados y contusos, nadie murió corneado ese año. Era la primera vez en la historia que eso sucedía y la gente de las Azores no supo si era buen augurio o signo de fatalidad. Eso quedaba por verse. En todo caso, los toros convirtieron a Diego en héroe. Galileo

Tempesta, agradecido, le regaló una daga marroquí provista de un resorte disimulado que permitía recoger la hoja dentro del mango.

La nave continuó su travesía por unas semanas más; impulsada por el viento, costeó España pasando frente a Cádiz sin detenerse y enfiló hacia el estrecho de Gibraltar, puerta de acceso al mar Mediterráneo, controlado por los ingleses, aliados de España y enemigos de Napoleón. Siguió sin mayores sobresaltos a lo largo de la costa, sin tocar ningún puerto, y arribó por fin a Barcelona, donde concluía el viaje de Diego y Bernardo. El antiguo puerto catalán se presentó a sus ojos como un bosque de mástiles y velámenes. Había embarcaciones de las más variadas procedencias, formas y tamaños. Si a los jóvenes les había impactado el pueblito de Panamá, imaginen la impresión que les causó Barcelona. El perfil de la ciudad se recortaba soberbio y macizo contra un cielo de plomo, con sus murallas, campanarios y torreones. Desde el agua parecía una ciudad espléndida, pero esa noche se cerró el cielo y el aspecto de Barcelona cambió. No pudieron descender hasta la mañana siguiente, cuando Santiago de León bajó los botes para transportar a la impaciente tripulación y sus pasajeros. Centenares de chalupas circulaban entre los barcos en un mar grasiento y millares de gaviotas que llenaban el aire con sus graznidos.

Diego y Bernardo se despidieron del capitán, de Galileo Tempesta y los demás hombres de a bordo, que se empujaban por ocupar los botes, apurados como estaban por gastar su paga en licor y mujeres, mientras el auditor sostenía en sus brazos de anciano a su hija, desvanecida a causa de la hediondez en el aire. No era para menos. Al arribar los esperaba un puerto hermoso y bien vivido, pero insalubre, cubierto de basura, por donde pululaban ratas del tamaño de perros entre las piernas de una apurada multitud. Por las acequias abiertas corría el agua servida, donde chapaleaban niños descalzos, y desde las ventanas de los pisos altos tiraban a la calle el contenido de las bacinillas al grito de «¡agua va!». Los transeúntes debían apartarse para no quedar ensopados de orines. Barcelona, con ciento cincuenta mil habitantes, era una de las ciudades más densamente pobladas del mundo. Encerrada por gruesas murallas, vigilada por el siniestro fuerte de La Ciudadela y atrapada entre el mar y las montañas, no tenía hacia dónde crecer, salvo en altura.

A las casas les agregaban altillos y subdividían las piezas en cuartuchos estrechos, sin ventilación ni agua limpia, donde se hacinaban los inquilinos. Andaban en los muelles extranjeros con diversos atuendos, que se insultaban unos a otros en lenguas incomprensibles, marineros con gorros frigios y loros al hombro, estibadores reumáticos por la faena de acarrear bultos, groseros comerciantes pregonando cecinas y bizcochos, pordioseros hirviendo de piojos y pústulas, perdularios con navajas prontas y ojos desesperados. No faltaban prostitutas de baja estofa, mientras las más empingorotadas se paseaban en carruajes, compitiendo en esplendor con damas distinguidas. Los soldados franceses andaban en grupos, empujando a los pasantes con las culatas de los mosquetes por el simple afán de provocar. A sus espaldas las mujeres hacían el signo de maldecir con los dedos y escupían el suelo. Sin embargo, nada lograba opacar la elegancia incomparable de la ciudad bañada en la luz plateada del mar. Al pisar el puerto Diego y Bernardo casi se caen al suelo, tal como les ocurrió en la isla Flores, porque habían perdido la costumbre de andar en tierra. Debieron afirmarse uno con otro hasta que pudieron controlar el temblor de las rodillas y enfocaron la vista.

—¿Y ahora qué hacemos, Bernardo? Estoy de acuerdo contigo en que lo primero será buscar un coche de alquiler y tratar de ubicar la casa de don Tomás de Romeu. ¿Dices que antes debemos recuperar lo que queda de nuestro equipaje? Cierto, tienes razón...

Así se abrieron paso como pudieron, Diego hablando solo y Bernardo un paso detrás, alerta, porque temía que le arrebataran la bolsa a su distraído hermano. Pasaron el sitio del mercado, donde unas mujeronas ofrecían productos del mar, encharcadas en tripas y cabezas de pescado que maceraban en el suelo en una nube de moscas. En eso los interceptó un hombre alto, con perfil de gallinazo, vestido de felpa azul, que a los ojos de Diego debía ser un almirante, a juzgar por los galones dorados de su chaqueta y el tricornio sobre su blanca peluca. Lo saludó con una profunda inclinación, barriendo el empedrado con su sombrero californiano.

—¿Señor don Diego de la Vega? —inquirió el desconocido, visiblemente desconcertado.

—Para servir a usted, caballero —replicó Diego.

—No soy un caballero, soy Jordi, el cochero de don Tomás de Romeu. Me mandaron a buscarle. Más tarde vendré por su equipaje —aclaró el hombre con una mirada torva, porque pensó que el mocoso de las Indias se burlaba de él.

A Diego se le pusieron las orejas color remolacha y, encasquetándose el sombrero, se dispuso a seguirlo, mientras Bernardo se ahogaba de risa. Jordi los condujo a un coche algo desportillado con dos caballos, donde los esperaba el mayordomo de la familia. Recorrieron calles tortuosas y empedradas, se alejaron del puerto y pronto llegaron a un barrio de mansiones señoriales. Entraron al patio de la residencia de Tomás de Romeu, un caserón de tres pisos que se alzaba entre dos iglesias. El mayordomo comentó que ya no molestaban los campanazos a horas intempestivas porque los franceses habían quitado los badajos a las campanas como represalia contra los curas, que fustigaban la guerrilla. Diego y Bernardo, intimidados por el tamaño de la casa, ni cuenta se dieron de cuán venida a menos estaba. Jordi condujo a Bernardo al sector de los sirvientes y el mayordomo guió a Diego por la escalera exterior hasta el piso noble o principal. Atravesaron salones en penumbra eterna y corredores helados, donde colgaban deshilachadas tapicerías y armas del tiempo de las cruzadas. Por fin llegaron a una polvorienta biblioteca, mal iluminada con unos cuantos candiles y un fuego pobretón en la chimenea. Allí aguardaba Tomás de Romeu, quien recibió a Diego con un abrazo paternal, como si le hubiera conocido de siempre.

—Me honra que mi buen amigo Alejandro me haya confiado a su hijo —proclamó—. Desde este instante pertenece a nuestra familia, don Diego. Mis hijas y yo velaremos por su comodidad y contentamiento.

Era un hombre sanguíneo y panzón, de unos cincuenta años, de voz estruendosa, patillas y cejas tupidas. Sus labios se curvaban hacia arriba en una sonrisa involuntaria que dulcificaba su aspecto algo altanero. Fumaba un cigarro y tenía una copa de jerez en la mano. Hizo algunas preguntas de cortesía sobre el viaje y la familia que Diego había dejado en California, y enseguida tiró de un cordón de seda para llamar a campanazos al mayordomo, a quien ordenó en catalán que condujera al huésped a sus habitaciones.

—Cenaremos a las diez. No es necesario vestirse de etiqueta, estaremos en familia —dijo.

Esa noche, en el comedor, una sala inmensa con vetustos muebles que habían servido a varias generaciones, Diego conoció a las hijas de Tomás de Romeu. Le bastó una sola mirada para decidir que Juliana, la mayor, era la mujer más hermosa del mundo. Posiblemente exageraba, pero en todo caso la joven tenía fama de ser una de las beldades de Barcelona, tanto como lo fuera en sus mejores tiempos la célebre madame Récamier en París, según decían. Su porte elegante, sus facciones clásicas y el contraste entre su cabello retinto, su piel de leche y sus ojos verde jade resultaban inolvidables. Sumaban tantos sus pretendientes, que la familia y los curiosos habían perdido la cuenta. Las malas lenguas comentaban que todos habían sido rechazados porque su ambicioso padre esperaba ascender en la escala social casándola con un príncipe. Estaban equivocados, Tomás de Romeu no era capaz de tales cálculos. Además de sus admirables atributos físicos, Juliana era culta, virtuosa y sentimental, tocaba el arpa con trémulos dedos de hada y hacía obras de caridad entre los indigentes. Cuando apareció en el comedor con su delicado vestido blanco de muselina estilo imperio, recogido debajo de los senos con un lazo de terciopelo color sandía, que exponía el largo cuello y los redondos brazos de alabastro, con zapatillas de raso y una diadema de perlas entre sus negros crespos, Diego sintió que se le doblaban las rodillas y le fallaba el entendimiento. Se inclinó en el gesto de besarle la mano y en el atolondramiento de tocarla la salpicó de saliva. Horrorizado, tartamudeó una disculpa mientras Juliana sonreía como un ángel y se limpiaba con disimulo el dorso de la mano en su vestido de ninfa.

Isabel, en cambio, era tan poco notable que no parecía de la misma sangre que su deslumbrante hermana. Tenía once años y los llevaba bastante mal, los dientes todavía no se le sentaban en sus sitios y se le asomaban huesos por varios ángulos. De vez en cuando se le iba un ojo para el lado, lo que le daba una expresión distraída y engañosamente dulce, porque era de carácter más bien salado. Su cabello castaño era una mata rebelde que apenas se podía controlar con media docena de cintas; el vestido amarillo le quedaba estrecho y, para completar su aspecto de huérfana, llevaba botines. Como diría Diego a Bernardo más tarde, la pobre Isabel parecía un esqueleto con cuatro codos y tenía suficiente pelo para dos cabezas. Diego le dio apenas una mirada en toda la noche, obnubilado con Juliana, pero Isabel lo observó sin disimulo, haciendo un inventario riguroso de su traje anticuado, su extraño acento, sus modales tan pasados de moda como su ropa y, por supuesto, sus protuberantes orejas. Concluyó que ese joven de las Indias estaba demente si pretendía impresionar a su hermana, como resultaba obvio por su cómica conducta. Isabel suspiró pensando que Diego era un proyecto a largo plazo, habría que cambiarlo casi por completo, pero por suerte contaba con buena materia prima: simpatía, un cuerpo bien proporcionado y esos ojos color ámbar.

La cena consistió en sopa de setas, un suculento plato de *mar i muntanya*, en que el pescado rivalizaba con la carne, ensaladas, quesos y para finalizar crema catalana, todo regado con un tinto de las viñas de la familia. Diego calculó que con esa dieta Tomás de Romeu no llegaría a viejo y sus hijas terminarían gordas como el padre. El pueblo pasaba hambre en España en aquellos años, pero la mesa de la gente pudiente siempre estuvo bien abastecida. Después de la comida pasaron a uno de los inhóspitos salones, donde Juliana los deleitó hasta pasada la medianoche con el arpa, acompañada a duras penas por los gemidos que Isabel arrancaba de un destemplado clavecín. A esa hora, temprana para Barcelona y tardísima para Diego, llegó Nuria, la dueña, a sugerir a las niñas que debían retirarse. Era una mujer de unos cuarenta años, de recto espinazo y nobles facciones, afeada por un gesto duro y la tremenda severidad de su atuendo. Llevaba un vestido negro con cuello almidonado y una capota del mismo color atada con un lazo de satén bajo el mentón. El roce de sus enaguas, el tintineo de sus llaves y el crujido de sus botas anunciaban su presencia con anticipación. Saludó a Diego con una reverencia casi imperceptible, después de examinarlo de la cabeza a los pies con expresión reprobatoria.

—¿Qué debo hacer con ese que llaman Bernardo, el indiano de las Américas? —le preguntó a Tomás de Romeu.

—Si fuera posible, señor, desearía que Bernardo compartiera mi habitación. En realidad somos como hermanos —intervino Diego.

—Por supuesto, joven. Dispón lo necesario, Nuria —ordenó De Romeu, algo sorprendido.

Apenas Juliana se fue, Diego sintió el mazazo de la fatiga acumulada y el peso de la cena en el estómago, pero debió permanecer otra hora escuchando las ideas políticas de su anfitrión.

—José Bonaparte es un hombre ilustrado y sincero, con decirle que hasta habla castellano y asiste a las corridas de toros —dijo De Romeu.

—Pero ha usurpado el trono del legítimo rey de España —alegó Diego.

—El rey Carlos IV demostró ser un indigno descendiente de hombres tan notables como algunos de sus antepasados. La reina es frívola, y el heredero, Fernando, un inepto en quien ni sus propios padres confían. No merecen reinar. Los franceses, por otra parte, han traído ideas modernas. Si le permitiesen gobernar a José I, en vez de hacerle la guerra, este país saldría del atraso. El ejército francés es invencible, en cambio el nuestro está en la ruina, no hay caballos, armas, botas, los soldados se alimentan de pan y agua…

—Sin embargo, el pueblo español ha resistido la ocupación por dos años —lo interrumpió Diego.

—Hay bandas de civiles armados conduciendo una guerrilla demente. Son azuzados por fanáticos y por clérigos ignorantes. El populacho lucha a ciegas, no tiene ideas, sólo rencores.

—Me han contado de la crueldad de los franceses.

—Se cometen atrocidades por ambas partes, joven De la Vega. Los guerrilleros no sólo asesinan a los franceses, también a los civiles españoles que les niegan ayuda. Los catalanes son los peores, no se imagina la crueldad de que son capaces. El maestro Francisco de Goya ha pintado esos horrores. ¿Se conoce su obra en América?

—No lo creo, señor.

—Debe ver sus cuadros, don Diego, para comprender que en esta guerra no hay buenos, sólo malos —suspiró De Romeu, y siguió con otros temas hasta que a Diego se le cerraron los ojos.

En los meses siguientes Diego de la Vega tuvo un atisbo de lo volátil y compleja que se había tornado la situación en España y cuán atrasados de noticias estaban en su casa. Su padre reducía la política a blanco y negro, porque así era en California, pero en la confusión de Europa predominaban los tonos de gris. En su primera carta Diego le contó a su padre el viaje y sus impresiones de Barcelona y los catalanes, a quienes describió como celosos de su libertad, explosivos de temperamento, susceptibles en materias de honor y trabajadores como mulas de carga. Ellos mismos cultivaban la fama de avaros, dijo, pero en confianza eran generosos. Agregó que nada resienten tanto como los impuestos, y mucho más cuando hay que pagárselos a los franceses. También describió a la familia De Romeu, omitiendo su descabellado amor por Juliana, que podría ser interpretado como un abuso de la hospitalidad recibida. En su segunda carta trató de explicarle los acontecimientos políticos, aunque sospechaba que cuando su padre la recibiera, dentro de varios meses, todo habría cambiado.

> Su merced:
>
> Me encuentro bien y estoy aprendiendo mucho, especialmente filosofía y latín en el Colegio de Humanidades. Le complacerá a usted saber que el maestro Manuel Escalante me ha acogido en su Academia y me distingue con su amistad, un honor inmerecido, por cierto. Permítame contarle algo sobre la situación que se vive aquí. Su dilecto amigo, don Tomás de Romeu, es un afrancesado. Hay otros liberales como él, que comparten las mismas ideas políticas, pero detestan a los franceses. Temen que Napoleón convierta a España en satélite de Francia, lo que aparentemente don Tomás de Romeu vería con buenos ojos.
>
> Tal como su merced me lo ordenó, he visitado a su excelencia, doña Eulalia de Callís. Por ella me he enterado de que la nobleza, como la Iglesia católica y el pueblo, espera el regreso del rey Fernando VII, a quien llaman el Deseado. El pueblo, que desconfía por igual de franceses, liberales, nobles y cualquier cambio, se ha propuesto expulsar a los invasores y lucha con lo que tiene a mano: hachas, garrotes, cuchillos, picas y azadones.

Estos temas le resultaban interesantes, no se hablaba de otros en el Colegio de Humanidades y en la casa de Tomás de Romeu, pero no le quitaban el sueño. Estaba ocupado en mil asuntos diferentes, siendo el principal de ellos la contemplación de Juliana. En ese caserón enorme, imposible de iluminar o calentar, la familia usaba sólo algunos salones del piso noble y un ala de la segunda planta. Bernardo sorprendió más de una vez a Diego colgado como una mosca del balcón para espiar a Juliana cuando ella cosía con Nuria o estudiaba sus lecciones. Las niñas se habían librado del convento, donde se educaban las hijas de familias de postín, gracias a la antipatía de su padre por los religiosos. Decía Tomás de Romeu que tras las celosías de los conventos las pobres doncellas eran pasto de monjas malévolas, que les llenaban la cabeza de demonios, y de clérigos pervertidos, que las manoseaban con el pretexto de confesarlas. Les asignó un tutor, un esmirriado fulano con la cara marcada de viruela, que desfallecía en presencia de Juliana y a quien Nuria vigilaba de cerca, como un halcón. Isabel asistía a las clases, aunque el maestro la ignoraba hasta el punto de que nunca aprendió su nombre.

Juliana se relacionaba con Diego como con un alocado hermano menor. Lo llamaba por el nombre de pila y lo tuteaba, siguiendo el ejemplo de Isabel, quien le dio desde el principio un trato cariñoso e íntimo. Mucho después, cuando a todos se les complicó la vida y pasaron pellejerías juntos, Nuria también lo tuteaba, porque llegó a quererlo como a un sobrino, pero en esa época todavía le decía don Diego, ya que la fórmula familiar sólo se empleaba entre parientes o al dirigirse a una persona inferior. Juliana pasó semanas sin sospechar que le había roto el corazón a Diego, tal como jamás se dio cuenta de que había hecho lo mismo con su infeliz tutor. Cuando Isabel se lo hizo notar, se echó a reír alborozada; felizmente él no lo supo hasta varios años más tarde.

Le tomó muy poco tiempo a Diego comprender que Tomás de Romeu no era ni tan noble ni tan rico como le pareció al principio. La mansión y sus tierras habían pertenecido a su difunta esposa, única heredera de una familia de burgueses que hizo fortuna en la industria de la seda. Al morir su suegro, Tomás quedó a cargo de los negocios, pero no era persona de grandes iniciativas comerciales y empezó a perder lo heredado. Contrario a la reputación de los catalanes, sabía gastar dinero con donaire, pero no sabía ganarlo. Año a año habían disminuido sus entradas y a ese ritmo pronto se vería obligado a vender su casa y bajar de nivel social. Entre los numerosos pretendientes de Juliana se contaba Rafael Moncada, un noble de considerable fortuna. Una alianza con él resolvería los problemas de Tomás de Romeu, pero debemos decir en su honra que jamás presionó a su hija para que aceptara a Moncada. Diego calculó que la hacienda de su padre en California valía varias veces más que las propiedades de Tomás de Romeu y se preguntó si Juliana estaría dispuesta a irse con él al Nuevo Mundo. Se lo planteó a Bernardo y éste le hizo ver, en su idioma personal, que si no se apuraba, otro candidato más maduro, guapo e interesante le arrebataría a la doncella. Acostumbrado a los sarcasmos de su hermano, Diego no se desmoralizó, pero decidió apresurar al máximo su educación. No veía la hora de adquirir dignidad de hidalgo hecho y derecho. Se familiarizó con el catalán, lengua que le parecía muy melodiosa, asistía al Colegio e iba a diario a clases en la Academia de Esgrima para Instrucción de Nobles y Caballeros del maestro Manuel Escalante.

La idea que Diego se había hecho del célebre maestro no coincidía para nada con la realidad. Después de haber estudiado hasta la última coma del manual escrito por Escalante, lo imaginaba como Apolo, un compendio de virtudes y belleza viril. Resultó ser un hombrecillo desagradable, meticuloso, pulcro, de rostro ascético, labios desdeñosos y bigotillo engomado, para quien la esgrima parecía ser la única religión válida. Sus alumnos eran nobles de pura cepa, menos Diego de la Vega, a quien aceptó no tanto por la recomendación de Tomás de Romeu, sino porque pasó con honores el examen de admisión.

—*En garde, monsieur!* —ordenó el maestro.

Diego adoptó la segunda posición: el pie derecho a corta distancia del otro, las puntas formando un ángulo recto, las rodillas algo dobladas, el cuerpo perfilado y a plomo sobre las caderas, la vista al frente, los brazos relajados.

—¡Cambio de guardia adelante! ¡A fondo! ¡Cambio de guardia atrás! ¡Uñas adentro! ¡Guardia de tercera! ¡Extensión del brazo! *Coupé!*

Pronto el maestro dejó de darle instrucciones. De los fingimientos pasaron rápidamente a los acometimientos, estocadas de fondo, tajos y reveses, como una violenta y macabra danza. A Diego se le calentó el ánimo y empezó a batirse como si tuviera la vida en jaque, con un ímpetu cercano a la ira. Escalante sintió que por primera vez en muchos años le corría el sudor por la frente y le empapaba la camisa. Estaba complacido y un esbozo de sonrisa empezaba a perfilarse en sus delgados labios. Jamás prodigaba alabanzas a nadie, pero quedó impresionado con la velocidad, precisión y fuerza del joven.

—¿Dónde dice haber aprendido esgrima, caballero? —preguntó después de cruzar los floretes con él durante unos minutos.

—Con mi padre, en California, maestro.

—¿California?

—Al norte de México...

—No es necesario explicármelo, he visto un mapa —le interrumpió secamente Manuel Escalante.

—Perdone, maestro. He estudiado su libro y he practicado durante años... —balbuceó Diego.

—Ya lo veo. Es un alumno aprovechado, según parece. Le falta controlar la impaciencia y adquirir elegancia. Tiene el estilo de un corsario, pero eso puede remediarse. Primera lección: calma. Jamás se debe combatir con rabia. La firmeza y estabilidad del acero dependen de la ecuanimidad del espíritu. No lo olvide. Lo recibiré de lunes a sábado a las ocho de la mañana en punto; si falta una sola vez, no es necesario que regrese. Buenas tardes, caballero.

Con eso lo despidió. Diego tuvo que controlarse para no chillar de alegría, pero una vez en la calle daba saltos en torno a Bernardo, quien le esperaba en la puerta junto a los caballos.

—Nos convertiremos en los mejores espadachines del mundo, Bernardo. Sí, hermano, me oíste bien, aprenderás lo mismo que yo. Estoy de acuerdo, el maestro no te aceptará, es muy quisquilloso. Si supiera que tengo un cuarto de sangre india me sacaría a bofetadas de su academia. Pero no te preocupes, pienso enseñarte todo lo que aprenda. Dice el maestro que me falta estilo. ¿Qué será eso?

Manuel Escalante cumplió la promesa de pulir a Diego y éste cumplió la suya de traspasar sus conocimientos a Bernardo. Practicaban esgrima a diario en uno de los grandes salones vacíos de la casa de Tomás de Romeu, casi siempre con Isabel. Según Nuria, esa niña tenía una curiosidad satánica por cosas de hombres, pero encubría sus travesuras porque la había criado desde que perdió a su madre al nacer. Isabel consiguió que Diego y Bernardo le enseñaran a manejar el florete y a montar a horcajadas a caballo, como hacían las mujeres en California. Con el manual del maestro Escalante pasaba horas practicando sola frente a un espejo, ante la mirada paciente de su hermana y de Nuria, que bordaban tapicerías con punto de cruz. Diego se resignó a la compañía de la chiquilla por interés: ella lo convenció de que podía interceder en su favor ante Juliana, cosa que no hizo jamás. Bernardo, en cambio, siempre daba muestras de estar encantado con su presencia.

Bernardo ocupaba un lugar impreciso en la jerarquía de la casa, donde vivían alrededor de ochenta personas entre sirvientes, empleados, secretarios y allegados, como se les decía a los parientes pobres que Tomás de Romeu albergaba bajo su techo. Dormía en una de las tres habitaciones puestas a disposición de Diego, pero no tenía acceso a los salones de la familia, salvo que fuese convocado, y comía en la cocina. Carecía de función determinada y le sobraba tiempo para recorrer la ciudad. Llegó a conocer a fondo los diferentes rostros de la bulliciosa Barcelona, desde las mansiones señoriales de los nobles de Cataluña, hasta los hacinados cuartos llenos de ratas y piojos del bajo pueblo, donde inevitablemente se desataban riñas y epidemias; desde el antiguo barrio de la catedral, construido sobre ruinas romanas, con su laberinto de tortuosas callejuelas por donde apenas pasaba un burro, hasta los mercados populares, las tiendas de los artesanos, las ventas de baratijas de los turcos y los muelles, siempre atestados por una variopinta multitud. Los domingos, a la salida de misa, se quedaba vagando cerca de las iglesias para admirar a los grupos que bailaban delicadas sardanas, que le parecían un reflejo perfecto de la solidaridad, el orden y la falta de ostentación de los barceloneses. Como Diego, aprendió catalán, para enterarse de lo que ocurría a su alrededor. Se empleaban castellano y francés para el gobierno y en alta sociedad, latín para asuntos académicos y religiosos, catalán para el resto. El silencio y el aire de dignidad que emanaba le ganaron el respeto de la gente de la casa. La servidumbre, que lo llamaba cariñosamente el indiano, no averiguó si era sordo o no, asumió que lo era y por lo tanto hablaba delante de él sin cuidarse, eso le permitía averiguar muchas cosas. Tomás de Romeu no se dio nunca por enterado de su existencia, para él los criados eran invisibles. A Nuria le intrigaba el hecho de que fuese indio, el primero que veía cara a cara. Creyendo que no le entendía, durante los primeros días se dirigía a él con morisquetas de simio y gestos teatrales, pero cuando supo que no era sordo empezó a hablarle. Y apenas se enteró de que era bautizado le tomó simpatía. Nunca había tenido un oyente más atento. Segura de que Bernardo no podía traicionar sus confidencias, inició la costumbre de contarle sus sueños, verdaderas epopeyas fantásticas, y de invitarlo a oír las lecturas en voz alta de Juliana a la hora del chocolate. Por su parte, Juliana se dirigía a él con la misma suavidad que prodigaba a todo el mundo. Entendió que no era criado de Diego, sino su hermano de leche, pero no hizo el esfuerzo de comunicarse con él porque supuso que no tenían mucho que decirse. Para Isabel, en cambio, Bernardo se convirtió en el mejor amigo y aliado. Aprendió el lenguaje de señas de los indios y a interpretar las inflexiones de su flauta, pero nunca pudo participar en los diálogos telepáticos que éste mantenía sin esfuerzo con Diego. En todo caso, como no necesitaban palabras, se entendían perfectamente. Llegaron a quererse tanto, que con los años Isabel se disputaría con Diego el segundo lugar en el corazón de Bernardo. El primer lugar lo tuvo siempre Rayo en la Noche.

En la primavera, cuando el aire de la ciudad olía a mar y a flores, salían las estudiantinas a deleitar con música la noche y los enamorados a ofrecer serenatas, vigilados a la distancia por los soldados franceses, porque incluso esa inocente diversión podía ocultar siniestros propósitos de la guerrilla. Diego ensayaba canciones en su mandolina, pero habría sido ridículo instalarse bajo la ventana de Juliana a darle serenata viviendo en la misma casa. Quiso acompañarla en los conciertos de arpa después de la cena, pero ella era una verdadera virtuosa y él tan chapucero en su instrumento como Isabel lo era en el clavecín, de modo que las veladas dejaban a los oyentes con migraña. Debió limitarse a entretenerla con los trucos de magia aprendidos de Galileo Tempesta, ampliados y perfeccionados por meses de práctica. El día en que se tragó la daga marroquí de Galileo Tempesta, a Juliana le dio un soponcio y estuvo a punto de caer al suelo, mientras Isabel examinaba el arma buscando el resorte que ocultaba el filo en el mango. Nuria advirtió a Diego que si volvía a intentar semejante artimaña de nigromante en presencia de sus niñas, ella misma le metería aquel cuchillo de turco por el gaznate. En las primeras semanas la mujer le había declarado una sorda guerra de nervios a Diego, porque de alguna manera averiguó que era mestizo. Le pareció el colmo que su amo aceptara en la intimidad de la familia a ese joven que no era de buena sangre y además tenía el desparpajo de enamorarse de Juliana. Sin embargo, apenas Diego se lo propuso, conquistó el árido corazón de la dueña con sus pequeñas atenciones, un mazapán, una estampa de santos, una rosa que surgía por obra de magia de su puño. Aunque ella siguió contestándole con respingos y sarcasmos, no podía evitar reírse con disimulo cuando él la provocaba con alguna payasada.

Una noche Diego se llevó el mal rato de oír a Rafael Moncada dar una serenata en la calle, acompañado por un conjunto de varios músicos. Comprobó, indignado, que su rival no sólo poseía una voz acariciante de tenor, sino que además cantaba en italiano. Trató de ridiculizarlo ante los ojos de Juliana, pero su estrategia no resultó, porque por primera vez ella pareció conmovida por un avance de Moncada. Ese hombre inspiraba en la joven sentimientos confusos, una mezcla de desconfianza instintiva y de recatada curiosidad. En su presencia se sentía afligida y desnuda, pero también le atraía la seguridad que emanaba de él. No le gustaba el gesto de desdén o crueldad que a veces sorprendía en su rostro, gesto que no correspondía a la generosidad con que distribuía monedas entre los mendigos apostados a la salida de misa. En cualquier caso, el galán tenía veintitrés años y llevaba meses cortejándola, pronto habría que darle una respuesta. Moncada era rico, de linaje impecable y causaba buena impresión en todos, menos en su hermana Isabel, quien lo detestaba sin disimulo ni explicación. Había sólidos argumentos en favor de ese pretendiente, sólo la frenaba un inexplicable presentimiento de desgracia. Entretanto él continuaba su asedio con delicadeza, temeroso de que al menor apremio ella se espantara. Se veían en la iglesia, en conciertos y obras de teatro, en paseos, en parques y calles. Con frecuencia él le hacía llegar regalos y tiernas misivas, pero nada comprometedor. No había conseguido que Tomás de Romeu lo invitara a su casa ni que su tía Eulalia de Callís aceptara incluir a los De Romeu entre sus contertulios. Ella le había manifestado, con su firmeza habitual, que Juliana era una pésima elección. «Su padre es un traidor, un afrancesado, esa familia no tiene rango ni fortuna, nada que ofrecer», fue su lapidario juicio. Pero Moncada tenía a Juliana en la mira desde hacía tiempo, la había visto florecer y había determinado que era la única mujer digna de él. Pensaba que con el tiempo su tía Eulalia cedería ante las innegables virtudes de la joven, todo era cuestión de manejar el asunto con diplomacia. No estaba dispuesto a renunciar a Juliana, pero tampoco a su herencia, y nunca dudó de que conseguiría ambas.

Rafael Moncada no tenía edad para serenatas y era demasiado orgulloso para ese tipo de exhibición, pero encontró la forma de hacerlo con humor. Cuando Juliana se asomó al balcón, lo vio disfrazado de príncipe florentino, de brocado y seda de la cabeza a los pies, con jubón adornado de piel de nutria, plumas de avestruz en el sombrero y un laúd en las manos. Varios mozos lo alumbraban con elegantes faroles de cristal y a su lado los músicos, ataviados como pajes de opereta, arrancaban melódicos acordes a sus instrumentos. Lo mejor del espectáculo fue, sin duda, la voz extraordinaria de Moncada. Oculto detrás de una cortina, Diego soportó la humillación, sabiendo que Juliana estaba en su balcón comparando esos trinos perfectos de Moncada con la vacilante mandolina con que él intentaba impresionarla. Estaba mascullando maldiciones a media voz, cuando llegó Bernardo a indicarle que lo siguiera y que se armara de su espada. Lo condujo a la planta de los criados, donde Diego no había puesto aún los pies, a pesar de que hacía casi un año que vivía en esa casa, y de allí a la calle por una portezuela de servicio. Pegados a la pared llegaron sin ser vistos hasta el sitio donde se había apostado su rival a lucirse con sus baladas en italiano. Bernardo señaló un portal a la espalda de Moncada, y entonces Diego sintió que la furia se le transformaba en diabólica satisfacción, porque no era su rival quien cantaba, sino otro hombre escondido en las sombras.

Diego y Bernardo esperaron el fin de la serenata. El grupo se dispersó, partiendo en un par de coches, mientras el último mozo entregaba unas monedas al verdadero tenor. Después de asegurarse de que el cantante estaba solo, los jóvenes lo interceptaron sorpresivamente. El desconocido lanzó un siseo de serpiente y quiso echar mano del cuchillo corvo que llevaba listo en la cintura, pero Diego le puso la punta de su espada en el cuello. El hombre retrocedió con pasmosa agilidad, pero Bernardo le metió una zancadilla y lo tiró al suelo. Una blasfemia escapó de sus labios cuando sintió otra vez la punta del acero de Diego picoteándole el pescuezo. A esa hora la luz en la calle provenía de una luna tímida y de los faroles de la casa, suficiente para ver que se trataba de un gitano moreno y fuerte, puro músculo, fibra y hueso.

—¿Qué demonios quieres de mí? —le espetó, insolente, con una expresión feroz.

—Tu nombre, nada más. Puedes quedarte con ese dinero mal habido —replicó Diego.

—¿Para qué quieres mi nombre?

—¡Tu nombre! —exigió Diego, presionando la espada hasta arrancarle unas gotas de sangre.

—Pelayo —dijo el gitano.

Diego retiró el acero y el hombre dio un paso atrás y enseguida desapareció en las sombras de la calle, con el sigilo y la velocidad de un felino.

—Recordemos ese nombre, Bernardo. Creo que volveremos a toparnos con este bellaco. No puedo decirle nada de esto a Juliana, porque pensará que lo hago por mezquindad o celos. Debo encontrar otra forma de revelarle que esa voz no es de Moncada. ¿Se te ocurre algo? Bueno, cuando se te ocurra me lo dices —concluyó Diego.

Uno de los visitantes asiduos de la casa de Tomás de Romeu era el encargado de los asuntos de Napoleón en Barcelona, el caballero Roland Duchamp, conocido como el Chevalier. Era la sombra gris detrás de la autoridad oficial; más influyente, según decían, que el mismísimo rey José I. Napoleón le había ido quitando poder a su hermano, porque ya no lo necesitaba para perpetuar la dinastía Bonaparte, ahora tenía un hijo, un enclenque bebé apodado el Aguilucho y agobiado desde temprana edad con el título de rey de Roma. El Chevalier manejaba una vasta red de espías que le informaban de los planes de sus enemigos aun antes de que éstos los formularan. Tenía rango de embajador, pero en realidad le rendían cuenta incluso los altos mandos del ejército. Su vida en esa ciudad, donde los franceses eran detestados, no era agradable. La alta sociedad le hacía el vacío, aunque él halagaba a las familias acaudaladas con bailes, recepciones y obras de teatro, tanto como procuraba ganarse a la chusma repartiendo pan y autorizando corridas de toros, que antes estuvieron prohibidas. Nadie quería aparecer como afrancesado. Los nobles, como Eulalia de Callís, no se atrevían a quitarle el saludo pero tampoco aceptaban sus invitaciones. Tomás de Romeu, en cambio, se honraba con su amistad, porque admiraba todo lo que venía de Francia, desde sus ideas filosóficas y su refinamiento, hasta el mismo Napoleón, a quien comparaba con Alejandro Magno. Sabía que el Chevalier estaba vinculado con la policía secreta, pero no daba crédito a los rumores de que era responsable de torturas y ejecuciones en La Ciudadela. Le parecía imposible que una persona tan fina y culta se mezclara en las barbaridades que se atribuían a los militares. Discutían de arte, de libros, de los nuevos descubrimientos científicos, de los avances de la astronomía; comentaban la situación de las colonias en América, como Venezuela, Chile y otras, que habían declarado su independencia.

Mientras los dos caballeros compartían horas placenteras con sus copas de coñac francés y sus cigarros cubanos, Agnès Duchamp, la hija del Chevalier, se entretenía con Juliana leyendo novelas francesas a espaldas de Tomás de Romeu, quien jamás habría consentido tales lecturas. Se afligían a muerte con los amores contrariados de los personajes y suspiraban de alivio con los finales felices. El romanticismo aún no estaba de moda en España, y antes de la aparición de Agnès en su vida, Juliana sólo tenía acceso a ciertos autores clásicos de la biblioteca familiar, seleccionados por su padre con criterio didáctico. Isabel y Nuria asistían a las lecturas. La primera se burlaba pero no perdía palabra, y Nuria lloraba a lágrima viva. Le habían aclarado que nada de eso sucedía en la realidad, eran sólo mentiras del autor, pero no lo creía. Las desgracias de los personajes llegaron a preocuparla de tal manera, que las jóvenes cambiaban el argumento de las novelas para no amargarle la existencia. La dueña no sabía leer, pero sentía un respeto sacramental por todo material impreso. Compraba con su salario unos folletos ilustrados con vidas de mártires, verdaderos compendios de salvajadas, que las niñas debían leerle una y otra vez. Estaba segura de que todos ellos eran desdichados compatriotas supliciados por los moros en Granada. Era inútil explicarle que el coliseo romano quedaba donde su nombre lo indica, en Roma. También estaba convencida, como buena española, de que Cristo murió en la cruz por la humanidad en general, pero por España en particular. Para ella lo más imperdonable de Napoleón y los franceses era su condición de ateos, por eso salpicaba con agua bendita el sillón que había ocupado el Chevalier después de cada visita. Explicaba el hecho de que su amo tampoco creyera en Dios como una consecuencia de la muerte prematura de su esposa, la madre de las niñas. Estaba segura de que don Tomás padecía una condición temporal; en su lecho de muerte recobraría el juicio y clamaría por un confesor que le perdonara sus pecados, como a fin de cuentas hacían todos, por muy ateos que se declararan en salud.

Agnès era menuda, risueña y vivaz, con un cutis diáfano, mirada maliciosa y hoyuelos en mejillas, nudillos y codos. Las novelas la habían madurado antes de tiempo, y a una edad en que otras niñas no salían de sus casas, ella hacía vida de mujer adulta. Usaba la moda más atrevida de París para acompañar a su padre a los eventos sociales. Asistía a los bailes con el vestido mojado, para que la tela se le pegara al cuerpo y nadie dejara de apreciar sus caderas redondas y sus pezones de virgen atrevida. Desde el primer encuentro se fijó en Diego, quien durante ese año dejó atrás los sinsabores de la adolescencia y pegó un estirón de potrillo; medía tanto como Tomás de Romeu y, mediante la contundente dieta catalana y los mimos de Nuria, había ganado peso, que mucha falta le hacía. Sus facciones se asentaron en forma definitiva y, por sugerencia de Isabel, llevaba el pelo cortado como melena para taparse las orejas. A Agnès le parecía que no estaba nada de mal, era exótico, podía imaginarlo en los territorios salvajes de las Américas, rodeado de indios sumisos y desnudos. No se cansaba de interrogarlo sobre California, que confundía con una isla misteriosa y caliente, como aquélla donde había nacido la inefable Josefina Bonaparte, a quien ella procuraba imitar con sus vestidos translúcidos y su aroma de violetas. La había conocido en París, en la corte de Napoleón, cuando ella era una niña de diez años. Mientras el emperador estaba ausente en alguna guerra, Josefina había distinguido al chevalier Duchamp con una amistad casi amorosa. A Agnès le quedó grabada en la memoria la imagen de esa mujer, que sin ser joven ni bella lo parecía por su forma ondulante de caminar, su voz somnolienta y su fragancia efímera. De eso hacía más de cuatro años. Josefina ya no era la emperatriz de Francia; Napoleón la había reemplazado por una insípida princesa austríaca cuya única gracia, según Agnès, era que tuvo un hijo. ¡Qué ordinaria es la fertilidad! Al enterarse de que Diego era el único heredero de Alejandro de la Vega, dueño de un rancho del tamaño de un pequeño país, no le costó nada imaginarse convertida en la castellana de aquel fabuloso territorio. Esperó el momento apropiado y le susurró, detrás de su abanico, que fuera a visitarla para que pudieran conversar a solas, ya que en casa de Tomás de Romeu siempre estaban vigilados por Nuria; en París nadie tenía dueña, esa costumbre era el colmo de lo anticuado, agregó. Para sellar la invitación le entregó un pañuelo de hilo y encaje con su nombre completo bordado por las monjas y perfumado de violetas. Diego no supo qué contestarle. Durante una semana trató de dar celos a Juliana hablándole de Agnès y agitando el pañuelo en el aire, pero le salió el tiro por la culata, porque la bella se ofreció amablemente para ayudarlo en sus amores. Además, Isabel y Nuria se burlaron de él sin misericordia, de modo que acabó tirando el pañuelo a la basura. Bernardo lo recogió y lo guardó, fiel a su teoría de que todo puede servir en el futuro.

Diego se topaba a menudo con Agnès Duchamp, porque la muchacha se había convertido en visitante asidua de la casa. Era menor que Juliana, pero la dejaba atrás en viveza y experiencia. Si las circunstancias hubieran sido diferentes, Agnès no se habría rebajado a cultivar una amistad con una muchacha tan sencilla como Juliana, pero la posición de su padre le había cerrado muchas puertas y privado de amigas. Además, Juliana tenía a su favor su fama de hermosura y, aunque en principio Agnès evitaba ese tipo de competencia, pronto se dio cuenta de que el solo nombre de Juliana de Romeu atraía el interés de los caballeros y de refilón ella se beneficiaba. Para escapar de las insinuaciones sentimentales de Agnès Duchamp, que iban aumentando en intensidad y frecuencia, Diego trató de cambiar la imagen que la joven se había formado de él. Nada de rico y bravo ranchero galopando con la espada al cinto en los valles de California; en vez comentaba unas supuestas cartas de su padre que anunciaban, entre otras calamidades, la inminente ruina económica de la familia. No sabía en ese momento cuán cerca de la verdad estarían esas mentiras dentro de pocos años. Para rematar, imitaba los modales deliciosos y los pantalones ajustados del profesor de danza de Juliana e Isabel. A las miradas novelescas de Agnès respondía con remilgos y súbitos dolores de cabeza, hasta que plantó en la joven la sospecha de que era algo afeminado. Este juego de dobleces calzaba perfecto con su personalidad histriónica. «¿Para qué te haces el idiota?», le preguntó más de una vez Isabel, quien desde el comienzo lo trató con una franqueza rayana en la brutalidad. Juliana, distraída como siempre estaba en su mundo novelesco, nunca se dio por aludida de cómo cambiaba Diego en presencia de Agnès. Comparada con Isabel, para quien los actos teatrales de Diego resultaban transparentes, Juliana era de una inocencia desconsoladora.

Tomás de Romeu inició la costumbre de invitar a Diego a beber un bajativo con el Chevalier después de cenar porque se dio cuenta de que éste se interesaba en su joven huésped. El Chevalier preguntaba por las actividades de los estudiantes del Colegio de Humanidades, por las tendencias políticas de la juventud, por los rumores de la calle y de la servidumbre, pero Diego conocía su reputación y se cuidaba mucho en las respuestas. Si contaba la verdad podía poner en aprietos a más de alguno, sobre todo a sus compañeros y profesores, enemigos encarnizados de los franceses, aunque la mayoría estaba de acuerdo con las reformas impuestas por ellos. Como precaución, fingió ante el Chevalier los mismos modales afectados y cerebro de mosquito que adoptaba con Agnès Duchamp, con tanto éxito, que éste acabó por considerarlo un mequetrefe sin espinazo. Al francés le costaba entender el interés de su hija por De la Vega. A su parecer la hipotética fortuna del joven no compensaba su abrumadora frivolidad. El Chevalier era un hombre de hierro, de otro modo no habría podido estrangular a Cataluña como lo hacía, y se fastidió pronto con las trivialidades de Diego. Dejó de interrogarlo y a veces hacía comentarios en su presencia que, si hubiera tenido mejor opinión de él, los habría evitado.

—Al venir ayer de Gerona, vi cuerpos cortados en pedazos colgando de los árboles o ensartados en picas por los guerrilleros. Los buitres se daban un festín. No he logrado quitarme la pestilencia de encima... —comentó el Chevalier.

—¿Cómo sabe que fue obra de guerrilleros y no de soldados franceses? —preguntó Tomás de Romeu.

—Estoy bien informado, amigo mío. En Cataluña la guerrilla es feroz. Por esta ciudad pasan millares de armas de contrabando, hay arsenales hasta en los confesionarios de las iglesias. Los guerrilleros cortan las rutas de suministro y la población pasa hambre porque no llegan verduras ni pan.

—Que coman bizcocho, entonces —sonrió Diego, imitando la célebre frase de la reina María Antonieta, mientras se echaba un bombón de almendras a la boca.

—La situación es seria, no se presta a chistes, joven —replicó el Chevalier, molesto—. Desde mañana estará prohibido llevar faroles en la noche, porque se sirven de ellos para hacer señales, y el uso de la capa, porque debajo ocultan trabucos y puñales. ¡Con decirles, caballeros, que existen planes para infectar con viruela a las prostitutas que sirven a las tropas francesas!

—¡Por favor, chevalier Duchamp! —exclamó Diego con aire escandalizado.

—Mujeres y curas ocultan armas en la ropa y emplean a los niños para llevar mensajes y encender polvorines. Tendremos que allanar el hospital, porque esconden armas bajo las cobijas de supuestas parturientas.

Una hora más tarde Diego de la Vega se las había arreglado para advertir al director del hospital de que los franceses llegarían de un momento a otro. Gracias a la información que le facilitaba el Chevalier, logró salvar a más de un compañero del Colegio de Humanidades o vecino en peligro. Por otra parte, le hizo llegar una nota anónima al Chevalier cuando supo que habían envenenado el pan destinado a un cuartel. Su intervención frustró el atentado y salvó a treinta soldados enemigos. Diego no estaba seguro de sus razones; detestaba toda forma de traición y perfidia, además le gustaba el juego y el riesgo. Sentía la misma repugnancia por los métodos de los guerrilleros que por los de las tropas de ocupación.

—Es inútil buscar justicia en este caso, Bernardo, porque no la hay por ninguna parte. Sólo podemos evitar más violencia. Estoy harto de tanto horror, tantas atrocidades. Nada hay de noble o glorioso en la guerra —le comentó a su hermano.

La guerrilla hostigaba sin tregua a los franceses y enardecía al pueblo. Campesinos, horneros, albañiles, artesanos, comerciantes, gente común y corriente durante el día, peleaba por la noche. La población civil los protegía, les facilitaba abastecimiento, información, correos, hospitales y cementerios clandestinos. La tenaz resistencia popular desgastaba a las tropas de ocupación, pero también tenía al país en ruinas, porque al lema español de «guerra y cuchilla», los franceses respondían con idéntica crueldad.

Las lecciones de esgrima constituían la actividad más importante para Diego y jamás llegó tarde a una clase porque sabía que el maestro lo despacharía para siempre. A las ocho menos cuarto se apostaba en la puerta de la academia, cinco minutos después un criado le abría y a las ocho clavadas estaba con el florete en la mano frente a su maestro. Al término de la lección éste solía invitarlo a quedarse unos minutos más y conversaban sobre la nobleza del arte de la esgrima, el orgullo de ceñir la espada, las glorias militares de España, la imperiosa necesidad de todo caballero con pundonor de batirse a duelo en defensa de su nombre, aunque los duelos estaban prohibidos. De esos temas derivaron hacia otros más profundos y ese hombrecillo soberbio, con la apariencia almidonada y puntillosa de un petimetre, susceptible hasta rayar en el absurdo cuando se trataba de la propia honra y dignidad, fue revelando el otro lado de su carácter. Manuel Escalante era hijo de un comerciante, pero se salvó de un destino modesto, como el de sus hermanos, porque era un genio con la espada. La esgrima lo elevó de rango, le permitió inventar una nueva personalidad y recorrer Europa rozándose con nobles y caballeros. Su obsesión no eran las estocadas históricas ni los títulos de nobleza, como parecía a simple vista, sino la justicia. Adivinó que Diego compartía su mismo desvelo, aunque por ser demasiado joven aún no sabía nombrarlo. Entonces sintió que por fin su vida tenía un propósito elevado: guiar a ese joven para que siguiera sus pasos, convertirlo en paladín de causas justas. Había enseñado esgrima a cientos de caballeros, pero ninguno había probado ser digno de esa distinción. Carecían de la llama incandescente que reconoció de inmediato en Diego, porque él también la tenía. No quiso dejarse llevar por el entusiasmo inicial, decidió conocerlo mejor y ponerlo a prueba antes de hacerlo partícipe de sus secretos. En esas breves conversaciones a la hora del café, lo tanteó. Diego, siempre dispuesto a abrirse, le contó, entre otras cosas, de su infancia en California, la travesura del oso con el sombrero, el ataque de los piratas, la mudez de Bernardo y aquella ocasión en que los soldados quemaron la aldea de los indios. Le temblaba la voz al recordar cómo ahorcaron al anciano jefe de la tribu, azotaron a los hombres y se los llevaron a trabajar para los blancos.

En una de sus visitas de cortesía al palacete de Eulalia de Callís, Diego se encontró con Rafael Moncada. Visitaba a la dama de vez en cuando, por encargo de sus padres más que por propia iniciativa. La residencia quedaba en la calle Santa Eulalia y al principio Diego creyó que habían nombrado la calle por esa señora. Pasó un año antes de que averiguara quién era la mítica Eulalia, santa predilecta de Barcelona, virgen martirizada, a quien según la leyenda le cortaron los senos y la hicieron rodar dentro de un tonel con trozos de vidrio, antes de crucificarla. La propiedad de la antigua gobernadora de California era una de las joyas arquitectónicas de la ciudad y su interior estaba decorado con un lujo excesivo, que chocaba a los sobrios catalanes, para quienes la ostentación era signo indudable de mal gusto. Eulalia había vivido mucho tiempo en México y se había contagiado del recargamiento barroco. En su corte privada había varios centenares de personas, que vivían básicamente del cacao. Antes de morir de un patatús en México, el marido de doña Eulalia estableció un negocio en las Antillas para abastecer las chocolaterías de España, y eso incrementó la fortuna de la familia. Los títulos de Eulalia no eran ni muy antiguos ni muy impresionantes, pero su dinero compensaba generosamente lo que le faltaba en alcurnia. Mientras la nobleza perdía sus rentas, privilegios, tierras y prebendas, ella seguía enriqueciéndose gracias al inacabable río aromático de chocolate que fluía de América directo a sus arcas. En otros tiempos los nobles de más prosapia, aquellos que podían acreditar sangre azul anterior a 1400, habrían despreciado a Eulalia, que pertenecía a la plebe nobiliaria, pero ya no estaba la situación como para remilgos aristocráticos. Ahora contaba el dinero, más que el linaje, y ella tenía mucho. Otros terratenientes se quejaban de que sus campesinos se negaban a pagar impuestos y rentas, pero ella no padecía ese problema, porque contaba con un selecto grupo de valentones encargado de cobrar. Además, la mayor parte de sus ingresos provenía del extranjero. Eulalia llegó a ser uno de los personajes más conspicuos de la ciudad. Se desplazaba siempre, incluso cuando iba a la iglesia, con un séquito de criados y perros en varios carruajes. Su servidumbre usaba librea celeste con sombreros empenachados que ella misma diseñó inspirándose en la ópera. Con los años subió de peso y perdió originalidad, se había convertido en una matriarca enlutada, glotona, rodeada de curas, beatas y perros chihuahua, unos animales que parecían ratones pelados y se orinaban en las cortinas. Se había emancipado por completo de las buenas pasiones que la atormentaran en su espléndida juventud, cuando se pintaba el cabello de colorado y se bañaba en leche. Ahora sus intereses se reducían a defender su linaje, vender chocolate, asegurarse un sitio en el paraíso después de la muerte y propiciar por todos los medios posibles la vuelta de Fernando VII al trono de España. Aborrecía las reformas liberales.

Por órdenes de su padre y en agradecimiento por lo bien que esa dama se había portado con Regina, su madre, Diego de la Vega se hizo el propósito de visitarla cada cierto tiempo, a pesar de que esa obligación le pesaba como un sacrificio. No tenía qué hablar con la viuda, salvo cuatro frases corteses de rigor, y nunca sabía el orden en que correspondía usar las cucharillas y tenedores de su mesa. Sabía que Eulalia de Callís detestaba a Tomás de Romeu por dos razones de peso: primera, por su condición de afrancesado, y segunda, por ser el padre de Juliana, de quien desgraciadamente Rafael Moncada, su sobrino predilecto y principal heredero, estaba enamorado. Eulalia había visto a Juliana en misa y debía admitir que no era fea, pero ella tenía planes mucho más ambiciosos para su sobrino. Estaba negociando discretamente una alianza con una de las hijas del duque de Medinaceli. El deseo de evitar que Rafael se casara con Juliana era lo único que Diego tenía en común con la dama.

En su cuarta visita al palacete de doña Eulalia, varios meses después del incidente de la serenata bajo la ventana de Juliana, Diego tuvo ocasión de conocer mejor a Rafael Moncada. Se había topado con él algunas veces en eventos sociales y deportivos, pero aparte de saludarse con una inclinación de cabeza, no tenían relación. Moncada consideraba que Diego era un mozalbete carente de interés, cuya única gracia consistía en vivir bajo el mismo techo de Juliana de Romeu. No había otra razón para distinguirlo sobre el dibujo de la alfombra. Esa noche Diego se sorprendió al ver que la mansión de doña Eulalia estaba iluminada a profusión y docenas de carrozas se alineaban en los patios. Hasta entonces ella sólo lo había invitado a tertulias de artistas y a una cena íntima, en que lo interrogó sobre Regina. Diego creía que se avergonzaba de él, no tanto por venir de las colonias, sino por ser mestizo. Eulalia había tratado muy bien a su madre en California, a pesar de que Regina tenía más de india que de blanca, pero desde que vivía en España se le había contagiado el desprecio por la gente del Nuevo Mundo. Se decía que, debido al clima y a la mezcla con indígenas, los criollos tenían una predisposición natural a la barbarie y la perversión. Antes de presentarlo a sus selectas amistades, Eulalia quiso tener una idea cabal de él. No quería llevarse un chasco, por eso se aseguró de que fuese blanco en apariencia, anduviese bien vestido y tuviese modales adecuados.

En esa ocasión Diego fue conducido a un salón espléndido, donde se reunía lo más selecto de la nobleza catalana, presidida por la matriarca, siempre de terciopelo negro, como luto perenne por Pedro Fages, y chorreada de diamantes, instalada en un sillón con baldaquín de obispo. Otras viudas se enterraban en vida bajo un velo oscuro que las cubría de la toca hasta los codos, pero no era su caso. Eulalia desplegaba sus joyas sobre una opulenta pechuga de gallina bien nutrida. El escote dejaba ver el nacimiento de unos senos enormes y mórbidos, como melones de pleno verano, de los que Diego no lograba despegar la vista, mareado por el brillo de los diamantes y la abundancia de la carne. La dama le pasó una mano gordinflona, que él besó como correspondía, le preguntó por sus padres y, sin aguardar la respuesta, lo despachó con un gesto vago.

La mayor parte de los caballeros conversaba de política y negocios en salones separados, mientras las parejas jóvenes danzaban al son de la orquesta, vigiladas por las madres de las doncellas. En una de las salas había varias mesas de juego, la diversión más popular de las cortes europeas, donde no existían otras formas de combatir el tedio, aparte de la intriga, la caza y los amores fugaces. Se apostaban fortunas y los jugadores profesionales viajaban de palacio en palacio para esquilmar a los nobles ociosos, quienes si no hallaban contertulios de su clase para perder dinero, lo hacían entre maleantes en garitos y tugurios, de los cuales había centenares en Barcelona. En una de las mesas Diego vio a Rafael Moncada jugando veintiuna real con otros caballeros. Uno de ellos era el conde Orloff. Diego lo reconoció al punto, por su magnífico porte y esos ojos azules que inflamaron la imaginación de tantas mujeres en su visita a Los Ángeles, pero no esperaba que el noble ruso lo reconociera a él. Lo había visto una sola vez, cuando era un chiquillo. «¡De la Vega!», exclamó Orloff y, poniéndose de pie, lo abrazó efusivamente. Sorprendido, Rafael Moncada levantó los ojos de sus naipes y por primera vez se dio cuenta cabal de la existencia de Diego. Lo midió de arriba abajo, mientras el apuesto conde contaba a voz en cuello cómo ese joven había cazado varios osos cuando apenas era un golfillo de cortos años. Esta vez no estaba Alejandro de la Vega para corregir su épica versión. Los hombres aplaudieron amablemente y enseguida volvieron a sus naipes. Diego se apostó cerca de la mesa para observar los pormenores de la partida, sin atreverse a pedir permiso para participar, aunque eran jugadores mediocres, porque no disponía de las sumas que allí se apostaban. Su padre le enviaba dinero regularmente, pero no era generoso, consideraba que las privaciones templan el carácter. A Diego le bastaron cinco minutos para darse cuenta de que Rafael Moncada hacía trampa, porque él mismo sabía perfectamente cómo hacerla, y otros cinco para decidir que si bien no podía descubrirlo sin armar un escándalo, que doña Eulalia no le perdonaría, al menos podía impedírselo. La tentación de humillar a su rival le resultó irresistible. Se plantó junto a Moncada a observarlo con tal fijeza, que éste acabó por incomodarse.

—¿Por qué no va a bailar con las bellas jóvenes del otro salón? —preguntó Moncada, sin disimular la insolencia.

—Me interesa sobremanera su muy peculiar manera de jugar, excelencia, sin duda puedo aprender mucho de usted... —replicó Diego sonriendo con la misma insolencia del otro.

El conde Orloff captó de inmediato la intención de esas palabras y clavando los ojos en Moncada le hizo saber, en un tono tan helado como las estepas de su país, que su suerte con los naipes resultaba verdaderamente prodigiosa. Rafael Moncada no respondió, pero a partir de ese momento no pudo seguir haciendo trampas porque los otros jugadores lo examinaban con obvia atención. Durante la hora siguiente Diego no se movió de su lado, vigilándolo, hasta que se dio por terminada la partida. El conde Orloff saludó chocando los talones y se retiró con una pequeña fortuna en su bolsa, dispuesto a pasar el resto de la noche bailando. Sabía muy bien que no había una sola mujer en la fiesta que no se hubiera fijado en su porte gallardo, sus ojos de zafiro y su espectacular uniforme imperial.

Era una de esas noches plomizas de Barcelona, frías y húmedas. Bernardo aguardaba a Diego en el patio compartiendo su bota de vino y su queso duro con Joanet, un lacayo de los muchos que cuidaban los carruajes. Los dos se calentaban los pies zapateando en los adoquines. Joanet, conversador incorregible, había encontrado al fin a una persona que lo escuchara sin interrumpirlo. Se identificó como criado de Rafael Moncada, cosa que Bernardo ya sabía, por eso lo había abordado, y se lanzó a contar una historia eterna llena de chismes, cuyos detalles Bernardo clasificaba y guardaba en su memoria. Había comprobado que toda información, hasta la más trivial, puede servir en algún momento. En eso salió Rafael Moncada de muy mal humor y pidió su carroza.

—¡Te he prohibido que hables con otros criados! —espetó a Joanet.

—Es sólo un indio de las Américas, excelencia, el criado de don Diego de la Vega.

En un impulso de revancha contra Diego, que lo había puesto en aprietos en la mesa de juego, Rafael Moncada volvió sobre sus pasos, levantó el bastón y lo descargó sobre las espaldas de Bernardo, quien cayó de rodillas, más sorprendido que otra cosa. Desde el suelo, Bernardo le oyó ordenar a Joanet que buscara a Pelayo. Moncada no alcanzó a instalarse en su carroza, porque Diego había aparecido en el patio a tiempo para ver lo sucedido. Hizo a un lado al lacayo, sujetó la portezuela del coche y enfrentó a Moncada.

—¿Qué desea? —preguntó éste, desconcertado.

—¡Ha golpeado a Bernardo! —exclamó Diego, lívido.

—¿A quién? ¿Se refiere a ese indio? Me ha faltado al respeto, me ha levantado la voz.

—Bernardo no puede levantar la voz ni al mismísimo diablo, porque es mudo. Le debe una disculpa, caballero —exigió Diego.

—¡Ha perdido la razón! —gritó el otro, incrédulo.

—Al golpear a Bernardo, usted me ha injuriado. Debe retractarse o recibirá a mis padrinos —replicó Diego.

Rafael Moncada se echó a reír de buena gana. No podía creer que ese criollo sin educación ni clase estuviera dispuesto a batirse con él. Cerró de un golpe la portezuela y ordenó al cochero que partiera. Bernardo tomó a Diego de un brazo y lo detuvo en seco, suplicándole con la mirada que se calmara, no valía la pena hacer tanto alboroto, pero Diego estaba fuera de sí, temblando de indignación. Se desprendió de su hermano, montó en su caballo y se dirigió al galope a la residencia de Manuel Escalante.

A pesar de lo inoportuno de aquella hora de la madrugada, Diego golpeó la puerta de Manuel Escalante con su bastón hasta que le abrió el mismo viejo criado que servía el café después de la lección. Le condujo al segundo piso, donde debió aguardar media hora antes de que apareciera el maestro. Escalante se hallaba en la cama desde hacía rato, pero se presentó con su pulcritud habitual, vestido con un batín de noche y con el bigote pegado de pomada. Diego le contó a borbotones lo sucedido y le rogó que le sirviera de padrino. Disponía de veinticuatro horas para formalizar el duelo y el trámite debía hacerse con discreción, a espaldas de las autoridades, porque se castigaba como cualquier homicidio. Sólo la aristocracia podía batirse sin consecuencias, porque sus crímenes contaban con cierta impunidad, que él no tenía.

—El duelo es un asunto serio, que atañe al honor de los gentilhombres. Tiene etiqueta y normas muy estrictas. Un caballero no se bate en duelo por un criado —dijo Manuel Escalante.

—Bernardo es mi hermano, maestro, no es mi criado. Pero aunque lo fuese, no es justo que Moncada maltrate a una persona indefensa.

—¿No es justo, dice? ¿En verdad piensa que la vida es justa, señor De la Vega?

—No, maestro, pero pienso hacer lo que esté en mi mano para que lo sea —replicó Diego.

El procedimiento resultó más complejo de lo que Diego suponía. Primero Manuel Escalante le hizo redactar una carta pidiendo explicaciones, que él llevó personalmente a la casa del ofensor. A partir de ese momento, el maestro se entendió con los padrinos de Moncada, quienes hicieron lo posible por evitar el duelo, como era su deber, pero ninguno de los adversarios quiso retractarse. Además de los padrinos por ambas partes, se requerían un médico discreto y dos testigos imparciales, con sangre fría y conocimiento de las reglas, que Manuel Escalante se encargó de conseguir.

—¿Cuántos años tiene usted, don Diego? —preguntó el maestro.

—Casi diecisiete.

—Entonces no tiene edad suficiente para batirse.

—Maestro, se lo ruego, no hagamos una montaña de ese granito de arena. ¿Qué importan unos meses más o menos? Mi honor está en juego, eso no tiene edad.

—Está bien, pero don Tomás de Romeu debe ser informado de esto, de otro modo sería una ofensa, puesto que él lo ha distinguido con su confianza y hospitalidad.

Así fue como De Romeu fue designado segundo padrino de Diego. Hizo lo posible por disuadirlo, porque si el desenlace resultaba fatal para el joven, no tendría cómo explicárselo a Alejandro de la Vega, pero no lo consiguió. Había presenciado un par de clases de esgrima de Diego en la academia de Escalante y confiaba en la destreza del joven, pero su relativa tranquilidad se fue al diablo cuando los padrinos de Moncada les notificaron que éste se había torcido un tobillo recientemente y no podría batirse a espada. El duelo sería a pistola.

Se dieron cita en el bosque de Montjuïc a las cinco de la mañana, cuando ya había algo de luz y se podía circular en la ciudad, porque a esa hora se levantaba el toque de queda. Una bruma tenue se desprendía de la tierra y la delicada luz del amanecer se filtraba entre los árboles. El paisaje era tan apacible, que ese combate resultaba aún más grotesco, pero ninguno de los presentes, salvo Bernardo, lo advertía. En su condición de criado, el indio se mantenía a cierta distancia, sin participar en el riguroso ritual. De acuerdo al protocolo, los adversarios se saludaron, y enseguida los testigos les revisaron el cuerpo para cerciorarse de que no llevaran protección contra el disparo. Echaron suertes para ver quién quedaba cara al sol, y perdió Diego, pero pensó que su buena vista sería suficiente para compensar esa desventaja. Por ser el ofendido, Diego pudo escoger las pistolas y eligió las que Eulalia de Callís envió a su padre a California muchos años antes, limpias y recién engrasadas para la ocasión. Sonrió ante la ironía de que fuera justamente el sobrino de Eulalia el primero en usarlas. Los testigos y padrinos revisaron las armas y las cargaron. Habían acordado que no sería un duelo a primera sangre, ambos combatientes tendrían derecho a disparar por turnos, aunque estuviesen heridos, siempre que el médico lo autorizara. Moncada escogió la pistola antes, porque las armas no eran suyas, luego se echaron suertes de nuevo para decidir quién disparaba primero —también Moncada— y midieron los quince pasos de distancia que habrían de separar a los adversarios.

Rafael Moncada y Diego de la Vega se enfrentaron por fin. Ninguno de los dos era cobarde, pero estaban pálidos, con las camisas empapadas de sudor helado. Diego había llegado a ese punto por rabia y Moncada por orgullo; ya era tarde, no podían considerar la posibilidad de retroceder. En ese momento comprendieron que se iban a jugar la vida sin estar seguros de la causa. Tal como Bernardo le había hecho ver a Diego, el duelo no era por el bastonazo que Moncada le propinó, sino por Juliana, y aunque Diego lo negó enfático, en el fondo sabía que tenía razón. Un coche cerrado esperaba a doscientas varas para llevarse con la mayor discreción posible el cadáver del perdedor. Diego no pensó en sus padres ni en Juliana. En el instante en que tomaba posición, con el cuerpo de perfil para presentar menos superficie a su contrincante, la imagen de Lechuza Blanca acudió a su mente con tal claridad, que la vio junto a Bernardo. Su extraña abuela estaba de pie, con la misma actitud y el mismo manto de piel de conejo con que los despidió cuando se fueron de California. Lechuza Blanca levantó su bastón de chamán en un gesto altivo, que él le había visto hacer muchas veces, y lo sacudió en el aire con firmeza. Entonces se sintió invulnerable, el miedo desapareció por encantamiento y pudo mirar a la cara a Moncada.

Uno de los testigos, nombrado director del combate, golpeó las manos una vez para alistarse. Diego respiró hondo y enfrentó sin pestañear la pistola del otro, que se elevaba a la posición de tiro. Las manos de director golpearon dos veces para apuntar. Diego sonrió a Bernardo y a su abuela, preparándose para el disparo. Las manos dieron tres golpes y Diego vio el destello, oyó la explosión de pólvora y sintió simultáneamente el quemante dolor en su brazo izquierdo.

El joven vaciló y por un largo momento pareció que iba a caerse, mientras la manga de su camisa se encharcaba de sangre. En ese brumoso amanecer, una tenue acuarela, donde los contornos de árboles y hombres se esfumaban, la mancha roja brillaba como laca. El director indicó a Diego que disponía sólo de un minuto para responder al disparo de su adversario. Él asintió con la cabeza y se colocó en posición de disparar con la mano derecha, mientras le goteaba sangre de la izquierda, que colgaba inerte. Al frente Moncada, demudado, temblando, se volvió de perfil, con los ojos cerrados. El director dio una palmada y Diego levantó el arma; dos y apuntó; tres. A quince pasos de distancia Rafael Moncada escuchó el disparo y su cuerpo recibió el impacto de un cañonazo. Cayó de rodillas al suelo y pasaron varios segundos antes de que se diera cuenta de que estaba ileso: Diego había disparado al suelo. Entonces vomitó, tiritando como un afiebrado. Sus padrinos, avergonzados, se aproximaron para ayudarlo a levantarse y advertirle en voz baja que debía controlarse.

Entretanto Bernardo y Manuel Escalante ayudaban al médico a romper la tela de la camisa de Diego, quien se mantenía de pie y aparentemente tranquilo. La bala había rozado la parte de atrás del brazo sin tocar el hueso y sin dañar demasiado el músculo. El médico le aplicó un paño y lo vendó para restañar la sangre, hasta que pudiera lavarlo y coserlo con comodidad más tarde. Tal como requería la etiqueta del duelo, los combatientes se dieron la mano. Habían limpiado el honor, no quedaban ofensas pendientes.

—Agradezco al cielo que su herida sea leve, caballero —dijo Rafael Moncada, ya en pleno dominio de sus nervios—. Y le pido disculpas por haber golpeado a su criado.

—Las acepto, señor, y le recuerdo que Bernardo es mi hermano —contestó Diego.

Bernardo lo sostuvo por el brazo sano y lo llevó casi en vilo al coche. Más tarde Tomás de Romeu le preguntó para qué había desafiado a Moncada si no estaba dispuesto a dispararle. Diego le contestó que nunca pretendió echarse un muerto en la memoria que le arruinara el sueño, sólo quería humillarle.

Acordaron que nada se les diría del duelo a Juliana e Isabel, eso era asunto de hombres y no se debía ofender la sensibilidad femenina, pero ninguna de las dos niñas creyó la versión de que Diego se había caído del caballo. Tanto majadereó Isabel a Bernardo, que éste terminó por contarle con unas cuantas señales lo sucedido. «Nunca he entendido eso del honor masculino. Hay que ser bien lerdo para arriesgar la vida por una nimiedad», comentó la chiquilla, pero estaba impresionada, según pudo apreciar Bernardo, porque con las emociones fuertes se ponía bizca. A partir de ese instante Juliana, Isabel y hasta Nuria se peleaban por el privilegio de llevar la comida a Diego. El médico le había ordenado descanso por unos días, para evitar complicaciones. Fueron los cuatro días más felices en la vida del joven; de buena gana se hubiera batido a duelo una vez por semana con tal de tener la atención de Juliana. Su habitación se llenaba de una luz sobrenatural cuando ella entraba. La esperaba con un elegante batín de noche, recostado en un sillón, con un libro de sonetos en las rodillas, fingiendo leer, aunque en realidad había estado contando los minutos de su ausencia. En esas ocasiones le dolía tanto el brazo, que Juliana debía darle la sopa en la boca, enjuagarle la frente con agua de azahar y entretenerlo durante horas con el arpa, lecturas y juegos de damas.

Distraído por la herida de Diego, que sin ser de gravedad era de cuidado, Bernardo no volvió a pensar en que había oído a Rafael Moncada nombrar a Pelayo hasta varios días más tarde, cuando supo por boca de criados que al conde Orloff lo habían asaltado la misma noche de la fiesta de Eulalia de Callís. El noble ruso se había quedado en el palacete hasta muy tarde, luego tomó su carroza para volver a la residencia que había alquilado durante su breve estadía en la ciudad. En el trayecto, un grupo de forajidos armados de trabucos interceptó el coche en un callejón, redujo sin problemas a los cuatro lacayos y, después de aturdir al conde de un tremendo golpe, le quitó la bolsa, las joyas y la capa de piel de chinchilla que llevaba puesta. Se le atribuyó el asalto a la guerrilla, aunque ésa no había sido hasta entonces su forma de operar. El comentario general fue que se había perdido todo asomo de orden en Barcelona. ¿De qué servía tener un salvoconducto para el toque de queda si la gente decente ya no podía andar por las calles? ¡Era el colmo que los franceses no fueran capaces de mantener un mínimo de seguridad! Bernardo le hizo saber a Diego que la bolsa robada contenía el oro que el conde Orloff le había ganado a Rafael Moncada en la mesa de juego.

—¿Estás seguro de que oíste a Moncada nombrar a Pelayo? Sé lo que estás pensando, Bernardo. Piensas que Moncada está mezclado en el asalto al conde. Es una acusación demasiado seria, ¿no te parece? Carecemos de pruebas, pero concuerdo contigo en que es mucha la coincidencia. Aunque Moncada nada tenga que ver con ese asunto, de todos modos es un tramposo. No quisiera verlo cerca de Juliana, pero no sé cómo impedírselo —comentó Diego.

En marzo de 1812 los españoles aprobaron en la ciudad de Cádiz una Constitución liberal basada en los principios de la Revolución francesa, pero con la diferencia de que proclamaba el catolicismo como religión oficial del país y prohibía el ejercicio de cualquiera otra. Tal como dijo Tomás de Romeu, no había para que pelear tanto contra Napoleón, si al fin y al cabo estaban de acuerdo en lo esencial. «Quedará sólo en papel y tinta, porque España no está preparada para ideas ilustradas», fue la opinión del Chevalier, y agregó con un gesto de impaciencia que a España le faltaban cincuenta años para entrar al siglo XIX.

Mientras Diego pasaba largas horas estudiando en las vetustas salas del Colegio de Humanidades, practicando esgrima e inventando nuevos trucos de magia para seducir a la inconmovible Juliana, quien había vuelto a tratarlo como hermano apenas él se curó de la herida, Bernardo recorría Barcelona arrastrando las pesadas botas del padre Mendoza, a las que nunca llegó a acostumbrarse. Llevaba siempre su bolsa mágica colgada al pecho, donde iba la trenza negra de Rayo en la Noche, que ya tenía el calor y olor de su piel, formaba parte de su propio cuerpo, era un apéndice de su corazón. La mudez que se había impuesto le afinó los otros sentidos, podía guiarse con el olfato y el oído. Era de naturaleza solitario y en su calidad de extranjero estaba aún más solo, pero eso le gustaba. La multitud no lo oprimía, porque en medio del bochinche encontraba siempre un lugar quieto para su alma. Echaba de menos los espacios abiertos en que había vivido antes, pero también le gustaba esa ciudad con la pátina de siglos, sus calles angostas, sus edificios de piedra, sus oscuras iglesias, que le recordaban la fe del padre Mendoza. Prefería el barrio del puerto, donde podía mirar el mar y comunicarse con los delfines de aguas remotas. Paseaba sin rumbo, silencioso, invisible, mezclado con la gente, tomándole el pulso a Barcelona y al país. En una de esas vagas excursiones volvió a ver a Pelayo.

En la entrada de una taberna se había apostado una gitana, sucia y hermosa, a tentar a los pasantes con la revelación de sus destinos, que ella podía discernir en las barajas o en el mapa de las manos, como proclamaba en un castellano enrevesado. Momentos antes le había predicho a un marinero borracho, para consolarlo, que en una playa lejana lo aguardaba un tesoro, aunque en realidad había visto en sus palmas la cruz de la muerte. A poco andar, el hombre se dio cuenta de que le faltaba la bolsa con el dinero y dedujo que la cíngara se la había robado. Regresó dispuesto a recuperar lo suyo. Tenía la mirada cenicienta y echaba espumarajos de perro rabioso cuando cogió a la supuesta ladrona por los cabellos y empezó a sacudirla. A sus aullidos y maldiciones salieron los parroquianos de la taberna y se pusieron a avivarlo con rechiflas endemoniadas, porque si algo unía a todo el mundo era el odio ciego contra los bohemios y, además, en esos años de guerra bastaba el menor pretexto para que la chusma cometiera tropelías. Los acusaban de cuanto vicio conoce la humanidad, incluso el de robarse niños españoles para venderlos en Egipto. Los abuelos podían recordar las animadas fiestas populares en que la Inquisición quemaba por igual a herejes, brujas y gitanos. En el instante en que el marinero abría su navaja para marcar la cara de la mujer, intervino Bernardo con un empujón de mula y lo lanzó al suelo, donde quedó pataleando en los vapores tenaces del alcohol. Antes de que la concurrencia reaccionara, Bernardo tomó a la gitana de la mano y ambos corrieron a perderse calle abajo. No se detuvieron hasta el barrio de la Barceloneta, donde estaban más o menos a salvo de la multitud enrabiada. Allí Bernardo la soltó e hizo ademán de despedirse, pero ella insistió en que la siguiera varias cuadras hacia un carromato pintarrajeado de arabescos y signos zodiacales, atado a un triste caballo percherón de anchas patas, que estaba apostado en una callejuela lateral. Por dentro, aquel vehículo, desquiciado por el abuso de varias generaciones de nómadas, era una cueva de turco, atiborrada de objetos extraños, con una chorrera de pañuelos de colores, un trastorno de campanitas, y un museo de almanaques e imágenes religiosas pegados hasta en el techo. Olía aquello a una mezcla de pachulí y trapos sucios. Un colchón con pretenciosos cojines de brocado desteñido constituía el mobiliario. Con un gesto ella le indicó a Bernardo que se acomodara y enseguida se le sentó al frente de piernas recogidas, observándolo con su mirada dura. Sacó un frasco de licor, bebió un trago y se lo pasó, todavía agitada por la carrera. Tenía la piel morena, el cuerpo musculoso, los ojos fieros y el cabello teñido con alheña. Iba descalza, vestida con dos o tres largas faldas de volantes, blusa desteñida, chaleco corto atado adelante con lazos cruzados, chal con flecos sobre los hombros y un pañuelo amarrado en la cabeza, señal de las mujeres casadas de su tribu, aunque ella era viuda. En sus muñecas tintineaba una docena de pulseras, en sus tobillos varias campanitas de plata y sobre la frente unas monedas de oro cosidas al pañuelo.

Usaba el nombre de Amalia entre los *gadje*, es decir, quienes no eran gitanos. Al nacer había recibido de su madre otro nombre, que sólo ella conocía y cuya finalidad era despistar a los malos espíritus, manteniendo la verdadera identidad de la niña en secreto. Tenía también un tercer nombre, que empleaba entre los miembros de su tribu. Ramón, el hombre de su vida, fue asesinado a palos por unos labradores en un mercado de Lérida, acusado de robar gallinas. Lo había amado desde niña. Las familias de ambos acordaron la boda cuando ella tenía sólo once años. Sus suegros pagaron un alto precio por ella, porque tenía buena salud y carácter firme, estaba bien entrenada para labores domésticas y además era una verdadera *drabardi*, había nacido con el don natural de adivinar la suerte y curar con encantamientos y hierbas. A esa edad parecía un gato escuálido, pero la belleza no contaba para nada en la elección de una esposa. Su marido se llevó una sorpresa agradable cuando aquel montón de huesos se convirtió en una mujer atractiva, pero por otra parte tuvo la grave desilusión de que Amalia no pudiera tener hijos. Su pueblo consideraba los niños una bendición, un vientre seco era motivo de divorcio, pero Ramón la amaba demasiado. La muerte del marido la sumió en un largo duelo, del cual nunca habría de reponerse. No debía mencionar el nombre del difunto, para no llamarlo desde el otro mundo, pero en secreto lloraba por él cada noche.

Hacía siglos que su pueblo vagaba por el mundo, perseguido y odiado. Los antepasados de su tribu salieron de la India mil años antes y cruzaron toda Europa y Asia antes de acabar en España, donde los trataban tan mal como en otros sitios, pero el clima se prestaba un poco mejor para la vida errante. Se asentaron en el sur, donde quedaban pocas familias trashumantes, como la de Amalia. Esa gente había aguantado tantas desilusiones, que ya no confiaba ni en su propia sombra, por lo mismo la inesperada intervención de Bernardo conmovió el alma de la gitana. Sólo podía tener tratos con un *gadje* para fines comerciales, de otro modo se ponía en peligro la pureza de su raza y sus tradiciones. Por elemental prudencia, los bohemios se mantenían marginados, no confiaban jamás en extranjeros y reservaban su lealtad sólo para el clan, pero a ella le pareció que ese joven no era exactamente un *gadje*, venía de otro planeta, era forastero en todas partes. Tal vez era gitano de una tribu perdida.

Amalia resultó ser hermana de Pelayo, como habría de descubrir Bernardo ese mismo día, cuando éste entró al carromato. Pelayo no reconoció al indio, porque la noche en que fuera sorprendido cantándole en italiano a Juliana, por encargo de Moncada, sólo tuvo ojos para Diego, cuya espada le aguijoneaba el cuello. Amalia le explicó lo ocurrido a Pelayo, en romaní, su lengua de sonidos quebradizos, derivada del sánscrito. Le pidió perdón por haber violado el tabú de no relacionarse con *gadjes.* Esa grave falta podía condenarla a *marimé*, estado de impureza, que merecía el rechazo de su comunidad, pero contaba con que las normas se habían relajado desde el comienzo de la guerra. El clan había sufrido mucho en esos años, las familias se habían dispersado. Pelayo llegó a la misma conclusión y en vez de increpar a su hermana, como era costumbre, agradeció a Bernardo sin aspavientos. Estaba tan sorprendido como ella ante la bondad del indio, porque ningún extraño les había tratado bien jamás. Los hermanos se dieron cuenta de que Bernardo era mudo, pero no cayeron en el error común de considerarlo también sordo o retardado. Formaban parte de un grupo que se sustentaba a duras penas con cualquier ocupación que le cayera en las manos, casi siempre vendiendo y domando caballos, también curándolos si estaban enfermos o accidentados. Se ganaban la vida con sus pequeñas fraguas, trabajando metales, hierro, oro, plata. Fabricaban desde herraduras hasta espadas y joyas. La guerra los desplazaba con frecuencia, pero por otra parte les convenía, porque, en el furor de matarse unos a otros, tanto franceses como españoles los ignoraban. Los domingos y otros días de fiesta montaban una rotosa carpa en las plazas y hacían pruebas de circo. Bernardo habría de conocer muy pronto al resto del grupo, entre los cuales destacaba Rodolfo, un gigante cubierto de tatuajes que se enrollaba una culebra gorda al cuello y levantaba un caballo en brazos. Tenía más de sesenta años, era el más viejo de la numerosa familia y, por lo tanto, el de más autoridad. Petrina contribuía con el número fuerte del patético circo dominical. Era una diminuta niña de nueve años que se doblaba como un pañuelo para introducirse completa en una jarra de guardar aceitunas. Pelayo hacía acrobacias al galope sobre uno o dos caballos, y otros miembros de la familia deleitaban al público lanzándose puñales con los ojos vendados. Amalia vendía boletos de rifa, leía el horóscopo y adivinaba la suerte en una clásica bola de vidrio, con tal certera intuición, que ella misma se asustaba de sus lúcidos aciertos; sabía que la capacidad de descifrar el futuro suele ser una maldición, ya que si no se puede cambiar lo que ha de ocurrir, más vale ignorarlo.

Apenas Diego de la Vega supo que Bernardo había hecho amistad con los gitanos, insistió en conocerlos, porque pretendía averiguar los tratos de Pelayo con Rafael Moncada. No imaginó que iba a prendarse de ellos y sentirse tan a gusto en su compañía. Para entonces en España la mayor parte de las tribus del pueblo Roma, como se llaman a sí mismos los bohemios, vivían de manera sedentaria. Establecían sus campamentos en las afueras de pueblos y ciudades. Poco a poco empezaban a formar parte del paisaje, hasta que la población local se acostumbraba a ellos y dejaba de hostigarlos, aunque nunca los aceptaba. En Cataluña, en cambio, no había campamentos fijos, los Roma de la zona eran nómadas. La tribu de Pelayo y Amalia era la primera que se instalaba con ánimo de quedarse, llevaba tres años en el mismo sitio. Diego se dio cuenta desde el primer momento de que no convenía hacerles preguntas sobre Moncada ni sobre cualquier otro tema, porque esa gente tenía muy buenas razones para ser desconfiada y cuidar sus secretos. Una vez que cicatrizó por completo el costurón en el brazo y se hizo perdonar por Pelayo el picotazo que le diera en el cuello con su espada, Diego logró que le permitiera participar con Bernardo en el improvisado circo. Hicieron una breve demostración, que no resultó tan lucida como esperaban, porque Diego todavía tenía el brazo débil, pero fue suficiente para que los incorporaran como acróbatas. Con ayuda del resto de la compañía fabricaron una ingeniosa maraña de postes, cuerdas y trapecios, inspirada en el cordaje de la *Madre de Dios*. Los jóvenes aparecían en la pista con capas negras, que se quitaban con un gesto olímpico, para quedar en mallas del mismo color. En esa facha volaban por los aires sin mayores precauciones, porque lo habían hecho antes en el velamen de los barcos, al doble de altura y meciéndose sobre las olas. Diego también hacía desaparecer una gallina muerta, que enseguida sacaba viva del escote de Amalia, y con su látigo apagaba una vela colocada sobre la cabeza del gigantesco Rodolfo, sin estorbarle los pelos. Estas actividades no se comentaban jamás fuera del ámbito de los gitanos, porque la tolerancia de Tomás de Romeu tenía límites y seguramente no las habría aprobado. Eran muchas las cosas que ese caballero ignoraba sobre su joven huésped.

Uno de esos domingos Bernardo se asomó por la cortina de los artistas y vio que Juliana e Isabel, acompañadas por su dueña, se hallaban entre el público. Al volver de misa, donde Nuria insistía en llevarlas, a pesar de que la idea no era del agrado de Tomás de Romeu, las niñas vieron el circo e insistieron en entrar. La carpa, hecha con trozos amarillentos de velas descartadas en el puerto, tenía una pista central cubierta con paja, unas banquetas de palo para los espectadores de calidad y un espacio al fondo para la chusma de pie. En el círculo de paja el gigante levantaba el caballo, Amalia metía a Petrina en la jarra de aceitunas, y Diego y Bernardo trepaban a los trapecios. Allí mismo se llevaban a cabo en la noche las peleas de gallos que organizaba Pelayo. No era un lugar donde Tomás de Romeu hubiera querido ver a sus hijas, pero Nuria era incapaz de resistirse cuando Juliana e Isabel se aliaban para doblarle la voluntad.

—Si don Tomás se entera de que estamos dedicados a esto, nos mandará de vuelta a California en el primer barco disponible —susurró Diego a Bernardo al ver a las niñas bajo la carpa.

Entonces Bernardo se acordó de la máscara que habían usado para asustar a los marineros de la *Madre de Dios*. Les abrió huecos para los ojos a dos pañuelos de Amalia y con eso se taparon las caras, rezando para que las hermanas De Romeu no los reconocieran. Diego decidió abstenerse de sus demostraciones de magia, porque las había hecho muchas veces en presencia de ellas. De todos modos, se quedó con la impresión de que lo reconocieron, hasta que esa misma tarde oyó a Juliana comentar los pormenores del espectáculo con Agnès Duchamp. Le contó en cuchicheos, a espaldas de Nuria, sobre los intrépidos acróbatas vestidos de negro que arriesgaban sus vidas en los trapecios, y agregó que les daría un beso a cada uno sólo por verles las caras.

Diego no tuvo la misma suerte con Isabel. Estaba celebrando la broma con Bernardo, cuando la chiquilla entró a su pieza sin anunciarse, como solía hacer, a pesar de la estricta prohibición de su padre de intimar con Diego. Se plantó ante ellos con los brazos en jarra y les anunció que conocía la identidad de los trapecistas y estaba lista para revelarla, a menos que el próximo domingo la llevaran a conocer a la compañía de bohemios. Deseaba cerciorarse de la autenticidad de los tatuajes del gigante, que parecían pintura, y de la letárgica culebra, que bien podía estar embalsamada.

En los meses siguientes, Diego, cuya sangre ardía con el ímpetu de los diecisiete años, encontró alivio en el regazo de Amalia. Se reunían a escondidas con un riesgo inmenso. Al hacer el amor con un *gadje,* ella violaba un tabú fundamental, que podía pagar muy caro. Se había casado virgen, como era costumbre entre las mujeres de su pueblo, y había sido fiel a su marido hasta la muerte de éste. La viudez la había dejado en un estado suspendido, en que aún era joven pero recibía el trato de una abuela, hasta que Pelayo, encargado de buscarle otro marido cuando ella se secara las últimas lágrimas del duelo, cumpliera su cometido. En el clan la vida transcurría a la vista de los demás. Amalia no disponía de tiempo o espacio para estar sola, pero a veces lograba darle cita a Diego en algún callejón apartado y entonces lo acunaba en sus brazos, siempre con la ansiedad insufrible de ser sorprendidos. No lo enredaba con exigencias románticas, porque el grosero asesinato de su marido la había resignado para siempre a la soledad. Doblaba en edad a Diego y había estado casada durante más de veinte años, pero no era experta en asuntos amorosos. Con Ramón había compartido un cariño profundo y fiel, sin exabruptos de pasión. Se habían desposado con un rito sencillo en que compartieron un trozo de pan untado con unas gotas de sangre de ambos. No se requería más. El mero hecho de tomar la decisión de vivir juntos santificaba la unión, pero ofrecieron un generoso banquete de bodas, con música y danza, que duró tres días completos. Después se acomodaron en un rincón de la carpa comunal. A partir de ese momento no volvieron a separarse, recorrieron los caminos de Europa, pasaron hambre en los tiempos de más pobreza, huyeron de muchas agresiones y celebraron los buenos momentos. Tal como le contó Amalia a Diego, su vida había sido buena. Sabía que Ramón la aguardaba intacto en alguna parte, milagrosamente recuperado de su martirio. Desde que viera su cuerpo destrozado por los picos y palas de los asesinos, a Amalia se le apagó la llama que antes la alumbraba por dentro y no volvió a pensar en el gozo de los sentidos o el consuelo de un abrazo. Decidió invitar a Diego a su carromato por simple amistad. Lo vio alborotado por falta de mujer y se le ocurrió aliviarlo, eso fue todo. Corría el riesgo de que el espíritu de su marido acudiera, convertido en *muló*, a castigarla por aquella infidelidad póstuma, pero esperaba que Ramón comprendiera sus razones: ella no lo hacía por lascivia, sino por generosidad. Resultó ser una amante pudorosa, que hacía el amor en la oscuridad, sin quitarse la ropa. A veces lloraba en silencio. Entonces Diego le secaba las lágrimas con besos delicados, conmovido hasta los huesos, y así aprendió a descifrar algunos de los recónditos misterios del corazón femenino. A pesar de las severas normas sexuales de su tradición, tal vez Amalia le habría hecho el mismo favor a Bernardo por desinteresada simpatía, si él se lo hubiera insinuado, pero nunca lo hizo, porque vivía acompañado por el recuerdo de Rayo en la Noche.

Manuel Escalante observó a Diego de la Vega por largo tiempo antes de decidirse a hablarle del tema que más le importaba en la vida. Al principio desconfió de la simpatía arrebatadora del joven. Para él, hombre de una seriedad fúnebre, la ligereza de Diego constituía una falla de carácter, pero se vio obligado a revisar aquel juicio cuando presenció el duelo contra Moncada. Sabía que el propósito del duelo no es vencer, sino enfrentarse a la muerte con nobleza para descubrir la calidad de la propia alma. Para el maestro, la esgrima —y con mayor razón un duelo— era una fórmula infalible para conocer a los hombres. En la fiebre del combate quedaban expuestas las esencias fundamentales de la personalidad; de poco servía ser un experto en el manejo del acero, si no se estaba revestido de valor y serenidad para arrostrar el peligro. Se dio cuenta de que en los veinticinco años que llevaba enseñando su arte no había tenido un alumno como Diego. Había visto a otros con similar talento y dedicación, pero a ninguno con el corazón tan firme como la mano que empuñaba el sable. La admiración que sentía por el joven se tornó en cariño y la esgrima se convirtió en una excusa para verlo a diario. Lo aguardaba listo mucho antes de las ocho, pero por disciplina y orgullo no aparecía en la sala ni un minuto antes de esa hora. La lección siempre se realizaba con la mayor formalidad y casi en silencio, sin embargo, en las conversaciones que sostenían después, compartía con Diego sus ideas y sus íntimas aspiraciones. Terminada la clase, se limpiaban con una toalla mojada, se cambiaban de ropa y subían al segundo piso, donde vivía el maestro. Se reunían en una pieza oscura y modesta, sentados en incómodas sillas de madera tallada, rodeados de libros en antiguos anaqueles y armas pulidas expuestas en las paredes. El mismo criado anciano, que murmuraba sin cesar, como en eterna plegaria, les servía café retinto en tacitas de porcelana rococó. Pronto pasaron de los temas relacionados con la esgrima a hablar de otros. La familia del maestro, española y católica por cuatro generaciones, no podía, sin embargo, jactarse de limpieza de sangre porque era de origen judío. Sus bisabuelos se habían convertido al catolicismo y cambiado el nombre para escapar de las persecuciones. Lo hicieron tan bien, que lograron eludir el despiadado acoso de la Inquisición, pero en el proceso perdieron la fortuna acumulada en más de cien años de buenos negocios y templanza en el vivir. Cuando nació Manuel, apenas existía el recuerdo vago de un pasado de bienestar y refinamiento; nada quedaba de las propiedades, las obras de arte, las joyas. Su padre se ganaba la vida en un almacén menor de Asturias, dos de sus hermanos eran artesanos y el tercero se había perdido en el norte de África. El hecho de que sus parientes cercanos se dedicaran al comercio y a oficios manuales le avergonzaba. Consideraba que las únicas ocupaciones dignas de un señor son improductivas. No era el único. En la España de aquellos años sólo trabajaban los pobres campesinos; cada uno de ellos alimentaba a más de treinta ociosos. Diego se enteró del pasado del maestro mucho más tarde. Cuando éste le habló de La Justicia y le mostró su medallón por primera vez, nada le dijo de sus orígenes judíos. Ese día estaban, como todas las mañanas, en la sala tomando café. Manuel Escalante se quitó del cuello una fina cadena con una llave, se dirigió a un cofre de bronce, que había sobre su escritorio, lo abrió solemnemente y le mostró el contenido a su alumno: un medallón de oro y plata.

—He visto esto antes, maestro... —murmuró Diego, reconociéndolo.

—¿Dónde?

—Lo llevaba don Santiago de León, el capitán del barco que me trajo a España.

—Conozco al capitán De León. Pertenece, como yo, a La Justicia.

Era otra de las muchas sociedades secretas que había en Europa en esa época. Había sido fundada doscientos años antes como reacción contra el poder de la Inquisición, temible brazo de la Iglesia, que desde 1478 defendía la unidad espiritual de los católicos persiguiendo a judíos, luteranos, herejes, sodomitas, blasfemos, hechiceros, adivinos, invocadores del demonio, brujos, astrólogos y alquimistas, así como a los que leían libros prohibidos. Los bienes de los condenados pasaban a manos de sus acusadores, de modo que muchas víctimas ardieron en una pira por ser ricos y no por otras razones. Durante más de trescientos años el fervor religioso del pueblo celebró los autos de fe, públicas orgías de crueldad en que se ejecutaba a los condenados, pero en el siglo XVIII se inició la decadencia de la Inquisición. Los procesos continuaron por un tiempo, pero a puerta cerrada, hasta que la Inquisición fue abolida. La labor de La Justicia había consistido en salvar a los acusados, sacarlos del país y ayudarlos a comenzar una nueva vida en otra parte. Repartían alimentos y ropa, conseguían documentos falsos y cuando era posible pagaban el rescate. Para la época en que Manuel Escalante reclutó a Diego, la orientación de La Justicia había cambiado, ya no combatía sólo el fanatismo religioso, sino también otras formas de opresión, como la de los franceses en España y la esclavitud en el extranjero. Se trataba de una organización jerárquica y con disciplina militar, donde no había lugar para mujeres. Los grados de iniciación se marcaban con colores y símbolos, las ceremonias se llevaban a cabo en sitios ocultos y la única forma de ser admitido era a través de otro miembro, que actuaba como padrino. Los participantes juraban poner sus vidas al servicio de las nobles causas abrazadas por La Justicia, no aceptar pago alguno por sus servicios, mantener el secreto a cualquier precio y obedecer las órdenes de los superiores. El juramento era de una elegante sencillez: «Buscar la justicia, alimentar al hambriento, vestir al desnudo, proteger a viudas y huérfanos, hospedar al extranjero y no verter sangre de inocentes».

Manuel Escalante no tuvo dificultad en convencer a Diego de la Vega para que postulara a La Justicia. El misterio y la aventura eran tentaciones irresistibles para él; su única duda se refería a la obediencia ciega, pero cuando se convenció de que nadie le ordenaría algo contra sus principios, superó ese escollo. Estudió los textos en clave que le dio el maestro, y se sometió al entrenamiento de una forma única de combate que demandaba agilidad mental y extraordinaria destreza física. Consistía en una serie precisa de movimientos con espada y dagas que se llevaba a cabo sobre un plano marcado en el suelo, llamado Círculo del Maestro. El mismo dibujo estaba reproducido en los medallones de oro y plata que identificaban a los miembros de la organización. Primero Diego aprendió la secuencia y la técnica del combate, luego se dedicó durante meses a practicar con Bernardo, hasta que pudo luchar sin pensar. Tal como le indicó Manuel Escalante, sólo estaría listo cuando pudiera atrapar con la mano una mosca en pleno vuelo de un solo gesto casual. No había otra forma de vencer a un miembro antiguo de La Justicia, como tendría que hacer para ser aceptado.

Llegó por fin el día en que Diego estuvo preparado para la ceremonia de iniciación. El maestro de esgrima lo condujo por lugares ignorados incluso por arquitectos y constructores, que se jactaban de conocer la ciudad como la palma de su mano. Barcelona creció sobre capas sucesivas de ruinas; por ella pasaron los fenicios y los griegos sin dejar demasiada huella, luego llegaron los romanos e impusieron su sello, fueron reemplazados por los godos y finalmente la conquistaron los sarracenos, que se quedaron en ella durante varios siglos. Cada uno contribuyó a su complejidad; desde el punto de vista arqueológico, Barcelona era una tarta de mil hojas. Los hebreos cavaron viviendas, corredores y túneles para refugiarse de los agentes de la Inquisición. Abandonados por los judíos, esos pasajes misteriosos se convirtieron en cuevas de bandidos, hasta que poco a poco La Justicia y otras sectas secretas se apoderaron de las entrañas profundas de la ciudad. Diego y su maestro recorrieron un laberinto de sinuosas callejuelas, se adentraron en el barrio antiguo, cruzaron portales ocultos, bajaron escalinatas desgastadas por el tiempo, se internaron en recovecos subterráneos, penetraron en cavernosas ruinas y atravesaron canales donde no corría agua, sino un líquido viscoso y oscuro con olor a fruta podrida. Por fin se encontraron ante una puerta marcada con signos cabalísticos, que se abrió ante ellos cuando el maestro dio la contraseña, y entraron a una sala con pretensiones de templo egipcio. Diego se vio rodeado por una veintena de hombres ataviados con vistosas túnicas de colores y adornados con signos diversos. Todos llevaban medallones similares al del maestro Escalante y el de Santiago de León. Estaba en el tabernáculo de la secta, el corazón mismo de La Justicia.

El rito duró toda la noche y en esas largas horas Diego superó una a una las pruebas a que fue sometido. En un recinto adyacente, tal vez las ruinas de un templo romano, estaba el Círculo del Maestro grabado en el suelo. Un hombre se adelantó para enfrentarse con Diego y los demás se colocaron alrededor, como jueces. Se presentó como Julio César, su nombre en clave. Ambos se despojaron de las camisas y el calzado, quedaron sólo con pantalones. La lucha exigía precisión, velocidad y sangre fría. Se atacaban con afiladas dagas, como si la intención fuese de herir a muerte. Cada estocada era a fondo, pero en la última fracción de segundo debían detener el golpe en el aire. El menor rasguño en el cuerpo del otro valía ser eliminado de inmediato. No podían salir del diseño dibujado en el suelo. El triunfo era de quien lograba poner al otro con ambos hombros en el suelo, al centro mismo del círculo. Diego se había entrenado por meses y tenía gran confianza en su agilidad y resistencia, pero apenas comenzó la pelea se dio cuenta de que no poseía ninguna ventaja sobre su contrincante. Julio César tenía unos cuarenta años, era delgado y más bajo que Diego, pero muy fuerte. Plantado con los pies y codos separados, el cuello tenso, todos los músculos del torso y brazos a la vista, las venas hinchadas, la daga brillando en su mano derecha, pero el rostro en completa calma, era un adversario temible. A una orden los dos comenzaron a girar dentro del Círculo, buscando el mejor ángulo para atacar. Diego lo hizo primero, lanzándose de frente, pero el otro dio un salto, una vuelta en el aire, como si volara, y cayó detrás de él, dándole apenas tiempo de volverse y agacharse para evitar el filo del arma que le caía encima. Tres o cuatro pases después, Julio César cambió la daga a la mano siniestra. Diego también era ambidextro, pero nunca le había tocado enfrentarse con alguien que lo fuera y por un instante se desconcertó. Su contrincante aprovechó para dar un brinco y mandarle una patada al pecho que lo tiró al suelo, pero Diego rebotó de inmediato y, utilizando el impulso, le asestó una cuchillada directo a la garganta que, si hubiera sido una pelea real, lo habría degollado, pero su mano se detuvo tan cerca de su objetivo que creyó haberle cortado. Como los jueces no intervinieron, supuso que no lo había herido, pero no pudo comprobarlo, porque su contrario ya se le había ido encima. Se trenzaron en lucha cuerpo a cuerpo, ambos defendiéndose de la mano con la daga que el otro empuñaba, mientras con las piernas y el brazo libre procuraban voltear al enemigo y dejarlo de espaldas. Diego logró soltarse y volvieron a girar, aprontándose para un nuevo encontronazo. Diego sintió que ardía, estaba rojo y cubierto de sudor, pero su adversario ni siquiera resollaba y su rostro continuaba tan tranquilo como al comienzo. Las palabras de Manuel Escalante acudieron a su mente: «Jamás se debe combatir con rabia». Respiró hondo un par de veces, dándose tiempo para calmarse, sin perder de vista cada movimiento de Julio César. Se le despejó la mente y se dio cuenta de que, tal como él no estaba preparado para enfrentarse a un luchador ambidextro, el miembro de La Justicia tampoco lo estaba. Cambió la daga de mano con la misma rapidez requerida para los trucos de magia de Galileo Tempesta, y atacó antes de que el otro se diera cuenta de lo sucedido. Pillado por sorpresa, éste dio un paso atrás, pero Diego le metió un pie entre las piernas y le hizo perder el equilibrio. Tan pronto cayó, Diego se le fue encima y lo aplastó, empujándole el pecho con el brazo derecho, mientras se defendía con la mano izquierda de la daga enemiga. Por un minuto largo forcejearon con todas sus fuerzas, los músculos tensos como cables de acero, los ojos clavados en los del otro, los dientes apretados. Diego no sólo debía mantenerlo en el suelo, también debía arrastrarlo hacia el centro del círculo, tarea difícil, porque el otro no estaba dispuesto a permitirlo. Con el rabillo del ojo calculó la distancia, que le pareció inmensa, nunca una vara había sido tan larga. No había más que una forma de hacerlo. Rodó sobre sí mismo y Julio César quedó encima de él. El hombre no pudo evitar un grito de triunfo, porque se vio en ventaja definitiva. Con un esfuerzo sobrehumano Diego rodó de nuevo y su contrincante quedó exactamente sobre la marca en el suelo que señalaba el centro del Círculo. La serenidad de Julio César se alteró en forma apenas discernible, pero fue suficiente para que Diego se diera cuenta de que había ganado. Con un último empujón logró plantarle ambos hombros en el suelo.

—Bien hecho —dijo Julio César con una sonrisa, soltando su daga.

Después Diego debió enfrentar a otros dos con la espada. Le ataron una mano a la espalda, para dar ventaja a sus adversarios, porque ninguno de esos hombres sabía tanto de esgrima como él. Manuel Escalante lo había preparado muy bien y pudo vencerlos en menos de diez minutos. A las pruebas físicas siguieron las intelectuales. Después de demostrar que conocía bien la historia de La Justicia, le plantearon complicados problemas, para los cuales debía ofrecer soluciones originales, que demandaban astucia, coraje y conocimiento. Por último, cuando superó con éxito todos los obstáculos, lo guiaron hacia un altar. Allí estaban expuestos los símbolos que debería venerar: una hogaza de pan, una balanza, una espada, un cáliz y una rosa. El pan significaba el deber de ayudar a los pobres; la balanza representaba la determinación de luchar por la justicia; la espada encarnaba el valor; el cáliz contenía el elixir de la compasión; la rosa recordaba a los miembros de la sociedad secreta que la vida no sólo es sacrificio y trabajo, también es hermosa y por lo mismo debe ser defendida. Al concluir la ceremonia, el maestro Manuel Escalante, en su calidad de padrino, colocó un medallón a Diego.

—¿Cuál será su nombre en clave? —preguntó el Sublime Defensor del Templo.

—Zorro —replicó Diego sin vacilar.

No lo había pensado, pero en ese mismo instante recordó con claridad absoluta los ojos colorados del zorro que viera en otro rito de iniciación, muchos años antes, en los bosques de California.

—Bienvenido, Zorro —dijo el Sublime Defensor del Templo, y todos los miembros repitieron su nombre al unísono.

Diego de la Vega estaba tan eufórico por las pruebas superadas, tan apabullado por la solemnidad de los miembros de la secta y tan mareado con los complicados pasos de la ceremonia y los altisonantes nombres de la jerarquía —Caballero del Sol, Templario del Nilo, Maestro de la Cruz, Guardián de la Serpiente—, que no podía pensar con claridad. Estaba de acuerdo con los postulados de la secta y le honraba haber sido admitido. Sólo más tarde, al recordar los detalles y contárselos a Bernardo, juzgaría el rito un poco infantil. Trató de burlarse de sí mismo por haberlo tomado tan en serio, pero su hermano no se rió, sino que le hizo ver cuán parecidos eran los principios de La Justicia al Okahué de su tribu.

Un mes después de haber sido aceptado por el consejo de La Justicia, Diego sorprendió a su maestro con una idea descabellada: pretendía liberar a un grupo de rehenes. Cada ataque de los guerrilleros desencadenaba de inmediato una represalia de los franceses. Tomaban un número de rehenes, equivalente a cuatro veces el de sus propios caídos, y los ahorcaban o fusilaban en un lugar público. Este método expedito no disuadía a los españoles, sólo atizaba el odio, pero hería el corazón mismo de las desgraciadas familias atrapadas en el conflicto.

—Esta vez se trata de cinco mujeres, dos hombres y un niño de ocho años, que deberán pagar por la muerte de dos soldados franceses, maestro. Al cura del barrio ya lo mataron en la puerta de su parroquia. Los tienen en el fuerte y los fusilarán el domingo a mediodía —explicó Diego.

—Ya lo sé, don Diego, he visto las proclamas por toda la ciudad —respondió Escalante.

—Hay que salvarlos, maestro.

—Intentarlo sería una locura. La Ciudadela es inexpugnable. Por lo demás, en el caso hipotético de que lograra ese cometido, los franceses ejecutarían al doble o al triple de rehenes, se lo aseguro.

—¿Qué hace La Justicia en una situación como ésta, maestro?

—A veces sólo cabe resignarse ante lo inevitable. En la guerra mueren muchos inocentes.

—Lo recordaré.

Diego no estaba dispuesto a resignarse, porque, entre otras razones, Amalia era uno de los condenados y no podía abandonarla a su suerte. Por uno de esos errores del destino, que sus barajas olvidaron advertirle, la gitana se encontraba en la calle durante la redada de los franceses y fue apresada con otras personas tan inocentes como ella. Cuando Bernardo le trajo la mala noticia, Diego no contempló los obstáculos que debería enfrentar, sólo la necesidad de intervenir y el placer irresistible de la aventura.

—En vista de que es imposible introducirse en La Ciudadela, Bernardo, entraré al palacete del chevalier Duchamp. Deseo tener una conversación privada con él. ¿Qué te parece? Veo que no te gusta la idea, pero no se me ocurre otra. Sé lo que piensas: que ésta es una bravuconada como la del oso, cuando éramos niños. No, esta vez es en serio, hay vidas humanas de por medio. No podemos permitir que fusilen a Amalia. Es nuestra amiga. Bueno, en mi caso es algo más que amiga, pero no se trata de eso. Por desgracia no cuento con La Justicia, así es que necesitaré tu ayuda, hermano. Es peligroso, pero no tanto como parece. Escúchame...

Bernardo levantó las manos en el gesto de rendirse y se preparó para secundarlo, como había hecho siempre. A veces, en los momentos de más cansancio y soledad, pensaba que era hora de regresar a California y asumir el hecho irrevocable de que la infancia había terminado para ambos. Diego tenía trazas de ser un eterno adolescente. Se preguntaba cómo podían ser tan diferentes y sin embargo quererse tanto. Mientras a él el destino le pesaba en las espaldas, su hermano tenía la liviandad de una alondra. Amalia, quien sabía descifrar los enigmas de los astros, les había dado una explicación para sus personalidades opuestas. Dijo que pertenecían a signos zodiacales distintos, aunque habían nacido en el mismo lugar y en la misma semana. Diego era Géminis y él era Tauro, eso determinaba sus temperamentos. Bernardo oyó el plan de Diego con su habitual paciencia, sin manifestar las dudas que lo asaltaban, porque en el fondo confiaba en la inconcebible buena suerte de su hermano. Aportó sus propias ideas y luego se pusieron en acción.

Bernardo se las arregló para entablar amistad y luego embriagar a un soldado francés hasta dejarlo inconsciente. Le quitó el uniforme y se lo colocó, casaca azul oscuro con cuello alto encarnado, calzón y pechera blanca, polainas negras y gorro alto. Así se introdujo a los jardines del palacete conduciendo a un par de caballos, sin llamar la atención de los guardias nocturnos. La vigilancia en la suntuosa residencia del Chevalier no era extremada, porque a nadie se le habría ocurrido atacarla. En la noche se apostaban guardias con faroles, pero en el transcurso tedioso de las horas se les relajaba el ánimo. Diego, vestido con su traje negro de acróbata, capa y máscara, atuendo que él llamaba su disfraz de Zorro, aprovechó las sombras para aproximarse al edificio. En un chispazo de inspiración se había pegado un bigote, obtenido del arcón de los disfraces del circo, una pincelada negra sobre la boca. La máscara sólo le cubría la parte superior del rostro y temió que el Chevalier pudiera reconocerlo; el fino bigote cumplía la función de distraer y confundir. Se sirvió del látigo para trepar al balcón del segundo piso y una vez adentro no le fue difícil ubicar el ala de las habitaciones privadas de la familia, porque había acompañado a Juliana e Isabel en varias visitas. Eran alrededor de las tres de la madrugada, hora tardía en la cual ya no circulaban criados y los guardias cabeceaban en sus puestos. La mansión nada tenía de la sobriedad española, estaba alhajada a la moda francesa, con tantos cortinajes, muebles, plantas y estatuas, que Diego podía atravesarla entera sin ser visto. Debió recorrer incontables pasillos y abrir una veintena de puertas antes de dar con el aposento del Chevalier, que resultó ser de una sencillez inesperada para alguien de su poder y alcurnia.

El representante de Napoleón dormía en una dura cama de soldado, en un cuarto casi desnudo, alumbrado por un candelabro de tres luces en un rincón. Diego sabía, por comentarios indiscretos de Agnès Duchamp, que su padre sufría de insomnio y recurría al opio para descansar. Una hora antes su valet lo había ayudado a desvestirse, le había llevado un jerez y su pipa de opio, y enseguida se había instalado en un sillón en el corredor, como siempre hacía, por si su amo lo necesitaba en la noche. Tenía el sueño liviano, pero nunca se enteró de que alguien había pasado por su lado rozándolo. Una vez dentro de la habitación del Chevalier, Diego procuró ejercer el control mental de los miembros de La Justicia, porque tenía el corazón al galope y la frente mojada. De ser sorprendido en ese lugar podía darse por muerto. En las mazmorras de La Ciudadela desaparecían los presos políticos para siempre, era mejor no pensar en las historias de tortura que circulaban. De pronto el recuerdo de su padre lo asaltó con la fuerza de un puñetazo. Si él moría, Alejandro de la Vega nunca sabría por qué, sólo sabría que su hijo fue sorprendido como un ladrón vulgar en una casa ajena. Esperó un minuto, hasta tranquilizarse, y cuando estuvo seguro de que no le temblaría la voluntad, la voz ni la mano, se acercó al camastro donde Duchamp descansaba en el letargo del opio. A pesar de la droga, el francés despertó de inmediato, pero, antes de que alcanzara a gritar, Diego le tapó la boca con la mano enguantada.

—Silencio, o morirá como una rata, excelencia —susurró.

Le puso la punta de la espada en el pecho. El Chevalier se incorporó hasta donde se lo permitió la espada y señaló con una inclinación de la cabeza que había comprendido. Diego le expuso en un murmullo lo que pretendía.

—Me atribuye demasiado poder. Si ordeno la libertad de esos rehenes, mañana el comandante de la plaza tomará otros —replicó el Chevalier en el mismo tono.

—Sería una lástima si eso ocurre. Su hija Agnès es una niña preciosa y no deseamos hacerla sufrir, pero como su excelencia sabe, en la guerra mueren muchos inocentes —dijo Diego.

Se llevó la mano al chaleco de seda, sacó el pañuelo de encaje bordado con el nombre de Agnès Duchamp, que Bernardo había recogido de la basura, y lo agitó ante el rostro del Chevalier, quien no tuvo dificultad en reconocerlo, a pesar de la escasa luz, por el aroma inconfundible de violetas.

—Le sugiero que no llame a los guardias, excelencia, porque en estos momentos mis hombres ya están en la habitación de su hija. Si algo me sucede, no volverá a verla con vida. Se retirarán sólo al recibir mi señal —dijo Diego en el tono más amable del mundo, oliendo el pañuelo y guardándoselo en el chaleco.

—Podrá salir con vida esta noche, pero lo apresaremos y entonces lamentará haber nacido. Sabemos dónde buscarle —masculló el Chevalier.

—No lo creo, excelencia, porque no soy guerrillero y tampoco tengo el honor de ser uno de sus enemigos personales —sonrió Diego.

—¿Quién es entonces?

—¡Ssht! No levante la voz, recuerde que Agnès está en buena compañía… Mi nombre es Zorro, para servirle —murmuró Diego.

Obligado por su captor, el francés se dirigió a su mesa y escribió una breve nota en su papel personal, ordenando la libertad de los rehenes.

—Le agradecería que le pusiese su sello oficial, excelencia —le indicó Diego.

A regañadientes, el otro cumplió con lo que se le exigía, luego llamó a su valet, quien se asomó al umbral. Detrás de la puerta Diego lo apuntaba con su acero, listo para clavarlo a la primera sospecha.

—Manda un guardia con esto a La Ciudadela y dile que debe traérmelo de inmediato firmado por el jefe de la plaza, para estar seguro de que seré obedecido. ¿Me has entendido? —ordenó el Chevalier.

—Sí, excelencia —replicó el hombre y partió deprisa.

Diego aconsejó al Chevalier que regresara a su lecho, no fuera a enfriarse; la noche estaba fría y la espera podía ser larga. Lamentaba tener que imponerse de esa manera, agregó, pero tendría que hacerle compañía hasta que devolvieran la carta firmada. ¿No tenía un juego de ajedrez o de naipes para pasar el tiempo? El francés no se dignó responderle. Furioso, se introdujo bajo sus cobijas, vigilado por el enmascarado, quien se acomodó a los pies de la cama como si estuvieran entre íntimos amigos. Se soportaron mutuamente en silencio por más de dos horas, y justo cuando Diego comenzaba a temer que algo hubiera salido mal, el valet golpeó la puerta con los nudillos y entregó a su amo el papel firmado por un tal capitán Fuguet.

—Hasta la vista, excelencia. Le ruego que le dé mis saludos a la bella Agnès —se despidió el Zorro.

Contaba con que el Chevalier creyera su amenaza y no armara alboroto antes de lo previsto, pero por precaución lo ató y amordazó. Trazó una gran letra zeta con la punta de la espada en la pared, enseguida dijo adiós con una reverencia burlona y se descolgó por el balcón. Encontró el caballo, con los cascos envueltos en trapos para silenciarlos, esperándolo donde Bernardo lo había escondido. Desapareció sin provocar alarma, porque a esa hora nadie circulaba por las calles de Barcelona. Al día siguiente los soldados pegaron proclamas en los muros de los edificios públicos anunciando que, como señal de buena voluntad de las autoridades, los rehenes habían sido perdonados. Al mismo tiempo se desencadenó una secreta cacería para dar con el atrevido que se hacía llamar Zorro. Lo último que esperaban los dirigentes de la guerrilla era un indulto gratuito para los rehenes, y fue tanto su desconcierto, que durante una semana no se registraron nuevos atentados contra los franceses en Cataluña.

El Chevalier no pudo evitar que se corriera la voz, primero entre criados y guardias del palacete, luego en todas partes, de que un insolente bandido había entrado a su propia habitación. Los catalanes se rieron a carcajadas de lo ocurrido y el nombre del misterioso Zorro anduvo de boca en boca por varios días, hasta que otros asuntos ocuparon la atención del pueblo y fue olvidado. Diego lo oyó en el Colegio de Humanidades, en las tabernas y en casa de la familia De Romeu. Se mordía la lengua para no jactarse en público y no confesarle su proeza a Amalia. La gitana creía que se había salvado gracias al poder milagroso de los talismanes y amuletos, que llevaba siempre consigo, y la intervención oportuna del espíritu de su marido.

TERCERA PARTE

Barcelona, 1812-1814

No puedo daros más detalles sobre la relación de Diego con Amalia. El amor carnal es un aspecto de la leyenda del Zorro que él no me ha autorizado a divulgar, no tanto por temor a las burlas o a ser desmentido, sino por un mínimo de galantería. Es bien sabido que ningún hombre bien amado por las mujeres se jacta de sus conquistas. Quienes lo hacen, mienten. Por otra parte, no me gusta escudriñar la intimidad ajena. Si esperáis de mí páginas subidas de color, os defraudaré. Sólo puedo decir que en la época en que Diego retozaba con Amalia, su corazón estaba entregado por entero a Juliana. ¿Cómo eran esos abrazos con la gitana viuda? Sólo cabe imaginarlos. Tal vez ella cerraba los ojos y pensaba en el marido asesinado, mientras él se abandonaba a un placer fugaz con la mente en blanco. Esos encuentros clandestinos no enturbiaban el límpido sentimiento que la casta Juliana inspiraba en Diego; eran compartimentos separados, líneas paralelas que jamás se cruzaban. Me temo que a menudo ése ha sido el caso a lo largo de la vida del Zorro. Lo he observado durante tres décadas y lo conozco casi tan bien como Bernardo, por eso me atrevo a hacer esta aseveración. Gracias a su encanto natural —que no es poco— y su pasmosa buena suerte, ha sido amado, incluso sin proponérselo, por docenas de mujeres. Una vaga insinuación, una mirada de soslayo, una de sus radiantes sonrisas, por lo general bastan para que aun aquéllas con fama de virtuosas lo inviten a trepar a su balcón en las horas enigmáticas de la noche. Sin embargo, el Zorro no se prenda de ellas, porque prefiere los romances imposibles. Juraría que tan pronto desciende del balcón y pisa tierra firme, olvida a la dama que momentos antes abrazaba. Él mismo no sabe cuántas veces se ha batido a duelo con un marido despechado o un padre ofendido, pero yo llevo la cuenta, no por envidia o celos, sino por minuciosidad de cronista. Diego sólo recuerda a las mujeres que lo han martirizado con su indiferencia, como la incomparable Juliana. Muchas de sus proezas de esos años fueron intentos frenéticos de llamar la atención de la joven. Ante ella no adoptaba el papel de alfeñique pusilánime con que engañaba a Agnès Duchamp, el Chevalier y otras personas; por el contrario, en su presencia extendía todas sus plumas de pavo real. Se habría enfrentado a un dragón por ella, pero no los había en Barcelona y debió conformarse con Rafael Moncada. Y ya que lo mencionamos, me parece justo rendirle homenaje a este personaje. En toda historia el villano es fundamental, porque no hay héroes sin enemigos a su altura. El Zorro tuvo la suerte inmensa de enfrentarse con Rafael Moncada, de otro modo yo no tendría mucho que contar en estas páginas.

Juliana y Diego dormían bajo el mismo techo, pero llevaban vidas separadas y no abundaban ocasiones de verse en esa mansión de tantas piezas vacías. Rara vez se encontraban solos, porque Nuria vigilaba a Juliana, e Isabel espiaba a Diego. A veces él esperaba horas para sorprenderla sola en un pasillo y acompañarla unos cuantos pasos sin testigos. Se topaban en el comedor a la hora de la cena, en el salón durante los conciertos de arpa, en misa los domingos y en el teatro cuando había obras de Lope de Vega y comedias de Molière, que le encantaban a Tomás de Romeu. Tanto en la iglesia como en el teatro, hombres y mujeres se sentaban separados, de manera que Diego debía limitarse a observar la nuca de su amada desde lejos. Vivió en la misma casa de la joven durante más de cuatro años, persiguiéndola con infinita tenacidad de cazador, sin resultados que valga la pena mencionar, hasta que la tragedia golpeó a la familia y la balanza se inclinó a favor de Diego. Antes de eso, Juliana recibía sus atenciones con un sentimiento tan plácido, que era como si no lo viese, pero él necesitaba muy poco para alimentar sus ilusiones. Creía que la indiferencia de ella era una estratagema para disimular sus verdaderos sentimientos. Alguien le había dicho que las mujeres suelen hacer esas cosas. Daba lástima verlo, pobre hombre. Habría sido mejor que Juliana lo odiara; el corazón es un órgano caprichoso que suele darse vuelta por completo, pero un tibio afecto de hermana es prácticamente irrevocable.

Los De Romeu hacían paseos a Santa Fe, donde tenían una propiedad medio abandonada. La casa patriarcal era una construcción cuadrada en la punta de un peñasco, donde los abuelos de la difunta esposa de Tomás de Romeu habían reinado sobre sus hijos y vasallos. La vista era magnífica. Antes esas colinas habían estado plantadas de viñas, que producían un vino capaz de competir con los mejores de Francia, pero en los años de la guerra nadie se había ocupado de ellas y ahora eran unos troncos resecos y apolillados. La casa estaba invadida por los famosos ratones de Santa Fe, unos animales corpulentos y de mal carácter, que en tiempos de mucha necesidad los campesinos cocinaban. Con ajo y puerros son sabrosos. Dos semanas antes de ir allí, Tomás enviaba un escuadrón de criados para humear los cuartos, única forma de hacer retroceder temporalmente a los roedores. Esas excursiones se hicieron menos frecuentes porque los caminos se tornaron demasiado inseguros. El odio del pueblo se sentía en el aire, como un aliento pesado, un jadeo de mal augurio que erizaba el cuero cabelludo. Tomás de Romeu, como muchos propietarios de tierras, no se atrevía a salir de la ciudad y menos intentaba cobrar las rentas de sus inquilinos por riesgo de perecer degollado. Allí Juliana leía, tocaba música e intentaba acercarse como un hada benefactora a los campesinos para ganar su afecto, con pocos resultados. Nuria luchaba contra los elementos y se quejaba de todo. Isabel se entretenía pintando acuarelas del paisaje y retratos de personas. ¿Mencioné que era buena dibujante? Parece que lo olvidé, imperdonable omisión, ya que era su único talento. Por lo general eso le ganaba más simpatía entre los humildes que todas las obras de caridad de Juliana. Lograba el parecido de manera notable, pero mejoraba a sus modelos, les ponía más dientes, menos arrugas y una expresión de dignidad que rara vez poseían.

Pero volvamos a Barcelona, donde Diego pasaba los días ocupado con sus clases, La Justicia, las tabernas, donde se reunía con otros estudiantes, y sus aventuras «de capa y espada», como las llamaba por afán romántico. Entretanto Juliana hacía la vida ociosa de las señoritas de esos años. No podía salir ni a confesarse sin chaperona, Nuria era su sombra. Tampoco podía ser vista hablando a solas con hombres menores de sesenta años. Iba a los bailes con su padre y a veces los acompañaba Diego, a quien presentaban como el primo de las Indias. Juliana no manifestaba el menor apuro por casarse, a pesar de que los enamorados hacían fila. Su padre tenía el deber de arreglarle un buen matrimonio, pero no sabía cómo escoger a un yerno digno de su maravillosa hija. Le faltaba sólo un par de años para cumplir los veinte, edad límite para conseguir novio; si para entonces no lo tenía, la eventualidad de casarse disminuiría mes a mes. Con su invencible optimismo, Diego hacía los mismos cálculos y concluía que el tiempo actuaba en su favor, porque cuando ella viera que se estaba marchitando, se casaría con él para no quedarse solterona. Con este curioso argumento procuraba convencer a Bernardo, el único provisto de paciencia para escucharlo divagar a cada rato sobre su desesperado amor.

A finales del año 1812 Napoleón Bonaparte fue derrotado en Rusia. El emperador había invadido ese inmenso país con su Gran Armada de casi doscientos mil hombres. Los invencibles ejércitos franceses tenían una disciplina férrea y se desplazaban a marcha forzada, mucho más rápido que sus enemigos, porque cargaban poco peso y vivían de la tierra conquistada. A medida que avanzaban hacia el interior de Rusia, los pueblos se desocupaban, sus habitantes se esfumaban, los campesinos quemaban sus cosechas. Al paso de Napoleón quedaba la tierra arrasada. Los invasores entraron triunfantes a Moscú, donde los recibió la humareda de un monumental incendio y los fogonazos aislados de francotiradores ocultos en las ruinas, dispuestos a morir matando. Los moscovitas, imitando el ejemplo de los bravos campesinos, habían quemado sus posesiones antes de evacuar la ciudad. Nadie quedó atrás para entregar las llaves a Napoleón, ni un solo soldado ruso a quien humillar, sólo algunas prostitutas resignadas a agasajar a los vencedores, ya que sus clientes habituales habían desaparecido. Napoleón se encontró aislado en medio de un montón de cenizas. Esperó, sin saber qué esperaba, y así pasó el verano. Cuando decidió volver a

Francia, habían comenzado las lluvias y muy pronto el suelo ruso estaría cubierto de nieve dura como granito. El emperador nunca imaginó las terribles pruebas que sus hombres deberían soportar. Al hostigamiento de los cosacos y las emboscadas de los campesinos, se sumaron el hambre y un frío lunar, que ninguno de esos soldados había experimentado jamás. Millares de franceses, convertidos en estatuas de hielo eterno, quedaron apostados a lo largo de la ignominiosa ruta de la retirada. Debieron comerse los caballos, las botas, a veces hasta los cadáveres de sus compañeros. Sólo diez mil hombres, deshechos por las penurias y el desaliento, regresaron a su patria. Al ver a su ejército destrozado, Napoleón supo que la estrella que lo había alumbrado en su prodigioso ascenso al poder empezaba a apagarse. Debió replegar sus tropas, que ocupaban buena parte de Europa. Dos tercios de las apostadas en España fueron retiradas. Por fin los españoles vislumbraban un final victorioso después de años de cruenta resistencia, pero ese triunfo no llegaría hasta dieciséis meses más tarde.

Ese año, en la misma época en que Napoleón se lamía las heridas de la derrota de vuelta en Francia, Eulalia de Callís envió a su sobrino, Rafael Moncada, a las Antillas con la misión de extender el negocio del cacao. Pensaba vender chocolate, pasta de almendra, conserva de nueces y azúcar aromática para pasteleros y fabricantes de bombones finos en Europa y Estados Unidos. Había oído que a los americanos les gustan mucho los dulces. La misión del sobrino consistía en tejer una red de contactos comerciales en las ciudades más importantes, desde Washington hasta París. Moscú quedó en veremos, porque estaba en ruinas, pero Eulalia confiaba en que pronto se disiparía la humareda de la guerra y la capital rusa sería reconstruida con el mismo esplendor de antes. Rafael partió en una travesía de once meses, cruzando mares y moliéndose los riñones en eternas cabalgatas, para establecer la aromática hermandad del chocolate imaginada por Eulalia.

Sin decir una palabra a su tía sobre sus intenciones, Rafael solicitó una audiencia con Tomás de Romeu antes de irse a las Antillas. Éste no lo recibió en su casa, sino en el terreno neutro de la Sociedad Geográfica y Filosófica, de la cual era socio y donde había un excelente restaurante en el segundo piso. La admiración de Tomás de Romeu por Francia no se extendía a su exquisita cocina, nada de lenguas de canario, él prefería robustos platos catalanes: *escudella i carn d'olla*, un cocido levanta-muertos, *estofat* de toro, una bomba de carne, y la inefable butifarra del obispo, una salchicha de sangre más negra y gorda que otras. Rafael Moncada, sentado a la mesa, frente a su anfitrión y a una montaña de carne y grasa, estaba un poco pálido. Probó apenas la comida, porque era delicado de estómago y porque estaba nervioso. Esbozó su situación personal al padre de Juliana, desde sus títulos hasta su solvencia económica.

—Lamento mucho, señor De Romeu, que nos conociéramos en la desgraciada ocasión del duelo con Diego de la Vega. Es un joven impulsivo y, debo admitirlo, yo también suelo serlo. Nos fuimos de palabras y terminamos en el campo de honor. Por fortuna, no tuvo consecuencias graves. Espero que eso no pese negativamente en el juicio que su merced tiene de mí... —dijo el aspirante a yerno.

—De ninguna manera, caballero. El propósito de un duelo es limpiar la mancha. Una vez que dos gentilhombres se han batido, no caben rencores entre ellos —replicó el otro con amabilidad, aunque no había olvidado los detalles de lo ocurrido.

A la hora del *menjar blanc*, que en ese restaurante contenía tanta azúcar que se pegaba en las muelas, Moncada expresó su deseo de obtener la mano de Juliana al regreso de su viaje. Tomás había observado por largo tiempo, sin intervenir, la extraña relación de su hija con aquel tenaz pretendiente. Era reacio a hablar de sentimientos y nunca había hecho el esfuerzo de acercarse a sus hijas, los asuntos femeninos le desconcertaban y prefería delegarlos en Nuria. Vio a Juliana trastabillar por los corredores de piedra de su helada casa cuando era pequeña, cambiar los dientes, pegar un estirón y navegar por los años sin gracia de la pubertad. Un día apareció ante él con trenzas infantiles y cuerpo de mujer, con el vestido reventando en las costuras, entonces ordenó a Nuria que le hiciera ropa adecuada, contratara un profesor de baile y no la perdiera de vista ni un solo momento. Ahora lo abordaba Rafael Moncada, entre otros caballeros de buena posición, para pedirle a Juliana en matrimonio y él no sabía qué responder. Una alianza así era ideal, cualquier padre en su situación estaría satisfecho, pero no simpatizaba con Moncada, no tanto porque diferían en sus posturas ideológicas, como por los chismes poco tranquilizadores que había oído sobre el carácter de ese hombre. La opinión general era que el matrimonio consiste en un arreglo social y económico, en el cual los sentimientos no son fundamentales, ésos se acomodan sobre la marcha, pero no estaba de acuerdo. Él se había casado por amor y fue muy feliz, tanto que nunca pudo reemplazar a su esposa. Juliana tenía su mismo carácter y además se había llenado la cabeza de novelas románticas. Lo frenaba el enorme respeto que le inspiraba su hija. Habría que doblarle el brazo para que aceptara casarse sin amor, y él no se hallaba capaz de hacerlo; deseaba que fuera feliz y dudaba de que Moncada pudiera contribuir a ello. Tenía que plantearle el asunto a Juliana, pero no sabía cómo hacerlo, porque su belleza y sus virtudes lo intimidaban. Se sentía más cómodo con Isabel, cuyas notables imperfecciones la hacían mucho más accesible. Comprendió que el asunto no podía postergarse y esa misma noche le comunicó la propuesta de Moncada. Ella se encogió de hombros y, sin perder el ritmo de la aguja en su punto de cruz, comentó que mucha gente se moría de malaria en las Antillas, así es que no había necesidad de precipitarse a tomar una decisión.

Diego estaba feliz. El viaje de ese peligroso rival le presentaba una oportunidad única de ganar terreno en la carrera por la mano de Juliana. La muchacha no se inmutó ante la ausencia de Moncada y tampoco se dio por aludida de los avances de Diego. Siguió tratándolo con el mismo cariño tolerante y distraído de siempre, sin demostrar la menor curiosidad por las misteriosas actividades del joven. Tampoco la impresionaban sus poemas, le costaba tomar en serio los dientes de perla, ojos de esmeralda y labios de rubí. Buscando pretextos para pasar más tiempo con ella, Diego decidió participar en las clases de danza y llegó a ser un bailarín elegante y animoso. Consiguió inducir incluso a Nuria a sacudir los huesos al son de un fandango, aunque no logró que intercediera por él ante Juliana, en ese punto la buena mujer se mostró siempre tan insensible como Isabel. Con el propósito de captar la admiración de las mujeres de la casa, Diego cortaba velas por la mitad de un golpe de florete, con tal precisión que la llama no vacilaba y la parte cercenada permanecía en su sitio. También podía apagarlas con la punta del látigo. Perfeccionó la ciencia que le había enseñado Galileo Tempesta, y llegó a realizar prodigios con la baraja. También efectuaba malabarismos con antorchas encendidas y salía sin ayuda de un baúl cerrado con candado. Cuando se le agotaron esos trucos, trató de impresionar a la amada con sus aventuras, incluso aquellas que había prometido a Bernardo o al maestro Manuel Escalante no mencionar nunca. En un momento de debilidad llegó a insinuarle la existencia de una sociedad secreta a la cual sólo ciertos hombres escogidos pertenecían. Ella lo felicitó, creyendo que se refería a una estudiantina de las que andaban por las calles tocando música sentimental. La actitud de Juliana no era desdén, porque lo estimaba mucho, ni maldad, de la que era incapaz, sino distracción novelesca. Aguardaba al héroe de sus libros, valiente y trágico, que la rescataría del tedio cotidiano, y no se le pasaba por la mente que ése pudiera ser Diego de la Vega. Tampoco era Rafael Moncada.

La situación política empezaba a cambiar en España. Cada día resultaba más evidente que el fin de la guerra estaba próximo. Eulalia de Callís se preparaba para ese momento con impaciencia, mientras su sobrino amarraba los negocios en el extranjero. La malaria no resolvió el problema de Moncada para Juliana y en noviembre de 1813 regresó más rico que antes, porque su tía le concedió un porcentaje elevado del negocio de los bombones. Había tenido éxito en los mejores salones de Europa y en Estados Unidos conoció nada menos que a Thomas Jefferson, a quien sugirió la idea de plantar cacao en Virginia. Tan pronto se desprendió del polvo del camino, Moncada se comunicó con Tomás de Romeu para reiterarle su intención de cortejar a Juliana. Llevaba años esperando que ella se pronunciara y no estaba dispuesto a aceptar otra respuesta evasiva. Dos horas más tarde Tomás citó a su hija en la biblioteca, donde resolvía la mayor parte de sus asuntos y aclaraba sus dudas existenciales con ayuda de una copa de coñac, y le transmitió el mensaje de su enamorado.

—Estás en edad de casarte, hija mía. El tiempo pasa para todos —argumentó—. Rafael Moncada es un caballero serio y a la muerte de su tía se convertirá en uno de los hombres más ricos de Cataluña. No juzgo a las personas por su situación pecuniaria, como sabes, pero debo considerar tu seguridad.

—Un matrimonio infeliz es peor que la muerte para una mujer, señor. No hay salida. La idea de obedecer y servir a un hombre es terrible si no existe confianza y cariño.

—Eso se cultiva después de casarse, Juliana.

—No siempre, señor. Además, debemos considerar sus necesidades y mi deber. ¿Quién le cuidará cuando sea usted un anciano? Isabel no tiene carácter para eso.

—¡Por Dios, Juliana! Jamás he sugerido que mis hijas deban cuidarme en la vejez. Lo que deseo son nietos y veros a ambas bien colocadas. No puedo morir tranquilo sin dejaros protegidas.

—No sé si Rafael Moncada es el hombre para mí. No puedo imaginar ninguna clase de intimidad con él —murmuró ella, sonrojándose.

—En eso no difieres de otras doncellas, hija. ¿Qué joven virtuosa puede imaginar eso? —replicó Tomás de Romeu, tan abochornado como ella.

Era un tema del que esperaba no hablar jamás con sus hijas. Suponía que, llegado el momento, Nuria les explicaría lo necesario, aunque la dueña seguramente era tan ignorante al respecto como las niñas. No sabía que Juliana hablaba de eso con Agnès Duchamp y se había informado de los detalles en sus novelitas de amor.

—Necesito un poco más de tiempo para decidirme, señor —suplicó Juliana.

Tomás de Romeu pensó que nunca le había hecho más falta su difunta esposa, quien habría resuelto las cosas con sabiduría y mano firme, como suelen hacer las madres. Estaba cansado de tanto tira y afloja. Habló con Rafael Moncada para solicitarle otra postergación y éste no tuvo más remedio que acceder. Luego ordenó a Juliana que consultara el asunto con la almohada, y si no tenía una respuesta dentro de dos semanas, él aceptaría la propuesta de Moncada y punto final. Era su última palabra, concluyó, pero su voz no era firme. Para entonces el largo asedio de Moncada había alcanzado niveles de desafío personal; se comentaba en salones encumbrados, tanto como en patios de criados, que esa joven sin fortuna ni títulos humillaba al mejor partido de Barcelona. Si su hija seguía haciéndose de rogar, Tomás de Romeu enfrentaba un pleito serio con Moncada, pero seguramente habría continuado dando largas al asunto si un extraño evento no hubiese precipitado el desenlace.

Aquel día las dos niñas De Romeu habían ido con Nuria a repartir limosna, como siempre hacían los primeros viernes de mes. Había mil quinientos pordioseros reconocidos en la ciudad y varios miles más de pobres e indigentes que nadie se daba la molestia de contabilizar. Desde hacía cinco años, siempre el mismo día y a la misma hora, se podía ver a Juliana, flanqueada por la figura tiesa de su dueña, visitando las casas de caridad. Por decoro y para no ofender con signos de ostentación, se cubrían de pies a cabeza con mantillas y abrigos oscuros y recorrían el barrio a pie; Jordi las esperaba con el carricoche en una plaza cercana, consolándose del tedio con su frasco de licor. En esa excursión echaban toda la tarde, porque, además de socorrer a los pobres, visitaban a las monjas encargadas de los hospicios. Ese año empezó a acompañarlas Isabel, quien a los quince años ya estaba en edad de practicar la compasión, en vez de perder el tiempo espiando a Diego y batiéndose a duelo consigo misma ante un espejo, como decía Nuria. Debían andar por callejones estrechos en barrios de pobreza cruda, donde ni los gatos se distraían, por miedo a ser cazados para venderlos por liebres. Juliana se sometía con rigor ejemplar a esa penitencia heroica, pero a Isabel la ponía enferma, no sólo porque le daban terror las llagas y furúnculos, los andrajos y muletas, las bocas desdentadas y las narices roídas por la sífilis de esa multitud desgraciada, a quien su hermana atendía como una misionera, sino porque esa forma de caridad le parecía una burla. Calculaba que los duros de la bolsa de Juliana no servían de nada ante la inmensidad de la miseria. «Peor es nada», replicaba su hermana.

Habían iniciado el recorrido media hora antes y habían visitado sólo un orfanato, cuando al llegar a una esquina les salieron al encuentro tres hombres de aspecto patibulario. Apenas se les veían los ojos, porque llevaban sombreros encasquetados hasta las cejas y pañuelos atados en la cara. A pesar de la prohibición oficial de usar capa, el más alto de ellos estaba arrebozado en una manta. Era la hora letárgica de la siesta, cuando muy poca gente circulaba por la ciudad. La callejuela estaba flanqueada por las macizas murallas de piedra de una iglesia y un convento, no había ni una puerta cercana donde refugiarse. Nuria se puso a chillar aterrorizada, pero un bofetón en la cara, propinado por uno de los fulanos, la tiró al suelo y la dejó muda. Juliana trató de ocultar bajo su abrigo la bolsa con el dinero de la caridad, mientras Isabel echaba miradas de soslayo buscando la forma de conseguir ayuda. Uno de los forajidos le arrebató la bolsa a Juliana y otro se disponía a arrancarle los zarcillos de perlas, cuando súbitamente los cascos de un caballo los puso en guardia. Isabel gritó a todo pulmón y un instante más tarde hizo una aparición providencial nada menos que Rafael Moncada. En una ciudad tan densamente poblada como aquélla, su llegada equivalía poco menos que a un prodigio. A Moncada le bastó una ojeada para evaluar la situación, desenvainar con presteza la espada y confrontar a aquellos diablos de baja estofa. Dos de ellos ya habían echado mano de puñales corvos, pero un par de mandobles y la actitud decidida de Moncada los hizo vacilar. Se veía enorme y noble sobre el corcel, las botas negras relucientes en los estribos de plata, las calzas albas y ajustadas, la chaqueta de terciopelo verde oscuro con vueltas de astracán, el largo acero con cazoleta redonda grabada en oro. Desde la altura podría haber despachado a más de un adversario sin más trámite, pero parecía disfrutar intimidándolos. Con una fiera sonrisa en los labios y la espada centelleando en el aire, podría ser la figura central en un cuadro de batalla. Los otros resollaban, mientras él los picaneaba desde arriba sin darles tregua. El caballo, encabritado por la trifulca, se levantó en las patas traseras y por un momento pareció que desmontaría al jinete, pero éste se aferró con las piernas. Parecía una extraña y violenta danza. Al centro del círculo de puñales el corcel giraba sobre sí mismo, relinchando de pavor, mientras Moncada lo dominaba con una mano y enarbolaba su arma con la otra, rodeado por los forajidos, que buscaban el momento de acuchillarlo, pero no se atrevían a ponerse a su alcance. A los alaridos de Isabel se sumaron los de Nuria y pronto asomaron varias personas en la calle, pero al ver los hierros refulgiendo en la luz pálida del día, se mantuvieron a distancia. Un muchacho salió corriendo a buscar a los alguaciles, pero no había esperanza de que volviera a tiempo con ayuda. Isabel aprovechó la confusión para arrancar de un tirón la bolsa de las manos al hombre de la manta, enseguida tomó a su hermana por un ala y a Nuria por otra para obligarlas a huir, pero no pudo moverlas, ambas estaban clavadas en los adoquines. El enfrentamiento duró apenas unos minutos, que transcurrieron con la lentitud imposible de las pesadillas, y al fin Rafael Moncada consiguió hacer saltar la daga de uno de los hombres y con eso los tres asaltantes comprendieron que más valía emprender la retirada. El caballero hizo ademán de perseguirlos, pero desistió al ver la desazón de las mujeres y saltó de su cabalgadura para ayudarlas. Una mancha roja se extendía sobre la blanca tela de su pantalón. Juliana corrió a refugiarse en sus brazos temblando como un conejo.

—¡Está herido! —exclamó al ver la sangre en su pierna.

—Es sólo un rasguño —replicó él.

Eran demasiadas emociones para la joven. Se le nubló la vista y le fallaron las rodillas, pero antes de que cayera al suelo los atentos brazos de Moncada la levantaron en vilo. Isabel comentó impaciente que sólo faltaba eso para completar el cuadro: un soponcio de su hermana. Moncada ignoró el sarcasmo y, cojeando un poco, pero sin trastabillar, condujo a Juliana en brazos hasta la plaza. Nuria e Isabel iban detrás, llevando al caballo de la brida, rodeadas por los curiosos que se habían juntado, cada uno de los cuales tenía una opinión particular sobre lo ocurrido y todos querían decir la última palabra al respecto. Al ver aquella procesión, Jordi descendió del pescante y ayudó a Moncada a colocar a Juliana dentro del carruaje. Un aplauso cerrado estalló entre los mirones. Rara vez ocurría algo tan quijotesco y romántico en las calles de Barcelona; habría tema para varios días. Veinte minutos más tarde Jordi llegaba al patio de la casa De Romeu seguido por Moncada a caballo. Juliana lloraba de nervios, Nuria contabilizaba con la lengua los dientes sueltos por el bofetón, e Isabel echaba chispas abrazada a la bolsa.

Tomás de Romeu no era hombre que se impresionara demasiado con apellidos linajudos, porque aspiraba a que la nobleza fuera abolida de la faz de la tierra, ni con la fortuna de Moncada, porque era de naturaleza desprendida, pero se conmovió hasta las lágrimas al saber que ese caballero, quien había sufrido tantos desaires por parte de

Juliana, había arriesgado su vida por proteger a sus hijas de un daño irreparable. Aunque se decía ateo, estuvo plenamente de acuerdo con Nuria en que la Divina Providencia había enviado a Moncada a tiempo para salvarlas. Insistió en que el héroe de la jornada descansara, mientras Jordi iba en busca de un médico para que atendiera su herida, pero él prefirió retirarse discretamente. Aparte de cierta agitación al respirar, nada delataba su sufrimiento. Todos comentaron que su sangre fría ante el dolor resultaba tan admirable como su coraje ante el peligro. Isabel fue la única que no dio muestras de agradecimiento. En vez de sumarse al desborde emocional del resto de la familia, se permitió unos despectivos chasquidos de lengua que fueron muy mal recibidos. Su padre la mandó a encerrarse en su habitación sin asomar la nariz hasta que se disculpara por su vulgaridad.

Diego debió oír con forzada paciencia el relato detallado del asalto por boca de Juliana, además de las especulaciones sobre lo que hubiese sucedido si el salvador no interviene a tiempo. A la joven jamás le había ocurrido nada tan peligroso, la figura de Rafael Moncada creció a sus ojos, adornada de virtudes que hasta entonces no había percibido: era fuerte y guapo, tenía manos elegantes y una mata de cabello ondulado. Un hombre con buen pelo tiene mucho terreno ganado en esta vida. Notó de pronto que se parecía al torero más popular de España, un cordobés de piernas largas y ojos de fuego. No estaba nada mal su pretendiente, decidió. Así y todo, la terrible refriega le dio fiebre y se fue temprano a la cama. Esa noche el médico debió sedarla, después de administrar glóbulos de árnica a Nuria, a quien la cara se le había puesto como una calabaza.

En vista de que no vería a la bella en la cena, Diego también se retiró a sus habitaciones, donde lo esperaba Bernardo. Por decencia las niñas no podían acercarse al ala de la casa donde estaban los aposentos de los varones, la única excepción fue cuando Diego convalecía de la herida del duelo, pero Isabel nunca hizo mucho caso de esa regla, tal como no obedecía al pie de la letra los castigos impuestos por su padre. Aquella noche ignoró la orden de aislarse en su dormitorio y apareció en el de los muchachos sin anunciarse, como hacía a menudo.

—¿No te he dicho que golpees la puerta? Un día me vas a encontrar desnudo —le reclamó Diego.

—No creo que me lleve una impresión memorable —replicó ella.

Se sentó sobre la cama de Diego con la expresión taimada de quien posee información y no piensa darla, esperando que le rogaran, pero por principio éste procuraba no ceder a sus ardides y Bernardo estaba distraído haciendo nudos con una cuerda. Pasó un minuto largo y al fin ella sucumbió a las ganas de comentarles, en el florido lenguaje que empleaba lejos de los oídos de Nuria, que si su hermana no sospechaba de Moncada, debía ser tonta del culo. Agregó que todo el asunto olía a pescado podrido, porque uno de los tres asaltantes era Rodolfo, el gigante del circo. Diego dio un salto de mono y Bernardo soltó la cuerda que estaba anudando.

—¿Estás segura? ¿No dijisteis que esos rufianes llevaban la cara cubierta? —la increpó Diego.

—Sí, y además ése iba envuelto en una manta, pero era enorme y cuando le arrebaté la bolsa le vi los brazos. Los tenía tatuados.

—Podría haber sido un marinero. Muchos tienen tatuajes, Isabel —alegó Diego.

—Eran los mismos tatuajes del gitano del circo, no me cabe ninguna duda, así es que más vale que me creas —replicó ella.

De allí a deducir que los cíngaros estaban implicados no había más que un paso que Diego y Bernardo dieron de inmediato. Sabían desde hacía un buen tiempo que Pelayo y sus amigos hacían trabajillos sucios para Moncada, pero no podían probarlo. Nunca osaron tocar el tema con el gitano, quien de todos modos era hermético y nada les habría confesado. Amalia tampoco cedía ante los interrogatorios solapados de Diego; aun en los momentos de mayor intimidad cuidaba los secretos de su familia. Diego no podía acudir con una sospecha semejante donde Tomás de Romeu, sin pruebas y sin verse obligado a admitir sus propios tratos furtivos con la tribu bohemia, pero decidió intervenir. Tal como dijo Isabel, no podían permitir que la joven acabara casada con Moncada por infundada gratitud.

Al día siguiente lograron convencer a Juliana de que se levantara de la cama, dominara los nervios y los acompañara al barrio donde solía instalarse Amalia a ver la suerte de los transeúntes. Nuria fue con ellos, porque era su deber, a pesar de que su cara se veía mucho peor que el día anterior. Una mejilla estaba morada y tenía los párpados tan hinchados que parecía un sapo. Tardaron menos de media hora en dar con Amalia. Mientras las muchachas y su dueña esperaban en el carruaje, Diego suplicó a la gitana, con una elocuencia que ni él mismo conocía, que salvara a Juliana de un destino fatal.

—Una palabra tuya puede evitar la tragedia de un matrimonio sin amor entre una doncella inocente y un desalmado. Tienes que decirle la verdad —alegó dramáticamente.

—No sé de qué me hablas —replicó Amalia.

—Sí lo sabes. Los tipos que las asaltaron eran de tu tribu. Sé que uno de ellos era Rodolfo. Creo que Moncada preparó la escena para quedar como héroe frente a las niñas De Romeu. Estaba todo arreglado, ¿verdad? —insistió Diego.

—¿Estás enamorado de ella? —preguntó Amalia sin malicia.

Ofuscado, Diego debió admitir que sí lo estaba. Ella le tomó las manos, se las examinó con una sonrisa enigmática y luego se mojó un dedo en saliva y le trazó la señal de la cruz en las palmas.

—¿Qué haces? ¿Es esto alguna maldición? —preguntó Diego, asustado.

—Es un pronóstico. Nunca te casarás con ella.

—¿Quieres decir que Juliana se casará con Moncada?

—Eso no lo sé. Haré lo que me pides, pero no te hagas ilusiones, porque esa mujer tiene que cumplir su destino, tal como debes hacerlo tú, y nada que yo diga podrá cambiar lo que está escrito en el cielo.

Amalia trepó al carruaje, saludó con un gesto a Isabel, a quien había visto algunas veces, cuando acompañaba a Diego y Bernardo, y se instaló en el asiento frente a Juliana. Nuria contenía la respiración, espantada, porque estaba convencida de que los bohemios eran descendientes de Caín y ladrones profesionales. Juliana despachó a su dueña y a Isabel, que se bajaron del coche a regañadientes. Cuando estuvieron solas, las dos mujeres se observaron mutuamente durante un minuto entero. Amalia hizo un inventario riguroso de Juliana: el rostro clásico enmarcado de rizos negros, los ojos verdes de gata, el cuello delgado, la capelina y el sombrero de piel, los delicados botines de cabritilla. Por su parte, Juliana examinó a la gitana con curiosidad, porque nunca había visto a una tan de cerca. Si hubiera amado a Diego, el instinto le habría advertido que era su rival, pero esa idea no le pasaba por la mente. Le gustó su olor a humo, su rostro de pómulos marcados, sus faldas amplias, el tintineo de sus joyas de plata. Le pareció bellísima. En un impulso cariñoso se quitó los guantes y le tomó las manos. «Gracias por hablar conmigo», le dijo simplemente. Desarmada por la espontaneidad del gesto, Amalia decidió violar la regla fundamental de su pueblo: no confiar jamás en un *gadje* y mucho menos si eso ponía en peligro a su clan. En pocas palabras describió el lado oscuro de Moncada, le reveló que, en efecto, el asalto había sido planeado, su hermana y ella nunca estuvieron en peligro, la mancha en el pantalón de Moncada no provenía de una herida, sino de un trozo de tripa relleno con sangre de gallina. Dijo que algunos hombres de la tribu cumplían encargos de Moncada de vez en cuando, en general asuntos de poca monta, sólo en contadas ocasiones habían cometido una falta seria, como el asalto al conde Orloff. «No somos criminales», explicó Amalia y agregó que lamentaban haber agredido al ruso y a Nuria, porque la violencia estaba prohibida en su tribu. Como golpe de gracia le informó de que era Pelayo quien cantaba las serenatas, porque Moncada desafinaba como un pato. Juliana escuchó la confesión completa sin hacer preguntas. Las dos mujeres se despidieron con un leve ademán y Amalia descendió del carruaje; entonces Juliana estalló en llanto.

Aquella misma tarde Tomás de Romeu recibió formalmente en su residencia a Rafael Moncada, quien había manifestado, mediante una breve misiva, hallarse repuesto de la pérdida de sangre y con deseos de presentar sus respetos a Juliana. Por la mañana un lacayo había traído un ramo de flores para ella y una caja de turrón de almendras para Isabel, atenciones delicadas y nada ostentosas que Tomás anotó a favor del pretendiente. Moncada llegó vestido con impecable elegancia y apoyado en un bastón. Tomás lo recibió en el salón principal, desempolvado en honor al futuro yerno, le ofreció un jerez y, una vez instalados, le agradeció una vez más su oportuna intervención. Enseguida mandó llamar a sus hijas. Juliana se presentó demacrada y con un atuendo monacal, poco apropiada para una ocasión tan importante. Su hermana Isabel, con los ojos ardientes y un rictus burlón, la sostenía por un brazo con tal firmeza, que parecía llevarla a la rastra. Rafael Moncada atribuyó el mal semblante de Juliana a los nervios.

—No es para menos, después de la terrible agresión que ha sufrido... —alcanzó a comentar, antes de que ella lo interrumpiera para anunciarle con la voz temblorosa, pero la voluntad de hierro, que ni muerta se casaría con él.

En vista de la rotunda negativa de Juliana, Rafael Moncada se retiró de esa casa lívido, aunque en control de sus buenos modales. En sus veintisiete años de vida había tropezado con algunos obstáculos, pero nunca había tenido un fracaso. No pensaba darse por vencido, aún le quedaban varios recursos en la manga, para eso contaba con posición social, fortuna y conexiones. Se abstuvo de preguntar sus razones a Juliana, porque la intuición le advirtió de que algo había salido muy mal en su estrategia. Ella sabía más de la cuenta y él no podía correr el riesgo de verse expuesto. Si Juliana sospechaba que el asalto en la calle había sido una farsa, sólo podía existir una razón: Pelayo. No creía que el hombre se hubiera atrevido a traicionarlo, porque nada ganaba con ello, pero podía haber cometido una indiscreción. Allí no se podía guardar un secreto por demasiado tiempo; los criados formaban una red de información mucho más eficaz que la de los espías franceses en La Ciudadela. Bastaría un comentario fuera de lugar de cualquiera de los implicados para que llegara a oídos de Juliana. Había empleado a los gitanos en varias ocasiones justamente porque eran nómadas, iban y venían sin relacionarse con nadie fuera de su tribu, carecían de amigos y conocidos en Barcelona, eran discretos por necesidad. Durante el tiempo en que él anduvo de viaje perdió contacto con Pelayo y en cierta forma se sintió aliviado por ello. La relación con esa gente le incomodaba. Al regresar, imaginó que podría hacer tabla rasa, olvidar pecadillos del pasado y empezar en limpio, lejos de aquel mundo subterráneo de maldad a sueldo, pero la intención de regenerarse le duró apenas unos días. Cuando Juliana pidió otras dos semanas para contestar su proposición matrimonial, Moncada tuvo una reacción de pánico muy rara en él, que se preciaba de dominar hasta los monstruos de sus pesadillas. Durante su ausencia le había escrito varias cartas, que ella no contestó. Atribuyó ese silencio a timidez, porque a una edad en que otras mujeres ya eran madres, Juliana se comportaba como una novicia. A sus ojos esa inocencia constituía la mejor cualidad de la joven, porque le garantizaba que cuando se le entregara, lo haría sin reservas. Pero su seguridad flaqueó con la nueva postergación impuesta por ella y entonces decidió presionarla. Una acción romántica, como las de los libros de amor que ella disfrutaba, sería lo más efectivo para sus propósitos, calculó, pero no podía esperar que la ocasión se le presentara sola, debía propiciarla. Obtendría lo que deseaba sin perjudicar a nadie; no se trataba en realidad de un engaño, porque si se diera el caso de que Juliana —o cualquiera otra mujer decente— fuese atacada por forajidos, él saldría sin vacilar en su defensa. No le pareció necesario dar estos argumentos a Pelayo, por supuesto, sólo le impartió sus órdenes, que éste cumplió sin tropiezos. La escena que montaron los bohemios resultó más breve de lo planeado, porque echaron a correr a los pocos minutos, cuando sospecharon que la espada de Moncada iba en serio. No le dieron ocasión de lucirse con el esplendor dramático que él pretendía, por eso cuando Pelayo acudió a cobrarle, consideró justo regatear el precio acordado. Discutieron y Pelayo terminó por aceptar la rebaja, pero Rafael Moncada se quedó con un sabor acre en el paladar; el hombre sabía demasiado y podía caer en la tentación de chantajearlo. En definitiva, concluyó, no convenía que un sujeto de esa calaña, sin ley ni moral, tuviese poder sobre él. Debía quitárselo de encima lo antes posible, a él y toda su tribu.

Por su parte, Bernardo conocía bien el apretado tejido de chismes que las personas de la clase de Moncada tanto temían. Con su silencio de tumba, su aire de indio digno y su buena voluntad para hacer favores, se había congraciado con mucha gente, vendedoras del mercado, estibadores del puerto, artesanos de los barrios, cocheros, lacayos y criadas de las casas de los ricos. Almacenaba información en su prodigiosa memoria, dividida en compartimentos, como un inmenso archivo, donde guardaba los datos ordenados y listos para usarlos en el momento necesario. Había conocido a

Joanet, uno de los criados de Moncada, en el patio de la mansión de Eulalia de Callís, la noche en que Moncada lo golpeó con su bastón. En su archivo esa noche no se recordaba por el bastonazo recibido, sino por el asalto al conde Orloff. Se mantuvo en contacto con Joanet, así podía vigilar de lejos a Moncada. El hombre era de muy pocas luces y detestaba a cualquiera que no fuese catalán, pero toleraba a Bernardo porque no lo interrumpía y había sido bautizado. Una vez que Amalia admitió los tratos de Moncada con los gitanos, Bernardo decidió averiguar más sobre ese personaje. Hizo una visita a Joanet, llevándole de regalo el mejor coñac de Tomás de Romeu, que Isabel le facilitó al saber que la botella sería empleada para un fin altruista. El hombre no necesitaba del licor para soltar la lengua, pero lo agradeció igual y muy pronto le estaba contando las últimas nuevas: él mismo le había llevado una misiva de su amo al jefe militar de La Ciudadela, en la que Moncada acusaba a la tribu de gitanos de introducir armas de contrabando en la ciudad y conspirar contra el gobierno.

—Los gitanos están malditos para siempre, porque hicieron los clavos de la cruz de Cristo. Merecen que los quemen en la hoguera a todos sin misericordia, eso digo yo —fue la conclusión de Joanet.

Bernardo sabía dónde encontrar a Diego a esa hora. Se encaminó sin vacilar al descampado en los extramuros de Barcelona, donde los gitanos tenían sus tiendas pringosas y carromatos destartalados. En los tres años que llevaban establecidos allí, el campamento había adquirido el aspecto de un pueblo de trapo. Diego de la Vega no había reanudado sus amores con Amalia, porque ella temía echar a perder para siempre su propia suerte. Se había salvado de ser ejecutada por los franceses, prueba sobrada de que el espíritu de Ramón, su marido, la protegía desde el otro lado. No le convenía provocar su ira acostándose con el joven *gadje*. También influía en su ánimo el que Diego le hubiera confesado su amor por Juliana, ya que en ese caso ambos estaban siendo infieles, ella a la memoria del difunto y él a la casta muchacha. Tal como Bernardo calculaba, Diego había acudido al campamento para ayudar a sus amigos a preparar la carpa del circo dominical, que en esa ocasión no estaría en una plaza, como era habitual, sino allí mismo. Disponían de unas horas por delante, porque el espectáculo comenzaba a las cuatro de la tarde. Estaba con otros hombres halando cuerdas para tensar las lonas, al son de una de las canciones que él había aprendido de los marineros de la *Madre de Dios*, cuando llegó Bernardo. Podía sentirle el pensamiento de lejos y lo estaba esperando. No necesitó ver la expresión taciturna de su hermano para saber que algo andaba mal. Se le borró la sonrisa, que siempre le bailaba en la cara, al oír lo que Bernardo había averiguado por Joanet, y de inmediato reunió a la tribu.

—Si la información es cierta, estáis en grave peligro. Me pregunto por qué no os han arrestado todavía —les dijo.

—Seguro que vendrán durante la función, cuando estemos todos aquí y haya público. A los franceses les gusta dar escarmiento, eso mantiene a la población atemorizada, y nada mejor que hacerlo con nosotros —contestó Rodolfo.

Juntaron a sus chiquillos y sus animales y en silencio, con el sigilo de siglos de persecución y vida errante, hicieron unos bultos con lo indispensable, montaron en los caballos y antes de media hora habían desaparecido en dirección a las montañas. Al despedirse, Diego les dijo que enviaran a alguien al día siguiente a la catedral del barrio antiguo. «Tendré algo para vosotros», les dijo, y agregó que procuraría entretener a los soldados para darles tiempo de huir. Los gitanos perdían todo. Atrás quedó el campamento desolado, con la triste carpa del circo, los carromatos sin caballos, los fogones todavía humeantes, las tiendas abandonadas y un desparrame de cacharros, colchones y trapos. Entretanto, Diego y Bernardo desfilaron por las calles adyacentes con sombreros de payasos y redoble de tambores para llamar al público, que empezó a seguirlos al circo. Pronto hubo suficientes espectadores esperando bajo la carpa. Una rechifla impaciente acogió a Diego, quien apareció en el ruedo vestido del Zorro, con máscara y bigote, tirando al aire tres antorchas encendidas, que cogía al vuelo, pasaba por entre las piernas y por detrás de la espalda antes de volver a lanzarlas. El público no pareció demasiado impresionado y empezó a gritarle chirigotas. Bernardo se llevó las antorchas y Diego pidió un voluntario para un truco de gran suspenso, como anunció. Un marinero fornido y desafiante salió adelante y, siguiendo las instrucciones, se colocó a cinco pasos de distancia con un cigarro en los labios. Diego hizo chasquear el látigo en el suelo un par de veces antes de asestarle un golpe certero. Al sentir el silbido en la cara, el hombre enrojeció de ira, pero cuando el tabaco voló por los aires sin que el látigo le tocara la piel, soltó una carcajada, coreada por la concurrencia. En ese momento alguien se acordó de la historia que había circulado por la ciudad sobre un tal Zorro, vestido de negro y con máscara, que se había atrevido a sacar al Chevalier de su cama para salvar a unos rehenes. El Zorro... ¿Zorro?... ¿Qué zorro?... Se corrió la voz en un santiamén y alguien apuntó a Diego, quien saludó con una profunda reverencia y de un salto trepó por las cuerdas hacia el trapecio. En el mismo instante en que Bernardo le daba una señal, oyó cascos de caballos. Los estaba esperando. Dio una voltereta en el columpio y quedó colgado de los pies, balanceándose en el aire por encima de las cabezas del público.

Minutos después un grupo de soldados franceses entró con las bayonetas caladas tras un oficial que bramaba amenazas. Estalló el pánico, mientras la gente intentaba salir, momento que aprovechó Diego para bajar a tierra deslizándose por una cuerda. Sonaron varios balazos y se armó una algarabía monumental; los espectadores se empujaban por salir, atropellando a los soldados. Diego se escabulló como una comadreja, antes de que pudieran alcanzarlo, y procedió a cortar las cuerdas que sostenían la carpa por fuera, ayudado por Bernardo. La tela cayó sobre las cabezas de la concurrencia atrapada adentro, soldados y público por igual. La confusión dio tiempo a los jóvenes para montar en sus cabalgaduras y enfilar al galope hacia la casa de Tomás de Romeu. Sobre la montura Diego se despojó de la capa, el sombrero, el antifaz y el bigote. Calcularon que a los soldados les costaría un buen rato sacudirse la tienda de encima, darse cuenta de que los gitanos habían huido y organizarse para perseguirlos. Diego sabía que al día siguiente el nombre del Zorro estaría otra vez en todas las bocas. Desde su caballo Bernardo le lanzó una elocuente mirada de reproche, la jactancia podía costarle cara, ya que los franceses buscarían por cielo y tierra al misterioso personaje. Llegaron a su destino sin llamar la atención, entraron por una puerta de servicio y poco más tarde tomaban chocolate con bizcochos en compañía de Juliana e Isabel. No sabían que en ese mismo momento el campamento de los gitanos se iba en humo. Los soldados habían prendido fuego a la paja de la pista, que ardió como yesca, alcanzando en pocos minutos las viejas lonas.

Al día siguiente al mediodía, Diego se apostó en una nave de la catedral. El rumor de la segunda aparición del Zorro había dado la vuelta completa por Barcelona y ya había llegado a sus oídos. En un solo día el enigmático héroe logró captar la imaginación popular. La letra zeta apareció tallada a cuchillo en varias paredes, obra de rapaces inflamados de entusiasmo por imitar al Zorro. «Eso es lo que necesitamos, Bernardo, muchos zorros que distraigan a los cazadores», opinó Diego. A esa hora la iglesia estaba vacía, salvo por un par de sacristanes que cambiaban las flores en el altar principal. Reinaba la penumbra fría y quieta de un mausoleo, hasta allí no llegaba la luz brutal del sol ni el ruido de la calle. Diego esperó sentado en un banco, rodeado de santos de bulto, aspirando el inconfundible olor metálico del incienso, que impregnaba las paredes. A través de los antiguos vitrales atravesaban tímidos reflejos de colores que bañaban el ámbito con una luz irreal. La calma del momento le trajo el recuerdo de su madre. Nada sabía de ella, era como si se hubiera esfumado. Le extrañaba que ni su padre ni el padre Mendoza la mencionaran en sus cartas y que ella misma nunca le hubiera mandado unas líneas, pero no estaba preocupado. Creía que si algo malo le sucediera a su madre, él lo sentiría en los huesos. Una hora más tarde, cuando estaba a punto de irse, convencido de que ya nadie acudiría a la cita, surgió a su lado, como un fantasma, la figura delgada de Amalia. Se saludaron con una mirada, sin tocarse.

—¿Qué será ahora de vosotros? —susurró Diego.

—Nos iremos hasta que se calmen las cosas, pronto se olvidarán de nosotros —replicó ella.

—Quemaron el campamento, os habéis quedado sin nada.

—No es ninguna novedad, Diego. Los Roma estamos acostumbrados a perderlo todo, nos ha sucedido antes y nos sucederá de nuevo.

—¿Volveré a verte, Amalia?

—No sé, no tengo mi bola de vidrio —sonrió ella encogiéndose de hombros.

Diego le dio lo que había logrado juntar en esas pocas horas: la mayor parte del dinero que le quedaba de la reciente remesa enviada por su padre y el que consiguieron las niñas De Romeu, una vez que supieron lo ocurrido. Por encargo de Juliana le entregó un paquete envuelto en un pañuelo.

—Juliana me pidió que te diera esto como recuerdo —dijo Diego.

Amalia desanudó el pañuelo y vio que contenía una delicada diadema de perlas, la misma que Diego le había visto usar a Juliana varias veces, era su joya de más valor.

—¿Por qué? —preguntó la mujer, sorprendida.

—Supongo que debe de ser porque la salvaste de casarse con Moncada.

—Eso no es seguro. Tal vez su destino sea casarse con él de todos modos...

—¡Jamás! Ahora Juliana sabe qué clase de canalla es —la interrumpió Diego.

—El corazón es caprichoso —replicó ella. Escondió la joya en una bolsa, entre los pliegues de sus amplias faldas sobrepuestas, hizo un gesto de adiós a Diego con los dedos y retrocedió, perdiéndose en las sombras heladas de la catedral. Instantes más tarde corría por las callejuelas del barrio hacia las Ramblas.

Poco después de la huida de los gitanos y antes de Navidad, llegó una carta del padre Mendoza. El misionero escribía cada seis meses para dar noticias de la familia y la misión. Contaba, por ejemplo, que habían vuelto los delfines a la costa, que el vino de esa temporada había resultado ácido, que los soldados habían detenido a Lechuza Blanca porque arremetió contra ellos a bastonazos en defensa de un indio, pero mediante la intervención de Alejandro de la Vega la soltaron. Desde entonces, agregaba, no habían visto a la curandera por esos lados. Con su estilo preciso y enérgico lograba conmover a Diego mucho más que Alejandro de la Vega, cuyas cartas eran sermones salpicados de consejos morales. Diferían poco del tono habitual establecido por Alejandro en la relación con su hijo. En esa ocasión, sin embargo, la breve misiva del padre Mendoza no era para Diego, sino para Bernardo, y venía sellada con lacre. Bernardo partió el sello con un cuchillo y se instaló cerca de la ventana a leerla. Diego, que lo observaba a pocos pasos de distancia, lo vio cambiar de color a medida que sus ojos recorrían la angulosa escritura del misionero. Bernardo la leyó dos veces y luego se la pasó a su hermano.

> Ayer, dos de agosto del año mil ochocientos trece, vino a visitarme a la misión una joven indígena de la tribu de Lechuza Blanca. Traía a su hijo, de poco más de dos años, a quien llama simplemente Niño. Ofrecí bautizarlo, como se debe, y le expliqué que de otro modo el alma de ese inocente corre peligro, ya que si Dios decide llevárselo, no podrá ir al cielo y quedará varado en el limbo. La india se negó al bautismo. Dijo que esperará el regreso del padre para que él escoja el nombre. También rehusó oír la palabra de Cristo e incorporarse a la misión, donde ella y su hijo tendrían una vida civilizada. Me dio el mismo argumento: que cuando regrese el padre del niño, tomará una decisión al respecto. No insistí, porque he aprendido a aguardar con paciencia que los indios acudan aquí por su propia voluntad, de otro modo su conversión a la Verdadera Fe resulta apenas un barniz. El nombre de la mujer es Rayo en la Noche. Que Dios te bendiga y guíe siempre tus pasos, hijo mío.
>
> Te abraza en Cristo Nuestro Señor,
>
> Padre Mendoza

Diego le devolvió la carta a Bernardo y ambos se quedaron en silencio, mientras la luz del día se apagaba en la ventana. Bernardo, quien por la necesidad de comunicarse tenía un rostro muy expresivo, en esos momentos parecía esculpido en granito. Comenzó a tocar una melodía triste, refugiándose en la flauta para no dar explicaciones. Diego no se las pidió, porque sentía en su propio pecho los golpes del corazón de su hermano. Había llegado el momento de separarse. Bernardo no podía seguir viviendo como un muchacho, lo reclamaban sus raíces, deseaba regresar a California y asumir sus nuevas responsabilidades. Nunca se sintió cómodo lejos de su tierra. Había vivido varios años contando días y horas en esa ciudad de piedra y de helados inviernos, por la lealtad de acero que lo unía a Diego, pero ya no podía más, el hueco en el pecho se le iba agrandando como una insondable caverna. El amor absoluto que sentía por Rayo en la Noche ahora adquiría una terrible urgencia, porque no tenía la menor duda de que ese niño era su hijo. Diego aceptó los silenciosos argumentos con una garra en el pecho y respondió con un discurso a borbotones desde el alma.

—Tendrás que irte solo, hermano, porque me faltan varios meses para graduarme en el Colegio de Humanidades y en ese tiempo pretendo convencer a Juliana de que se case conmigo, pero antes de declararme y pedir su mano a don Tomás, debo esperar a que se reponga de la desilusión que le produjo Rafael Moncada. Perdona, hermano, soy muy egoísta, no es el momento de majadearte una vez más con mis fantasías de amor, sino de hablar de ti. Durante estos años me he divertido como un chiquillo mimado, mientras tú has estado enfermo de nostalgia por Rayo en la Noche, sin saber siquiera que te dio un hijo. ¿Cómo has aguantado tanto? No quiero que te vayas, pero tu lugar está en California, de eso no hay duda. Ahora entiendo lo que mi padre y tú mismo siempre dijisteis, Bernardo, que nuestros destinos son diferentes, yo nací con fortuna y privilegios que tú no tienes. No es justo, porque somos hermanos. Un día seré dueño de la hacienda De la Vega y entonces podré darte la mitad que te corresponde, entretanto le escribiré a mi padre para pedirle que te entregue suficiente dinero para instalarte con Rayo en la Noche y tu hijo donde tú quieras, no tienes que vivir en la misión. Te prometo que mientras yo pueda, nunca le faltará nada material a tu familia. No sé por qué lloro como un chiquillo, debe de ser porque te estoy echando de menos por adelantado. ¿Qué haré sin ti? No tienes idea de cuánto necesito tu fuerza y tu sabiduría, Bernardo.

Los dos jóvenes se abrazaron, primero conmovidos y después con risa forzosa, porque se jactaban de no ser sentimentales. Había concluido una etapa de la juventud.

Bernardo no pudo partir de inmediato, como deseaba. Tuvo que aguardar hasta enero para conseguir que una fragata mercante lo condujese a América. Tenía muy poco dinero, pero le aceptaron pagar su pasaje trabajando como marinero a bordo. Le dejó una carta a Diego con la recomendación de que se cuidara del Zorro, no sólo por el riesgo de ser descubierto, sino porque el personaje terminaría apoderándose de él. «No te olvides de que eres Diego de la Vega, un hombre de carne y hueso, mientras que ese Zorro es un engendro de tu imaginación», le decía en la carta. Le costó despedirse de Isabel, a quien había llegado a querer como a una hermana menor, porque temía no volver a verla, a pesar de que ella le prometió cien veces que iría a California apenas su padre le diera permiso.

—Nos veremos de nuevo, Bernardo, aunque Diego nunca se case con Juliana. El mundo es redondo, y si le doy la vuelta, un día llegaré a tu casa —le aseguró Isabel, soplándose la nariz y secándose las lágrimas a manotazos.

El año 1814 se anunció pleno de esperanzas para los españoles. Napoleón estaba debilitado por sus derrotas en Europa y la situación interna en Francia. El tratado de Valençay devolvió la corona a Fernando VII, quien se aprontaba para retornar a su patria. En enero el Chevalier dio orden a su mayordomo de empacar el contenido de su palacete, tarea nada simple porque se desplazaba con esplendor principesco. Sospechaba que a Napoleón le quedaba poco tiempo en el poder y en ese caso su propio destino estaba en peligro, porque en su calidad de hombre de confianza del emperador carecía de futuro en cualquier gobierno que lo reemplazara. Para no alterarle el ánimo a su hija, le presentó el viaje como una promoción en su carrera: por fin volvían a París. Agnès le echó los brazos al cuello, encantada. Estaba harta de sombríos españoles, campanarios mudos, calles muertas por el toque de queda y, sobre todo, de que le tiraran basura a su carroza y le hicieran desaires. Odiaba la guerra, las privaciones, la frugalidad catalana y España en general. Se lanzó en frenéticos preparativos para el viaje. En sus visitas a casa de Juliana parloteaba excitada a propósito de la vida social y las diversiones de Francia. «Tienes que visitarme en el verano, la época más linda de París. Para entonces papá y yo estaremos instalados como corresponde. Viviremos muy cerca del palacio del Louvre.» De paso, también le ofreció hospitalidad a Diego, porque en su opinión éste no podía regresar a California sin haber conocido París. Todo lo importante sucedía en esa ciudad, la moda, el arte y las ideas, dijo, incluso los revolucionarios americanos se habían formado en Francia. ¿No era California una colonia de España? ¡Ah! Entonces había que independizarla. Tal vez en París se curaría Diego de sus melindres y dolores de cabeza y se convertiría en un militar famoso, como aquel de Sudamérica que llamaban el Libertador. Simón Bolívar o algo por el estilo.

Entretanto, en la biblioteca, el chevalier Duchamp compartía el último coñac con Tomás de Romeu, lo más parecido a un amigo que había conseguido durante varios años en esa ciudad hostil. Sin revelarle información estratégica, le planteó la situación política y le sugirió que aprovechara ese momento para salir de viaje al extranjero con sus hijas. Las niñas estaban en la edad perfecta para descubrir Florencia y Venecia, dijo, nadie que aprecie la cultura puede dejar de conocer esas ciudades. Tomás respondió que lo pensaría; no era mala idea, tal vez lo harían en el verano.

—El emperador ha autorizado el regreso de Fernando VII a España. Puede suceder de un momento a otro. Creo conveniente que no se encuentren aquí para entonces —insinuó el Chevalier.

—¿Por qué, excelencia? Usted sabe cuánto celebro la influencia francesa en España, pero creo que la vuelta del Deseado terminará con la guerrilla, que dura ya seis años, y permitirá a este país reorganizarse. Fernando VII tendrá que gobernar con la Constitución liberal de 1812 —replicó Tomás de Romeu.

—Así lo espero, por el bien de España y el suyo, amigo mío —concluyó el otro.

Poco después, el chevalier Duchamp volvió a Francia con su hija Agnès. El convoy de sus carrozas fue interceptado a los pies de los Pirineos por una banda de enardecidos guerrilleros, de los últimos que aún quedaban. Los asaltantes estaban bien informados, conocían la identidad del elegante viajero, sabían que era la sombra gris de La Ciudadela, el responsable de innumerables torturas y ejecuciones. No lograron vengarse, como pretendían, porque el Chevalier viajaba protegido por un contingente de guardias bien armados que los recibieron con los mosquetes preparados. La primera salva dejó a varios españoles en un charco de sangre y el resto lo hicieron los sables. El encuentro duró menos de diez minutos. Los guerrilleros sobrevivientes se dispersaron, dejando atrás a varios hombres heridos, que fueron ensartados en los aceros sin misericordia. El Chevalier, que no se movió de la carroza y parecía más aburrido que asustado, habría olvidado fácilmente la escaramuza si una bala perdida no hubiera herido a Agnès. Pasó rozándole la cara y le destrozó una mejilla y parte de la nariz. La horrenda cicatriz habría de cambiar la vida de la muchacha. Se encerró en la casa de campo de su familia en Saint-Maurice durante muchos años. Al principio sucumbió a la depresión absoluta de haber perdido su belleza, pero con el tiempo dejó de llorar y comenzó a leer algo más que las novelas sentimentales que compartía con Juliana de Romeu. Uno a uno fue leyendo todos los libros de la biblioteca de su padre y después le pidió otros. Durante las tardes solitarias de su juventud, truncada por aquella bala fatídica, estudió filosofía, historia y política. Después empezó a escribir bajo un pseudónimo masculino y hoy, muchos años más tarde, su obra se conoce en muchas partes del mundo; pero ésa no es nuestra historia. Volvamos a España y a la época que nos concierne.

A pesar de los consejos de Bernardo, ese año Diego de la Vega se vio envuelto en acontecimientos que habrían de convertirlo definitivamente en el Zorro. Las tropas francesas abandonaron España, unas en barco, otras a paso forzado por tierra, como una pesada bestia, bajo los insultos y pedradas del pueblo. En marzo regresó Fernando VII de su exilio dorado en Francia. El cortejo real con el Deseado cruzó la frontera en abril y entró al país por Cataluña. Por fin culminaba la larga lucha del pueblo para expulsar a los invasores. Al principio el júbilo nacional fue desbordante e incondicional. Desde la nobleza hasta el último campesino, incluyendo la mayoría de los ilustrados como Tomás de Romeu, vieron con alegría el retorno del rey y pasaron por alto las tremendas fallas de su carácter, puestas en evidencia desde temprana edad. Suponían que el exilio habría hecho madurar a ese príncipe de pocas luces y que volvería curado de celos, mezquindades y pasión por la intriga cortesana. Se equivocaron. Fernando VII seguía siendo un hombre pusilánime, que veía enemigos por todas partes y se rodeaba de aduladores.

Un mes más tarde, Napoleón Bonaparte fue obligado a abdicar del trono de Francia. El monarca más poderoso de Europa sucumbió derrotado por una imponente conjunción de fuerzas políticas y militares. A la sublevación de los países sometidos, como España, se sumó la alianza para destruirlo de Prusia, Austria, Gran Bretaña y Rusia. Fue deportado a la isla de Elba, pero le permitieron conservar el ahora irónico título de emperador. Al día siguiente Napoleón intentó, sin éxito, suicidarse.

En España el regocijo general por el regreso del Deseado se tornó en violencia a las pocas semanas. Aislado por el clero católico y las fuerzas más conservadores de la nobleza, el ejército y la administración pública, el flamante rey revocó la Constitución de 1812 y las reformas liberales, haciendo retroceder al país en pocos meses a la época feudal. Se reinstauró la Inquisición, así como los privilegios de la nobleza, el clero y los militares, y se desencadenó una persecución despiadada de disidentes y opositores, de liberales, afrancesados y antiguos colaboradores del gobierno de José Bonaparte. Regentes, ministros y diputados fueron detenidos, doce mil familias debieron cruzar las fronteras buscando refugio en el extranjero, y la represión se extendió en tal forma, que nadie estaba seguro, bastaba la menor sospecha o una acusación sin fundamento para ser arrestado y ejecutado sin trámites.

Eulalia de Callís estaba en la gloria. Había aguardado mucho tiempo la vuelta del rey para recuperar su posición de antaño. No le gustaba la insolencia de la plebe ni el desorden, prefería el absolutismo de un monarca, aunque fuese un tipo mediocre. Su lema era: «Cada uno en su lugar, un lugar para cada uno». Y el suyo estaba en la cumbre, por supuesto. A diferencia de otros nobles, que perdieron sus fortunas en esos años revolucionarios por aferrarse a las tradiciones, ella no tuvo escrúpulos en recurrir a métodos burgueses para enriquecerse. Tenía olfato para el negocio. Era más rica que nunca, poderosa, tenía amigos en la corte de Fernando VII y estaba dispuesta a ver el exterminio sistemático de las ideas liberales, que habían hecho peligrar buena parte de lo que sostenía su existencia. Sin embargo, algo de la generosidad del pasado aún quedaba escondido en los pliegues de su corpulenta humanidad, porque al ver tanto sufrimiento a su alrededor abrió sus arcas para socorrer a los hambrientos sin preguntarles a qué bando político pertenecían. Así terminó por esconder en sus casas de campo o ver el modo de mandar a Francia a más de una familia de refugiados.

Aunque no necesitaba hacerlo, porque de todos modos su situación era espléndida, Rafael Moncada entró de inmediato al cuerpo de oficiales del ejército, donde los títulos y conexiones de su tía le garantizaban un ascenso rápido. Le daba prestigio anunciar a los cuatro vientos que por fin podía servir a España en un ejército monárquico, católico y tradicional. Su tía estuvo de acuerdo, porque opinaba que hasta el más tonto se ve bien en uniforme.

Tomás de Romeu comprendió entonces cuánta razón había tenido su amigo, el chevalier Duchamp, al aconsejarle que se fuera al extranjero con sus hijas. Convocó a sus contadores con el propósito de revisar el estado de sus bienes y descubrió que su renta no le alcanzaba para vivir con decencia en otro país. Temía, además, que, al asilarse en otra parte, el gobierno de Fernando VII confiscara las propiedades que aún le quedaban. Después de haber manifestado durante una vida su desprecio por los asuntos materiales, ahora debía aferrarse a sus posesiones. La pobreza le daba horror. No se había preocupado demasiado por la disminución sistemática de la fortuna heredada de su mujer, porque suponía que siempre habría suficiente para seguir viviendo del modo en que estaba acostumbrado. Nunca se había puesto seriamente en el caso de perder su posición social. No quería imaginar a sus hijas privadas de la comodidad que siempre habían gozado. Decidió que lo mejor sería irse lejos a esperar que pasara la oleada de violencia y persecución. A su edad había visto mucho, sabía que tarde o temprano el péndulo político oscila en la dirección opuesta; todo era cuestión de mantenerse invisible hasta que la situación se normalizara. No podía ni pensar en irse a la casa patriarcal de Santa Fe, donde era demasiado conocido y odiado, pero se acordó de unas tierras de su mujer camino a Lérida, que nunca había visitado. Esa propiedad, que no le había dado renta, sólo problemas, ahora podía ser su salvación. Consistía en unas lomas plantadas con viejos olivos, donde vivían unas cuantas familias campesinas muy pobres y atrasadas, que llevaban tanto tiempo sin ver un patrón, que creían no tenerlo. La finca estaba provista de un horrendo caserón casi en ruinas, construido alrededor del año 1500, un cubo macizo, cerrado como una tumba para preservar a sus habitantes de los peligros de sarracenos, soldados y bandidos, que asolaron la región durante siglos, pero Tomás determinó que siempre sería preferible a una prisión. Allí podría permanecer por unos meses con sus hijas. Despidió a la mayor parte de la servidumbre, clausuró la mitad de su mansión de Barcelona, dejó el resto a cargo de su mayordomo y emprendió el viaje en varios coches, porque debía transportar los muebles necesarios.

Diego presenció el éxodo de la familia con un mal presentimiento, pero Tomás de Romeu le tranquilizó con el argumento de que él no había ejercido cargos en la administración napoleónica y muy poca gente conocía su amistad con el Chevalier, de modo que no había nada que temer. «Por una vez me alegra no ser una persona importante», sonrió al despedirse. Juliana e Isabel no tenían idea cabal de la situación en que se encontraban y partieron como quien va a unas extrañas vacaciones. No comprendían las razones de su padre para llevarlas allí, tan lejos de la civilización, pero estaban acostumbradas a obedecer y no hicieron preguntas. Diego besó a Juliana en ambas mejillas y le susurró al oído que no desesperara, porque la separación sería breve. Ella respondió con una mirada de desconcierto. Como tantas cosas que le insinuaba Diego, ésa le resultó incomprensible.

Nada le habría gustado más a Diego que acompañar a la familia al campo, como le había pedido Tomás de Romeu. La idea de pasar un tiempo lejos del mundo y en compañía de Juliana era muy tentadora, pero no podía alejarse de Barcelona en esos momentos. Los miembros de La Justicia estaban muy ocupados, debían multiplicar sus recursos para ayudar a la masa de refugiados que intentaban salir de España. Era necesario esconderlos, conseguir transporte, introducirlos a Francia por los Pirineos o enviarlos a otros países de Europa. Inglaterra, que había combatido con ahínco a Napoleón hasta derrotarlo, ahora apoyaba al rey Fernando VII y, salvo excepciones, no daba protección a los enemigos de su gobierno. Tal como le explicó el maestro Escalante, nunca antes La Justicia había estado tan cerca de ser descubierta. La Inquisición había vuelto más fuerte que antes, con plenos poderes para defender la fe a cualquier precio, pero como la línea divisoria entre herejes y opositores al gobierno era difusa, cualquiera podía caer en sus zarpas. Durante los años en que fuera abolida, los miembros de La Justicia se descuidaron con las medidas de seguridad, convencidos de que en el mundo moderno no había lugar para el fanatismo religioso. Creían que los tiempos de quemar gente en la hoguera se habían superado para siempre. Ahora pagaban las consecuencias de su excesivo optimismo. Diego estaba tan absorto en las misiones de La Justicia, que dejó de asistir al Colegio de Humanidades, donde la educación, como en el resto del país, estaba censurada. Muchos de sus profesores y compañeros habían sido detenidos por expresar sus opiniones. En esos días el orondo rector de la Universidad de Cervera pronunció ante el rey la frase que definía la vida académica de España: «Lejos de nosotros la funesta manía de pensar».

A comienzos de septiembre detuvieron a un miembro de La Justicia, que se había ocultado durante varias semanas en casa del maestro Manuel Escalante. La Inquisición, como brazo de la Iglesia, prefería no derramar sangre. Sus métodos más recurrentes de interrogatorio eran descoyuntar a las víctimas en el potro o quemarlas con hierros al rojo. El infeliz prisionero confesó los nombres de quienes le habían socorrido y poco después el maestro de esgrima fue detenido. Antes de ser arrastrado al siniestro coche de los alguaciles, tuvo el tiempo justo de avisar a su criado, quien llevó la mala noticia a Diego. Al amanecer del día siguiente, éste pudo averiguar que Escalante no había sido conducido a La Ciudadela, como era habitual en el caso de presos políticos, sino a un cuartel en el barrio del puerto, porque pensaban conducirlo en los próximos días a Toledo, donde estaba centralizada la funesta burocracia de la Inquisición. Diego se puso en contacto de inmediato con Julio César, el hombre con quien había luchado en el tabernáculo de la sociedad secreta durante su iniciación.

—Esto es muy grave. Pueden arrestarnos a todos —dijo éste.

—Jamás lograrán hacer confesar al maestro Escalante —opinó Diego.

—Tienen métodos infalibles, desarrollados durante siglos. Han detenido a varios de los nuestros, ya tienen mucha información. El círculo se cierra en torno a nosotros. Tendremos que disolver la sociedad en forma temporal.

—¿Y don Manuel Escalante?

—Espero, por el bien de todos, que logre poner fin a sus días antes de ser sometido a suplicio —suspiró Julio César.

—Tienen al maestro en un cuartel de barrio, no en La Ciudadela, debemos intentar rescatarlo... —propuso Diego.

—¿Rescatarlo? ¡Imposible!

—Difícil, pero no imposible. Necesitaré ayuda de La Justicia. Lo haremos esta misma noche —replicó Diego y procedió a explicar su plan.

—Me parece una locura, pero vale la pena intentarlo. Os ayudaremos —decidió su compañero.

—Hay que sacar al maestro de la ciudad de inmediato.

—Por supuesto. Habrá un bote con un remero de plena confianza aguardando en el puerto. Creo que podremos eludir la vigilancia. El remero conducirá al maestro a un barco que zarpa mañana al alba hacia Nápoles. Allí estará a salvo.

Diego suspiró pensando que pocas veces le había hecho más falta Bernardo. Esta prueba era más seria que introducirse al palacete del chevalier Duchamp. No era broma asaltar un cuartel, reducir a los guardias —no sabía cuántos—, liberar al preso y llevarlo ileso hasta un bote, antes de que le cayera encima el zarpazo de la ley.

Se dirigió a caballo a la mansión de Eulalia de Callís, cuya planta se había dado el trabajo de estudiar con atención en cada oportunidad en que la visitó. Dejó su caballo en la calle y, sin ser visto, avanzó agazapado por los jardines y se encaminó al patio de servicio, donde pululaban animales domésticos entre mesones para matar cerdos y aves, artesas del lavado, ollas para hervir sábanas y alambres con la ropa tendida a secar. Al fondo estaban los galpones de las carrozas y los establos de los caballos. Por todas partes se veían cocineros, lacayos y criadas, cada uno ocupado en lo suyo. Nadie le dio ni una mirada. Se introdujo en los galpones, disimulándose entre las carrozas, escogió la que le convenía y aguardó encogido en su interior, con los dedos cruzados para que ningún mozo de cuadra lo descubriera. Sabía que a las cinco tocaban una campana para llamar a la servidumbre a la cocina, la misma Eulalia de Callís se lo había contado. Era la hora en que la matriarca ofrecía un tentempié a su ejército de criados: tazones de espumante chocolate con leche y pan para ensopar. Media hora más tarde Diego escuchó los campanazos y en un dos por tres el patio se vació de gente. La brisa le trajo el delicado aroma del chocolate y se le llenó la boca de saliva. Desde que se fuera la familia al campo, se comía muy mal en la casa De Romeu. Diego, consciente de que sólo disponía de diez o quince minutos, desprendió deprisa el escudo de armas de la portezuela de una carroza y se apoderó de un par de chaquetas del elegante uniforme de los lacayos, que colgaban en sus perchas. Eran libreas de terciopelo celeste con cuello y forro carmesí, y botones y charreteras doradas. Completaban la tenida, cuellos de encaje, pantalones blancos, zapatos de charol negro con hebillas de plata y una faja de brocado rojo en la cintura. Como decía Tomás de Romeu, ni Napoleón Bonaparte se vestía con tanto lujo como los criados de Eulalia. Una vez seguro de que el patio estaba desocupado, salió con su carga, escondiéndose entre los arbustos, y buscó su caballo. Poco después trotaba calle abajo.

En casa de Tomás de Romeu se hallaba la desvencijada carroza de la familia, demasiado frágil y antigua para llevarla al campo. Comparada con cualquiera de las de doña Eulalia era una ruina, pero Diego contaba con que de noche y con prisa nadie notaría su decrépito aspecto. Debía esperar que se pusiera el sol y medir su tiempo con cuidado, de eso dependería el éxito de su misión. Después de clavar el escudo en la carroza, se dirigió a la bodega de los licores, que el mayordomo siempre mantenía bajo llave, insignificante estorbo para Diego, quien había aprendido a violar toda suerte de cerrojos. Abrió la bodega, sacó un barril de vino y se lo llevó rodando a plena vista de los criados, que no le hicieron preguntas, creyendo que don Tomás le había dado la llave antes de irse.

Durante más de cuatro años Diego había guardado como un tesoro el frasco del jarabe de la adormidera que le diera su abuela Lechuza Blanca como regalo de despedida, con la promesa de que sólo debía usarlo para salvar vidas. Ése era justamente el destino que pensaba darle. Muchos años antes, con aquella poción el padre Mendoza había amputado una pierna y él había aturdido a un oso. No sabía cuán poderosa sería la droga disuelta en esa cantidad de vino, tal vez no tendría el efecto que él esperaba, pero debía intentarlo. Vertió el contenido del frasco en el tonel y lo rodó para mezclarlo. Poco después llegaron dos cómplices de La Justicia, que se encasquetaron pelucas blancas de lacayos y las libreas del uniforme de la casa de Callís, para acompañarlo. Diego se vistió como príncipe, con su mejor tenida de chaqueta de terciopelo café con pasamanería de oro y plata, cuello de piel, corbata de plastrón sujeta con un prendedor de perlas, pantalón color mantequilla, zapatos de petimetre con hebillas doradas y sombrero de copa. Así lo condujeron sus camaradas en la carroza al cuartel. Era de noche cerrada cuando se presentó ante la puerta, mal alumbrada por unos faroles. Diego ordenó a los dos centinelas, con la voz altisonante de alguien acostumbrado a mandar, que llamaran a su superior. Éste resultó ser un joven alférez con fuerte acento andaluz, que se impresionó con la aplastante elegancia de Diego y el escudo de armas de la carroza.

—Su excelencia, doña Eulalia de Callís, le envía un tonel del mejor vino de sus bodegas, para que haga un brindis con sus hombres por ella esta misma noche. Es su cumpleaños —anunció Diego con aire de superioridad.

—Me parece extraño… —alcanzó a balbucear el hombre, sorprendido.

—¿Extraño? ¡Debe ser nuevo en Barcelona! —lo interrumpió Diego—. Su excelencia siempre ha mandado vino al cuartel para su cumpleaños, y con mayor razón lo hace ahora, cuando la patria está libre del déspota ateo.

Desconcertado, el alférez ordenó a sus subalternos que retiraran el barril e incluso invitó a Diego a beber con ellos, pero éste se excusó, alegando que debía repartir otros presentes similares en La Ciudadela.

—Dentro de un rato, su excelencia les enviará su guiso predilecto, pies de cerdo con nabos. ¿Cuántas bocas hay aquí? —preguntó Diego.

—Diecinueve.

—Bien. Buenas noches.

—Su nombre, señor, por favor…

—Soy don Rafael Moncada, sobrino de su excelencia, doña Eulalia de Callís —replicó Diego, y golpeando con su bastón la portezuela de la carroza ordenó al falso cochero emprender la retirada.

A las tres de la madrugada, cuando la ciudad dormía y las calles se encontraban vacías, Diego se dispuso a llevar a cabo la segunda etapa del plan. Calculaba que en esas horas los hombres del cuartel habrían bebido su vino y, si no estaban dormidos, por lo menos estarían atontados. Ésa sería su única ventaja. Se había cambiado de ropa y vestía como el Zorro. Llevaba látigo, pistola y su espada afilada como navaja. Para no llamar la atención con los cascos de un caballo sobre los adoquines, fue a pie. Deslizándose pegado a los muros, llegó hasta una de las callejuelas próximas al cuartel, donde verificó que los mismos centinelas, bostezando de fatiga, seguían bajo los faroles. Por lo visto no habían tenido ocasión de probar el vino. En las sombras de un zaguán lo esperaban Julio César y otros miembros de La Justicia, disfrazados de marineros, tal como habían convenido. Diego les dio sus instrucciones, que incluían la orden terminante de no intervenir para ayudarlo, pasara lo que pasara. Cada uno debía velar por sí mismo. Se desearon suerte mutuamente en nombre de Dios y se separaron.

Los marineros fingieron una riña de borrachos cerca del cuartel, mientras Diego esperaba su oportunidad disimulado en la oscuridad. La pelea atrajo la atención de los centinelas, que abandonaron brevemente sus puestos para averiguar la causa del bochinche. Se aproximaron a los supuestos ebrios para advertirles que se alejaran o serían arrestados, pero éstos continuaron propinándose torpes bofetones, como si no los oyeran. Tanto trastabillaban y mascullaban tonterías, que los centinelas se echaron a reír de buena gana, pero cuando se dispusieron a dispersarlos a golpes, los borrachos recuperaron milagrosamente el equilibrio y se les fueron encima. Pillados por sorpresa, los guardias no atinaron a defenderse. Los aturdieron en un instante, los cogieron por los tobillos y los arrastraron sin miramientos a un callejón adyacente, donde había una puerta de enanos disimulada en un portal. Golpearon tres veces, se abrió una mirilla, dieron la contraseña y una mujer sesentona, vestida de negro, les abrió. Entraron agachados, para evitar darse cabezazos contra el bajísimo dintel, e introdujeron a sus prisioneros inertes en una bodega de carbón. Allí los dejaron atados de manos y encapuchados, después de quitarles la ropa. Se colocaron los uniformes y volvieron a la puerta del cuartel para apostarse bajo los faroles. En los escasos minutos que duró la operación de reemplazar a los centinelas, Diego se había introducido al edificio, espada y pistola en mano.

Por dentro el sitio parecía desierto, reinaba un silencio de cementerio y había muy poca luz porque a la mitad de las lámparas se les había consumido el aceite. Invisible como un espectro —sólo el brillo de su acero delataba su presencia—, el Zorro atravesó el vestíbulo. Empujó cautelosamente una puerta y se asomó a la sala de armas, donde sin duda habían distribuido el contenido del barril, porque había media docena de hombres roncando en el suelo, incluyendo el alférez. Se aseguró de que ninguno estaba despierto y luego revisó el tonel. Había sido vaciado hasta la última gota.

—¡Salud, señores! —exclamó satisfecho, y en un impulso juguetón trazó en el muro una letra zeta con tres rayas de su espada. La advertencia de Bernardo de que el Zorro terminaría por apoderarse de él acudió a su mente, pero ya era tarde.

Confiscó deprisa las armas de fuego y los sables, los amontonó en los arcones del vestíbulo, y enseguida continuó su excursión por el edificio, apagando faroles y velas a medida que avanzaba. Las sombras siempre habían sido sus mejores aliadas. Encontró otros tres hombres derrotados por el jarabe de Lechuza Blanca y calculó que, si no le habían mentido, quedaban alrededor de ocho. Esperaba dar con las celdas de los presos sin tener que enfrentarlos, pero le llegaron voces cercanas y comprendió que debía ocultarse deprisa. Se hallaba en una amplia habitación casi desnuda. No había dónde parapetarse y tampoco alcanzaba a apagar las dos antorchas en el muro opuesto, a quince pasos de distancia. Miró a su alrededor y lo único que podía servirle fueron las gruesas vigas de la techumbre, demasiado altas para alcanzarlas de un brinco. Envainó la espada, se metió la pistola en el cinturón, desenrolló el látigo y con un gesto de la muñeca enroscó la punta en una de las vigas, haló para tensarlo y trepó mediante un par de brazadas, como lo había hecho tantas veces en los cabos de los mástiles y en el circo de los gitanos. Una vez arriba recogió el látigo y se aplastó sobre la viga, tranquilo porque allí no llegaba la luz de las antorchas. En ese momento entraron dos hombres conversando y, a juzgar por lo animados que parecían, no habían recibido su ración de vino.

Diego decidió interceptarlos antes de que llegaran a la sala de armas, donde sus compañeros yacían despatarrados en lo mejor del sueño. Esperó que pasaran debajo de la viga y se dejó caer desde arriba como un enorme pájaro negro, la capa abierta en abanico y el látigo en una mano. Paralizados, los hombres se demoraron en desenvainar sus sables, dándole tiempo de doblarles las piernas de dos certeros latigazos.

—¡Muy buenas noches, señores! —saludó con una pequeña reverencia burlona a sus víctimas, que estaban de rodillas—. Les ruego coloquen los sables con mucho cuidado en el suelo.

Hizo chasquear el látigo a modo de advertencia, mientras sacaba la pistola que llevaba al cinto. Los hombres le obedecieron sin chistar y él pateó los sables a un rincón.

—A ver si me ayudan, vuestras mercedes. Supongo que no quieren morir, y a mí me fastidia matarlos. ¿Dónde puedo encerrarles para que no me den problemas? —les preguntó, irónico.

Los soldados lo miraron perplejos, sin tener idea de a qué se refería. Eran rudos campesinos reclutados por el ejército, un par de muchachos que en sus cortos años habían visto horrores, sobrevivido a las matanzas de la guerra y pasado mucha hambre. No estaban para acertijos. El Zorro simplificó la pregunta, acentuando sus palabras con los chasquidos de su látigo. Uno de ellos, demasiado asustado para sacar la voz, señaló la puerta por donde habían entrado. El enmascarado les sugirió que dijeran sus oraciones, porque si lo engañaban iban a morir. La puerta daba a un largo corredor vacío, que recorrieron en fila, los cautivos adelante y él detrás. Al final el pasillo se bifurcaba, a la derecha había una puerta desportillada y a la izquierda una en mejor estado y con una cerradura que se accionaba por el otro lado. El Zorro indicó a sus prisioneros que abrieran la de la derecha. A su vista apareció una nauseabunda letrina, compuesta de cuatro hoyos en el suelo llenos de excremento, unos baldes de agua y un farol inmundo de moscas. No había más conexión con el exterior que un pequeño portillo con barrotes de hierro.

—¡Perfecto! Lamento que la fragancia no sea de gardenias. A ver si en el futuro limpian con más cuidado —comentó, y con un movimiento de la pistola indicó a los espantados hombres que entraran.

El Zorro atrancó el retrete por fuera y se encaminó hacia la otra puerta, cuya cerradura era muy simple, pudo abrirla en pocos segundos con el alfiler de acero que siempre llevaba en la costura de una bota para efectuar sus trucos de magia. Abrió con prudencia y descendió sigiloso por una escalera de varios peldaños. Calculó que conducía al subterráneo, donde seguramente estaban las celdas. Al final de la escalera, pegado al muro, echó una mirada. Una sola antorcha alumbraba un vestíbulo sin ventilación, vigilado por un guardia, quien obviamente tampoco había probado el vino de la adormidera, porque sacaba un solitario con una manoseada baraja, sentado de piernas cruzadas en el suelo. Su fusil se hallaba al alcance de la mano, pero no tuvo ocasión de empuñarlo, porque el Zorro apareció ante él de súbito y le propinó un patada en el mentón que lo tumbó de espaldas, luego lanzó lejos el arma de otra patada. La pestilencia en el lugar era tan atroz, que sintió la tentación de retroceder, pero no era el momento de remilgos. Tomó la antorcha y se asomó a las pequeñas celdas, unos huecos insalubres, húmedos, infestados de bichos, donde estaban hacinados los prisioneros en la oscuridad. Había tres o cuatro en cada celda; debían mantenerse de pie o sentarse por turnos. Parecían esqueletos con ojos de locos. El aire fétido vibraba con la respiración jadeante de aquellos infelices. El joven enmascarado llamó a Manuel Escalante y una voz le respondió desde uno de los calabozos. Levantó la antorcha y vio a un hombre aferrado a los barrotes, tan golpeado, que la cara era una sola masa deforme y amoratada, donde no se distinguían las facciones.

—Si eres el verdugo, bienvenido —dijo el prisionero, y entonces, por la dignidad de su porte y la firmeza de su voz, lo reconoció.

—Vengo a liberarlo, maestro, soy el Zorro.

—¡Muy buena idea! Las llaves cuelgan cerca de la puerta. De paso, sería conveniente atender al guardia, que empieza a despabilarse... —replicó tranquilo Manuel Escalante.

Su discípulo tomó el manojo de llaves y le abrió la reja. Los tres prisioneros que compartían su celda salieron en tropel, empujándose y tropezando, como animales, enloquecidos por una mezcla de terror y desgarradora esperanza. El Zorro les encañonó con su pistola.

—No tan deprisa, caballeros, primero deben socorrer a sus camaradas —les ordenó.

El aspecto amenazador del pistolón tuvo la virtud de devolverles algo de la perdida humanidad. Mientras ellos forcejeaban con llaves y cerraduras, Diego encerró al guardia en la celda desocupada y Escalante se apoderó del fusil. Una vez que todos los calabozos fueron abiertos, ambos guiaron hacia la salida a aquellos patéticos espectros en andrajos, desgreñados, cubiertos de sangre seca, porquería y vómito. Subieron las escaleras, recorrieron el pasillo, atravesaron la pieza desnuda donde Diego se había trepado a la viga, y alcanzaron a llegar cerca de la sala de armas, cuando surgió ante ellos un grupo de guardias, alertados por el ruido en los calabozos. Venían preparados, con las espadas en las manos. El Zorro disparó el único tiro de su arma, dándole a uno de los guardias, que cayó desplomado, pero Escalante se dio cuenta de que su fusil estaba descargado y no había tiempo de prepararlo. Lo empuñó por el cañón y se lanzó hacia delante como una tromba repartiendo golpes en todas direcciones. El Zorro desenvainó su acero y también emprendió el ataque. Logró detener a los contrincantes por unos segundos, dando ocasión a Escalante de echar mano de una de las espadas que Diego les había quitado a los hombres que encerró en la letrina. Entre los dos hacían más ruido y daño que un batallón. Diego había usado el florete a diario desde que era un niño, pero no había tenido que pelear en serio. Su único duelo a muerte fue con pistolas y había sido mucho más limpio. Comprobó que no hay nada honorable en un combate real, donde las reglas no cuentan para nada. La única regla es vencer, cueste lo que cueste. Los filos de las armas no chocaban en una elegante coreografía, como en las clases de esgrima, sino que apuntaban directamente al enemigo para atravesarlo. La caballerosidad no existía, los golpes eran feroces y no se daba cuartel a nadie. La sensación que transmitía el acero al entrar en la carne de un hombre era indescriptible. Se apoderó de él una mezcla de despiadada exaltación, de repugnancia y triunfo, perdió la noción de la realidad y se transformó en una bestia. Los gritos de dolor y las ropas teñidas de sangre de sus adversarios le hicieron apreciar la técnica de combate de los miembros de La Justicia, tan infalible en el Círculo del

Maestro como en ciega lucha cuerpo a cuerpo. Después, cuando pudo pensar, agradeció los meses de práctica con Bernardo, cuando terminaba tan agotado que las piernas apenas le sostenían. En el proceso había desarrollado reflejos muy rápidos y visión circular, adivinaba por instinto lo que ocurría a sus espaldas. En una fracción de segundo podía prevenir los movimientos simultáneos de varios enemigos, evaluar las distancias, calcular la velocidad y dirección de cada estocada, cubrirse, atacar.

El maestro Escalante demostró ser tan efectivo como su discípulo, a pesar de su edad y de la terrible golpiza sufrida en manos de sus verdugos. No tenía la agilidad y fuerza del Zorro, pero su experiencia y calma compensaban esas carencias con creces. En el fragor de la pelea el joven se cubría de sudor y perdía el aliento, mientras el maestro blandía el sable con igual determinación pero mucha más elegancia. En pocos minutos los dos lograron reducir, desarmar o herir a sus contrincantes. Sólo cuando el campo de batalla estaba ganado, los prisioneros rescatados se atrevieron a acercarse. Ninguno había tenido el coraje de ayudar a sus salvadores, pero ahora estaban más que dispuestos a arrastrar a los guardias derrotados hacia las celdas que ellos mismos ocupaban minutos antes, donde los encerraron con insultos y golpes. Recién entonces el Zorro recuperó la razón y echó una mirada a su alrededor. Sangre en charcos por el piso, sangre salpicada en las paredes, sangre en los cuerpos de los heridos que eran llevados a las celdas, sangre en su espada, sangre por todas partes.

—¡Santa Madre de Dios! —exclamó, espantado.

—Vamos, no hay tiempo para consideraciones —le indicó el maestro Escalante.

Salieron del cuartel sin encontrar resistencia. Los otros prófugos se desbandaron por los callejones en tinieblas de la ciudad. Algunos lograrían salvarse huyendo al extranjero o manteniéndose ocultos durante años, pero otros serían apresados nuevamente y sometidos a tortura antes de ser ejecutados para que confesaran cómo habían escapado. Esos hombres nunca pudieron decir quién era el atrevido enmascarado que los puso en libertad, porque no lo sabían. Sólo oyeron su nombre: Zorro, que coincidía con la zeta marcada en la pared de la sala de armas.

Transcurrieron en total cuarenta minutos entre el momento en que dos supuestos borrachos distrajeron a los centinelas del cuartel y el Zorro rescató a su maestro. En la calle aguardaban los miembros de La Justicia, todavía en los uniformes de los guardias, que condujeron al fugitivo al exilio. Al despedirse, Diego y Manuel Escalante se abrazaron por primera y última vez.

Al amanecer, una vez que los hombres del cuartel se repusieron de los efectos de la droga y pudieron organizarse y atender a los heridos, el desafortunado alférez debió rendir cuenta de lo ocurrido a sus superiores. Lo único a su favor fue que, a pesar de lo ocurrido, ninguno de sus subalternos había muerto en la refriega. Informó que, según su conocimiento, Eulalia de Callís y Rafael Moncada estaban implicados en el hecho, porque de ellos provenía el fatídico barril de vino que intoxicó a la tropa.

Esa misma tarde se presentó un capitán ante los sospechosos, escoltado por cuatro guardias armados, pero con actitud servil y un rosario de zalamerías en la punta de la lengua. Eulalia y Rafael lo recibieron como a un vasallo, exigiendo que se disculpara por perturbarlos con tonterías. La dama lo envió a las caballerizas a comprobar que su escudo de armas había sido arrancado de una de sus carrozas, prueba que al capitán le pareció insuficiente, pero no se atrevió a decirlo. Rafael Moncada, con el uniforme de los oficiales del rey, presentaba un aspecto tan intimidante que no le pidió explicaciones. Moncada carecía de coartada, pero con su posición social no la necesitaba. En un pestañear el par de encumbradas personas quedaron libres de cualquier sospecha.

—El oficial que se dejó engañar de ese modo es un imbécil redomado y debe recibir un castigo ejemplar. Exijo saber qué significa la zeta marcada en la pared del cuartel y la identidad del bandido que se atreve a usar mi nombre y el de mi sobrino para sus fechorías. ¿Me ha comprendido, oficial? —espetó Eulalia al militar.

—No dude de que haremos todo lo posible por aclarar este desgraciado incidente, excelencia —le aseguró el capitán, retrocediendo hacia la salida con genuflexiones profundas.

En octubre Rafael Moncada decidió que había llegado el momento de hacer sentir su autoridad frente a Juliana, ya que la diplomacia y la paciencia no habían dado ningún resultado. Tal vez ella sospechaba que el asalto sufrido en la calle había sido obra suya, pero no tenía pruebas y quienes podrían dárselas, los gitanos, estaban lejos y no se atreverían a regresar a Barcelona. Entretanto él había indagado que la situación económica de Tomás de Romeu era insolvente. Los tiempos habían cambiado, esa familia ya no estaba en condición de hacerse de rogar. Su propia posición era espléndida, sólo le faltaba Juliana para tener las riendas de su destino en el puño. Cierto, no contaba con la aprobación de Eulalia de Callís para cortejar a la joven, pero decidió que ya no estaba en edad de dejarse mandar por su dominante tía. Sin embargo, cuando pretendió anunciar su visita a Tomás de Romeu para notificarle sus planes, le devolvieron la misiva, porque éste se había ausentado de la ciudad con sus hijas. No supieron decirle dónde se encontraba, pero él tenía medios de averiguarlo. Por coincidencia, ese mismo día lo convocó Eulalia para fijar la fecha de presentarle a la hija de los duques de Medinaceli.

—Lo lamento, tía. Por muy conveniente que sea ese enlace, no puedo llevarlo a cabo. Como usted sabe, amo a Juliana de Romeu —le anunció Rafael con toda la firmeza de que pudo echar mano.

—Sácate a esa joven de la cabeza, Rafael —le advirtió Eulalia—. Nunca fue buen partido, pero ahora equivale a un suicidio social. ¿Crees que la recibirán en la corte cuando se sepa que su padre es un afrancesado?

—Estoy preparado para correr ese riesgo. Es la única mujer que me ha interesado en la vida.

—Tu vida apenas comienza. La deseas porque te ha hecho desaires y por ninguna otra razón. Si la hubieras conseguido, ya estarías harto de ella. Necesitas una esposa a tu altura, Rafael, alguien que te ayude en tu carrera. La De Romeu apenas sirve como amante.

—¡No hable así de Juliana! —exclamó Rafael.

—¿Por qué no? Hablo como me da la real gana, especialmente cuando tengo razón —replicó la matriarca en un tono sin apelación—. Con los títulos de la Medinaceli y mi fortuna puedes llegar muy lejos. Desde la muerte de mi pobre hijo, eres mi única familia, por eso te trato con la consideración de una madre, pero mi paciencia tiene un límite, Rafael.

—Que yo sepa, tía, su difunto marido, Pedro Fages, que Dios lo tenga en su santo seno, tampoco poseía títulos ni dinero cuando usted lo conoció —alegó el sobrino.

—La diferencia es que Pedro era valiente, tenía una hoja de servicio impecable en el ejército y estaba dispuesto a comer lagartijas en el Nuevo Mundo con tal de hacer fortuna. En cambio Juliana es una mocosa mimada y su padre es un don nadie. Si quieres arruinar tu vida con ella, no cuentes conmigo para nada, ¿está claro?

—Clarísimo, tía. Buenas tardes.

Chocando los talones, Moncada se inclinó y salió de la sala. Se veía espléndido en su uniforme de oficial, las botas relucientes y la espada con borlas al cinto. Doña Eulalia no se inmutó. Conocía la naturaleza humana y confiaba en el triunfo de la ambición desmedida sobre cualquier demencia de amor. El caso de su sobrino no tenía por qué ser excepcional.

Pocos días más tarde Juliana, Isabel y Nuria regresaron a Barcelona a mata caballo en el coche familiar, sin más escolta que Jordi y dos lacayos. El ruido de cascos y el alboroto en el patio alertaron a Diego, quien en esos momentos se aprontaba a salir. Las tres mujeres aparecieron demacradas y cubiertas de polvo, con la noticia de que Tomás de Romeu había sido arrestado. Un destacamento de soldados se había presentado en la casona de campo, entraron a rompe y rasga y se lo llevaron sin darle tiempo de tomar un abrigo. Las muchachas sólo sabían que había sido acusado de traición y sería conducido a la temible Ciudadela.

Cuando Tomás de Romeu fue detenido, Isabel asumió la conducción de la familia, porque Juliana, cuatro años mayor, perdió la cabeza. Con una madurez que hasta entonces no había demostrado para nada, Isabel dio órdenes de empacar lo indispensable y cerrar la casa. En menos de tres horas viajaba con Nuria y su hermana a galope tendido de vuelta a Barcelona. Por el camino tuvo tiempo de darse cuenta de que no contaba con un solo aliado en esa situación. Su padre, quien según creía jamás había hecho daño a nadie, ahora sólo tenía adversarios. Nadie estaba dispuesto a comprometerse para tender una mano a las víctimas de la persecución del Estado. La única persona a quien podían recurrir no era amigo, sino enemigo, pero no dudó ni un instante en hacerlo. Juliana tendría que postrarse a los pies de Rafael Moncada, si fuese necesario; ninguna humillación resultaba intolerable cuando se trataba de salvar a su padre, como dijo. Melodrama o no, tenía razón. Así lo admitió la misma Juliana, y después Diego debió aceptar la decisión, porque ni una docena de Zorros podría rescatar a alguien de La Ciudadela. El fuerte era inexpugnable. Una cosa había sido introducirse en un cuartel de barrio a cargo de un alférez imberbe para rescatar a Escalante, pero distinto sería enfrentarse al grueso de las tropas del rey en Barcelona. Sin embargo, la idea de que Juliana fuera a clamarle a Moncada lo sublevaba. Insistió en ir él.

—No seas ingenuo, Diego, la única que puede obtener algo de ese hombre es Juliana. Tú no tienes nada que ofrecerle —replicó Isabel sin apelación.

Ella misma escribió una misiva anunciando la visita de su hermana y la envió con un criado a la casa del tenaz galán, luego mandó a su hermana a lavarse y vestirse con sus mejores ropas. Juliana se puso firme en que sólo la acompañara Nuria, porque Isabel perdía los estribos con facilidad y Diego no era parte de la familia. Además, él y Moncada se odiaban. Pocas horas más tarde, todavía ojerosa por la fatiga del viaje, Juliana tocó la puerta de la mansión del hombre que detestaba, desafiando la norma de discreción establecida varios siglos antes. Sólo una mujer de reputación más que dudosa se atrevería a visitar a un hombre soltero, por mucho que se presentara acompañada por una severa dueña. Debajo del manto negro iba de verano, aunque ya soplaban vientos de otoño, con un vaporoso vestido color maíz, una chaquetilla corta bordada de mostacillas y una capota del tono del vestido, atada con un lazo de seda verde y coronada con plumas blancas de avestruz. De lejos parecía un pájaro exótico y de cerca estaba más hermosa que nunca. Nuria aguardó en el vestíbulo mientras un criado conducía a Juliana al salón, donde la esperaba su enamorado.

Rafael la vio entrar flotando como una náyade en el aire quieto de la tarde y sacó la cuenta de que llevaba cuatro años esperando ese momento. El deseo de hacerle pagar las humillaciones del pasado estuvo a punto de apoderarse de él, pero supuso que no debía estirar la cuerda; esa frágil paloma debía de estar en el límite de su resistencia. Lo último que imaginó fue que la frágil paloma resultara tan hábil para regatear como un turco del mercado. Nadie supo exactamente cómo negociaron, porque después Juliana sólo explicó los puntos fundamentales del acuerdo a que llegaron: él obtendría la libertad de Tomás de Romeu y a cambio ella se casaría con él. Ni un gesto, ni una palabra de más traicionaron los sentimientos de Juliana. Media hora más tarde salió del salón en perfecta calma, acompañada por Moncada, que la sostenía con levedad del brazo. Le hizo un gesto perentorio a Nuria y se dirigió a su coche, donde Jordi se dormía de agotamiento en el pescante. Se fue sin dar una sola mirada al hombre a quien había prometido su mano.

Durante más de tres semanas las niñas De Romeu aguardaron los resultados de la gestión de Moncada. Las únicas salidas que hicieron en ese tiempo fueron a la iglesia para rogar a Eulalia, la santa de la ciudad, que las socorriera. «¡Cuánta falta nos hace Bernardo!», comentó más de una vez Isabel en esos días, porque estaba convencida de que él habría conseguido averiguar en qué condiciones estaba su padre, incluso hacerle llegar un mensaje. Lo que no se podía desde arriba, con frecuencia lo lograba Bernardo con sus conexiones.

—Sí, sería bueno tenerlo aquí, pero me alegra que se haya ido. Por fin está con Rayo en la Noche, donde siempre quiso estar —le aseguró Diego.

—¿Recibiste noticias de él? ¿Una carta?

—No todavía, eso demora.

—Y entonces, ¿cómo lo sabes?

Diego se encogió de hombros. No podía explicarle en qué consistía eso que los blancos en California llamaban el correo de los indios. Funcionaba sin tropiezos entre Bernardo y él; desde niños podían comunicarse sin palabras y no había razón para que no pudieran hacerlo ahora. Sólo los separaba el mar, pero seguían en contacto permanente, como siempre estuvieron.

Nuria compró una pieza de burda lana color marrón y se dedicó a coser sayos de peregrino. Para reforzar la influencia de santa

Eulalia en la corte celestial, había apelado también a Santiago de Compostela. Le prometió que si soltaban a su patrón, iría a pie con las muchachas a su santuario. No tenía la menor idea del número de leguas que deberían caminar, pero supuso que si había gente que iba desde Francia, no podían ser muchas.

La situación de la familia era pésima. El mayordomo se fue sin explicaciones apenas supo que habían detenido a su patrón. Los pocos criados que había en la casa andaban con caras largas y ante cualquier orden respondían con insolencia, porque habían perdido la esperanza de cobrar sus sueldos atrasados. Si no se marchaban era porque no tenían adónde ir. Los contadores y leguleyos que corrían con los bienes de don Tomás se negaron a recibir a sus hijas cuando acudieron a pedir dinero para el gasto diario. Diego no podía ayudarlas porque había entregado casi todo lo que poseía a los gitanos; esperaba una remesa de su padre, pero aún no llegaba. Entretanto recurría a contactos más terrenales que los de Nuria para averiguar las condiciones en que estaba el preso. La Justicia ya no podía ayudarlo, sus miembros se habían dispersado. Era la primera vez a lo largo de dos siglos que la sociedad secreta suspendía sus actividades, porque aun en los peores momentos de su historia había funcionado. Algunos de sus miembros habían huido del país, otros estaban ocultos y los menos afortunados se hallaban en las garras de la Inquisición, que ya no quemaba a los detenidos, prefería hacerlos desaparecer discretamente.

A finales de octubre llegó Rafael Moncada a hablar con Juliana. Traía un aire derrotado. En esas tres semanas descubrió que su poder era bastante más limitado de lo supuesto, explicó. A la hora de la verdad, pudo hacer muy poco contra la pesada burocracia del Estado. Hizo un viaje a mata caballo a Madrid para interceder ante el rey en persona, pero éste lo despachó a hablar con su secretario, uno de los hombres más poderosos de la corte, con la advertencia de que no lo molestara para tonterías. Del secretario nada consiguió con buenas palabras, y no se atrevió a sobornarlo, porque si se equivocaba podía costarle muy caro. Le notificaron que Tomás de Romeu, junto con un puñado de traidores, sería fusilado. El secretario agregó que no quemara sus influencias defendiendo a un buitre, porque podía lamentarlo. La amenaza no podía ser más clara.

Al regresar a Barcelona se dio el tiempo justo para lavarse y se presentó a contarles todo esto a las muchachas, que lo recibieron pálidas pero enteras. Para consolarlas les aseguró que no pensaba darse por vencido, seguiría intentando por todos los medios que la sentencia fuese conmutada.

—En todo caso, vuestras mercedes no quedarán solas en este mundo. Siempre podrán contar con mi estima y protección —añadió, apesadumbrado.

—Veremos —replicó Juliana, sin una lágrima.

Cuando Diego se enteró de las trágicas nuevas, decidió que si Eulalia, la santa, no había sido capaz de hacer nada por ellos, debían acudir a su homónima.

—Esa señora es muy poderosa. Sabe los secretos de medio mundo. Le tienen miedo. Además, en esta ciudad el dinero cuenta más que nada. Iremos los tres a hablar con ella —dijo Diego.

—Eulalia de Callís no conoce a mi padre y, según dicen, detesta a mi hermana —le advirtió Isabel, pero él no podía dejar de intentarlo.

El contraste entre ese palacete atiborrado de adornos, como los más lujosos de la época dorada de México, con la sobriedad de Barcelona en general y de la casa De Romeu en particular, resultaba impactante. Diego, Juliana e Isabel atravesaron inmensos salones con las paredes pintadas con frescos o cubiertas de tapicerías de Flandes, óleos de nobles antepasados y cuadros de batallas épicas. Había criados de librea apostados en cada puerta y doncellas ataviadas con encajes holandeses, cuidando a los horrendos perros chihuahua, que clavaban la vista en el suelo al paso de cualquier persona de condición social superior. Me refiero a las criadas, claro, no a los perritos. Doña Eulalia recibió a sus visitantes en el trono con baldaquín del salón principal, ataviada como para un baile, aunque siempre de luto riguroso. Parecía un enorme león marino, envuelto en capas sucesivas de grasa, con su cabeza pequeña y hermosos ojos de largas pestañas, brillantes como aceitunas. Si la vieja señora pretendía intimidarlos, lo logró plenamente. Los jóvenes se ahogaban de vergüenza en el aire algodonoso de ese palacete, nunca se habían encontrado en una situación similar; habían nacido para dar, no para pedir.

Eulalia sólo había visto a Juliana de lejos y sentía cierta curiosidad por examinarla de cerca. No pudo negar que la joven era agraciada, pero su aspecto no justificaba la tontería que su sobrino estaba dispuesto a cometer. Hizo memoria de sus años mozos y decidió que ella había sido tan bella como la muchacha De Romeu. Además de su cabellera de fuego, había tenido un cuerpo de amazona. Debajo de la grasa que ahora le impedía caminar, seguía intacto el recuerdo de la mujer que antes fuera, sensual, imaginativa, plena de energía. Por algo Pedro Fages la amó con inagotable pasión y fue envidiado por tantos hombres. Juliana, en cambio, tenía actitud de gacela herida. ¿Qué veía Rafael en esa doncella delicada y pálida, que seguramente se portaría como una monja en la cama? Los hombres son muy bobos, concluyó. La otra chiquilla De Romeu, ¿cómo se llamaba?, le resultó más interesante, porque no parecía tímida, pero su aspecto dejaba mucho que desear, especialmente al compararla con Juliana. Mala suerte la de esa niña, tener a una célebre beldad por hermana, pensó. En condiciones normales habría ofrecido por lo menos un jerez y entremeses a sus visitantes, nadie podía acusarla de ser tacaña con la comida, su casa era famosa por la buena cocina; pero no quiso que se sintieran cómodos, debía mantener su ventaja para el regateo que sin duda le esperaba.

Diego tomó la palabra para exponer la situación del padre de las niñas, sin omitir que Rafael Moncada había viajado a Madrid con ánimo de interceder por él. Eulalia escuchó en silencio, observando a cada uno con sus ojos penetrantes y sacando sus propias conclusiones. Adivinó el acuerdo que Juliana debía de haber hecho con su sobrino, de otro modo él no se hubiera dado la molestia de arriesgar su reputación por defender a un liberal acusado de traición. Esa torpe movida podía costarle el favor del rey. Por un momento se alegró de que Rafael no hubiese conseguido sus propósitos, pero enseguida vio lágrimas en los ojos de las muchachas y su viejo corazón la traicionó una vez más. Le sucedía con frecuencia que su buen juicio para los negocios y su sentido común tropezaran con sus sentimientos. Aquello tenía su precio, pero gastaba el dinero con gracia, porque sus espontáneos arrebatos de compasión eran los últimos resabios que quedaban de su perdida juventud. Una larga pausa siguió al alegato de Diego de la Vega. Por fin la matriarca, conmovida a su pesar, les informó de que tenían una idea muy exagerada de su poder. No estaba en su mano salvar a Tomás de Romeu. Nada podía hacer ella que no hubiese hecho ya su sobrino, dijo, excepto sobornar a los carceleros para que fuese tratado con consideraciones especiales hasta el momento de su ejecución. Debían comprender que no había futuro para Juliana e Isabel en España. Eran hijas de un traidor y cuando su padre muriera pasarían a ser hijas de un criminal y su apellido sería deshonrado. La Corona confiscaría sus bienes, se quedarían en la calle, sin medios para vivir en ese país o en cualquier otro de Europa. ¿Qué sería de ellas? Tendrían que ganarse la vida bordando sábanas para novias o como institutrices de hijos ajenos. Cierto, Juliana podría empeñarse en atrapar a un incauto en matrimonio, incluso al mismo Rafael Moncada, pero ella confiaba en que a la hora de tomar una decisión tan grave, su sobrino, que no era ningún lerdo, pondría en la balanza su carrera y su posición social. Juliana no estaba en el mismo nivel de Rafael. Además, no había peor incordio que una mujer demasiado hermosa, dijo. A ningún hombre le convenía casarse con una, atraían toda clase de problemas. Agregó que en España las beldades sin fortuna estaban destinadas al teatro o a ser mantenidas por algún benefactor, como era bien sabido. Deseaba con todo su corazón que Juliana escapara de esa suerte. A medida que la matriarca exponía el caso, Juliana fue perdiendo el control, que había procurado mantener durante aquella terrible entrevista, y un río de lágrimas le mojó las mejillas y el escote. Diego consideró que habían oído bastante y lamentó que doña Eulalia no fuera hombre, porque se habría batido allí mismo. Tomó a Juliana e Isabel por los brazos y sin despedirse las empujó hacia la salida. No alcanzaron a llegar a la puerta, la voz de Eulalia los detuvo.

—Como dije, nada puedo hacer por don Tomás de Romeu, pero puedo hacer algo por vosotras.

Les ofreció comprar las propiedades de la familia, desde la arruinada mansión en Barcelona hasta las remotas fincas abandonadas de las provincias, a buen precio y pagando de inmediato, así las niñas dispondrían del capital necesario para comenzar otra vida lejos, donde nadie las conociera. Al día siguiente podía enviar a su notario para revisar los títulos y redactar los documentos necesarios. Conseguiría del jefe militar de Barcelona que les permitiera visitar por última vez a su padre, para despedirse de él y darle a firmar los papeles de la venta, operación que debía hacerse antes de que intervinieran las autoridades para confiscar los bienes.

—¡Lo que pretende su excelencia es deshacerse de mi hermana para que no se case con Rafael Moncada! —la acusó Isabel, temblando de furia.

Eulalia recibió el insulto como un bofetón. No estaba acostumbrada a que le levantaran la voz, desde que murió su marido nadie lo había hecho. Por unos instantes no pudo respirar, pero con los años había aprendido a dominar su explosivo temperamento y a apreciar la verdad cuando la tenía ante las narices. Contó en silencio hasta treinta antes de contestar.

—No estáis en posición de rechazar mi oferta. El trato es simple y claro: tan pronto recibáis el dinero os marcharéis —replicó.

—¡Su sobrino extorsionó a mi hermana para casarse con ella y ahora usted la extorsiona para que no lo haga!

—Basta, por favor, Isabel —murmuró Juliana, secándose las lágrimas—. He tomado una decisión. Acepto la oferta y agradezco su generosidad, excelencia. ¿Cuándo podemos ver a nuestro padre?

—Pronto, niñas. Os avisaré cuando consiga la entrevista —dijo Eulalia, satisfecha.

—Mañana a las once recibiremos a su contador. Adiós, señora.

Eulalia cumplió su promesa al pie de la letra. A las once en punto del día siguiente se presentaron tres leguleyos en la residencia de Tomás de Romeu y procedieron a escarbar en sus papeles, vaciar el contenido de su escritorio, revisar su desordenada contabilidad y hacer un avalúo aproximado de sus bienes. Llegaron a la conclusión de que no sólo tenía mucho menos de lo aparente, sino que estaba agobiado por deudas. Tal como estaba la situación, las rentas de las niñas serían inadecuadas para sostenerlas en el nivel que conocían. El notario, sin embargo, llevaba instrucciones precisas de su patrona. Al hacer su oferta, Eulalia no contemplaba el valor de lo que pensaba adquirir, sino cuánto necesitaban las dos jóvenes para vivir. Eso les ofreció. A ellas no les pareció ni mucho ni poco, porque no tenían idea de cuánto costaba una hogaza de pan. Eran incapaces de imaginar la suma que la matriarca estaba dispuesta a darles. Diego tampoco tenía experiencia en finanzas y de nada disponía en esos momentos para ayudar a Juliana e Isabel. Las hermanas aceptaron la cantidad estipulada sin saber que era el doble del valor real de los bienes de su padre. Tan pronto los abogados redactaron los documentos, Eulalia les consiguió una entrevista en la prisión.

La Ciudadela era un monstruoso pentágono de piedra, madera y cemento, diseñado en 1715 por un ingeniero holandés. Había sido el corazón del poderío militar de los reyes Borbones en Cataluña. Anchas murallas, coronadas por un bastión en cada uno de sus cinco ángulos, encerraban su vasta superficie. Desde allí se dominaba la ciudad completa. Para construir la inexpugnable fortaleza, los ejércitos del rey Felipe V demolieron barrios completos, hospitales, conventos, mil doscientas casas y cortaron los bosques adyacentes. El pesado edificio y su lúgubre leyenda pesaba sobre Barcelona como una nube negra. Era el equivalente de la Bastilla en Francia: un símbolo de opresión. Entre sus muros habían vivido diversos ejércitos de ocupación y en sus calabozos habían muerto miles y miles de prisioneros. De sus bastiones colgaban los cuerpos de los ahorcados, para escarmiento de la población. Según el dicho popular, era más fácil salir del infierno que de La Ciudadela.

Jordi condujo a Diego, Juliana e Isabel al portón de entrada, donde presentaron el salvoconducto conseguido por Eulalia de Callís. El cochero debió esperar afuera y los jóvenes entraron a pie, acompañados por cuatro soldados con fusiles y bayonetas caladas. El camino les resultó ominoso. Afuera había un día frío, pero espléndido, de cielos claros y aire límpido. El agua del mar era un espejo de plata y la luz del sol pintaba reflejos festivos en las paredes blancas de la ciudad. Adentro de la fortaleza, sin embargo, se había detenido el tiempo un siglo antes y el clima era un eterno crepúsculo de invierno. Desde el portón de entrada hasta el edificio central el recorrido era largo y lo hicieron en silencio. Entraron al funesto lugar por una gruesa puerta lateral de roble con remaches de hierro y fueron guiados por largos pasillos, donde el eco devolvía el ruido de sus pasos. Silbaban corrientes de aire y flotaba ese olor peculiar de las guarniciones militares. La humedad chorreaba del techo, trazando mapas verdosos en los muros. Cruzaron varios umbrales y cada vez una puerta pesada se cerraba a sus espaldas. Sentían que con cada portazo se separaban más del mundo de los libres y de la realidad conocida, para aventurarse en las entrañas de una gigantesca bestia. Las dos niñas temblaban y Diego no podía menos que preguntarse si saldrían con vida de ese infausto lugar. Llegaron a un vestíbulo, donde debieron aguardar de pie durante un largo rato, vigilados por los soldados. Por fin los recibió un oficial en una sala pequeña, donde había una tosca mesa y varias sillas como único mobiliario. El militar echó una mirada rápida al salvoconducto para identificar el sello y la firma, pero seguramente no sabía leer. Lo devolvió sin comentarios. Era un hombre de unos cuarenta años, con el rostro terso, el pelo color acero y los ojos de un extraño tono celeste, casi violeta. Se dirigió a ellos en catalán para advertirles que dispondrían de quince minutos para hablar con el prisionero a tres pasos de distancia, no podían acercarse a él. Diego le explicó que el señor De Romeu debía firmar unos papeles y necesitaría tiempo para leerlos.

—Por favor, señor oficial. Ésta será la última vez que veremos a nuestro padre. Se lo ruego, permítanos abrazarlo —suplicó Juliana con un sollozo atravesado en el pecho, cayendo de rodillas ante el hombre.

El uniformado retrocedió con una mezcla de disgusto y fascinación, mientras Diego e Isabel procuraban obligar a Juliana a ponerse de pie, pero ella estaba clavada al suelo.

—¡Voto a Dios! ¡Levántese, señorita! —exclamó el militar en tono perentorio, pero enseguida se ablandó y tomando a Juliana de las manos la tiró hacia arriba con suavidad—. No soy un desalmado, niña. También soy padre de familia, tengo varios hijos y entiendo cuán dolorosa es esta situación. Está bien, dispondrán de media hora para estar a solas con él y enseñarle esos documentos.

Ordenó a un guardia que fuera en busca del prisionero. En los minutos siguientes Juliana tuvo tiempo de controlar su emoción y prepararse para el encuentro. Poco después entró Tomás de Romeu escoltado por dos guardias. Venía barbudo, sucio, demacrado, pero le habían quitado los grilletes. No había podido afeitarse o lavarse en esas semanas, olía como un pordiosero y tenía los ojos extraviados de un demente. La dieta magra del calabozo había disminuido su panza de buen vividor, se le habían afilado las facciones, la nariz aguileña se veía enorme en su rostro verdoso, y las mejillas, antes rubicundas, le colgaban como pellejos, cubiertas por la barba rala y gris. Sus hijas tardaron un minuto en reconocerlo y abalanzarse, llorando, a sus brazos. El oficial se retiró con los guardias. El dolor de esa familia era tan crudo, tan íntimo, que Diego hubiese querido ser invisible. Se aplastó contra la pared, con la vista fija en el suelo, convulsionado por la escena.

—Vamos, vamos, niñas, calmaos, no lloréis, por favor. Disponemos de poco tiempo y hay mucho que hacer —dijo Tomás de Romeu secándose las lágrimas con el dorso de la mano—. Me dijeron que debo firmar unos papeles...

Diego le explicó escuetamente la oferta de Eulalia y le pasó los documentos de venta, con el ruego de que los firmara para salvar el escaso patrimonio de sus hijas.

—Esto confirma lo que ya sé. No saldré con vida de aquí —suspiró el prisionero.

Diego le hizo ver que aunque llegara a tiempo un indulto del rey, de todos modos la familia debería irse al extranjero y sólo podrían hacerlo con dinero contante y sonante en la bolsa. Tomás de Romeu tomó la pluma y el tintero que le había traído Diego y firmó el traspaso de todas sus posesiones terrenales a nombre de Eulalia de Callís. Enseguida le pidió a Diego serenamente que se hiciera cargo de sus hijas, que se las llevara lejos de allí, donde nadie supiera que su padre fue ajusticiado como un criminal.

—En los años que te conozco, Diego, he aprendido a confiar en ti como en el hijo que no tuve. Si mis hijas quedan bajo tu protección, podré morir en paz. Llévalas a tu casa en California y ruégale a mi amigo Alejandro de la Vega que las cuide como si fueran suyas —suplicó.

—No debe desesperar, padre, por favor. Rafael Moncada nos aseguró que utilizará toda su influencia para obtener su libertad —gimió Juliana.

—La ejecución ha sido fijada para dentro de dos días, Juliana. Moncada no hará nada por ayudarme porque fue él quien me denunció.

—¡Padre! ¿Está seguro? —clamó la joven.

—No tengo pruebas, pero lo oí de mis captores —explicó Tomás.

—¡Pero Rafael fue a pedirle su indulto al rey!

—No lo creo, niña. Pudo haber ido a Madrid, pero por otras razones.

—¡Entonces es culpa mía!

—No tienes culpa de la maldad ajena, hija. No eres responsable de mi muerte. ¡Valor! No quiero ver más lágrimas.

De Romeu creía que Moncada lo había delatado no tanto por motivos políticos o para vengarse de los desaires de Juliana, sino por cálculo. A su muerte sus hijas quedarían desamparadas y tendrían que acogerse bajo la protección del primero que se la ofreciera. Allí estaría él, esperando a que cayera Juliana como una tórtola en sus manos, por eso el papel de Diego era tan importante en ese momento, añadió. El joven estuvo a punto de decirle que Juliana jamás caería en poder de Moncada, que él la adoraba y de rodillas se la pedía en matrimonio, pero se tragó las palabras. Juliana nunca le había dado motivos para suponer que correspondía a su amor. No era el momento de mencionar eso. Además, se sentía como un mequetrefe, no podía ofrecer a esas niñas un mínimo de seguridad. Su valor, su espada, su amor, de poco servían en este caso. Se dio cuenta de que sin el respaldo de la fortuna de su padre, él no podía hacer nada por ellas.

—Puede estar tranquilo, don Tomás. Daría mi vida por sus hijas. Velaré siempre por ellas —dijo, simplemente.

Dos días más tarde, al amanecer, cuando la niebla del mar cubría la ciudad con un manto de intimidad y misterio, once presos políticos acusados de colaborar con los franceses fueron ajusticiados en uno de los patios de La Ciudadela. Media hora antes un sacerdote les ofreció la extremaunción, para que partieran al otro mundo limpios de culpas, como recién nacidos, tal como explicó. Tomás de

Romeu, quien durante cincuenta años había despotricado contra el clero y los dogmas de la Iglesia, recibió el sacramento con los demás condenados y hasta comulgó. «Por si acaso, padre, no se pierde nada...», comentó en broma. Había estado enfermo de miedo desde el momento en que oyó a los soldados llegar a su casa de campo, pero ahora estaba tranquilo. Su congoja desapareció en el momento en que pudo despedirse de sus hijas. Durmió las dos noches siguientes sin sueños, y pasó las jornadas animado. Se abandonó a la muerte cercana con una placidez que no había tenido en vida. Empezó a gustarle la idea de acabar sus días con un disparo, en vez de hacerlo de a poco, sumido en el inevitable proceso de la decrepitud. Tal vez pensó en sus hijas, libradas a su suerte, deseando que Diego de la Vega cumpliera su palabra. Las sintió más distantes que nunca. En las semanas de cautiverio se había ido desprendiendo de recuerdos y sentimientos, así había adquirido una libertad nueva: ya nada tenía que perder. Al pensar en sus hijas no lograba visualizar sus rostros o diferenciar sus voces, eran dos pequeñas sin madre jugando con muñecas en los sombríos salones de su casa. Dos días antes, cuando lo visitaron en la prisión, se maravilló ante esas mujeres que habían reemplazado a las chiquillas con botines, delantales y moñitos de sus reminiscencias. Carajo, cómo pasa el tiempo, murmuró al verlas. Se despidió de ellas sin pesar, sorprendido de su propia indiferencia. Juliana e Isabel harían sus vidas sin él, ya no podía protegerlas. A partir de ese instante pudo saborear sus últimas horas y observar con curiosidad el ritual de su ejecución.

La madrugada de su muerte, Tomás de Romeu recibió en su celda el último presente de Eulalia de Callís, una cesta con un abundante refrigerio, una botella del mejor vino y un plato con los más delicados bombones de chocolate de su colección. Lo autorizaron para lavarse y afeitarse, vigilado por un guardia, y le entregaron la muda de ropa limpia que enviaron sus hijas. Caminó gallardo e impávido hacia el sitio de la ejecución, se colocó ante el poste ensangrentado, donde lo ataron, y no permitió que le vendaran los ojos. A cargo del pelotón estuvo el mismo oficial de los iris celestes que había recibido a Juliana e Isabel en La Ciudadela. A él le tocó darle un balazo en la sien cuando comprobó que tenía medio cuerpo destrozado por los disparos pero seguía vivo. Lo último que vio el condenado antes de que el tiro de misericordia estallara en su cerebro fue la luz dorada del amanecer en la niebla.

El militar, que no se impresionaba con facilidad, porque había sufrido la guerra y estaba acostumbrado a las brutalidades del cuartel y de los calabozos, no había podido olvidar el rostro anegado en lágrimas de la virginal Juliana, arrodillada ante él. Quebrantando su propia norma de separar el cumplimiento del deber de sus emociones, fue a llevarles la noticia en persona. No quiso que las hijas de su prisionero lo supieran por otros medios.

—No sufrió, señoritas —les mintió.

Rafael Moncada se enteró al mismo tiempo de la muerte de Tomás de Romeu y de la estratagema de Eulalia para sacar a Juliana de España. Lo primero estaba incluido en sus planes, pero lo segundo le produjo un exabrupto de ira. Se cuidó, sin embargo, de enfrentarse con ella, porque no había renunciado a la idea de obtener a Juliana sin perder su herencia. Lamentaba que su tía tuviese tan buena salud; provenía de una familia longeva y no había esperanza de que muriese pronto, dejándolo rico y libre para decidir su destino. Tendría que conseguir que la matriarca aceptara a Juliana por las buenas, era la única solución. Ni pensar en presentarle el matrimonio como un hecho consumado, porque jamás se lo perdonaría, pero discurrió un plan, basado en la leyenda de que en California, cuando era la mujer del gobernador, Eulalia había transformado a un peligroso guerrero indiano en una civilizada doncella cristiana y española. No sospechaba que ese personaje era la madre de Diego de la Vega, pero había oído el cuento varias veces de boca de la misma Eulalia, quien padecía el vicio de tratar de controlar las vidas ajenas y además se jactaba de ello. Pensaba suplicarle que recibiera a las niñas De Romeu en su corte en calidad de protegidas, en vista de que habían perdido a su padre y no contaban con familia. Salvarlas de la deshonra y lograr que fuesen aceptadas de vuelta en la sociedad sería un desafío interesante para Eulalia, tal como lo fue aquella india en California, veintitantos años antes. Cuando la madraza abriera su corazón a Juliana e Isabel, como al final hacía con casi todo el mundo, él volvería a plantear el asunto del casamiento. Sin embargo, si aquel rebuscado plan no daba resultados, siempre existía la alternativa sugerida por la misma Eulalia. Las palabras de su tía le habían dado una impresión imborrable: Juliana de Romeu podría ser su amante. Sin un padre que velara por ella, la joven terminaría mantenida por algún protector. Nadie mejor que él mismo para ese papel. No era mala idea. Eso le permitiría obtener una esposa con rango, tal vez la misma Medinaceli, sin renunciar a Juliana. Todo se puede hacer con discreción, pensó. Con esto en mente se presentó en la residencia de Tomás de Romeu.

La casa, que siempre le había parecido venida a menos, ahora se veía arruinada. En pocos meses, desde que cambió la situación política en España y Tomás de Romeu se sumió en sus preocupaciones y deudas, el edificio adquirió el mismo aire derrotado y suplicante de su dueño. La maleza se había apoderado del jardín, las palmeras enanas y los helechos se secaban en sus maceteros, había bosta de caballo, basura, gallinas y perros en el patio noble. En el interior de la mansión reinaban el polvo y la penumbra, no se habían abierto las cortinas ni encendido las chimeneas durante meses. El soplo frío del otoño parecía atrapado en las inhóspitas salas. Ningún mayordomo salió a recibirlo, en su lugar apareció Nuria, tan mal agestada y seca como siempre, y lo condujo a la biblioteca.

La dueña había tratado de reemplazar al mayordomo y hacía lo posible por mantener a flote aquel velero a punto de naufragar, pero carecía de autoridad frente al resto de la servidumbre. Tampoco sobraba el dinero en efectivo, porque habían guardado hasta el último maravedí para el futuro, única dote que tendrían Juliana e Isabel. Diego había llevado los pagarés de Eulalia de Callís donde un banquero que ella misma recomendó, hombre de escrupulosa honestidad, quien le entregó el equivalente en piedras preciosas y algunos doblones de oro, con el consejo de coser aquel tesoro en los refajos. Les explicó que así habían salvado sus bienes los hebreos durante siglos de persecución, porque se podía transportar fácilmente y en todos lados valía igual. Juliana e Isabel no podían creer que ese puñado de pequeños cristales de colores representara todo lo que su familia había poseído.

Mientras Rafael Moncada aguardaba en la biblioteca, entre los libros empastados en cuero que fueran el mundo privado de Tomás de Romeu, Nuria partió a llamar a Juliana. La joven estaba en su habitación, cansada de llorar y rezar por el alma de su padre.

—No tienes obligación de hablar con ese desalmado, niña —dijo la dueña—. Si quieres, puedo decirle que se vaya al infierno.

—Pásame el vestido color cereza y ayúdame a peinarme, Nuria. No quiero que me vea de luto ni vencida —decidió la joven.

Momentos más tarde aparecía en la biblioteca, tan deslumbrante como en sus mejores tiempos. En la luz vacilante de las velas, Rafael no alcanzó a ver sus ojos enrojecidos por el llanto ni la palidez del duelo. Se puso de pie de un salto, con el corazón al galope, comprobando una vez más el efecto inverosímil que esa joven tenía sobre sus sentidos. Esperaba verla deshecha de sufrimiento y en cambio allí estaba ante él, tan hermosa, altiva y conmovedora como siempre. Cuando logró sacar la voz sin carraspear, manifestó cuánto lamentaba la horrible tragedia que afectaba a su familia y le reiteró que no había dejado piedra sin levantar en busca de ayuda para don Tomás, pero todo había sido inútil. Sabía, agregó, que su tía Eulalia le había aconsejado irse de España con su hermana, pero él no lo consideraba necesario. Estaba convencido de que pronto se ablandaría el puño de hierro con que Fernando VII estrangulaba a sus opositores. El país estaba en ruinas, el pueblo había sufrido demasiados años de violencia y ahora clamaba por pan, trabajo y paz. Sugirió que Juliana e Isabel usaran de ahora en adelante sólo el apellido de su madre, ya que el del padre estaba irrevocablemente manchado, y se recluyeran por un tiempo prudente, hasta que callaran las murmuraciones en torno a Tomás de Romeu. Tal vez entonces podrían reaparecer en sociedad. Entretanto estarían bajo su protección.

—¿Qué sugiere usted exactamente, señor? —preguntó Juliana, a la defensiva.

Moncada le reiteró que nada lo haría más feliz que tomarla por esposa y que su oferta anterior seguía en pie, pero dadas las circunstancias sería necesario guardar las apariencias por unos meses. También debían sortear la oposición de Eulalia de Callís, pero eso no constituía un problema insalvable. Cuando su tía tuviera ocasión de conocerla mejor, sin duda cambiaría de parecer. Suponía que ahora, después de tan graves acontecimientos, Juliana habría reflexionado respecto a su futuro. Aunque él no la merecía —no existía el hombre que la mereciera a plenitud—, colocaba su vida y su fortuna a sus pies. A su lado jamás le faltaría nada. Aunque el casamiento debía ser postergado, él podía ofrecerles a ella y su hermana bienestar y seguridad. La suya no era una oferta baladí, le rogaba que le diese debida consideración.

—No pido una respuesta inmediata. Comprendo cabalmente que usted está de duelo y tal vez no es el momento de hablar de amor...

—Nunca hablaremos de amor, señor Moncada, pero podemos hablar de negocios —lo interrumpió Juliana—. Por una denuncia suya he perdido a mi padre.

Rafael Moncada sintió que la sangre se le agolpaba en la cabeza y se quedaba sin aliento.

—¡No puede acusarme de semejante villanía! Su padre cavó su propia tumba, sin ayuda de nadie. Le perdono este insulto sólo porque está fuera de sí, ofuscada por el dolor.

—¿Cómo piensa recompensarnos a mi hermana y a mí por la muerte de nuestro padre? —insistió ella, con lúcida ira.

Su tono era tan desdeñoso, que Moncada perdió por completo los estribos y sin más decidió que no valía la pena seguir fingiendo una caballerosidad inútil. Por lo visto ella era una de esas mujeres que responden mejor ante la autoridad masculina. La cogió por los brazos y, sacudiéndola con violencia, le espetó que ella no estaba en posición de negociar, sino de agradecer, acaso no se daba cuenta de que podía acabar en la calle o en prisión con su hermana, tal como le había sucedido al traidor de su padre; la policía estaba advertida y sólo la oportuna intervención de él había impedido que fueran arrestadas, pero eso podía ocurrir en cualquier momento, sólo él podía salvarlas de la miseria y el calabozo. Juliana trató de zafarse y en el forcejeo se rompió la manga del vestido, revelando el hombro, y se desprendieron las horquillas que le sujetaban el moño. Su melena negra cayó sobre las manos de Moncada. Incapaz de controlarse, el hombre empuñó la olorosa masa de cabellos, echó hacia atrás la cabeza de la joven y la besó de lleno en la boca.

Diego había espiado la escena desde la puerta entreabierta, repitiendo calladamente, como una letanía, el consejo del maestro Escalante en la primera lección de esgrima: jamás se debe combatir con rabia. Sin embargo, cuando Moncada se abalanzó sobre Juliana para besarla a la fuerza, no pudo contenerse e irrumpió en la biblioteca con la espada en la mano, resollando de indignación.

Moncada soltó a la joven, empujándola hacia la pared, y sacó su acero. Los dos hombres se enfrentaron, las rodillas flexionadas, las espadas en la diestra en ángulo de noventa grados con el cuerpo, el otro brazo levantado por encima del hombro, para mantener el equilibrio. Tan pronto adoptó esta posición, la furia de Diego se esfumó y fue reemplazada por una calma absoluta. Respiró hondo, vació el aire del pecho y sonrió satisfecho. Por fin estaba en control de su fogosidad, como le había insistido desde el principio el maestro Escalante. Nada de perder el aliento. Tranquilidad de espíritu, pensamiento claro, firmeza del brazo. Esa sensación fría, que le recorría la espalda como un viento invernal, debía preceder a la euforia del combate. En ese estado la mente dejaba de pensar y el cuerpo respondía por reflejo. La finalidad del severo entrenamiento de combate de La Justicia era que el instinto y la destreza dirigieran sus movimientos. Se cruzaron los aceros un par de veces, tanteándose, y de inmediato Moncada lanzó una estocada a fondo, que él detuvo en seco. Desde las primeras fintas, Diego pudo evaluar la clase de contrincante que tenía al frente. Moncada era muy buen espadachín, pero él tenía más agilidad y práctica; no en vano había hecho de la esgrima su principal ocupación. En vez de devolver la estocada con celeridad, fingió torpeza, retrocediendo hasta quedar con la espalda contra la pared, a la defensiva. Paraba los golpes con aparente esfuerzo, a la desesperada, pero en realidad el otro no podía meterle el acero por ninguna parte.

Más tarde, cuando tuvo tiempo de evaluar lo ocurrido, Diego se dio cuenta de que, sin planearlo, representaba dos personajes diferentes según las circunstancias y la ropa que llevara puesta. Así bajaba las defensas del enemigo. Sabía que Rafael Moncada lo desdeñaba, él mismo se había encargado de ello fingiendo manierismos de pisaverde en su presencia. Lo hacía por la misma razón que lo había hecho con el Chevalier y su hija Agnès: por precaución.

Cuando se batió a tiros con Moncada, éste pudo medir su valor, pero por orgullo herido procuró olvidarlo. Después se encontraron en varias ocasiones y en cada una Diego reforzó la mala idea que su rival tenía de él, porque adivinaba que era un enemigo sin escrúpulos. Decidió enfrentarlo con astucia, más que con bravuconadas. En la hacienda de su padre los zorros solían bailar para atraer a los corderitos, que se acercaban curiosos a observarlos y al primer descuido terminaban devorados. Con la táctica de hacerse el bufón despistaba y confundía a Moncada. Hasta ese momento no tenía conciencia cabal de su doble personalidad, por una parte Diego de la Vega, elegante, melindroso, hipocondríaco, y por otra el Zorro, audaz, atrevido, juguetón. Suponía que en algún punto entremedio estaba su verdadero carácter, pero no sabía cómo era, si ninguno de los dos, o la suma de ambos. Se preguntó cómo lo veían, por ejemplo, Juliana e Isabel, y concluyó que no tenía la menor idea, tal vez se le había pasado la mano con el teatro y les había dado la impresión de ser un farsante. Sin embargo, no había tiempo de cavilar sobre estas interrogantes, porque la vida se le había complicado y se requería acción inmediata. Asumió que era dos personas y decidió convertir eso en una ventaja.

Diego correteaba entre los muebles de la biblioteca, simulando escapar de los ataques de Moncada y al mismo tiempo provocándolo con comentarios irónicos, mientras llovían los golpes y destellaban los aceros. Logró enfurecerlo. Moncada perdió la sangre fría, de la que hacía alarde, y empezó a jadear. La transpiración le caía de la frente, cegándolo. Diego calculó que ya lo tenía en su poder. Como a los toros de lidia, había que cansarlo primero.

—¡Cuidado, excelencia, puede herir a alguien con esa espada! —exclamó Diego.

Para entonces Juliana se había repuesto un poco y clamaba de viva voz que depusieran las armas, por amor a Dios y por respeto a la memoria de su padre. Diego dio un par de estocadas más y enseguida soltó su arma y levantó las manos por encima de la cabeza, pidiendo cuartel. Era un riesgo, pero calculó que Moncada se cuidaría de matar a un hombre desarmado ante los ojos de Juliana, pero, en cambio, su adversario se le fue encima con un grito de triunfo y el ímpetu de todo su cuerpo. Diego hizo el quite al filo, que pasó rozándole una cadera, y de dos saltos alcanzó la ventana para refugiarse detrás de la pesada cortina de felpa, que colgaba hasta el suelo. La espada de Moncada atravesó la tela, levantando una nube de polvo, pero quedó enredada y el hombre debió forcejear para desprenderla. Eso dio a Diego unos instantes de ventaja para lanzarle la cortina a la cara y brincar sobre la mesa de caoba. Tomó un libraco empastado en cuero y se lo arrojó, dándole en el pecho. Moncada estuvo a punto de perder pie, pero se enderezó rápidamente y acometió de nuevo. Diego esquivó un par de lances, le disparó varios libros más, luego se tiró al suelo y se arrastró bajo la mesa.

—¡Cuartel, cuartel! ¡No quiero morir como un pollo! —gimoteaba con tono de franca burla, acurrucado bajo la mesa, con otro libro en las manos, a modo de escudo, para defenderse de las acometidas ciegas de su adversario.

Junto a la silla estaba el bastón con mango de marfil en que se apoyaba Tomás de Romeu durante sus ataques de gota. Diego lo usó para enganchar un tobillo de Moncada. Haló con fuerza y éste cayó sentado al suelo, pero estaba en buenas condiciones físicas y se puso de pie en un segundo, embistiendo de nuevo. Para entonces Isabel y Nuria habían acudido a los gritos de Juliana. A Isabel le bastó una ojeada para darse cuenta de la situación y, creyendo que Diego estaba a punto de ir a parar al cementerio, cogió su espada, que había volado al otro extremo de la habitación, y sin vacilar enfrentó a Moncada. Era su primera oportunidad de poner en práctica la habilidad adquirida en cuatro años de hacer esgrima frente a un espejo.

—*En garde* —lo desafió, eufórica.

Instintivamente, Rafael Moncada le mandó una estocada, seguro de que al primer golpe la desarmaría, pero se encontró con una resistencia determinada. Entonces reaccionó, dándose cuenta, a pesar de la rabia que lo embrutecía, de la locura que significaba batirse con una chiquilla y más aún con la hermana de la mujer a quien pretendía conquistar. Soltó el arma, que cayó sin ruido sobre la alfombra.

—¿Piensa asesinarme a sangre fría, Isabel? —le preguntó, irónico.

—¡Tome su espada, cobarde!

Por toda respuesta él cruzó los brazos sobre el pecho, sonriendo despectivo.

—¡Isabel! ¿Qué haces? —intervino Juliana, espantada.

Su hermana la ignoró. Puso la punta del acero bajo la barbilla de Rafael Moncada, pero no supo qué hacer a continuación. La ridiculez de la escena se le reveló en toda su magnitud.

—Clavarle el gaznate a este caballero, como sin duda merece, acarrearía algunos problemas legales, Isabel. No se puede andar por el mundo matando gente. Pero algo debemos hacer con él... —intervino Diego, sacando su pañuelo de la manga y agitándolo en el aire antes de secarse la frente con un gesto afectado.

Esos segundos de distracción bastaron a Moncada para aferrar el brazo de Isabel y torcerlo, obligándola a soltar el acero. La empujó con tal fuerza, que la muchacha fue a dar lejos, golpeándose la cabeza contra la mesa. Cayó al suelo un poco aturdida, mientras Moncada cogía el arma de ella para enfrentar a Diego, quien retrocedió a toda prisa, e hizo el quite a varias estocadas de su enemigo, buscando la forma de desarmarlo para enredarse en lucha cuerpo a cuerpo. Isabel se despabiló rápidamente, agarró la espada de Moncada y con un grito de alerta se la tiró a Diego, que alcanzó a cogerla en el aire. Armado, se sintió seguro y recuperó el aire zumbón que tanto había descontrolado a su adversario momentos antes. Con un pase veloz lo hirió levemente en el brazo izquierdo, apenas un rasguño, pero exactamente en el mismo sitio en que él había sido herido por el disparo del duelo. Moncada soltó una exclamación de sorpresa y dolor.

—Ahora estamos iguales —dijo Diego, y lo desarmó con una estocada de revés.

Su enemigo se hallaba a su merced. Con la mano derecha se sujetaba el brazo herido, sobre la rasgadura de la chaqueta, ya manchada con un hilo de sangre. Estaba demudado de furia, más que de temor. Diego le puso la espada en el pecho, como si fuera a atravesarlo, pero sonrió amable.

—Por segunda vez tengo el placer de perdonarle a usted la vida, señor Moncada. La primera fue durante nuestro memorable duelo. Espero que esto no se convierta en un hábito —dijo, bajando el acero.

No tuvieron necesidad de discutirlo demasiado. Tanto Diego como las niñas De Romeu sabían que la amenaza de Moncada era cierta y los esbirros del rey podían aparecer por la casa de un momento a otro. Les había llegado la hora de emprender viaje. Se habían preparado para esa eventualidad desde que Eulalia compró los bienes de la familia y Tomás de Romeu fue ejecutado, pero creían que podrían irse por la puerta ancha, en vez de salir huyendo como maleantes. Se dieron media hora en total para irse con lo puesto, más el oro y las piedras preciosas que, tal como les indicara el banquero, habían cosido en unos refajos que se ataron a la cintura, bajo la ropa. Nuria discurrió encerrar a Moncada en la cámara oculta de la biblioteca. Sacó un libro de su lugar, tiró de una palanca y el anaquel giró lentamente sobre sí mismo, dejando a la vista la entrada a una habitación contigua, cuya existencia Juliana e Isabel desconocían por completo.

—Vuestro padre tenía algunos secretos, pero ninguno que yo no conociera —dijo Nuria a modo de explicación.

Se trataba de una pieza pequeña, sin ventanas y sin otra salida al exterior que aquella puerta disimulada en la estantería. Al encender una lámpara, descubrieron en su interior cajas del coñac y los cigarros favoritos del dueño de la casa, anaqueles con más libros y unos extraños cuadros colgados en las paredes. Al aproximarse pudieron ver que se trataba de una colección de seis dibujos a tinta negra representando los más crueles episodios de la guerra, descuartizamientos, violaciones, hasta canibalismo, que Tomás de Romeu no quería que sus hijas vieran jamás.

—¡Qué espeluznante! —exclamó Juliana.

—¡Son del maestro Goya! Esto vale mucho, podemos venderlos —dijo Isabel.

—No nos pertenecen. Todo lo que esta casa contiene ahora es de doña Eulalia de Callís —le recordó su hermana.

Los libros, en varios idiomas, estaban todos prohibidos, eran de la lista negra de la Iglesia o del gobierno. Diego tomó un volumen al azar y resultó ser una historia ilustrada de la Inquisición, con dibujos muy realistas sobre sus métodos de tortura. Lo cerró de golpe, antes de que lo viera Isabel, quien ya había asomado la nariz por encima de su hombro. También había una sección dedicada al erotismo, pero no hubo tiempo de examinarla. La hermética cámara era el lugar perfecto para dejar prisionero a Rafael Moncada.

—¿Han perdido el juicio? ¡Aquí moriré de inanición o sofocado por falta de aire! —exclamó éste al comprender las aviesas intenciones de los otros.

—Su excelencia tiene razón, Nuria. Un caballero tan distinguido como él no puede subsistir sólo con licor y tabaco. Traígale por favor un jamón de la cocina, para que no pase hambre, y una toalla para su brazo —dijo Diego, empujando a su rival a la cámara.

—¿Cómo voy a salir de aquí? —gimió el cautivo, aterrorizado.

—Seguramente existe un mecanismo secreto en la cámara para abrir la puerta desde adentro. Tendrá usted tiempo sobrado de descubrirlo. Con maña y suerte saldrá en libertad en menos que canta un gallo —sonrió Diego.

—Le dejaremos una lámpara, Moncada, pero no le aconsejo encenderla, porque consumirá todo el aire. A ver, Diego, ¿cuánto tiempo calculas que puede vivir una persona aquí? —añadió Isabel, entusiasmada con el plan.

—Varios días. Los suficientes para ponderar a fondo sobre el sabio proverbio que el fin no justifica los medios —replicó Diego.

Dejaron a Rafael Moncada aprovisionado de agua, pan y jamón, después de que Nuria le limpió y vendó el corte del brazo. Por desgracia no se desangraría por ese rasguño insignificante, opinó Isabel. Le recomendaron que no perdiera aire y fuerza gritando, porque nadie lo oiría, los pocos criados que quedaban no se acercaban por esos lados. Las últimas palabras del prisionero antes de que girara el anaquel para cerrar la entrada de la cámara, sumiéndole en el silencio y la oscuridad, fueron que ya sabrían quién era Rafael Moncada, que se arrepentirían de no haberlo matado, que saldría de ese agujero y encontraría a Juliana tarde o temprano, aunque tuviese que perseguirla hasta el mismísimo infierno.

—No será necesario llegar tan lejos, nos vamos a California —se despidió Diego.

Lamento deciros que no puedo continuar, porque se me acabaron las plumas de ganso, que siempre uso, pero he encargado más y pronto podré concluir esta historia. No me gustan las plumas de pájaros vulgares, porque manchan el papel y restan elegancia al texto. He oído que algunos inventores sueñan con crear un aparato mecánico para escribir, pero estoy segura de que tan fantasioso invento jamás prosperaría. Ciertos procesos no pueden mecanizarse, porque requieren cariño, y la escritura es uno de ellos.

Temo que esta narración se me ha alargado, a pesar de lo mucho que he omitido. En la vida del Zorro, como en todas las vidas, existen momentos brillantes y otros sombríos, pero entre los extremos hay muchas zonas neutras. Habréis notado, por ejemplo, que en el año 1813 sucedió muy poco digno de mención a nuestro protagonista. Se dedicó a lo suyo sin pena ni gloria y no avanzó nada en la conquista de Juliana. Fue necesario que regresara Rafael Moncada de su odisea del chocolate para que esta historia recuperara cierta agilidad. Como dije antes, los villanos, tan antipáticos en la vida real, resultan indispensables en una novela, y estas páginas lo son. Al principio me propuse escribir una crónica o biografía, pero no logro contar la leyenda del Zorro sin caer en el desprestigiado género de la novela. Entre cada una de sus aventuras transcurrían largos períodos sin interés, que he suprimido para no matar de aburrimiento a mis posibles lectores. Por la misma razón, he adornado los episodios memorables, he hecho uso generoso de adjetivos y he añadido suspenso a sus proezas, aunque no he exagerado demasiado sus loables virtudes. A esto se le llama licencia literaria y, según entiendo, es más legítimo que la mentira a secas.

En cualquier caso, amigos míos, me queda bastante en el tintero. En las próximas páginas, que calculo en un número no menor de cien, narraré el viaje del Zorro con las niñas De Romeu y Nuria a través de medio mundo y los peligros que enfrentaron en el cumplimiento de sus destinos. Puedo adelantaros, sin temor a arruinar el final, que sobreviven ilesos y al menos algunos de ellos llegan a Alta California, donde desgraciadamente no todo será miel sobre hojuelas. En realidad, es recién en ese lugar donde comienza la verdadera epopeya del Zorro, la que le ha dado fama en el mundo entero. De modo que os ruego algo más de paciencia.

CUARTA PARTE

España, fines de 1814-comienzos de 1815

He conseguido nuevas plumas de ganso para continuar con la juventud del Zorro. Demoraron un mes en llegar de México y entretanto he perdido el ritmo de la escritura. Veremos si lo recupero. Dejamos a Diego de la Vega huyendo de Rafael Moncada con las niñas De Romeu y Nuria en una España convulsionada por represión política, miseria y violencia. Nuestros personajes se encontraban en una difícil encrucijada, pero el galante Zorro no perdía el sueño por los peligros externos, sino por los sobresaltos de su rendido corazón. El enamoramiento es una condición que suele nublar la razón de los hombres, pero no es grave, por lo general basta que el paciente sea correspondido para que recupere la cordura y empiece a olfatear el aire en busca de otras presas. Como cronista de esta historia, tendré algunos problemas con el final clásico de «se casaron y fueron muy felices». En fin, más vale que retomemos la escritura, antes de que me deprima.

Al cerrarse la puerta disimulada en los anaqueles de la biblioteca, Rafael Moncada quedó aislado en la cámara secreta. Sus gritos de socorro no llegaban al exterior, porque las gruesas paredes, libros, cortinajes y alfombras amortiguaban el sonido.

—Saldremos de aquí apenas oscurezca —dijo Diego de la Vega a Juliana, Isabel y Nuria—. Llevaremos lo mínimo indispensable para el viaje, tal como acordamos.

—¿Estás seguro de que existe un mecanismo para abrir la puerta de la cámara desde adentro? —preguntó Juliana.

—No.

—Esta broma ha llegado demasiado lejos, Diego. No podemos echarnos encima la muerte de Rafael Moncada, y menos una muerte lenta y atroz en una tumba hermética.

—¡Pero mira el daño que él nos ha hecho! —exclamó Isabel.

—No vamos a pagarle con la misma moneda, porque nosotros somos mejores personas que él —replicó tajante su hermana.

—No te preocupes, Juliana, tu enamorado no perecerá asfixiado en esta ocasión —se rió Diego.

—¿Por qué no? —interrumpió Isabel, decepcionada.

Diego le plantó un codazo y procedió a explicarles que antes de irse le darían a Jordi una misiva para que fuera entregada a Eulalia de Callís en persona dentro de dos días. En ella irían las llaves de la casa y las instrucciones para encontrar y abrir la cámara. En caso que Rafael no hubiera logrado abrir la puerta, su tía lo rescataría. La mansión, como el resto de los bienes de la familia De Romeu, ahora pertenecía a esa señora, quien se haría cargo de socorrer a su sobrino predilecto antes de que éste se bebiera todo el coñac. Para asegurarse de que Jordi cumpliera la misión, le darían unos maravedíes, con la esperanza de que doña Eulalia lo premiaría con más al recibir la nota.

Salieron por la noche en uno de los coches de la familia, conducido por Diego. Juliana, Isabel y Nuria se despidieron con una última mirada de la gran casa donde habían transcurrido sus vidas. Atrás quedaban los recuerdos de una época segura y feliz; atrás quedaban los objetos que daban testimonio del paso de Tomás de Romeu por este mundo. Sus hijas no habían podido enterrarlo con decencia, sus restos fueron a parar a una fosa común, junto a los de los otros prisioneros fusilados en La Ciudadela. Lo único que conservaban era su retrato en miniatura, pintado por un artista catalán, en el cual aparecía joven, delgado, irreconocible. Las tres mujeres presentían que en ese instante cruzaban un umbral definitivo y comenzaba otra etapa en sus vidas. Iban en silencio, temerosas y tristes. Nuria empezó a rezar a media voz el rosario y la dulce cadencia de las oraciones las acompañó un trecho, hasta que se durmieron. En el pescante, Diego azuzaba a los caballos y pensaba en Bernardo, como hacía casi a diario. Lo echaba tanto de menos, que solía sorprenderse hablando solo, como había hecho siempre con él. La callada presencia de su hermano, su pétrea firmeza para guardarle las espaldas y defenderlo de todo peligro, era justo lo que necesitaba. Se preguntó si sería capaz de ayudar a las niñas De Romeu o si, por el contrario, las llevaba a su perdición. Su plan de cruzar España bien podía ser otra de sus locuras, esa duda lo martirizaba. Como sus pasajeras, estaba asustado. No era el miedo delicioso que precedía al peligro de un combate, ese puño cerrado en la boca del estómago, ese frío glacial en la nuca, sino el peso opresivo de una responsabilidad para la cual no estaba preparado. Si algo les sucedía a esas mujeres, sobre todo a Juliana... No, prefería no pensar en esa eventualidad. Gritó llamando a Bernardo y a su abuela Lechuza Blanca para que acudieran a apoyarlo, y su voz se perdió en la noche, tragada por el sonido del viento y los cascos de los caballos. Sabía que Rafael Moncada los buscaría en Madrid y otras ciudades importantes, haría vigilar la frontera con Francia y revisar cada barco que saliera de Barcelona o de cualquier otro punto del Mediterráneo, pero suponía que no se le ocurriría perseguirlos hasta la otra costa. Pensaba burlarlo embarcándose rumbo a América en el puerto atlántico de La Coruña, porque nadie en su sano juicio escogería ir desde Barcelona hasta allí a tomar un barco. Sería muy difícil que un capitán de navío corriera el riesgo de amparar a fugitivos de la justicia, como le hizo ver Juliana, pero no se le ocurrió otra solución. Ya vería cómo resolver el problema de cruzar el océano, antes debía vencer los obstáculos de tierra firme. Decidió avanzar lo más posible en las horas siguientes y enseguida desprenderse del coche, porque alguien podía haberlos visto salir de Barcelona.

Pasada la medianoche los caballos dieron muestras de fatiga y Diego consideró que se habían alejado lo suficiente de la ciudad como para descansar un rato. Aprovechando la luz de la luna, salió del camino y condujo el vehículo hacia un bosque, donde desenganchó a los animales y les permitió pastar. La noche estaba clara y fría. Los cuatro durmieron dentro del coche, arropados con mantas, hasta que Diego las despertó un par de horas más tarde, cuando todavía estaba oscuro, para compartir una merienda de pan con salchichón. Enseguida Nuria les repartió la ropa que usarían durante el resto del viaje: los hábitos de peregrino que ella misma había hecho para el caso de que Santiago de Compostela salvase la vida de Tomás de Romeu. Eran túnicas hasta media pierna, sombreros de ala ancha, largos bordones o pértigas de madera con las puntas curvas, de donde colgaban sendas calabazas para recoger agua. Para precaverse contra el frío, se abrigaban con refajos y se protegían con calcetas y guantes de lana gruesa. Además, Nuria llevaba un par de botellas de un potente licor muy útil para olvidar penas. La dueña nunca imaginó que esos burdos sayos servirían para escapar con lo que quedaba de la familia y mucho menos que ella acabaría pagando la manda al santo, sin que éste cumpliera con su parte del trato. Le parecía una burla indigna de una persona tan seria como el apóstol Santiago, pero supuso que había algún oculto designio que le sería revelado en el momento oportuno. Al principio, la idea de Diego le pareció astuta, pero después de darle una mirada al mapa se dio cuenta de lo que significaba cruzar España a pie por su parte más ancha. No era un paseo, era una epopeya. Les esperaban por lo menos dos meses de marcha a la intemperie, alimentándose con lo que lograran obtener de la caridad y durmiendo bajo las estrellas. Además, estaban en noviembre, llovía a cada rato y muy pronto amanecerían los suelos cubiertos de hielo. Ninguno de ellos tenía costumbre de caminar largos trechos y menos con sandalias de labrador. Nuria se permitió insultar entre dientes a Santiago y, de paso, decirle a Diego lo que pensaba de esa descabellada romería.

Una vez vestidos de peregrinos y desayunados, Diego decidió abandonar el coche. Cada uno tomó lo suyo, lo envolvió en una manta y se ató el bulto a la espada, el resto lo acomodaron sobre los dos caballos. Isabel cargaba la pistola de su padre oculta en la ropa. Diego llevaba su disfraz de Zorro en el bulto, del cual no fue capaz de desprenderse, y bajo el sayo dos dagas vizcaínas de doble filo, largas de un palmo. El látigo colgaba de su cintura, como siempre. Debió dejar la espada que le había regalado su padre en California y de la que hasta entonces no se había separado, porque resultaba imposible disimularla. Los peregrinos no andaban armados. Proliferaban malandrines de la peor calaña por los caminos, pero por lo general no se interesaban en los viajeros que iban a Compostela, ya que hacían voto de pobreza por la duración de la travesía. Nadie podría imaginar que aquellos modestos caminantes tuvieran una pequeña fortuna en piedras preciosas cosida en la ropa. En nada se diferenciaban de los penitentes habituales, que acudían a postrarse ante el célebre Santiago, a quien se le atribuía el milagro de haber salvado a España de los invasores musulmanes. Durante siglos los árabes salían victoriosos de las batallas gracias al invencible brazo de Mahoma, que los guiaba, hasta que un pastor encontró oportunamente los huesos de Santiago abandonados en un campo de Galicia. Cómo llegaron desde Tierra Santa hasta allí era parte del milagro. La reliquia logró unificar a los pequeños reinos cristianos de la región y resultó tan efectiva en la conducción de los bravos de España, que éstos expulsaron a los moros y recuperaron su suelo para la cristiandad. Santiago de Compostela se convirtió en el sitio de peregrinaje más importante de Europa. Al menos así era el cuento de Nuria, sólo que un poco más adornado. La dueña creía que la cabeza del apóstol permanecía intacta y cada Viernes Santo derramaba lágrimas de verdad. Los supuestos restos estuvieron en un ataúd de plata bajo el altar de la catedral, pero en el afán de protegerlos de las excursiones del pirata Francis Drake, un obispo los hizo esconder tan bien que no pudieron encontrarlos por largo tiempo. Por esa razón, por la guerra y por falta de fe, había disminuido el número de peregrinos, que antes alcanzaba cientos de miles. Quienes acudían al santuario desde Francia tomaban la ruta del norte, atravesando el País Vasco, y ésa fue la que escogieron nuestros amigos. Durante siglos, iglesias, conventos, hospitales y hasta los labradores más pobres ofrecían techo y comida a los viajeros. Aquella tradición hospitalaria resultaba conveniente para el pequeño grupo guiado por Diego, porque le permitía viajar sin el peso de vituallas. Aunque los peregrinos eran raros en esa estación —preferían viajar en primavera y verano—, los amigos esperaban no llamar la atención, porque el fervor religioso había aumentado desde que los franceses se retiraron del país y muchos españoles habían prometido visitar al santo si ganaban la guerra.

Amanecía cuando volvieron al camino y echaron a andar. Ese

primer día caminaron más de cinco leguas, hasta que Juliana y Nuria se dieron por vencidas porque les sangraban los pies y desfallecían de hambre. A eso de las cuatro de la tarde se detuvieron en una choza de campo, cuya dueña resultó ser una desgraciada mujer que había perdido a su marido en la guerra. Tal como les informó, no pereció en manos de los franceses, sino masacrado por españoles, que lo acusaron de esconder comida, en vez de entregarla a la guerrilla. Sabía quiénes eran los asesinos, les había visto bien las caras, labriegos como ella que aprovechaban los malos tiempos para cometer tropelías. No eran guerrilleros, sino delincuentes, que violaron a su pobre hija, loca de nacimiento, que no le hacía daño a nadie, y se llevaron sus animales. Se salvó una cabra, que correteaba en los cerros, dijo. Uno de esos hombres tenía la nariz comida por la sífilis y el otro una cicatriz larga en la cara, los recordaba muy bien y no pasaba un día sin que los maldijera y clamara por venganza, agregó. Su única compañía era la hija, que mantenía atada a una silla para que no se arañara. En la vivienda, un cubo de piedra y barro, chato, maloliente y sin ventanas, convivían la madre y la hija con una jauría de perros. La campesina tenía muy poco para dar y estaba cansada de recibir a mendigos, pero no quiso dejarlos a la intemperie. Por negar hospedaje a san José y la Virgen María, el Niño Dios nació en un pesebre, dijo. Creía que rehusar a un peregrino se pagaba con muchos siglos de sufrimiento en el purgatorio. Los viajeros se sentaron en el suelo de tierra, rodeados por perros pulguientos, a reponerse un poco de la fatiga, mientras ella cocinaba unas patatas en las brasas y desenterraba un par de cebollas de su mísero huerto.

—Es todo lo que hay. Mi hija y yo no hemos comido otra cosa en meses, pero tal vez mañana consiga ordeñar a la cabra —dijo.

—Que Dios se lo pague, señora —murmuró Diego.

La única luz de la vivienda entraba por el hueco de la puerta, que de noche se cerraba con un cuero tieso de caballo, y del pequeño brasero donde se habían asado las patatas. Mientras ellos consumían el frugal alimento, la campesina los observaba de reojo con sus ojillos legañosos. Vio manos blancas y suaves, rostros nobles, portes esbeltos, recordó que andaban con dos caballos y sacó sus conclusiones. No quiso averiguar detalles, pensó que mientras menos supiera, a menos problemas se exponía; no estaban los tiempos para hacer muchas preguntas. Cuando sus huéspedes terminaron de comer, les prestó unas pieles de cordero mal curtidas y los condujo a un cobertizo, donde guardaba leña y mazorcas secas. Allí se instalaron. Nuria opinó que resultaba harto más acogedor que el interior de la casucha, con el olor de los perros y los bramidos de la loca. Distribuyeron el espacio y los cueros y se aprontaron para una larga noche. Estaban acomodándose lo mejor posible, cuando reapareció la campesina trayendo un pocillo con grasa, que les entregó con la recomendación de usarlo para las magulladuras. Se quedó mirando al maltrecho grupo con una mezcla de desconfianza y curiosidad.

—De peregrinos, nada. Se ve que son gente fina. No quiero saber de qué huyen, pero aquí va un consejo gratis. Hay muchos bellacos en estos caminos. No hay que confiar. Mejor que no vean a las muchachas. Que se cubran las caras, por lo menos —agregó antes de dar media vuelta y partir.

Diego no sabía cómo aliviar la incomodidad de las mujeres, en especial de quien más le importaba, Juliana. Tomás de Romeu le había confiado a sus hijas y había que ver la condición en que estaban las desdichadas. Acostumbradas a colchón de plumas y sábanas bordadas, ahora reposaban los huesos sobre una pila de mazorcas y se rascaban las pulgas a dos manos. Juliana era admirable, no se había quejado ni una sola vez durante esa ardua jornada, incluso se comió la cebolla cruda de la cena sin comentarios. En justicia, debía admitir que tampoco Nuria había puesto mala cara, y en cuanto a Isabel, bueno, parecía encantada con la aventura. El cariño de Diego por ellas había crecido al verlas tan vulnerables y valientes. Sintió una ternura infinita por esos cuerpos lastimados y un deseo inmenso de aliviarles el cansancio, de abrigarlas del frío, de salvarlas de cualquier peligro. No le preocupaba tanto Isabel, quien tenía la resistencia de una potranca, ni Nuria, quien se las arreglaba con sorbos de licor, sino Juliana. Las sandalias de labrador le llenaron de ampollas los pies, a pesar de las medias de lana, y el roce del hábito le escoció la piel. ¿Y qué pensaba Juliana entretanto? No lo sé, pero imagino que en la luz agónica de la tarde Diego le pareció guapo. No se había afeitado en un par de días y la sombra oscura de la barba le daba un aire tosco y viril. Ya no era el muchacho torpe, intenso, flaco, pura sonrisa y orejas, que apareció en su casa cuatro años antes. Era un hombre. Dentro de unos meses cumpliría veinte años bien vividos, había echado cuerpo y tenía aplomo. No estaba nada mal y además la quería con una conmovedora lealtad de cachorro. Juliana tendría que haber sido de piedra para no ablandarse. El pretexto de la manteca curativa sirvió a Diego para acariciar los pies de su amada un buen rato y, de paso, distraerse de sus funestos pensamientos. Pronto prevaleció su naturaleza optimista y le ofreció extender el masaje hacia las pantorrillas. «No seas depravado, Diego», lo increpó Isabel, rompiendo el encanto en un santiamén.

Las hermanas se durmieron, mientras él volvía a rumiar sus variadas inquietudes. Concluyó que lo único venturoso de ese viaje sería Juliana, lo demás era sólo esfuerzo y agobio. Rafael Moncada y otros posibles pretendientes habían quedado fuera de la escena, por fin disponía de una oportunidad completa para conquistar a la bella: semanas y semanas en estrecha convivencia. Allí estaba, a menos de una vara de distancia, exhausta, sucia, dolorida y frágil. Podía estirar la mano y tocar su mejilla arrebolada por el sueño, pero no se atrevía. Dormiría cada noche a su lado, como castos esposos, y compartiría con ella cada momento del día. Juliana no contaba con más protección que él en este mundo, situación que le favorecía enormemente. Jamás se aprovecharía de esa ventaja, por supuesto —era un caballero—, pero no podía dejar de notar que en un solo día se había operado un cambio en ella. Juliana lo miraba con otros ojos. Se había acostado ovillada, tiritando bajo las pieles de cordero, en un rincón del cobertizo, pero al poco rato entró en calor y asomó media cabeza, buscando acomodo sobre las mazorcas. Por las ranuras de las tablas entraba el resplandor azul de la luna y alumbraba su rostro perfecto, abandonado en el sueño. Diego deseaba que ese peregrinaje no terminara nunca. Se colocó tan cerca de ella, que podía adivinar la tibieza de su aliento y la fragancia de sus rizos oscuros. La buena campesina tenía razón, había que esconder su belleza, para no atraer la mala suerte. Si eran asaltados por una pandilla, mal podría defenderla él solo, ya que ni siquiera contaba con una espada. Existían sobrados motivos para angustiarse; sin embargo, nada pecaminoso había en dar rienda suelta a la fantasía, por lo tanto se distrajo imaginando a la doncella expuesta a terribles peligros y salvada una y otra vez por el invencible Zorro. Si no consigo enamorarla ahora, es que soy un babieca sin remedio, mascullό.

Juliana e Isabel despertaron con el canto del gallo y las sacudidas de Nuria, quien les había conseguido un tazón de leche de cabra recién ordeñada. Ella y Diego no habían descansado con la misma placidez de las niñas. Nuria rezó por horas, aterrada del futuro, y Diego descansó a medias, pendiente de la proximidad de Juliana, con un ojo abierto y una mano en la daga para defenderla, hasta que el tímido amanecer de invierno puso fin a esa eterna noche. Los viajeros se aprontaron para iniciar otra jornada, pero a Juliana y Nuria las piernas apenas les obedecían, a los pocos pasos debieron apoyarse para no caer desplomadas. Isabel, en cambio, demostró su estado físico con varias flexiones, jactándose de las horas interminables que había pasado haciendo esgrima frente a un espejo. Diego aconsejó que echaran a andar, para que se calentaran los músculos y pasara el agarrotamiento, pero no fue así, el dolor no hizo más que empeorar y al fin Juliana y Nuria debieron montar en los caballos, mientras Diego e Isabel cargaban los bultos. Habría de pasar una semana completa antes de que pudieran cumplir la meta de seis leguas diarias que se habían propuesto al comenzar. Antes de partir agradecieron la hospitalidad a la campesina y le dejaron unos maravedíes, que ella se quedó mirando pasmada, como si nunca hubiera visto monedas.

En algunos trechos la ruta era un sendero de mulas, en otros, sólo un delgado rastro culebreando en la naturaleza. Una transformación inesperada se operó en los cuatro falsos peregrinos. La paz y el silencio los obligó a escuchar, mirar los árboles y las montañas con otros ojos, abrir el corazón a la experiencia única de pisar sobre las huellas de millares de viajeros que habían hecho ese camino durante nueve siglos. Unos frailes les enseñaron a guiarse por las estrellas, como hacían los viajeros en la Edad Media, y por las piedras y mojones marcados con el sello de Santiago, una concha de vieira, dejados por caminantes anteriores. En algunas partes encontraron frases talladas en trozos de madera o escritas en desteñidos trozos de pergamino, mensajes de esperanza y deseos de buena suerte. Aquel viaje a la tumba del apóstol se convirtió en una exploración de la propia alma. Iban en silencio, doloridos y cansados, pero contentos. Perdieron el miedo inicial y pronto se les olvidó que huían. Escucharon lobos por la noche y esperaban ver bandoleros en cualquier recodo del camino, pero avanzaban confiados, como si una fuerza superior los protegiera. Nuria empezó a reconciliarse con Santiago, a quien había insultado cuando ejecutaron a Tomás de Romeu. Cruzaron bosques, extensas llanuras, montes solitarios, en un paisaje cambiante y siempre hermoso. Nunca les faltó hospedaje. Unas veces dormían en casas de labriegos, otras en monasterios y conventos. Tampoco les faltó pan o sopa, que gente desconocida compartía con ellos. Una noche durmieron en una iglesia y despertaron con cantos gregorianos, envueltos en una niebla densa y azul, como de otro mundo. En otra ocasión descansaron en las ruinas de una pequeña capilla, donde anidaban millares de palomas blancas, enviadas, según Nuria, por el Espíritu Santo. Siguiendo el consejo de la campesina que los acogió la primera noche, las muchachas se tapaban la cara al aproximarse a lugares habitados. En los villorrios y hostales, las hermanas se quedaban atrás, mientras Nuria y Diego se adelantaban a solicitar ayuda, haciéndose pasar por madre e hijo. Siempre se referían a Juliana e Isabel como si fueran varones y aclaraban que no mostraban la cara porque estaban deformados por la peste, así no despertaban interés de bandidos, gañanes y desertores del ejército, que vagaban por esos campos sin cultivar desde el comienzo de la guerra.

Diego calculaba la distancia y el tiempo que los separaba del puerto de La Coruña y agregaba a esta operación matemática sus avances con Juliana, que no eran espectaculares, pero al menos la joven parecía sentirse segura en su compañía y lo trataba con menos ligereza y más coquetería; se apoyaba en su brazo, permitía que le acariciara los pies, le preparara el lecho y hasta le diera cucharadas de sopa en la boca, cuando estaba demasiado cansada. En las noches Diego esperaba que el resto del grupo se durmiera para acomodarse lo más cerca de ella que la decencia permitiese. Soñaba con ella y despertaba en la gloria, con un brazo sobre su cintura. Ella fingía no darse cuenta de esa creciente intimidad y durante el día actuaba como si jamás se hubiesen tocado, pero en la negrura de la noche facilitaba el contacto, mientras él se preguntaba si lo haría por frío, por miedo o por las mismas razones apasionadas que lo movían a él. Aguardaba esos momentos con una ansiedad demente y los aprovechaba hasta donde podía. Isabel estaba al tanto de aquellos escarceos nocturnos y no tenía empacho en hacerles bromas al respecto. La forma en que se enteraba esa chiquilla resultaba un enigma, porque era la primera en dormirse y la última en despertar.

Aquel día habían andado varias horas y a la fatiga se sumaba la demora causada por una lesión en la pata de uno de los caballos, que lo obligaba a cojear. Se había puesto el sol y aún les faltaba un buen trecho para llegar a un convento, donde pensaban pernoctar. Vieron salir humo de una casa cercana y decidieron que valía la pena acercarse. Diego se adelantó, confiado en que sería bien recibido, porque parecía un lugar más bien próspero, al menos comparado con otros. Antes de tocar la puerta advirtió a las niñas que se cubrieran, a pesar de la penumbra. Se envolvieron las caras con trapos provistos de huecos para los ojos, que ya estaban pardos de polvo y les daban un aspecto de leprosas. Les abrió un hombre que a contraluz se veía cuadrado, como un orangután. No podían distinguir sus facciones, pero a juzgar por su actitud y tono descortés no parecía complacido de verlos. De partida se negó a recibirlos con el pretexto de que no tenía obligación de socorrer a peregrinos, eso les correspondía a frailes y monjas, que para eso eran ricos. Agregó que si viajaban con dos caballos, no debían tener voto de pobreza y bien podían pagar sus gastos. Diego regateó un rato y por fin el labriego aceptó darles algo de comer y permiso para dormir bajo techo a cambio de unas monedas que debieron entregar por adelantado. Los condujo a un establo, donde había una vaca y dos caballos percherones de labranza; les señaló un montón de paja para que se acomodaran y les anunció que volvería con algo de comer. A la media hora, cuando empezaban a perder la esperanza de echarse algo al estómago, el hombre reapareció acompañado por otro. El establo estaba oscuro como una cueva, pero traían un farol. Dejaron en el suelo unas escudillas con una contundente sopa campesina, una hogaza de pan negro y media docena de huevos. Entonces Diego y las mujeres pudieron ver, a la luz del farol, que uno de ellos tenía la cara deformada por una cicatriz, que le atravesaba un ojo y la mejilla, y el otro carecía de nariz. Eran bajos, fuertes, sin cuello, con los brazos como leños y un aspecto tan patibulario, que Diego palpó sus dagas e Isabel su pistola. Los siniestros personajes no se movieron de allí, mientras sus huéspedes cuchareaban la sopa y partían el pan, observando con malévola curiosidad a Juliana e Isabel, quienes procuraban comer por debajo del paño, sin descubrirse las caras.

—¿Qué les pasa a ésas? —preguntó uno de ellos, señalando a las niñas.

—Fiebre amarilla —dijo Nuria, quien había oído a Diego mencionar esa peste, pero no sospechaba en qué consistía.

—Es una fiebre de los trópicos que corroe la piel, como ácido, pudre la lengua y los ojos. Deberían haber muerto, pero las salvó el apóstol. Por eso vamos en peregrinaje al santuario, para dar gracias —agregó Diego, inventando al vuelo.

—¿Se pega? —quiso saber el anfitrión.

—De lejos no se pega, sólo por contacto. No hay que tocarlas —explicó Diego.

Los hombres no parecían muy convencidos, porque vieron las manos sanas y los cuerpos jóvenes de las niñas, que los sayos no lograban disimular. Además, sospecharon que esos peregrinos llevaban más dinero encima de lo habitual en esos casos y le echaron el ojo a los caballos. Aunque uno de ellos cojeaba un poco, eran animales de buena raza, algo debían valer. Por fin se retiraron con el farol, dejándolos sumidos en las sombras.

—Tenemos que irnos de aquí, esos sujetos son terroríficos —susurró Isabel.

—No podemos viajar de noche y debemos descansar, yo montaré guardia —contestó Diego en el mismo tono.

—Dormiré un par de horas y luego te reemplazaré en la vigilancia —propuso Isabel.

Aún tenían los huevos crudos, a cuatro de los cuales Nuria hizo un hueco en la cáscara, para sorberlos, y los dos restantes los guardó.

—Lástima que les tengo miedo a las vacas, si no podíamos obtener algo de leche —suspiró la dueña. Luego le pidió a Diego que saliera por un rato, para que las muchachas pudieran lavarse con un trapo mojado.

Por fin se acomodaron con las mantas sobre la paja y se durmieron. Transcurrieron alrededor de tres o cuatro horas, mientras a Diego se le caía la cabeza sentado, con las dagas al alcance de la mano, muerto de fatiga, haciendo esfuerzos por mantener los ojos abiertos. De repente lo sacudió el ladrido de un perro y se dio cuenta de que se había dormido. ¿Cuánto rato? No tenía idea, pero el sueño era un placer prohibido en aquellas circunstancias. Para despabilarse salió del establo, respirando a todo pulmón el aire helado de la noche. En la casa aún salía humo por la chimenea y brillaba una luz en el único ventanuco del sólido muro de piedra, eso le permitió calcular que tal vez no había pasado tanto tiempo dormido, como temía. Decidió alejarse un poco para hacer sus necesidades.

Al regresar momentos más tarde, vio unas siluetas en movimiento y adivinó que eran los dos labriegos dirigiéndose al establo con sospechoso sigilo. Llevaban algo contundente en las manos, tal vez fusiles o garrotes. Comprendió que, contra esos brutos armados, sus dagas de corto alcance serían poco efectivas. Desenrolló el látigo de su cintura y de inmediato sintió el frío en la nuca que siempre le preparaba para una pelea. Sabía que Isabel tenía la pistola lista, pero la había dejado durmiendo y además la muchacha jamás había disparado un arma. Contaba con la ventaja de la sorpresa, pero no podía actuar en esa oscuridad. Rogando para no ser delatado por los perros, siguió a los hombres hasta el establo. Por unos minutos reinó absoluto silencio, mientras los malhechores se aseguraban de que sus infelices huéspedes estuvieran perdidos en el sueño. Una vez tranquilizados, encendieron un candil y vieron las figuras postradas sobre la paja. No se dieron cuenta de que faltaba uno, porque confundieron la manta de Diego con otro cuerpo tapado. En eso uno de los caballos relinchó e Isabel se sentó sobresaltada. Tardó unos instantes en recordar dónde estaba, ver a los hombres, darse cuenta de la situación y tratar de empuñar la pistola, que había dejado preparada bajo su cobija. No alcanzó a completar el gesto, porque un par de rugidos de los sujetos, que blandían gruesos leños, la heló en su sitio. Para entonces también Juliana y Nuria se habían despabilado.

—¿Qué quieren? —gritó Juliana.

—¡A vosotras, rameras, y el dinero que lleváis! —replicó uno de los hombres, aproximándose con el palo en alto.

Y entonces, en la luz vacilante de la llama, los desalmados vieron los rostros de sus víctimas. Con una exclamación de absoluto terror retrocedieron deprisa y se encontraron frente a Diego, quien ya tenía el brazo en el aire. Antes de que pudieran reponerse del susto, el látigo había descendido con un chasquido seco sobre el más próximo, arrancándole el bastón y un grito de dolor. El otro se abalanzó sobre Diego, quien esquivó el garrotazo y le propinó una patada en el vientre, que lo dobló en dos. Pero ya el primero se reponía del latigazo y saltaba sobre el joven con una agilidad inesperada en alguien tan pesado, cayéndole encima como un saco de piedras. El látigo resultaba inútil en la lucha cuerpo a cuerpo, y el campesino tenía a Diego cogido por la muñeca con que sostenía la daga. Lo aplastó contra el suelo, buscándole la garganta con una mano, mientras le sacudía el brazo armado con la otra. Tenía una garra poderosa y una fuerza descomunal. Su aliento fétido y su asquerosa saliva le dieron al joven en la cara, mientras se defendía desesperado, sin comprender cómo esa bestia había logrado en un instante lo que el experto luchador Julio César no pudo en el examen de valor de La Justicia. Con el rabillo del ojo alcanzó a darse cuenta de que el otro tipo había logrado enderezarse y echaba mano del palo. Había más luz, porque el candil había rodado por el suelo y la paja empezaba a arder. En ese instante estalló un fogonazo y el hombre que estaba de pie cayó bramando como un león. Eso distrajo durante una fracción de segundo al que estaba sobre Diego, tiempo suficiente para que éste se lo quitara de encima con un feroz rodillazo en la ingle.

El impacto del balazo tiró a Isabel sentada al suelo. Había disparado casi a ciegas, sujetando el arma a dos manos, y por una afortunada casualidad le pulverizó una rodilla a su atacante. No podía creerlo. La idea de que un leve movimiento de su dedo en el gatillo tuviera tales consecuencias apenas le entraba en la cabeza. Una orden perentoria de Diego, que mantenía al otro fulano inmovilizado con su látigo, la sacó del trance.

—¡Vamos! ¡El establo se quema! ¡Hay que sacar a los animales!

Las tres mujeres se pusieron en acción para salvar a la vaca y los caballos, que relinchaban de pavor, mientras Diego arrastraba hacia fuera a los dos forajidos, uno de los cuales seguía rugiendo de dolor, con la pierna convertida en pulpa y encharcado en sangre.

El establo ardió como una inmensa hoguera, alumbrando la noche. En esa claridad Diego vio los rostros de Juliana e Isabel, que tanto habían espantado a sus asaltantes, y él también lanzó una exclamación de horror. La piel, amarillenta y cuarteada, como cuero de cocodrilo, brillaba purulenta en algunas partes y en otras se había secado como una costra, tironeando las facciones. Los ojos estaban deformados, los labios habían desaparecido, las niñas eran dos monstruos.

—¿Qué pasó? —gritó Diego.

—Fiebre amarilla —se rió Isabel.

La idea había sido de Nuria. La dueña sospechó que sus aviesos anfitriones podían atacarlos durante la noche. Conocía la maldad de esos tipos por la descripción que hizo de ellos la campesina, a cuyo marido habían asesinado. Se acordó de una antigua receta de belleza para aclarar la piel, a base de yemas, que las españolas aprendieron de las mujeres musulmanas, y usó el par de huevos que sobraron de la cena para pintar las caras de las niñas. Al secarse se convirtieron en máscaras agrietadas de un color repugnante.

—Se quita con agua y hace mucho bien para el cutis —explicó Nuria, ufana.

Vendaron la herida del gañán de la cicatriz, que gritaba y gritaba como un torturado, para impedir al menos que se desangrara, aunque había pocas esperanzas de que salvara la pierna destrozada por el balazo. Al otro lo dejaron bien atado a una silla, pero no lo amordazaron, para que pudiera pedir auxilio. La casa no quedaba lejos del camino y más de algún pasante podría oírlo.

—Ojo por ojo, diente por diente, todo se paga en esta vida o en el infierno —fueron las palabras de despedida de Nuria.

Se llevaron un jamón, que colgaba de una viga en la casa, y los dos caballos percherones, lentos y pesados. No eran buenas cabalgaduras, pero siempre sería mejor que caminar; además, no deseaban dejar medios de transporte a ese par de bandidos, para que no pudieran darles alcance.

El incidente con el hombre sin nariz y su compinche de la cara acuchillada sirvió a los viajeros para ser más precavidos. A partir de entonces decidieron que se hospedarían sólo en los sitios designados desde tiempos inmemoriales para los peregrinos. Después de varias semanas de marcha por los caminos del norte, los cuatro bajaron de peso y se les curtió el cuerpo y el alma. La luz les tostó la piel, el aire seco y las heladas se la agrietó. El rostro de Nuria se convirtió en un mapa de finas arrugas y los años le cayeron encima de súbito. Esa mujer, antes tiesa, aparentemente sin edad, ahora arrastraba los pies y se le había encorvado un poco la espalda, pero lejos de afearla, eso la embellecía. Se le relajó la expresión adusta y empezó a aflorarle un humor socarrón de abuela excéntrica que antes no había manifestado. Además, se veía mejor con el sencillo sayo de peregrina que con el severo uniforme negro y toca que había usado toda su vida. Las curvas de Juliana desaparecieron, se veía más pequeña y joven, con los ojos enormes y las mejillas partidas y rojas. Tomaba la precaución de echarse lanolina en la piel, para protegerse del sol, pero no pudo evitar el impacto de la intemperie. Isabel, fuerte y delgada, fue quien menos sufrió con el viaje. Se le afilaron las facciones y adquirió un tranco largo y seguro que le daba un aspecto viril. Nunca había sido más feliz, estaba hecha para la libertad. «¡Maldición! ¿Por qué no nací hombre?», exclamó en una ocasión. Nuria le plantó un pellizco con la advertencia de que semejante blasfemia podía conducirla directa a las pailas de Satanás, pero luego se echó a reír de buena gana y comentó que, de haber nacido varón, Isabel habría sido como Napoleón, por la mucha guerra que siempre daba. Se adaptaron a las rutinas impuestas por la marcha. Diego asumió el mando en forma natural, tomaba decisiones y daba la cara ante extraños. Procuraba que las mujeres dispusieran de cierta privacidad para sus necesidades más íntimas, pero no las perdía de vista por más de unos minutos. Bebían y se lavaban en los ríos, para eso llevaban las calabazas, símbolo de los peregrinos.

Con cada legua recorrida fueron olvidando las comodidades del pasado, un pedazo de pan les sabía a cielo, un sorbo de vino era una bendición. En un monasterio les dieron tazones de chocolate dulce y espeso, que saborearon lentamente, sentados en un banco al aire libre. Durante varios días no pensaron en otra cosa, no recordaban haber sentido jamás un placer tan absoluto como esa caliente y aromática bebida bajo las estrellas. Durante el día se mantenían con los restos de la comida recibida en los hospedajes: pan, queso duro, una cebolla, un trozo de salchichón. Diego llevaba algo de dinero a mano para emergencias, pero procuraban no usarlo; los peregrinos sobrevivían de caridad. Si no había más remedio que pagar por algo, regateaba largamente, hasta que lo conseguía casi regalado, así no levantaba sospechas.

Habían cruzado medio País Vasco cuando el invierno se dejó caer sin compasión. Chapuzones súbitos los calaban hasta los huesos y las heladas los mantenían tiritando bajo las mantas mojadas. Los caballos iban al paso, agobiados también por el clima. Las noches eran más largas, la bruma más densa, la marcha más lenta, la escarcha más gruesa y el viaje más difícil, pero el paisaje resultaba de una belleza sobrecogedora. Verde y más verde, colinas de terciopelo verde, bosques inmensos en todos los tonos de verde, ríos y cascadas de cristalinas aguas verde esmeralda. Por largos trechos la huella se perdía en la humedad del suelo, para reaparecer más adelante en la forma de un delicado sendero entre los árboles, o las losas gastadas de una antigua ruta romana. Nuria convenció a Diego de que valía la pena gastar dinero en licor, lo único que lograba calentarlos por las noches y hacerles olvidar las penurias de la jornada. A veces debían permanecer un par de días en un hospedaje, porque llovía demasiado y necesitaban reponer fuerzas, entonces aprovechaban para escuchar las historias de otros viajeros y de los religiosos, que habían visto pasar a tantos pecadores por el camino de Santiago.

Un día, a mediados de diciembre, se encontraban aún lejos de la próxima aldea y no habían visto casas hacía un buen trecho, cuando divisaron entre los árboles varias luces trémulas como indecisas hogueras. Decidieron aproximarse con cautela, porque podían ser desertores del ejército, más peligrosos que cualquier felón. Solían vagar en grupos, zaparrastrosos, armados hasta los dientes y dispuestos a todo. En el mejor de los casos, esos veteranos de guerra sin trabajo se alquilaban como mercenarios para pelear a sueldo, zanjar reyertas, cumplir venganzas, y otras ocupaciones poco honorables pero preferibles a la de bandido. No tenían más vida que sus aceros, y la idea de un trabajo manual les resultaba impensable. En España sólo trabajaban los labriegos, quienes con el sudor de sus lomos mantenían el peso inmenso del imperio, desde el rey hasta el último esbirro, picapleitos, fraile, tahúr, paje, buscona o pordiosero.

Diego dejó a las mujeres bajo unos arbustos, protegidas por la pistola, que Isabel había finalmente aprendido a usar, mientras él averiguaba el significado de aquellos remotos destellos. A poco andar se halló cerca y pudo comprobar que, tal como había imaginado, se trataba de varias fogatas. Sin embargo, no creyó que fuese una pandilla de bandoleros ni desertores, porque le llegó la melodía débil de una guitarra. El corazón le dio una patada en el pecho al reconocer esa música, un canto apasionado de despecho y lamento que Amalia solía bailar, con revuelo de faldas y una sonajera de castañuelas, mientras el resto de la tribu marcaba el ritmo con panderetas y palmas. No era original, todos los gitanos tocaban canciones similares. Se aproximó al paso sobre su caballo y distinguió en un claro del bosque varias carpas y fogatas. «¡Dios me ampare!», musitó, a punto de gritar de alivio porque allí estaban sus amigos. No le cupo dudas, era la familia de Amalia y Pelayo. Varios hombres de la tribu se adelantaron a averiguar quién era el intruso y en la luz gris del atardecer vieron a un monje desharrapado y barbudo que avanzaba hacia ellos sobre un pesado caballo de labranza. No lo reconocieron hasta que él saltó al suelo y corrió hacia ellos, porque lo último que esperaban era volver a ver a Diego de la Vega y mucho menos en hábito de peregrino.

—¿Qué demonios te ha pasado, hombre? —exclamó Pelayo, dándole una palmada afectuosa en el hombro, y Diego no supo si le corrían por la cara lágrimas o nuevas gotas de lluvia.

El gitano lo acompañó a buscar a Nuria y las niñas. Una vez sentados en torno a la hoguera, los viajeros contaron a grandes rasgos sus recientes peripecias, desde la ejecución de Tomás de Romeu, hasta lo ocurrido con Rafael Moncada, omitiendo los altibajos menores de la fortuna, que nada aportaban a la historia.

—Como veis, somos fugitivos y no peregrinos. Tenemos que llegar a La Coruña, a ver si allí podemos embarcarnos a América, pero aún nos falta la mitad del camino y el invierno nos muerde los talones. ¿Podríamos seguir viaje con vosotros? —les preguntó Diego.

Los Roma nunca habían recibido una solicitud de esa clase por parte de un *gadje*. Por tradición, desconfiaban de los extraños, sobre todo cuando éstos demostraban buenas intenciones, porque lo más probable era que llevaran una víbora escondida en la manga, pero habían tenido ocasión de conocer a fondo a Diego y lo estimaban. Se apartaron para consultarlo entre ellos. Dejaron al grupo de *gadjes* secándose las ropas junto al fuego y se retiraron a una de las tiendas, hecha con trozos de diversas telas, andrajosa y llena de hoyos, que a pesar de su lamentable aspecto ofrecía buen resguardo contra los caprichos del clima. La asamblea de la tribu, llamada *kris*, duró buena parte de la noche. Dirigía Rodolfo, el *Rom baro*, el hombre de más edad, patriarca, consejero y juez, quien conocía las leyes de los Roma. Esas leyes no habían sido escritas o codificadas, pasaban de una generación a otra en la memoria de los *Rom baro*, quienes las interpretaban de acuerdo a las condiciones de cada época y lugar. Sólo los varones podían participar en las decisiones, pero las costumbres se habían relajado en esos años de miseria y las mujeres no se quedaron calladas, en especial Amalia, quien les recordó que en Barcelona habían salvado el cuello gracias a Diego y además éste les había dado una bolsa con dinero que les permitió escapar y sobrevivir. De todos modos, algunos miembros del clan votaron en contra porque consideraban que la prohibición de convivir con *gadjes* era más fuerte que cualquier forma de gratitud. Toda asociación no comercial con los *gadjes* acarreaba *marimé*, o mala suerte, dijeron. Por fin lograron ponerse de acuerdo y Rodolfo zanjó la cuestión con un veredicto inapelable. Habían visto mucha traición y maldad en sus vidas, dijo, y debían apreciar cuando alguien les tendía una mano, para que nadie pudiera decir que los Roma eran desagradecidos. Pelayo partió a comunicárselo a Diego. Lo encontró durmiendo por tierra, apretado a las mujeres, todos encogidos de frío, porque ya la fogata se había apagado. Parecían una patética camada de cachorros.

—La asamblea aprobó que viajéis con nosotros hasta el mar, siempre que podáis vivir como los Roma y no violéis ninguna de nuestras leyes —les notificó.

Los gitanos estaban más pobres que nunca. No tenían sus carromatos, quemados por los soldados franceses el año anterior, y sus tiendas habían sido reemplazadas por otras más harapientas, pero habían conseguido caballos y tenían fraguas, cacerolas y un par de carretas para transportar sus pertenencias. Habían pasado necesidades, pero estaban intactos, no faltaba ni uno solo de los niños. El único que se veía mal era Rodolfo, el gigante, que antes levantaba un caballo en brazos y ahora tenía trazas de tuberculoso. Amalia estaba idéntica, pero Petrina se había convertido en una adolescente espléndida que ya no entraba en un frasco de aceitunas por mucho que se doblara. Estaba comprometida para casarse con un primo lejano de otra tribu, a quien nunca había visto. La boda se llevaría a cabo en el verano, después de que la familia del novio pagara el *darro*, dinero para compensar a la tribu por la pérdida de Petrina.

Juliana, Isabel y Nuria fueron instaladas en la tienda de las mujeres. Al principio la dueña estaba aterrorizada, creía que los gitanos planeaban raptar a las niñas De Romeu y venderlas como concubinas a los moros en el norte de África. Habría de pasar una semana antes de que se atreviera a quitarles la vista de encima a las niñas y una más antes de dirigir la palabra a Amalia, quien estaba encargada de enseñarles las costumbres para evitar ofensivas faltas de etiqueta. Ella les dio faldas amplias, blusas descotadas y chales con flecos del vestuario común de las mujeres, todo viejo y sucio, pero de colores vistosos y, en todo caso, más cómodo y abrigado que los sayos de peregrino. Los Roma creían que las mujeres son impuras de la cintura a los pies, de modo que mostrar las piernas era una ofensa muy grave; debían lavarse río abajo, lejos de los hombres, sobre todo en los días en que menstruaban. Se consideraban inferiores a los varones, a quienes debían sumisión. Los alegatos furibundos de Isabel no sirvieron de nada, igual tenía que pasar por detrás de los hombres, nunca por delante, y no podía tocarlos, porque eso los contaminaría. Amalia les explicó que siempre estaban rodeados de espíritus, a quienes debían apaciguar con hechizos. La muerte era un acontecimiento antinatural, que enojaba a la víctima, por eso había que cuidarse de la venganza de los difuntos. Rodolfo parecía enfermo, eso tenía al clan muy preocupado, sobre todo porque recientemente se escuchó canto de lechuzas, augurio de muerte. Habían enviado mensajes a familiares lejanos para que acudieran a despedirse de él con el debido respeto antes de su partida al mundo de los espíritus. Si Rodolfo se iba con rencores o de mal talante, podía volver convertido en *muló*. Por si acaso, habían hecho los preparativos para la ceremonia del funeral, a pesar de que el mismo Rodolfo se burlaba, convencido de que viviría varios años más. Amalia les enseñó a leer el destino en las palmas de las manos, en las hojas del té y en bolas de vidrio, pero ninguna de las tres *gadje* demostró tener las condiciones de una verdadera *drabardi*. En cambio aprendieron el uso de ciertas hierbas medicinales y a cocinar al estilo Roma. Nuria incorporó a las recetas básicas de la tribu —estofado de vegetales, conejo, venado, jabalí, puercoespín— sus conocimientos de comida catalana, con excelentes resultados. Los Roma repudiaban la crueldad con los animales, sólo podían matarlos por necesidad. Había algunos perros en el campamento, pero ningún gato, pues tenían reputación de impuros.

Entretanto, Diego debió resignarse a observar a Juliana de lejos, porque era de muy mala educación acercarse a las mujeres sin un propósito específico. El tiempo que ya no empleaba en la contemplación de su amada lo aprovechó para aprender a montar a caballo como un verdadero Roma. Se había criado galopando en las vastas planicies de Alta California y estaba orgulloso ser buen jinete, hasta que pudo admirar las acrobacias de Pelayo y los otros hombres del clan. En comparación, él era un principiante. Nadie en el mundo sabía más de caballos que esa gente. No sólo los criaban, entrenaban y curaban si estaban enfermos, también podían comunicarse con ellos con palabras, como hacía Bernardo. Ningún gitano usaba fusta, porque golpear a un animal se consideraba la peor cobardía. A la semana Diego podía deslizarse al suelo en plena carrera, dar una vuelta en el aire y caer sentado al revés en el lomo de su corcel;

era capaz de saltar de una cabalgadura a otra y también galopar de pie entre dos, con un pie sobre cada una, sujeto sólo por las riendas. Procuraba hacer estas acrobacias frente a las mujeres o, mejor dicho, donde Juliana pudiera verlo, así compensaba un poco la frustración de estar separados. Se vestía con la ropa de Pelayo, calzón a la rodilla, botas altas, blusa de mangas amplias, chaleco de cuero, un pañuelo en la cabeza —que desgraciadamente ponía en evidencia sus orejas— y un mosquete al hombro. Se veía tan viril con sus flamantes patillas, su piel dorada y sus ojos de caramelo, que hasta la misma Juliana solía admirarlo de lejos.

La tribu acampaba por varios días cerca de algún pueblo, donde los hombres ofrecían sus servicios en la doma de caballos o en trabajos de metal, mientras las mujeres veían la suerte y vendían sus pócimas y hierbas curativas. Una vez que se agotaba la clientela, seguían viaje al pueblo siguiente. Por las noches comían en torno al fuego y después siempre se contaban historias y había música y danza. En los ratos de descanso, Pelayo encendía la fragua y trabajaba en la fabricación de una espada que le había prometido a Diego, un arma muy especial, mejor que cualquier sable toledano, como dijo, hecha con una combinación de metales cuyo secreto tenía mil quinientos años de historia y provenía de la India.

—Antiguamente las armas de los héroes se templaban atravesando el cuerpo de un prisionero o un esclavo con la hoja al rojo, recién salida de la fragua —comentó Pelayo.

—Me conformo con que templemos la mía en el río —replicó Diego—. Es el regalo más precioso que he recibido. La llamaré Justina, porque estará siempre al servicio de causas justas.

Diego y sus amigas vivieron y viajaron en compañía de los Roma hasta febrero. Tuvieron dos breves encuentros con guardias, que no perdían ocasión de hacer valer su autoridad y molestar a los gitanos, pero no se dieron cuenta de que había extraños entre la gente de la tribu. Diego dedujo que nadie los buscaba tan lejos de Barcelona y que su idea de huir en dirección al Atlántico no había sido tan absurda como parecía al principio. Pasaron la peor parte del invierno protegidos del clima y los peligros del camino en el seno tibio de la tribu, que los acogió como nunca antes había acogido a ningún *gadje*. Diego no tuvo que defender a las muchachas de los hombres, porque la posibilidad de desposar a una extranjera no se les pasaba por la mente. Tampoco parecían impresionados con la belleza de Juliana, en cambio les llamaba la atención que Isabel practicara esgrima y se esmerara en aprender a montar a caballo como los hombres. Durante esas semanas nuestros amigos recorrieron lo que les faltaba del País Vasco, Cantabria y Galicia, hasta que por fin se hallaron a las puertas de La Coruña. Por un afán sentimental, Nuria pidió que le permitieran ir a Compostela a ver la catedral y postrarse ante la tumba de Santiago. Había terminado por hacerse amiga del apóstol, una vez que entendió su torcido sentido del humor. La acompañó la tribu entera.

La ciudad, con sus angostas callejuelas y pasajes, casas antiguas, tiendas de artesanía, hostales, mesones, tabernas, plazas y parroquias, se extendía en capas concéntricas en torno al sepulcro, uno de los ejes espirituales de la cristiandad. Era un día claro, de cielos despejados, con un frío vigorizante. La catedral apareció ante ellos en todo su milenario esplendor, deslumbrante y soberbia, con sus arcos y espigadas torres.

Los Roma alborotaron la paz proclamando a viva voz sus baratijas, sus métodos de adivinación y sus pócimas para curar males y resucitar muertos. Entretanto, Diego y sus amigas, como todos los viajeros que llegaban a Compostela, se arrodillaron ante el pórtico central de la basílica y pusieron las manos en la base de piedra. Habían cumplido su peregrinaje, era el fin de un largo camino. Dieron gracias al apóstol por haberlos protegido y le pidieron que no los abandonara todavía, que los ayudara a cruzar el mar a salvo. No habían terminado de formular las palabras, cuando Diego se dio cuenta de que a escasos pasos de distancia había un hombre de rodillas que rezaba con exagerado fervor. Estaba de perfil, apenas alumbrado por los reflejos multicolores de los vitrales, pero lo reconoció de inmediato, a pesar de que no lo había visto en cinco años. Era Galileo Tempesta. Esperó a que el marinero terminara de golpearse el pecho y se persignara, para aproximarse. Tempesta se volvió, extrañado al verse abordado por un gitano de grandes patillas y bigotes.

—Soy yo, señor Tempesta, Diego de la Vega...

—*Porca miseria, Diego!* —exclamó el cocinero, y con sus músculos de piedra lo levantó un palmo del suelo en efusivo abrazo.

—¡Chisss! Más respeto, están en la catedral —los increpó un fraile.

Salieron al aire libre, eufóricos, palmoteándose las espaldas, sin creer la suerte de haberse encontrado, aunque aquella casualidad era perfectamente explicable. Galileo Tempesta seguía trabajando de cocinero en la *Madre de Dios* y el barco estaba anclado en La Coruña cargando armas para llevar a México. Tempesta había aprovechado esos días de permiso en tierra para visitar al santo y rogarle que lo curara de un mal impronunciable. En susurros confesó que había contraído una enfermedad vergonzosa en el Caribe, castigo divino por sus pecados, sobre todo el hachazo que le propinara a su infeliz esposa años atrás, un lamentable exabrupto, es cierto, aunque ella se lo merecía. Sólo un milagro podía curarlo, agregó.

—No sé si el apóstol se dedica a este tipo de milagros, señor Tempesta, pero se me ocurre que Amalia podría ayudaros.

—¿Quién es Amalia?

—Una *drabardi*. Nació con el don de leer el destino ajeno y curar enfermedades. Sus remedios son muy efectivos.

—¡Bendito sea Santiago, que la puso en mi camino! ¿Ve cómo se operan los milagros, joven De la Vega?

—A propósito de Santiago, ¿qué ha sido del capitán Santiago de León? —preguntó Diego.

—Sigue al mando de la *Madre de Dios* y está más excéntrico que nunca, pero se pondrá muy contento al saber de usted.

—Tal vez no, porque ahora soy un fugitivo de la ley...

—Mayor razón, entonces. ¿Para qué son los amigos si no es para tender una mano cuando falla la suerte? —lo interrumpió el cocinero.

Diego lo llevó a una esquina de la plaza, donde varias gitanas vendían profecías, y se lo presentó a Amalia, quien escuchó su confesión y aceptó tratar su mal por un precio bastante elevado. Dos días más tarde Galileo Tempesta arregló una cita entre Diego y Santiago de León en una taberna de La Coruña. Apenas el capitán se convenció de que ese gitano era el mozalbete que había transportado en su nave en 1810, se dispuso a escuchar su historia completa. Diego le dio un resumen de sus años en Barcelona y le contó de Juliana e Isabel de Romeu.

—Existe una orden de arresto contra esas pobres niñas. De ser apresadas terminarían en prisión o deportadas a las colonias.

—¿Qué fechoría pueden haber cometido esas criaturas?

—Ninguna. Son víctimas de un villano despechado. Antes de morir, el padre de las niñas, don Tomás de Romeu, me pidió que las llevara a California y las pusiera bajo la protección de mi padre, don Alejandro de la Vega. ¿Puede usted ayudarnos a llegar a América, capitán?

—Trabajo para el gobierno de España, joven De la Vega. No puedo transportar fugitivos.

—Sé que usted lo ha hecho otras veces, capitán...

—¿Qué insinúa, señor?

Por toda respuesta Diego se abrió la camisa y le mostró el medallón de La Justicia, que siempre llevaba al cuello. Santiago de León observó la joya por unos segundos y por primera vez Diego lo vio sonreír. Su rostro de ave taciturna cambió por completo y su tono se dulcificó al reconocer a un compañero. Aunque la sociedad secreta estaba temporalmente inactiva, ambos estaban tan atados como antes al juramento de proteger a los perseguidos. De León explicó que su nave debía partir dentro de unos días. El invierno no era la mejor estación para atravesar el océano, pero peor era el verano, cuando se desataban los huracanes. Debía transportar con urgencia su cargamento de armas para combatir la insurrección en México, treinta cañones desarmados, mil mosquetes, un millón de municiones de plomo y pólvora. De León lamentaba que su profesión y las necesidades económicas le obligaran a ello, porque consideraba legítima la lucha de todos los pueblos por su independencia. España, decidida a recuperar sus colonias, había enviado diez mil hombres a América. Las fuerzas realistas habían reconquistado Venezuela y Chile en una lucha cruenta, de mucha sangre y atrocidades. También la insurrección mexicana había sido sofocada. «Si no fuera por mi leal tripulación, que ha estado conmigo por muchos años y necesita este trabajo, dejaría el mar para dedicarme exclusivamente a mis mapas», explicó el capitán. Acordaron que

Diego y las mujeres subirían a bordo amparados por las sombras y permanecerían ocultos en la nave hasta encontrarse en alta mar. Nadie, salvo el capitán y Galileo Tempesta, conocería la identidad de los pasajeros. Diego se lo agradeció conmovido, pero el capitán replicó que sólo cumplía con su obligación. Cualquier miembro de La Justicia haría lo mismo en su lugar.

La semana se fue en prepararse para el viaje. Debieron descoser los refajos para sacar los doblones de oro, porque deseaban dejar algo a los Roma, que tan bien los habían acogido, y necesitaban comprar ropa adecuada y otras cosas indispensables para el viaje. El puñado de piedras preciosas fue cosido de nuevo en los dobleces de las prendas interiores. Tal como les había indicado el banquero, no había mejor manera de transportar dinero en tiempos de dificultad. Las muchachas escogieron vestidos prácticos y sencillos, adecuados a la vida que les aguardaba, todos negros, porque por fin podían guardar luto por su padre. No había mucho para elegir en las modestas tiendas de los alrededores, pero consiguieron algunas piezas de ropa y accesorios en un barco inglés anclado en el puerto. Por su parte, Nuria le había tomado el gusto a los trapos de colores durante su estadía con los gitanos, pero también debía usar el negro por lo menos durante un año, en memoria de su difunto amo.

Diego y sus amigas se despidieron de la tribu Roma con pesar, pero sin expresiones sentimentales, que habrían sido mal recibidas entre aquella gente endurecida por el hábito de sufrir. Pelayo le entregó a Diego la espada que había forjado para él, un arma perfecta, fuerte, flexible y liviana, tan bien equilibrada, que se podía lanzar al aire con una voltereta y recogerla por la empuñadura sin el menor esfuerzo. En el último momento Amalia intentó devolver a Juliana la tiara de perlas, pero ésta se negó a recibirla, pretextando que deseaba dejarle un recuerdo. «No necesito esto para acordarme de vosotros», replicó la gitana con un gesto casi despectivo, pero se la guardó.

Se embarcaron durante una noche de principios de marzo, unas horas después de que los guardias del puerto subieran a bordo a revisar la carga y autorizar al capitán para levar el ancla. Galileo Tempesta y Santiago de León condujeron a sus protegidos a las cabinas que les habían asignado. La nave había sido remodelada un par de años antes y estaba en mejores condiciones que en el primer viaje de Diego, ahora contaba con espacio para cuatro pasajeros en cubículos individuales a cada lado de la sala de oficiales, en la popa. Cada uno tenía una cama de madera colgada con cables, una mesa, una silla, un baúl y un pequeño armario para la ropa. Aquellas celdas no eran cómodas, pero ofrecían privacidad, el mayor lujo en un barco. Las tres mujeres se encerraron en sus camarotes durante las primeras veinticuatro horas de navegación, sin probar bocado, verdes de mareo, convencidas de que no sobrevivirían al horror de mecerse en el agua durante semanas. Apenas dejaron atrás la costa de España, el capitán autorizó a los pasajeros a salir, pero ordenó a las muchachas que se mantuvieran a discreta distancia de los marineros, para evitar problemas. No dio explicaciones a los tripulantes y éstos no se atrevieron a pedirlas, pero a sus espaldas murmuraban que no era buena idea llevar mujeres a bordo.

Al segundo día las niñas De Romeu y Nuria resucitaron livianas y sin náuseas, con el sonido sordo de los pies desnudos de los marineros cambiando turnos y el aroma de café. Para entonces ya se habían habituado a la campana, que repicaba cada media hora. Se lavaron con agua de mar y se quitaron la sal con un trapo mojado en agua dulce, luego se vistieron y salieron tambaleándose de sus cabinas. En la sala de oficiales había una mesa rectangular con ocho sillas, donde Galileo Tempesta había dispuesto el desayuno. El café, endulzado con melaza y fortalecido con un chorrito de ron, les devolvió el alma al cuerpo. La avena, aromatizada con canela y clavo de olor, fue servida con una exótica miel americana, gentileza del capitán. Por la puerta entreabierta vieron a Santiago de León y sus dos jóvenes oficiales en la mesa de trabajo, revisando las listas de los turnos y el informe de provisiones, leña y agua, que debían distribuirse con prudencia hasta el próximo puerto de abastecimiento. En la pared había un compás indicando la dirección de la nave y un barómetro de mercurio. Sobre la mesa, en una hermosa caja de caoba, estaba el cronómetro, que Santiago de León cuidaba como reliquia. Saludó con un lacónico «buenos días», sin manifestar sorpresa ante la palidez mortal de sus huéspedes. Isabel preguntó por Diego, y el capitán le señaló la cubierta con un gesto vago.

—Si en estos años el joven De la Vega no ha cambiado, debería estar encaramado en el palo mayor o sentado sobre el mascarón de proa. No creo que se aburra, pero para ustedes esta travesía será muy larga —dijo.

Sin embargo, no fue así, pronto cada una encontró una ocupación. Juliana se dedicó a bordar y a leer uno a uno los libros del capitán. Al principio le parecieron aburridos, pero luego introdujo héroes y heroínas y así las guerras, revoluciones y tratados filosóficos adquirieron un apropiado carácter romántico. Era libre de inventar amores ardientes y contrariados y además podía decidir el final. Prefería los finales trágicos, porque se llora más. Isabel se constituyó en ayudante del capitán para el trazado de los mapas fantásticos, una vez que probó su habilidad para el dibujo. Luego pidió permiso para retratar a la tripulación; el capitán acabó por darle autorización, y así ella se ganó el respeto de los marineros. Estudió los misterios de la navegación, desde el uso del sextante hasta la forma de identificar las corrientes submarinas por los cambios de color en el agua o por el comportamiento de los peces. Se entretuvo dibujando las labores a bordo, que eran muchas: sellar rajaduras de la madera con fibra de roble y alquitrán, bombear el agua que se juntaba en la cala, reparar velas, unir los cabos rotos, lubricar mástiles con grasa rancia de la cocina, pintar, raspar y lavar cubiertas. Los tripulantes trabajaban todo el tiempo, sólo el domingo se relajaba la rutina y aprovechaban para pescar, tallar figuras en trozos de madera, cortarse el cabello, remendar la ropa y hacerse tatuajes o sacarse los piojos unos a otros. Olían a fiera, porque rara vez se cambiaban la ropa y consideraban que el baño era peligroso para la salud. No podían entender que el capitán lo hiciera una vez por semana, y mucho menos entendían la manía de los cuatro pasajeros de lavarse a diario. En la *Madre de Dios* no imperaba la disciplina cruel de los barcos de guerra; Santiago de León se hacía respetar sin recurrir a castigos brutales. Permitía juegos de barajas y dados, prohibidos en otras naves, siempre que no se apostara dinero, doblaba la ración de ron los domingos, jamás se atrasaba en pagar a los hombres y cuando atracaban en un puerto organizaba turnos para que todos pudieran bajar a divertirse. Aunque había un látigo de nueve colas en una bolsa roja colgado en un lugar visible, nunca se había usado. A lo más condenaba a los infractores a unos días sin licor.

Nuria impuso su presencia en la cocina, porque en su opinión los platos de Galileo Tempesta dejaban bastante que desear. Sus innovaciones culinarias, preparadas con los limitados ingredientes de siempre, fueron celebradas por todos, desde el capitán hasta el último grumete. La dueña se habituó rápidamente al olor nauseabundo de las provisiones, sobre todo de los quesos y la carne salada, a cocinar con agua turbia y a los pescados que Galileo Tempesta colocaba sobre los sacos de galletas para combatir el gorgojo. Cuando éstos se llenaban de gusanos, se reemplazaban por otros, así se mantenían las galletas más o menos limpias. Aprendió a ordeñar las cabras que llevaban a bordo. No eran los únicos animales, también había gallinas, patos y gansos en jaulas y una cerda con sus crías en un corral, además de las mascotas de los marineros —monos y loros— y los indispensables gatos, sin los cuales los ratones serían amos y señores de la embarcación. Nuria descubrió la forma de multiplicar las posibilidades de la leche y los huevos, de manera que había postre a diario. Galileo Tempesta era hombre de mal carácter y resintió la invasión de Nuria en su territorio, pero ella encontró la forma más simple de resolver el problema. La primera vez que Tempesta le alzó la voz, ella le propinó un golpe seco en la frente con el cucharón y siguió revolviendo el estofado sin inmutarse. Seis horas más tarde el genovés le propuso que se casaran. Le confesó que los remedios de Amalia empezaban a dar buen resultado y que había ahorrado novecientos dólares americanos, suficiente para instalar un restaurante en Cuba y vivir como reyes. Llevaba once años esperando a la mujer adecuada, dijo, y no le importaba que ella fuera un poco mayor que él. Nuria no se dignó contestarle.

Varios marineros, que estaban en el barco durante el primer viaje de Diego, no lo reconocieron hasta que él les ganó puñados de garbanzos jugando a las cartas. El tiempo de los navegantes tiene sus propias leyes, los años pasan sin marcar la lisa superficie del cielo y del mar, por lo mismo les sorprendió que el muchacho imberbe, que sólo ayer los asustaba con historias de muertos-vivos, hoy fuera un hombre. ¿Dónde se fueron esos cinco años? Les confortaba el que, a pesar de haber cambiado y crecido, siguiera disfrutando de su compañía. Diego pasaba buena parte del día trabajando con ellos en el manejo del barco, sobre todo las velas, que le fascinaban. Sólo al atardecer desaparecía brevemente en su camarote a lavarse y vestirse de caballero para presentarse ante Juliana. Los marineros se dieron cuenta desde el primer día de que estaba enamorado de la joven y, aunque a veces le hacían bromas, observaban esa devoción con una mezcla de nostalgia por lo que jamás tendrían y de curiosidad por el desenlace. Juliana les parecía tan irreal como las mitológicas sirenas. Esa piel inmaculada, esos ojos translúcidos, esa gracia etérea, no podían ser de este mundo.

Impulsada por las corrientes oceánicas y los mandatos del viento, la *Madre de Dios* se dirigió al sur bordeando África, pasó frente a las islas Canarias sin detenerse y llegó a Cabo Verde para abastecerse de agua y alimentos frescos, antes de iniciar el cruce del Atlántico, que podía durar más de tres semanas, dependiendo del viento. Allí se enteraron de que Napoleón Bonaparte había escapado de su exilio en la isla de Elba y había entrado triunfalmente en Francia, donde las tropas enviadas para cerrarle el paso a París se pasaron a su bando. Recuperó el poder sin disparar un solo tiro, mientras la corte del rey Luis XVIII se refugiaba en Gante, y se dispuso a reiniciar la conquista de Europa. En Cabo Verde los viajeros fueron recibidos por las autoridades, que ofrecieron un baile en honor de las hijas del capitán, como fueron presentadas las niñas De Romeu. Santiago de León pensó que así alejaban sospechas, en caso de que la orden de arrestarlas hubiera llegado hasta allí. Muchos funcionarios administrativos estaban casados con bellas mujeres africanas, altas y orgullosas, que se presentaron a la fiesta vestidas con un lujo espectacular. Por comparación, Isabel parecía un perro lanudo y hasta la misma Juliana resultaba casi insignificante. Esa primera impresión cambió por completo cuando Juliana, presionada por Diego, aceptó tocar el arpa. Había una orquesta completa, pero apenas ella pulsó las cuerdas se hizo silencio en el gran salón. Un par de baladas antiguas le bastaron para seducir a todos los presentes. Durante el resto de la velada Diego debió ponerse en fila con los demás caballeros para bailar con ella.

Poco después, la *Madre de Dios* desplegó sus velas, dejando atrás la isla, entonces dos marineros aparecieron con un bulto envuelto en una lona y lo depositaron en la sala de oficiales, regalo del capitán Santiago de León para Juliana. «Para que amanse al viento y las olas», dijo, quitando la tela con gesto galante. Era un arpa italiana tallada en forma de cisne. A partir de entonces, cada tarde transportaban el arpa a la cubierta y ella hacía llorar a los hombres con sus melodías. Tenía buen oído y podía interpretar cualquier canción que ellos tararearan. Pronto aparecieron guitarras, armónicas, flautas e improvisados tambores para acompañarla. El capitán, que escondía un violín en su camarote para consolarse en secreto durante las largas noches en que el láudano no lograba amortiguar el dolor de su pierna mala, se unió al grupo y el barco se llenó de música.

Estaban en medio de uno de esos conciertos, cuando la brisa del mar arrastró una fetidez tan nauseabunda, que resultaba imposible ignorarla. Momentos después vislumbraron a lo lejos la silueta de un velero. El capitán recurrió al catalejo para confirmar lo que ya sabía: era un barco de esclavos. Entre los traficantes había dos tendencias: fardos prietos y fardos flojos. Los primeros hacinaban a sus prisioneros como leños, en la mayor promiscuidad, unos encima de otros, atados con cadenas, sumidos en su propio excremento y vómito, los sanos mezclados con enfermos, moribundos y cadáveres. La mitad moría en alta mar y a los sobrevivientes los «engordaban» en el puerto de llegada y su venta compensaba las pérdidas; sólo los más fuertes llegaban a destino y se obtenía por ellos un buen precio. Los negreros de fardo flojo acarreaban menos esclavos en condiciones algo más soportables, para no perder demasiados durante la travesía.

—Ese barco debe de ser de fardo prieto, por eso puede olerse a varias leguas —dijo el capitán.

—¡Tenemos que ayudar a esa pobre gente, capitán! —exclamó Diego, horrorizado.

—Me temo que en este caso La Justicia no puede hacer nada, amigo mío.

—Estamos armados, tenemos cuarenta tripulantes, podemos atacar esa nave y liberarlos.

—El tráfico es ilegal, ese cargamento es contrabando. Si nos acercáramos, lanzarían a los esclavos encadenados al mar, para que se hundieran de inmediato. Y aunque pudiésemos liberarlos, no tendrían dónde ir. Fueron apresados en su propio país por traficantes africanos. Los negros venden a otros negros, ¿no lo sabía?

En esas semanas de navegación, Diego recuperó terreno en la conquista de Juliana, perdido durante la estadía con los gitanos, en la que debieron mantenerse separados, sin gozar jamás de privacidad. Así era también en el barco, pero no faltaban puestas de sol y otras novedades en que se asomaban a ver el mar, como han hecho los enamorados desde tiempos inmemoriales. Entonces Diego se atrevía a poner un brazo en los hombros o en la cintura de la bella, con mucha delicadeza, para no espantarla. Solía leerle en voz alta poesías de amor de otros autores, porque las suyas eran tan mediocres, que hasta él mismo se avergonzaba. Había tenido la prudencia de comprar un par de libros en La Coruña, antes de embarcarse, que le fueron de gran utilidad. Las dulces metáforas ablandaban a Juliana, preparándola para el instante en que él le tomaba la mano y la retenía entre las suyas. Nada más, por desgracia. De besos, ni pensar, no por falta de iniciativa de nuestro héroe, sino porque Isabel, Nuria, el capitán y cuarenta marineros no les despegaban la vista. Además, ella no propiciaba encuentros detrás de alguna puerta entornada, en parte porque no había muchas puertas a bordo y también porque no estaba segura de sus sentimientos, a pesar de haber convivido con Diego por meses y de que no había otros pretendientes en el horizonte. Se lo había explicado a su hermana en las conversaciones confidenciales que solían tener por la noche. Isabel se guardaba su opinión, ya que cualquier cosa que dijera podría inclinar la balanza del amor en favor de Diego. Eso no le convenía. A su manera, Isabel amaba al joven desde los once años, pero esto no viene al caso, puesto que él nunca lo sospechó. Diego seguía considerando a Isabel una mocosa con cuatro codos y pelo para dos cabezas, a pesar de que algo había mejorado el aspecto de ella con los años, tenía quince y no se veía tan mal como a los once.

En varias ocasiones vieron a la distancia otras naves, que el capitán tuvo la prudencia de eludir, porque había muchos enemigos en alta mar, desde corsarios hasta veloces bergantines americanos dispuestos a apoderarse del cargamento de armas. Los americanos necesitaban cada fusil al que pudieran echar mano para la guerra contra Inglaterra. Santiago de León no prestaba demasiada atención a la bandera enarbolada en el mástil, porque solían cambiarla para engañar a los incautos, pero averiguaba la procedencia por otros signos; se jactaba de conocer todas las naves que usaban esa ruta.

Varias tormentas invernales sacudieron a la *Madre de Dios* durante esas semanas, pero nunca llegaron por sorpresa, porque el capitán podía captarlas en el aire antes de que fueran anunciadas por el barómetro. Daba orden de achicar velas, amarrar lo necesario y encerrar a los animales. En pocos minutos la tripulación estaba preparada, y cuando comenzaba a soplar viento y encresparse el mar, todo estaba bien asegurado a bordo. Las mujeres tenían instrucciones de encerrarse en sus camarotes para no mojarse y para evitar accidentes. Las olas pasaban por encima de las cubiertas, arrastrando cuanto hallaban a su paso; era fácil perder pie y terminar en el fondo del Atlántico. Después del chapuzón, el barco quedaba limpio, fresco, oloroso a madera, el cielo y el mar se despejaban, el horizonte parecía de plata pura. Subían a la superficie peces diversos y más de alguno terminaba frito en las pailas de Galileo y Nuria. El capitán tomaba sus medidas para corregir el rumbo, mientras la tripulación reparaba los escasos daños y se reincorporaba a sus rutinas cotidianas. La lluvia, recogida en lonas extendidas y vertida en barriles, les permitía el lujo de bañarse con jabón, lo cual resultaba imposible con agua salada.

Por fin llegaron a las aguas del Caribe. Vieron grandes tortugas, peces espada, medusas translúcidas de largos tentáculos y pulpos gigantes. El clima parecía benigno, pero el capitán estaba nervioso. Sentía el cambio de presión en la pierna. Las breves tormentas anteriores no prepararon a Diego y sus amigas para una verdadera tempestad. Se aprontaban para enfilar hacia Puerto Rico y de allí a Jamaica, cuando el capitán les comunicó que se les venía encima un desafío mayor. El cielo estaba claro y el mar calmado, pero en menos de media hora eso cambió, densos nubarrones oscurecieron la luz del sol, el aire se volvió pegajoso y empezó a caer lluvia a chorros. Pronto los primeros relámpagos cruzaron el firmamento y se levantaron olas enormes, coronadas de espuma. Crujían las maderas y los mástiles parecían a punto de ser arrancados de cuajo. Los hombres apenas tuvieron tiempo de recoger las velas. El capitán y los timoneles trataban de controlar el barco con varias manos. Entre ellos había un fornido negro de Santo Domingo, curtido por veinte años de navegación, que luchaba con el timón sin dejar de masticar su tabaco, indiferente a los baldes de agua que lo cegaban. La nave se balanceaba en la cúspide de olas descomunales y minutos después se precipitaba al fondo de un abismo líquido. Con un bandazo se abrió un corral y una de las cabras salió volando por los aires como un cometa y se perdió en el cielo. Los marineros se sujetaban como podían para maniobrar la embarcación, un resbalón significaba muerte segura. Las tres mujeres temblaban en sus camarotes, enfermas de miedo y náuseas. Hasta el mismo Diego, que se preciaba de tener el estómago de hierro, vomitó; pero no era el único, varios miembros de la tripulación acabaron en lo mismo. Pensó que sólo la arrogancia humana se atreve a desafiar a los elementos; la *Madre de Dios* era una nuez y podía partirse en cualquier instante.

El capitán dio orden de asegurar la carga, porque su pérdida significaría la ruina económica. Aguantaron la tempestad durante dos días completos y cuando al fin parecía que empezaba a amainar, un relámpago pegó en el palo mayor. El impacto se sintió como un latigazo en el barco. El largo y pesado mástil, herido por la mitad, osciló durante unos minutos, eternos para la atemorizada tripulación, hasta que al fin se partió, cayendo con su velamen y su enredo de cabos al mar y arrastrando consigo a dos marineros, que no alcanzaron a ponerse a salvo. La nave se inclinó con el tirón y quedó de lado, a punto de zozobrar. El capitán corrió gritando órdenes. De inmediato varios hombres se precipitaron con hachas a cortar los cables que unían el mástil roto al barco, tarea muy difícil, porque el suelo estaba inclinado y resbaloso, el viento los golpeaba, la lluvia los cegaba y las olas barrían la cubierta. Al cabo de un buen rato lograron desprender el mástil, que se alejó flotando, mientras el barco se enderezaba tambaleándose. No había esperanza alguna de socorrer a los hombres caídos, que desaparecieron tragados por el negro océano.

Por fin el viento y las olas se calmaron un poco, pero la lluvia y los relámpagos continuaron durante el resto de esa noche. Al amanecer, cuando volvió la luz, pudieron hacer un inventario de los daños. Aparte de los marineros ahogados, había otros con contusiones y cortaduras. Galileo Tempesta se quebró un brazo en un resbalón, pero como el hueso no asomaba por la piel, el capitán no consideró necesario amputarlo. Le dio una ración doble de ron y con ayuda de Nuria colocó los huesos en su sitio y entablilló el brazo. La tripulación se dedicó a bombear el agua acumulada en la cala y redistribuir la carga, mientras el capitán recorría la embarcación de punta a cabo para evaluar la situación. El barco estaba tan averiado que resultaba imposible repararlo en alta mar. Como la tempestad los desvió de curso, alejándolos de Puerto Rico hacia el norte, el capitán decidió que con los dos mástiles y las velas que quedaban podían alcanzar Cuba.

Los días siguientes se fueron en navegar lentamente sin el palo mayor y haciendo agua por varios huecos. Esos bravos marineros habían pasado por situaciones similares sin perder el ánimo, pero cuando se corrió la voz de que las mujeres habían atraído la desgracia, empezaron a murmurar. El capitán les dio una arenga y logró impedir un motín, pero no disminuyó el descontento. Ninguno de ellos volvió a pensar en conciertos de arpa, se negaban a probar la comida de Nuria y esquivaban la vista cuando las pasajeras aparecían en la cubierta a ventilarse. Por las noches el barco avanzaba apenas en dirección a Cuba por aguas peligrosas. Muy pronto vieron tiburones, delfines azules y grandes tortugas, también gaviotas, pelícanos y peces voladores en el aire, que caían como peñascos sobre la cubierta, listos para ser cocinados por Tempesta. La brisa tibia y un aroma remoto de fruta madura les anunció la proximidad de la tierra.

Al amanecer, Diego salió de su camarote a tomar aire. El cielo comenzaba a aclarar en tonos anaranjados y una bruma tenue como un velo matizaba el contorno de las cosas. Las luces de los faroles encendidos aparecían borrosas en la neblina. Navegaban entre dos islotes cubiertos de manglares. El barco se mecía con suavidad en el oleaje, y aparte de los crujidos eternos de las maderas, reinaba silencio. Diego estiró los brazos, respiró hondo para despabilarse y le hizo un saludo con la mano al timonel, que se dirigía a su puesto; luego echó a correr, como hacía todas las mañanas para soltar los músculos agarrotados. La cama le quedaba corta y dormía encogido; varias vueltas al trote en la cubierta le servían para despejar la mente y poner el cuerpo en acción. Al llegar a la proa se asomó para palmotear la cabeza del mascarón de proa, breve rito diario que observaba con supersticiosa puntualidad. Y entonces vio un bulto en la bruma. Le pareció que podía ser un velero, aunque no estaba seguro. En todo caso, como se encontraba cerca, prefirió avisar al capitán. Momentos más tarde Santiago de León salía de su cabina abotonándose el pantalón, catalejo en mano. Le bastó una mirada para dar la voz de alarma y sonar la campana llamando a la tripulación, pero ya era tarde, los piratas estaban trepando por los costados de la *Madre de Dios*.

Diego vio las horquillas de hierro que usaban para el asalto, pero no había tiempo para tratar de cortar los cabos. Se lanzó a las cabinas de popa, advirtiendo a gritos a Juliana, Isabel y Nuria que no salieran por ningún motivo, cogió la espada que le había hecho Pelayo y se dispuso a defenderlas. Los primeros asaltantes, con puñales entre los dientes, alcanzaron la cubierta. Los tripulantes de la *Madre de Dios* salieron como ratones por todas partes, armados con lo que hallaron, mientras el capitán ladraba órdenes inútiles, porque en un instante se armó una batahola infernal y nadie lo oía. Diego y el capitán se batían lado a lado contra media docena de atacantes, seres patibularios, marcados por horrendas cicatrices, peludos, con dagas hasta en las botas, dos o tres pistolas al cinto y sables cortos. Rugían como tigres, pero peleaban con más ruido y coraje que técnica. Ninguno podía hacerle frente a Diego solo, pero entre varios lo acorralaron. El joven logró romper el cerco y herir a un par de ellos, luego dio un salto y se aferró a la vela de mesana, trepó por el flechaste y cogió un cable que le permitió columpiarse y cruzar la cubierta, todo esto sin perder de vista los camarotes de las mujeres. Las puertas eran livianas, podían abrirse de una patada. Sólo cabía esperar que a ninguna se le ocurriera asomar la nariz afuera. Meciéndose en el cable, se impulsó y cayó con un salto formidable justo frente a un hombre que lo esperaba tranquilo, sable en mano. A diferencia de los demás, que eran una banda de andrajosos desalmados, éste vestía como un príncipe, todo de negro, con una faja de seda amarilla en la cintura, cuello y puños de encaje, finas botas altas con hebillas de oro, cadena del mismo metal al cuello y anillos en los dedos. Tenía buen porte, pelo largo y lustroso, el rostro afeitado, expresivos ojos negros y una sonrisa burlona que bailaba en sus labios finos, de dientes albos. Diego alcanzó a apreciarlo en una rápida mirada y no se detuvo a averiguar su identidad, por su atuendo y actitud supuso que debía de ser el jefe de los piratas. El atildado sujeto saludó en francés y lanzó su primera estocada, que Diego alcanzó a esquivar por un pelo. Se cruzaron los aceros y a los tres o cuatro minutos ambos comprendieron que estaban cortados por el mismo molde, hechos el uno para el otro. Ambos eran excelentes esgrimistas. A pesar de las circunstancias, sintieron el secreto placer de batirse con un rival a la altura y, sin ponerse de acuerdo, decidieron que el contrario merecía una lucha limpia, aunque a muerte. El duelo casi parecía una demostración artística; habría llenado de orgullo al maestro Manuel Escalante.

A bordo de la *Madre de Dios* cada uno luchaba por sí mismo. Santiago de León echó una mirada alrededor y evaluó la situación en un instante. Los piratas eran dos o tres veces más numerosos, estaban bien armados, sabían pelear y los habían pillado por sorpresa. Sus hombres eran apacibles marineros mercantes, varios de ellos ya peinaban canas y soñaban con retirarse del mar y formar una familia, no era justo que dejaran la vida defendiendo una carga ajena. Con un esfuerzo brutal logró separarse de sus atacantes y de dos saltos alcanzó la campana para llamar a rendirse. La tripulación obedeció y depuso las armas, en medio del griterío de triunfo de los asaltantes. Sólo Diego y su elegante adversario ignoraron la campana y siguieron batiéndose durante unos minutos, hasta que el primero logró desarmar al segundo con un revés. La victoria de Diego fue de muy corta duración, porque al instante se encontró al centro de un círculo de sables que le arañaban la piel.

—¡Dejadlo, pero no lo perdáis de vista! Lo quiero con vida —ordenó su rival, y enseguida saludó a Santiago de León en perfecto castellano—. Jean Laffite, a sus órdenes, capitán.

—Lo temía, señor. No podía ser otro que el pirata Laffite —replicó De León, secándose el sudor de la frente.

—Pirata no, capitán. Cuento con patente de corsario de Cartagena de Colombia.

—Para el caso es lo mismo. ¿Qué podemos esperar de usted?

—Pueden esperar un trato justo. No matamos, a menos que sea inevitable, porque a todos nos conviene más un arreglo comercial. Propongo que nos entendamos como caballeros. Su nombre, por favor.

—Santiago de León, marino mercante.

—Sólo me interesa su carga, capitán De León, que si estoy bien informado, son armas y municiones.

—¿Qué pasará con mi tripulación?

—Pueden disponer de sus botes. Con buen viento llegarán a las Bahamas o a Cuba en un par de días, todo es cuestión de suerte. ¿Hay algo a bordo que pueda interesarme, aparte de las armas?

—Libros y mapas... —replicó Santiago de León.

Ése fue el momento que escogió Isabel para salir de su camarote en camisa de dormir, descalza y con la pistola de su padre en la mano. Se mantuvo encerrada, obedeciendo la orden de Diego, hasta que cesó el alboroto de la pelea y el ruido de los cañonazos, entonces no aguantó más la ansiedad y salió a averiguar cómo había terminado la batalla.

—*Pardieu!* Una hermosa dama... —exclamó Laffite al verla.

Isabel dio un respingo de sorpresa y bajó el arma, era la primera vez que alguien usaba ese adjetivo para describirla. Laffite se acercó a un paso de distancia, la saludó con una reverencia, estiró la mano y ella le entregó la pistola sin chistar.

—Esto complica un poco las cosas... ¿Cuántos pasajeros hay a bordo? —preguntó Laffite al capitán.

—Dos señoritas y su dueña, que viajan con don Diego de la Vega.

—Muy interesante.

Los dos capitanes se encerraron a discutir la rendición, mientras en la cubierta un par de piratas mantenía a raya a Diego, apuntándolo con sus pistolas, y los demás tomaban posesión del barco. Ordenaron a los vencidos que se tendieran boca abajo con las manos en la nuca, recorrieron el barco en busca del botín, consolaron a los heridos con ron y después lanzaron a los muertos al mar. No tomaban prisioneros, era muy engorroso. Sus propios heridos fueron transportados con gran cuidado a sus chalupas de abordaje y de allí a la nave corsaria. Entretanto, Diego planeaba la forma de liberarse y salvar a las niñas De Romeu. En caso que pudiera llegar a ellas, no imaginaba cómo podrían escapar. Sus enemigos eran una jauría brutal, la idea de que cualquiera de esos hombres pusiera sus zarpas sobre las muchachas le enloquecía. Debía pensar con frialdad, porque para salir de esa situación se requerían maña y suerte, de poco le servirían sus conocimientos de esgrima.

Santiago de León, sus dos oficiales y los sobrevivientes de la tripulación compraron su libertad con un cuarto de su salario anual, lo usual en estos casos. A los marineros les ofrecieron la opción de unirse a la banda de Laffite y algunos aceptaron. El corsario sabía que la deuda del capitán y sus hombres sería pagada, como dictaba el honor; quien no lo hacía era despreciado incluso por sus mejores amigos. Se trataba una transacción limpia y simple. Santiago de León debió entregar sus cuatro pasajeros a Jean Laffite, quien pensaba cobrar rescate por ellos. Le explicó que las dos muchachas eran huérfanas y sin fortuna, pero el corsario decidió llevárselas de todos modos, porque había gran demanda de mujeres blancas en las casas alegres de Nueva Orleáns. De León le suplicó que respetara a ese par de niñas virtuosas, que tanto habían sufrido y no merecían ese terrible destino, pero ese tipo de consideración interfería con los negocios, cosa que Laffite no podía permitirse, y además, explicó, ser cortesana era un trabajo muy agradable para la mayoría de las mujeres. El capitán salió de la reunión descompuesto. No le importaba perder las armas, por el contrario, una de las razones por las que se rindió con tanta prontitud fue el deseo de desprenderse de esa carga, pero le horrorizaba la idea de que las niñas De Romeu, a quienes había tomado verdadero cariño, terminaran en un burdel. Debió informar a sus pasajeros de la suerte que les aguardaba, aclarando que el único con esperanza de salir ileso era Diego de la Vega, porque seguramente su padre haría lo necesario para salvarlo.

—Mi padre también pagará rescate por Juliana, Isabel y Nuria, siempre que nadie les ponga ni un dedo encima. Le mandaremos una carta de inmediato a California —aseguró Diego a Laffite, pero apenas lo hubo dicho sintió una extraña opresión en el pecho, como un mal presentimiento.

—El correo suele tardar, de manera que serán mis huéspedes por algunas semanas, tal vez meses, hasta que recibamos el rescate. Entretanto, las muchachas serán respetadas. Por el bien de todos, espero que su padre no se haga de rogar con la respuesta —replicó el corsario, sin despegar los ojos de Juliana.

Las mujeres, que apenas tuvieron tiempo de vestirse, desfallecieron al ver en el puente a aquella banda de temibles desalmados, la sangre y los heridos. Juliana, sin embargo, no se estremecía sólo de horror, como podía suponerse, sino por el impacto de la mirada de Jean Laffite.

Los piratas atracaron su bergantín, colocaron tablones entre ambos puentes y formaron una cadena humana para transportar de un barco a otro el cargamento liviano, incluyendo animales, barriles de cerveza y jamones. No tenían prisa, porque la *Madre de Dios* ahora pertenecía a Laffite. Trabajaban con rapidez, pues la *Madre de Dios* se hundía a ojos vista. El capitán De León presenció impasible la maniobra, pero el corazón le daba bandazos, porque amaba a su barco como a una novia. En el mástil enemigo flameaba, junto a una bandera colombiana, otra roja, llamada *jolie rouge*, que indicaba el propósito de dejar libres a los vencidos a cambio de un precio. Eso lo tranquilizó un poco, sabía que el corsario le permitiría salvar a su tripulación, después de todo. Un pendón negro, que a veces llevaba una calavera y dos tibias cruzadas, habría indicado la decisión de pelear hasta el último hombre y masacrar a los adversarios. Cuando terminaron con la carga, Laffite cumplió su palabra y autorizó a Santiago de León para poner agua dulce y provisiones en los botes, llevarse sus instrumentos de navegación, sin los cuales no podría ubicarse, y embarcarse con su gente. En ese momento apareció Galileo Tempesta, quien se las había arreglado para permanecer oculto durante la batalla, con el pretexto de su brazo quebrado, y se instaló entre los primeros en uno de los botes. El capitán se despidió de Diego y las mujeres con un firme apretón de manos y la promesa de que volverían a verse. Les deseó suerte y bajó a uno de los botes sin una mirada hacia atrás. No quería presenciar el espectáculo de ver la *Madre de Dios*, que había sido su única vivienda durante tres décadas, en poder de los piratas.

En la nave pirata, cargada hasta el tope, era difícil moverse. Laffite nunca estaba en alta mar por más de un par de días, por eso podía hacinar a ciento cincuenta tripulantes en un espacio donde normalmente no cabrían más de treinta. Tenía sus cuarteles en Grande Isle, cerca de Nueva Orleáns, un islote en la región pantanosa de Barataria. Allí esperaba que sus espías le anunciaran la proximidad de una posible presa para lanzarse al ataque. Aprovechaba la bruma o las sombras de la noche, cuando los barcos disminuían la velocidad o se detenían, para asaltarlos con sigilo y velocidad. La sorpresa era siempre su mayor ventaja. Utilizaba sus cañones para intimidar, más que hundir a la nave enemiga, así podía apoderarse de ella e incorporarla a su flota, compuesta de trece bergantines, goletillas, polacras y faluchos.

Jean y su hermano Pierre eran los corsarios más temidos de aquellos años en el mar, pero en tierra firme podían hacerse pasar por hombres de negocios. El gobernador de Nueva Orleáns, harto del contrabando, el tráfico de esclavos, y otras actividades ilegales de los Laffite, puso un precio de quinientos dólares por sus cabezas. Jean respondió ofreciendo mil quinientos por la del gobernador. Ésa fue la culminación de muchas hostilidades. Jean logró escapar, pero Pierre estuvo preso por meses, Grande Isle fue atacada y requisaron toda la mercadería. Sin embargo, la situación cambió cuando los Laffite se convirtieron en aliados de las tropas americanas. El general Jackson llegó a Nueva Orleáns al mando de un contingente de hombres paupérrimos y enfermos de malaria, con la misión de defender el enorme territorio de Luisiana contra los ingleses. No podía darse el lujo de rechazar la ayuda ofrecida por los piratas. Esos bandidos, mezcla de negros, pardos y blancos, resultaron esenciales en la batalla. Jackson se enfrentó con el enemigo el 8 de enero de 1815, es decir, tres meses antes de que nuestros amigos llegaran contra su voluntad a esa región. La guerra entre Inglaterra y su antigua colonia había concluido dos semanas antes, pero ninguno de los bandos lo sabía. Con un puñado de hombres de diversas procedencias, que ni siquiera compartían una lengua común, Jackson venció a un ejército organizado y bien armado de veinte mil ingleses. Mientras los hombres se asesinaban unos a otros en Chalmette, a pocas leguas de Nueva Orleáns, mujeres y niños rezaban en el Convento de las Ursulinas. Al final de la batalla, cuando procedieron a contar los cadáveres, vieron que Inglaterra había perdido dos mil hombres, mientras que Jackson sólo dejó trece soldados en el campo. Los más valientes y feroces fueron los criollos —gente de color, pero libres— y los piratas. Unos días más tarde se celebró el triunfo con arcos de flores y doncellas vestidas de blanco, representando cada estado de la Unión, que coronaron de laurel al general Jackson. En la concurrencia estaban los hermanos Laffite con sus piratas, que de ser proscritos pasaron a ser héroes.

Durante las cuarenta horas que demoró el barco de Laffite en llegar a Grande Isle mantuvieron a Diego de la Vega atado en la cubierta y a las tres mujeres encerradas en una pequeña cabina junto a la del capitán. Pierre Laffite, que no había participado en el asalto a la *Madre de Dios* porque quedó a cargo de la nave pirata, resultó ser un hombre muy diferente de su hermano, más tosco, robusto, brutal, con cabellos claros y media cara paralizada por una apoplejía. Le gustaba comer y beber en exceso y no podía resistirse a una mujer joven, pero se abstuvo de molestar a Juliana e Isabel porque su hermano le recordó que los negocios eran más importantes que el placer. Esas muchachas podían reportarles una buena suma de dinero.

Jean mantenía sus orígenes en el misterio, nadie sabía de dónde provenía, pero confesaba sus treinta y cinco años. Tenía trato suave y modales exquisitos, hablaba varias lenguas, entre ellas francés, español e inglés, amaba la música y daba grandes sumas de dinero a la ópera de Nueva Orleáns. A pesar de su éxito entre las mujeres, no las codiciaba como su hermano, prefería cortejarlas con paciencia; era galante, jovial, gran bailarín y contador de anécdotas, la mayoría inventadas al vuelo. Su simpatía por la causa americana resultaba legendaria, sus capitanes sabían que «quien ataca a un barco americano, muere». Los tres mil hombres bajo su mando lo llamaban *boss*, o jefe. Movía millones en mercadería utilizando barcazas y piraguas por los intrincados canales del delta del Mississippi. Nadie conocía esa región como él y sus hombres, las autoridades no podían controlarlos ni darles caza. Vendía el producto de su piratería a escasas leguas de Nueva Orleáns, en un antiguo lugar sagrado de los indios, llamado el Templo. Dueños de plantaciones, criollos ricos y no tan ricos, y hasta los familiares del gobernador compraban a su antojo, sin pagar impuestos, a un precio razonable y en un alegre ambiente de feria. También allí se llevaban a cabo los remates de esclavos, que adquiría baratos en Cuba y vendía caros en los estados americanos, donde el tráfico de negros estaba prohibido, aunque no así la esclavitud. Laffite anunciaba sus ventas en afiches en cada esquina de la ciudad: ¡VENGAN TODOS AL BAZAR Y REMATE DE ESCLAVOS DE JEAN LAFFITE EN EL TEMPLO! ¡ROPA, JOYAS, MUEBLES Y OTROS ARTÍCULOS DE LOS SIETE MARES!

Jean invitó a sus tres rehenes femeninas a compartir un refrigerio a bordo, pero ellas se negaron a salir de su camarote. Les mandó una bandeja con quesos, fiambres y una buena botella de vino español, obtenida de la *Madre de Dios*, con sus respetuosos saludos. Juliana no podía quitárselo de la cabeza y se moría de curiosidad por conocerlo, pero consideró más prudente mantenerse encerrada.

Diego pasó esas cuarenta horas a la intemperie, atado como un salchichón, sin alimento. Le quitaron el medallón de La Justicia y las pocas monedas que llevaba en el bolsillo, le dieron un poco de agua de vez en cuando y patadas si se movía demasiado. Jean Laffite se acercó en un par de ocasiones para asegurarle que al llegar a su isla estaría más cómodo y rogarle que perdonara la poca educación de sus hombres. No estaban acostumbrados a tratar con gente fina, dijo. Diego debió tragarse la ironía, mascullando para sus adentros que tarde o temprano le bajaría el moño a ese desalmado. Lo importante era mantenerse vivo. Sin él, las dos niñas De Romeu estarían perdidas. Había oído de las orgías de alcohol, sexo y sangre que tenían los piratas en sus guaridas cuando regresaban triunfantes de sus fechorías, de cómo las infelices mujeres prisioneras sufrían los peores atropellos, de los cuerpos violados y mutilados que enterraban en la arena durante esas bacanales. Trataba de no pensar en eso, sino en la forma de escapar, pero aquellas imágenes lo torturaban. Además, no lo abandonaba el desagradable presentimiento que lo había asaltado antes. Tenía que ver con su padre, de eso estaba seguro. Hacía semanas que no podía comunicarse con Bernardo y decidió aprovechar esas horas tediosas para intentarlo. Se concentró en llamar a su hermano, pero la telepatía no les funcionaba por ejercicio de voluntad, los mensajes iban y venían sin diseño fijo y sin control por parte de ellos. Ese largo silencio, tan raro entre Bernardo y él, le parecía de muy mal augurio. Se preguntó qué sucedería en Alta California, qué sería de Bernardo y de sus padres.

Grande Isle, en Barataria, donde los Laffite tenían su imperio, era vasta, húmeda, plana y, como el resto del paisaje de la región, tenía un aura de misterio y decadencia. Esa naturaleza caprichosa y caliente, que pasaba de la calma bucólica a devastadores huracanes, invitaba a las grandes pasiones. Todo se corrompía con rapidez, desde la vegetación hasta el alma humana. En los momentos de buen tiempo, como el que les tocó a Diego y sus amigas al llegar, una cálida brisa arrastraba un olor dulzón a flores de naranjo, pero tan pronto cesaba la brisa, se dejaba caer un calor de plomo. Los piratas desembarcaron a los prisioneros y los escoltaron a la vivienda de Jean Laffite, instalada en un promontorio y rodeada de un bosque de palmeras y robles torcidos, con las hojas quemadas por el rocío marino. El pueblo de los piratas, protegido del viento por una maraña de arbustos, apenas se veía entre las hojas. Las flores de oleandro ponían notas de color. La casa de Laffite era de dos pisos, estilo español, con celosías en las ventanas y una amplia terraza mirando al mar, hecha de ladrillos cubiertos con una mezcla de yeso y conchas de ostras molidas. Lejos de ser una cueva, como la que los prisioneros habían imaginado, resultó ser limpia, organizada y hasta lujosa. Las habitaciones eran amplias y frescas, la vista de los balcones era espectacular, los pisos de madera rubia relucían, las paredes acababan de ser pintadas y sobre cada mesa había jarrones con flores, fuentes con fruta y jarras de vino. Un par de esclavas negras llevaron a las mujeres a las habitaciones que les habían asignado. A Diego le facilitaron una jofaina de agua para lavarse, le dieron café y lo condujeron a una terraza, donde Jean Laffite descansaba en una hamaca roja, tañendo un instrumento de cuerda, con la vista perdida en el horizonte, acompañado por dos papagayos de brillantes colores. Diego pensó que el contraste entre la mala reputación de aquel hombre y su refinado aspecto no podía ser más sorprendente.

—Puede elegir entre ser mi prisionero o mi huésped, señor De la Vega. Como prisionero tiene derecho a tratar de escapar y yo tengo derecho a impedírselo como sea. Como mi huésped será bien tratado hasta que recibamos el rescate de su padre, pero estará obligado por las leyes de hospitalidad a respetar mi casa y mis instrucciones. ¿Nos entendemos?

—Antes de responder, señor, debo conocer sus planes con respecto a las hermanas De Romeu, que están a mi cargo —replicó Diego.

—Estaban, señor, ya no lo están. Ahora están a mi cargo. La suerte de ellas depende de la respuesta de su padre.

—Si acepto ser su huésped, ¿cómo podrá estar seguro de que no intentaré escapar de todos modos?

—Porque no lo haría sin las niñas De Romeu y porque me dará su palabra de honor —replicó el corsario.

—La tiene, capitán Laffite —dijo Diego, resignado.

—Muy bien. Por favor, acompáñeme a cenar con sus amigas dentro de una hora. Creo que mi cocinero no les defraudará.

Entretanto, Juliana, Isabel y Nuria pasaban por momentos desconcertantes. Varios hombres trajeron unas bateas a su habitación y las llenaron de agua; después aparecieron tres jóvenes esclavas provistas de jabón y cepillos, bajo las órdenes de una mujer alta y hermosa, de facciones cinceladas y cuello largo, ataviada con un gran turbante en la cabeza, que le daba otro palmo de altura. Se presentó en francés como madame Odilia y aclaró que ella mandaba en la casa de Laffite. Indicó a las prisioneras que se despojaran de sus ropas, porque iban a recibir un baño. Ninguna de las tres se había desnudado en su vida, se lavaban con gran pudor por debajo de una ligera túnica de algodón. Los aspavientos de Nuria provocaron un ataque de risa en las esclavas, y la dama del turbante explicó que nadie se muere por darse un baño. A Isabel le pareció razonable y se quitó lo que llevaba puesto. Juliana la imitó, tapándose sus partes íntimas a dos manos. Esto provocó nuevas carcajadas en las africanas, que comparaban su propia piel color madera con la de esa muchacha, blanca como la loza del comedor. A Nuria debieron sujetarla entre varias para desvestirla, y sus gritos remecían las paredes. Las introdujeron en las bateas y las jabonaron de pies a cabeza. Pasado el primer susto, la experiencia no resultó tan terrible como parecía al comienzo y pronto Juliana e Isabel empezaron a disfrutarla. Las esclavas se llevaron sus ropas sin ofrecer explicaciones y a cambio les trajeron ricos vestidos de brocado, poco adecuados para el clima caliente. Estaban en buen estado, aunque era evidente que habían sido usados; uno tenía manchas de sangre en el ruedo. ¿Qué destino había padecido su dueña anterior? ¿Sería también una prisionera? Mejor no imaginar su suerte o la que las esperaba a ellas. Isabel dedujo que la prisa en desnudarlas obedecía a instrucciones precisas de Laffite, quien deseaba asegurarse de que nada ocultaban bajo las faldas. Se habían preparado para esa eventualidad.

Diego decidió aprovechar la libertad condicional que le daba el corsario y salió a recorrer los alrededores mientras hacía tiempo para la cena. El pueblo pirata estaba formado por almas vagabundas de cada rincón del planeta. Algunos estaban instalados con sus mujeres y chiquillos en casuchas de palma, mientras que los solteros deambulaban sin techo fijo. Había lugares donde comer buenos platos franceses y criollos, bares y burdeles, además de talleres y tiendas de artesanos. Esos hombres de diversas razas, lenguas, creencias y costumbres, tenían en común un feroz sentido de la libertad, pero aceptaban las leyes de Barataria porque les parecían adecuadas y el sistema era democrático. Todo se decidía por votación, incluso tenían derecho a escoger y destituir a sus capitanes. Las reglas eran claras: quien molestaba a una mujer ajena terminaba abandonado en un islote desértico con una garrafa de agua y una pistola cargada; el robo se pagaba con azotes; el asesinato, con la horca. No existía la sumisión ciega a un jefe, salvo en alta mar durante una acción bélica, pero había que obedecer las reglas o pagar las consecuencias. En otros tiempos habían sido criminales, aventureros o desertores de barcos de guerra, siempre marginales, y ahora estaban orgullosos de pertenecer a una comunidad. Sólo los más aptos se embarcaban, el resto trabajaba en fraguas, cocinaba, criaba animales, reparaba barcos y botes, construía casas, pescaba. Diego vio mujeres y niños, también hombres enfermos o con miembros amputados, y se enteró de que los veteranos de batallas, huérfanos y viudas recibían protección. Si un marinero perdía una pierna o un brazo en alta mar, se le recompensaba en oro.

El botín se repartía con equidad entre los hombres y se les daba algo a las viudas, el resto de las mujeres contaban poco. Eran prostitutas, esclavas, cautivas de asaltos y había también algunas valientes mujeres libres, no muchas, que habían llegado allí por propia decisión.

En la playa, Diego tropezó con una veintena de borrachos dedicados a pelear por gusto y corretear detrás de las mujeres y a la luz de las hogueras. Reconoció a varios tripulantes de la nave que destruyó a la *Madre de Dios* y decidió que era su oportunidad de recuperar el medallón de La Justicia, que uno de ellos le había arrancado.

—¡Señores! ¡Oídme! —gritó.

Logró captar la atención de los menos intoxicados y se formó un círculo a su alrededor, mientras las mujeres aprovechaban la distracción para recoger sus ropas y alejarse deprisa. Diego se vio rodeado de rostros abotagados por el licor, ojos inyectados en sangre, bocas desdentadas que lo insultaban, zarpas que ya echaban mano de los cuchillos. No les dio tiempo de organizarse.

—Quiero divertirme un poco. ¿Alguno de vosotros se atreve a batirse conmigo? —preguntó.

Un coro entusiasta le respondió afirmativamente y el círculo se cerró en torno a Diego, que podía oler el sudor y el aliento a alcohol, tabaco y ajo de los hombres.

—Uno a la vez, por favor. Comenzaré con el valiente que tiene mi medallón, después os daré una paliza por turnos a cada uno de vosotros. ¿Qué os parece?

Varios corsarios se tiraron de espaldas en la playa, pataleando de risa. Los demás se consultaron entre ellos y al fin uno se abrió la inmunda camisa y mostró el medallón, muy dispuesto a batirse con ese alfeñique, con manos de mujer, que todavía olía a leche materna, como dijo. Diego quiso asegurarse de que en efecto era su joya. El hombre se la quitó del cuello y la agitó frente a sus narices.

—No pierdas de vista mi medallón, amigo mío, porque te lo quitaré al primer descuido —lo desafió Diego.

De inmediato el pirata sacó una daga corva del cinto y se sacudió la torpeza del alcohol, mientras los demás se apartaban para abrirles cancha. Se abalanzó sobre Diego, quien lo esperaba con los pies bien plantados en la arena. No había aprendido en vano el método secreto de lucha de La Justicia. Recibió a su adversario con tres movimientos simultáneos: le desvió la mano armada, se echó hacia un lado y se agachó, empleando en su favor el impulso del otro. El pirata perdió el equilibrio y Diego lo levantó con el hombro, lanzándolo al aire con una voltereta completa. Apenas aterrizó de espaldas, le puso el pie sobre la muñeca y le arrebató la daga. Luego se volvió hacia los espectadores con una breve reverencia.

—¿Dónde está mi medallón? —preguntó, mirando a los piratas uno a uno.

Se acercó al de mayor tamaño, que se encontraba a varios pasos de distancia, y lo acusó de haberlo escondido. El hombre desenvainó su puñal, pero él lo detuvo con un gesto y le indicó que se quitara el gorro, porque allí estaba. Desorientado, el tipo obedeció, entonces Diego metió la mano en el gorro y sustrajo limpiamente la joya. La sorpresa paralizó a los demás, que no sabían si reírse o atacarlo, hasta que optaron por la idea más apropiada a sus temperamentos: dar una buena lección a ese mequetrefe insolente.

—¿Todos contra uno? ¿No os parece una cobardía? —los desafió Diego, girando con el puñal en la mano, listo para saltar.

—Este caballero tiene razón, sería una cobardía indigna de vosotros —dijo una voz.

Era Jean Laffite, amable y sonriente, con la actitud de quien toma aire en un paseo, pero con la mano en su pistola. Cogió a Diego por un brazo y se lo llevó con calma, sin que nadie intentara detenerlos.

—Ese medallón debe de ser muy valioso, si arriesga la vida por él —comentó Laffite.

—Me lo regaló mi abuelita en su lecho de muerte —se burló Diego—. Con esto podré comprar mi libertad y la de mis amigas, capitán.

—Me temo que no vale tanto.

—Tal vez nuestro rescate nunca llegue. California queda muy lejos, puede suceder una desgracia por el camino. Si me lo permite, iré a jugar a Nueva Orleáns. Apostaré el medallón y ganaré lo suficiente para pagar nuestro rescate.

—¿Y si pierde?

—En ese caso tendrá que aguardar el dinero de mi padre, pero yo nunca pierdo con los naipes.

—Es usted un joven original, creo que tenemos algunas cosas en común —se rió el pirata.

Esa noche a Diego le devolvieron a Justina, la bella espada hecha por Pelayo, y el baúl con su ropa, salvado del naufragio por la codicia de un pirata, que no pudo abrirlo y se lo llevó, creyendo que contenía algo de valor. Los tres rehenes cenaron en el comedor de Laffite, quien lucía muy elegante, todo de negro, afeitado y con el cabello recién rizado. Diego pensó que por comparación su atavío de Zorro resultaba lamentable; debía copiar algunas ideas del corsario, como la faja en la cintura y las mangas anchas de la camisa. La comida consistió en un desfile de platos de influencia africana, caribeña y cajún, como se llamaba a los inmigrantes llegados de Canadá: *gumbo* de cangrejo, frijoles rojos con arroz, ostras fritas, pavo asado con nueces y pasas, pescado con especias y los mejores vinos robados de galeones franceses, que el anfitrión apenas probó. Un ventilador de tela, para dar aire y espantar las moscas, colgaba sobre la mesa, accionado por un niño negro que tiraba de un cordel, y en un balcón tres músicos tocaban una mezcla irresistible de ritmo caribeño y canciones de esclavos. Silenciosa como una sombra, desde la puerta madame Odilia dirigía con la mirada a las esclavas del servicio.

Por primera vez Juliana pudo ver a Jean Laffite de cerca. Cuando el corsario se inclinó para besarle la mano, supo que el largo periplo de los últimos meses, que la había conducido hasta allí, por fin terminaba. Descubrió por qué no quiso casarse con ninguno de sus pretendientes, rechazó a Rafael Moncada hasta enloquecerlo y no respondió a los avances de Diego durante cinco años. Se había preparado la vida entera para aquello que en sus novelitas románticas se definía como «el flechazo de Cupido». ¿De qué otra forma se podía describir ese amor súbito? Era una flecha en el pecho, un dolor agudo, una herida. (Perdonadme, estimados lectores, por este eufemismo ridículo, pero los clichés contienen grandes verdades.) La oscura mirada de Laffite se hundió en el agua verde de sus ojos y la mano de dedos largos del hombre tomó la suya. Juliana se tambaleó, como si fuera a caerse; nada nuevo, solía perder el equilibrio con las emociones. Isabel y Nuria creyeron que era una reacción de miedo ante el corsario, porque los síntomas se parecían, pero Diego comprendió de inmediato que algo irremediable había trastornado su destino. Comparado con Laffite, Rafael Moncada y todos los demás enamorados de Juliana eran insignificantes. Madame Odilia también notó el efecto del corsario en la muchacha y, como Diego, intuyó la gravedad de lo ocurrido.

Laffite los condujo a la mesa y se instaló a la cabecera a conversar amablemente. Juliana lo miraba hipnotizada, pero él la ignoraba a propósito, tanto que Isabel se preguntó si acaso algo le fallaría al corsario. Tal vez había perdido la virilidad en una batalla, esas cosas solían ocurrir, bastaba una bala distraída o un golpe a mansalva y la parte más interesante de un hombre quedaba reducida a un higo seco. No había otra explicación para tratar con esa indiferencia a su hermana.

—Agradecemos su hospitalidad, señor Laffite, aunque sea impuesta a la fuerza, sin embargo no me parece que esta comunidad de piratas sea el lugar apropiado para las señoritas De Romeu —dijo Diego, calculando que debía sacar a Juliana de allí a toda prisa.

—¿Qué otra solución puede ofrecer, señor De la Vega?

—He oído del Convento de las Ursulinas en Nueva Orleáns. Las señoritas podrían esperar allí hasta que lleguen noticias de mi padre...

—¡Antes muerta que con esas monjas! ¡De aquí no me mueve nadie! —lo interrumpió Juliana con una vehemencia que nunca le habían visto.

Todos los ojos se volvieron hacia ella. Estaba roja, afiebrada, sudando bajo el vestido de pesado brocado. La expresión de su rostro no dejaba lugar a dudas: se disponía a asesinar a quien intentara separarla de su pirata. Diego abrió la boca, pero no supo qué decir y se calló, derrotado. Jean Laffite recibió el exabrupto de Juliana como un mensaje deseado y temido, casi como una caricia. Había tratado de evitar a la joven, repitiendo para sus adentros lo mismo que le decía siempre a su hermano Pierre, el negocio viene antes que el placer, pero por lo visto ella estaba tan prendada como él. Esa devastadora atracción lo confundía, porque se jactaba de tener una mente fría. No era hombre impulsivo y estaba acostumbrado a la compañía de mujeres bellas. Prefería a las cuarteronas, mulatas famosas por su gracia y hermosura, entrenadas para satisfacer los más secretos caprichos de un hombre. Las mujeres blancas le parecían arrogantes y complicadas, se enfermaban con frecuencia, no sabían bailar y servían de poco a la hora de hacer el amor porque no les gustaba despeinarse. Sin embargo, esa joven española con ojos de gato era diferente. Podía competir en belleza con las más célebres criollas de Nueva Orleáns y por lo visto su limpia inocencia no interfería con su corazón apasionado. Disimuló un suspiro, procurando no abandonarse a las trampas de la imaginación.

El resto de la velada transcurrió como si todos estuvieran sentados en clavos. La conversación se arrastraba a duras penas. Diego observaba a Juliana, ella a Laffite y el resto de los comensales miraba el plato con gran atención. El calor era sofocante en el interior de la casa y al término de la comida el corsario los invitó a tomar un refresco en la terraza. Del techo colgaba un abanico de palmas que un esclavo movía con parsimonia. Laffite tomó la guitarra y empezó a cantar con una voz entonada y agradable, hasta que Diego anunció que estaban cansados y preferían retirarse. Juliana lo fulminó con una mirada letal, pero no se atrevió a negarse.

Nadie durmió en esa casa. La noche, con su concierto de sapos y el ruido lejano de tambores, se arrastró con una lentitud pavorosa. Sin poder aguantarse más, Juliana les confesó su secreto a Nuria e Isabel, en catalán para que no la entendiera la esclava que las atendía.

—Ahora sé lo que es el amor. Quiero casarme con Jean Laffite —dijo.

—Santa María, líbranos de esta desgracia —musitó Nuria, persignándose.

—Eres su prisionera, no su novia. ¿Cómo piensas resolver ese pequeño dilema? —quiso saber Isabel, bastante celosa, porque también estaba muy impresionada con el corsario.

—Estoy dispuesta a todo, no puedo vivir sin él —replicó su hermana con ojos de loca.

—Esto no le gustará a Diego.

—¡Diego es lo de menos! ¡Mi padre debe estar revolcándose en la tumba, pero no me importa! —exclamó Juliana.

Impotente, Diego presenció la transformación de su amada. Juliana apareció al segundo día de cautiverio en Barataria olorosa a jabón, con el cabello suelto a la espalda y con un vestido ligero, obtenido de las esclavas, que revelaba sus encantos. Así se presentó al mediodía siguiente a la mesa, donde madame Odilia había dispuesto una abundante merienda. Jean Laffite la estaba esperando y, por el brillo de sus ojos, no cupo dudas que prefería ese estilo informal a la moda europea, insoportable en ese clima. De nuevo la saludó con un beso en la mano, pero bastante más intenso que el del día anterior. Las sirvientas trajeron jugos de fruta con hielo, traído por el río en cajas con aserrín desde montañas remotas, lujo que sólo los ricos podían darse. Juliana, habitualmente inapetente, se tomó dos vasos del helado brebaje y comió con voracidad de cuanto había sobre la mesa, excitada y locuaz. A Diego e Isabel les pesaba el alma, mientras ella y el corsario charlaban casi en susurros. Algo pudieron captar de la conversación y se dieron cuenta de que Juliana exploraba el terreno, probando las armas de seducción que nunca antes había tenido necesidad de usar. En ese momento estaba explicándole, entre risas y pestañeos, que a su hermana y a ella no les vendrían mal ciertas comodidades. De partida, un arpa, un piano y partituras de música, también libros, preferiblemente novelas y poesía, así como ropa liviana. Había perdido todo lo que tenía, «¿y por culpa de quién?», preguntó con un mohín. Además, deseaban libertad para pasear por los alrededores y cierta privacidad, les molestaba la vigilancia constante de las esclavas. «Y a propósito, señor Laffite, debo decirle que abomino de la esclavitud, es una práctica inhumana.» Él respondió que si paseaban solas por la isla encontrarían gente vulgar que no sabía tratar a doncellas tan delicadas como ella y su hermana. Agregó que la función de las esclavas no era vigilarlas, sino atenderlas y espantar mosquitos, ratones y víboras, que se metían en los cuartos.

—Deme una escoba y yo misma me haré cargo de ese problema —replicó ella con una sonrisa irresistible, que Diego no le conocía.

—Respecto a lo demás que solicita, señorita, tal vez lo encontremos en mi bazar. Después de la siesta, cuando refresque un poco, iremos todos al Templo.

—No tenemos dinero, pero supongo que usted pagará, ya que nos ha traído aquí por la fuerza —replicó ella, coqueta.

—Será un honor, señorita.

—Puede llamarme Juliana.

Madame Odilia seguía este intercambio de galanteos desde un rincón de la sala con la misma atención de Diego e Isabel. Su presencia le recordó a Jean que no podía seguir por ese peligroso camino, tenía obligaciones ineludibles. Sacando fuerzas de donde pudo, decidió ser claro con Juliana. Llamó con un gesto a la bella del turbante y le susurró algo al oído. Ella desapareció durante unos minutos y regresó con un bulto en brazos.

—Madame Odilia es mi suegra y éste es mi hijo Pierre —explicó Jean Laffite, pálido.

Diego lanzó una exclamación de alegría y Juliana una de horror. Isabel se puso de pie y madame Odilia le mostró el bulto. A diferencia de las mujeres normales, que suelen ablandarse a la vista de un crío, a Isabel no le gustaban los niños, prefería los perros, pero debió admitir que ese mocoso era simpático. Tenía la nariz respingona y los mismos ojos de su padre.

—No sabía que era usted casado, señor pirata... —comentó Isabel.

—Corsario —la corrigió Laffite.

—Corsario, pues. ¿Podríamos conocer a su esposa?

—Me temo que no. Yo mismo no he podido visitarla durante varias semanas, está débil y no puede ver a nadie.

—¿Cómo se llama?

—Catherine Villars.

—Disculpadme, me siento muy cansada... —musitó Juliana, desfalleciente.

Diego le retiró la silla y la acompañó con aire compungido, aunque estaba encantado con el giro de los acontecimientos. ¡Qué suerte tan extraordinaria! A Juliana no le quedaba más remedio que reevaluar sus sentimientos. Ya no sólo se trataba de que Laffite fuese un viejo de treinta y cinco años, mujeriego, criminal, contrabandista y traficante de esclavos, todo lo cual una niña como Juliana podía excusar fácilmente, sino que tenía mujer y un crío. ¡Gracias, Dios mío! No se podía pedir más.

Por la tarde Nuria se quedó aplicando paños fríos en la frente afiebrada de Juliana, mientras Diego e Isabel acompañaban a Laffite al Templo. Fueron en un bote, impulsado por cuatro remeros, que se introdujo en un laberinto de pantanos malolientes, en cuyas orillas reposaban docenas de caimanes, mientras las culebras zigzagueaban en el agua. Con la humedad, el cabello de Isabel se disparó en todas direcciones, ensortijado y denso como un colchón. Los canales parecían todos idénticos, el paisaje era chato, no había ni un montículo que sirviera de referencia en esa vegetación de pastos altos. Los árboles tenían las raíces en el agua y pelucas de musgo colgando de las ramas. Los piratas conocían cada recodo, cada árbol, cada peñasco de ese territorio de pesadilla y avanzaban sin vacilación. Al llegar al lugar donde estaba el Templo vieron los lanchones planos en que los piratas transportaban la mercadería, además de las piraguas y botes de algunos clientes, aunque la mayoría acudía por tierra, a caballo y en vistosos carruajes. Lo más granado de la sociedad se había dado cita, desde aristócratas hasta cortesanas de color. Los esclavos habían colocado toldos para que reposaran sus amos y servían comida y vino, mientras las damas recorrían el bazar examinando los productos. Los piratas vociferaban la mercancía, telas de China, jarras de plata peruana, muebles de Viena, joyas de todas las procedencias, golosinas, artículos de tocador, nada faltaba en aquella feria, donde regatear era parte de la diversión. Pierre Laffite ya estaba allí, con una lámpara de lágrimas en la mano, anunciando a gritos que todo estaba en liquidación, los precios eran botados, compren, *messieurs et mesdames*, porque no volverá a presentarse una oportunidad como ésta. Con la llegada de Jean y sus acompañantes se produjeron murmullos de curiosidad. Varias mujeres se acercaron al atrayente corsario, misteriosas bajo sus alegres parasoles, entre ellas la esposa del gobernador. Los caballeros se fijaron en Isabel, divertidos por su indómito cabello, parecido al musgo de los árboles. En la comunidad de los blancos había dos hombres por cada mujer y cualquier rostro nuevo era bienvenido, incluso uno tan poco usual como el de Isabel. Jean hizo las presentaciones, sin mencionar para nada la forma en que había obtenido a esos nuevos «amigos», y enseguida buscó los objetos mencionados por Juliana, aunque sabía que ningún regalo podría consolarla del golpe que le había dado al contarle lo de Catherine de manera tan brutal. No había otra forma, debía cortar aquella atracción mutua de raíz, antes de que los destruyera a ambos.

En Barataria, Juliana yacía sobre la cama, hundida en un lodazal de humillación y loco amor. Laffite había encendido en ella una llamarada diabólica, y ahora debía luchar con toda su voluntad contra la tentación de arrebatárselo a Catherine Villars. La única solución que se le ocurría era entrar de novicia al Convento de las Ursulinas y terminar sus días atendiendo a enfermos de viruela en Nueva Orleáns, al menos así podría respirar el mismo aire que ese hombre. No podría volver a dar la cara a nadie. Estaba confundida, avergonzada, inquieta, como si un millón de hormigas se paseara bajo su piel, se sentaba, paseaba, se tendía en la cama, se daba vueltas entre las sábanas. Pensaba en el niño, el pequeño Pierre, y más lloraba. «No hay mal que dure cien años, niña mía, esta demencia se te tiene que pasar, nadie en su juicio se enamora de un pirata», la consolaba Nuria. En eso llegó madame Odilia a preguntar cómo estaba la señorita. En una bandeja traía una copa de jerez y galletas. Juliana decidió que era su única oportunidad de averiguar detalles y, tragándose el orgullo y el llanto, entabló conversación con ella.

—¿Puede decirme, madame, si Catherine es esclava?

—Mi hija es libre, como yo. Mi madre era una reina de Senegal y allá yo también sería reina. Mi padre y el padre de mis hijas eran blancos, dueños de plantaciones de azúcar en Santo Domingo. Tuvimos que escapar durante la revuelta de los esclavos —replicó orgullosa madame Odilia.

—Entiendo que los blancos no pueden casarse con gente de color —insistió Juliana.

—Los blancos se casan con blancas, pero sus verdaderas mujeres somos nosotras. No necesitamos la bendición de un cura, nos basta el amor. Jean y Catherine se aman.

Juliana se echó a llorar de nuevo. Nuria le plantó un pellizco para que se controlara, pero eso no hizo más que aumentar la angustia de la joven. Le pidió a madame Odilia que le permitiera ver a Catherine, pensando que así tendría argumentos para resistir el embiste del amor.

—Eso no es posible. Beba el jerez, señorita, le hará bien. —Y con eso dio media vuelta y se retiró.

Juliana, abrasada de sed, se tragó el contenido de la copa de cuatro sorbos. Momentos más tarde cayó rendida y durmió treinta y seis horas sin moverse. El jerez drogado no la curó de su pasión, pero, tal como madame Odilia suponía, le dio valor para enfrentar el futuro. Despertó con los huesos doloridos, pero con la mente lúcida, resuelta a renunciar a Laffite.

El corsario también había decidido sacarse a Juliana del corazón y buscar un lugar para instalarla lejos de su casa, donde su cercanía no lo torturara. La joven lo evitaba, ya no aparecía a las horas de comer, pero la adivinaba a través de las paredes. Creía ver su silueta en un pasillo, oír su voz en la terraza, oler su perfume, pero era sólo una sombra, un pájaro, aroma del mar traído por la brisa. Como un animal de presa, tenía siempre los sentidos alertados, buscándola. El Convento de las Ursulinas, como había sugerido Diego, era mala idea, sería como condenarla a prisión. Conocía a varias criollas en Nueva Orleáns que podrían hospedar a la joven, pero corría el riesgo de que se supiera su condición de rehén. Si eso llegaba a oídos de las autoridades americanas, él se vería en serios problemas. Podía sobornar al juez, pero no al gobernador; un tropezón de su parte y su cabeza volvería a tener precio. Contemplaba la posibilidad de olvidarse del rescate y enviar a sus cautivos a California de inmediato, así saldría del lío en que se hallaba, pero para eso necesitaba el consentimiento de su hermano Pierre, de los otros capitanes y del resto de los piratas; ése era el inconveniente de una democracia. Pensaba en Juliana, comparándola con la dulce y sumisa Catherine, esa niña que había sido su mujer desde los catorce años y ahora era la madre de su hijo. Catherine merecía su amor incondicional. La echaba de menos. Sólo la separación prolongada que habían sufrido podía explicar su enamoramiento por Juliana; si durmiese abrazado a su mujer, eso jamás hubiese sucedido. Desde el nacimiento del niño, Catherine se consumía rápidamente. Como último recurso, madame Odilia la había puesto al cuidado de unas curanderas africanas en Nueva Orleáns. Laffite no se había opuesto, porque los médicos la daban por perdida. A la semana del parto, cuando Catherine seguía volada de fiebre, madame Odilia insistió en que su hija sufría mal de ojo, provocado por una rival celosa, y el único remedio era la magia. Entre los dos llevaron a Catherine, quien no podía sostenerse en pie, a consultar a Marie Laveau, suma sacerdotisa del vudú. Se internaron en los bosques más tupidos, lejos de las plantaciones de azúcar de los blancos, entre islotes y pantanos, donde los tambores conjuraban a los espíritus. A la luz de hogueras y antorchas, los oficiantes danzaban con máscaras de animales y demonios, los cuerpos pintados con sangre de gallos. Los poderosos tambores vibraban, remeciendo el bosque y calentando la sangre de los esclavos. Una prodigiosa energía conectaba a los seres humanos con los dioses y la naturaleza, los participantes se fundían en un solo ser, nadie se sustraía al embrujo. Al centro del círculo, sobre una caja que contenía una serpiente sagrada, danzaba Marie Laveau, soberbia, hermosa, cubierta de sudor, casi desnuda y preñada de nueve meses, a punto de dar a luz. Al caer en trance sus miembros se agitaban sin control, se retorcía, se le bamboleaba el vientre de lado a lado, y soltaba una retahíla de palabras en lenguas que nadie recordaba. El cántico subía y bajaba, como grandes olas, mientras el recipiente con sangre de los sacrificios pasaba de mano en mano, para que todos bebieran. Los tambores se aceleraban, hombres y mujeres, convulsionados, caían al suelo, se transformaban en animales, comían pasto, mordían y arañaban, algunos perdían el conocimiento, otros partían en parejas hacia el bosque. Madame Odilia le explicó que en la religión vudú, llegada al Nuevo Mundo en el corazón de los esclavos de Dahomey y Yoruba, existían tres zonas conectadas: la de los vivos, la de los muertos y la de los que aún no han nacido. En las ceremonias honraban a los antepasados, llamaban a los dioses, clamaban por la libertad. Las sacerdotisas, como Marie Laveau, efectuaban encantamientos, ensartaban alfileres en muñecas para provocar enfermedades y usaban *gris-gris* y polvos mágicos para curar diversos males, pero nada de eso sirvió con Catherine.

A pesar de su condición de prisionero y de rival en amores de Laffite, Diego no pudo dejar de admirarlo. Como corsario carecía de escrúpulos y piedad, pero cuando posaba de caballero nadie podía aventajarlo en buenos modales, cultura y encanto. Esa doble personalidad fascinaba a Diego, porque él mismo pretendía algo semejante con el Zorro. Además, Laffite era de los mejores espadachines que había conocido. Sólo Manuel Escalante podía compararse con él; Diego se sentía honrado cuando su captor lo invitaba a practicar esgrima con él. En esas semanas el joven vio cómo funcionaba una democracia, lo cual hasta entonces había sido un concepto abstracto para él. En la nueva nación americana los hombres blancos controlaban la democracia, en Grande Isle la ejercían todos, menos las mujeres, claro. Las peculiares ideas de Laffite le parecían dignas de consideración. El hombre sostenía que los poderosos inventan leyes para preservar sus privilegios y controlar a pobres y descontentos, en vista de lo cual sería muy estúpido de su parte obedecerlas. Por ejemplo, los impuestos, que a fin de cuentas pagaban los pobres, mientras los ricos se las arreglaban para eludirlos. Sostenía que nadie, y menos el gobierno, podía quitarle una tajada de lo suyo. Diego le hizo ver ciertas contradicciones. Laffite castigaba con azotes el robo entre sus hombres, pero su imperio económico se sostenía en la piratería, una forma superior de robo. El corsario replicó que jamás les quitaba a los pobres, sólo a los poderosos. No era pecado, sino virtud, despojar a las naves imperiales de lo robado a sangre y látigo en las colonias. Se había apoderado de las armas que el capitán Santiago de León llevaba a las tropas realistas en México, para vendérselas a precio muy razonable a los insurgentes del mismo país. Esa operación le parecía de una justicia irreprochable.

Laffite llevó a Diego a Nueva Orleáns, una ciudad hecha a medida del corsario, orgullosa de su carácter decadente, aventurera, gozadora de la vida, cambiante y tempestuosa. Padecía guerras con ingleses e indios, huracanes, inundaciones, incendios, epidemias, pero nada lograba deprimir a aquella soberbia cortesana. Era uno de los principales puertos americanos, por donde salía tabaco, tinta, azúcar, y entraba toda suerte de mercadería. La población cosmopolita convivía sin hacer caso del calor, los mosquitos, los pantanos y mucho menos de la ley. Música, alcohol, burdeles, garitos de juego, de todo había en esas calles donde la vida comenzaba al ponerse el sol. Diego se instalaba en la plaza de Armas a observar a la multitud, negros con canastos de naranjas y bananas, mujeres viendo la suerte y ofreciendo fetiches de vudú, titiriteros, bailarines, músicos. Las vendedoras de dulces, con turbante y delantal azul, llevaban en bandejas los pasteles de jengibre, de miel, de nueces. En los puestos ambulantes se podía comprar cerveza, ostras frescas, platos de camarones. Nunca faltaban ebrios dando escándalo, lado a lado con caballeros de fina estampa, dueños de plantaciones, comerciantes, funcionarios. Monjas y curas se mezclaban con prostitutas, soldados, bandidos y esclavos. Las célebres cuarteronas se lucían en lentos paseos, recibiendo piropos de los caballeros y miradas hostiles de sus rivales. No llevaban joyas ni sombreros, prohibidos por decreto para satisfacer a las mujeres blancas, que no podían competir con ellas. No los necesitaban, tenían fama de ser las más hermosas del mundo, de piel dorada, facciones finas, grandes ojos líquidos, cabellos ondulados. Iban siempre acompañadas por madres o chaperonas, que no las perdían de vista. Catherine Villars era una de esas beldades criollas. Laffite la conoció en uno de los bailes que las madres ofrecían para presentar a sus hijas a hombres ricos, otra de las muchas maneras de burlar leyes absurdas, como le explicó el corsario a Diego. Faltaban mujeres blancas y sobraban las de color, no se requerían matemáticas para ver la solución al dilema, sin embargo los matrimonios mixtos estaban prohibidos. Así se preservaba el orden social, se garantizaba el poder de los blancos y se mantenía sometida a la gente de color, pero eso no impedía a los blancos tener concubinas criollas. Las cuarteronas encontraron una solución conveniente para todos. Entrenaban a sus hijas en labores domésticas y artes de seducción, que ninguna mujer blanca sospechaba, para hacer de ellas una rara combinación de dueña de casa y cortesana. Las vestían con gran lujo, pero les enseñaban a coser sus propios vestidos. Eran elegantes y hacendosas. En los bailes, a los cuales sólo asistían hombres blancos, las madres colocaban a sus hijas con alguien capaz de darles buen nivel. Mantener a una de esas bellas muchachas se consideraba una marca de distinción para un caballero; el celibato y la abstinencia no eran virtudes, salvo entre puritanos, pero de ésos había pocos en Nueva Orleáns. Las cuarteronas vivían en casas poco ostentosas, pero con comodidad y estilo, mantenían esclavos, educaban a sus hijos en las mejores escuelas y se vestían como reinas en privado, aunque en público eran discretas. Estos arreglos se llevaban a cabo de acuerdo con ciertas normas tácitas, con decoro y etiqueta.

—En pocas palabras, las madres ofrecen sus hijas a los hombres —resumió Diego, escandalizado.

—¿No es siempre así? El matrimonio es un arreglo mediante el cual una mujer presta servicios y da hijos al hombre que la mantiene. Aquí una blanca tiene menos libertad para escoger que una criolla —replicó Laffite.

—Pero la criolla carece de protección cuando su amante decide casarse o reemplazarla por otra concubina.

—El hombre la deja con una casa y una pensión, además de pagar los gastos de los hijos. A veces ella forma otra familia con un criollo. Muchos de esos criollos, hijos de otras cuarteronas, son profesionales educados en Francia.

—¿Y usted, capitán Laffite, tendría dos familias? —preguntó Diego, pensando en Juliana y Catherine.

—La vida es complicada, todo puede suceder —dijo el pirata.

Laffite invitó a Diego a los mejores restaurantes, al teatro, la ópera y lo presentó a sus amistades como su «amigo de California». La mayoría era gente de color, artesanos, comerciantes, artistas, profesionales. Conocía a algunos americanos, que se mantenían separados del resto de la población criolla y francesa por una línea imaginaria que dividía la ciudad.

Prefería no cruzarla, porque al otro lado había un ambiente moralista que no le convenía. Llevó a Diego a varios garitos de juego, tal como éste se lo había solicitado. Le pareció sospechoso que el joven tuviera tanta seguridad de ganar y le advirtió que se cuidara de hacer trampas, porque en Nueva Orleáns esa falta se pagaba con un puñal entre las costillas.

Diego no prestó oídos a los consejos de Laffite, porque el mal presentimiento que tuvo días atrás no había hecho más que acentuarse. Necesitaba dinero. No podía oír a Bernardo con la claridad de siempre, pero sentía que lo llamaba. Debía volver a California, no sólo para salvar a Juliana de caer en manos de Laffite, sino porque estaba seguro de que algo había sucedido allá que requería su presencia. Con el medallón como capital inicial, jugaba en diferentes lugares, para no levantar sospechas con sus inusitadas ganancias. Era muy fácil para él, entrenado en trucos de ilusionismo, reemplazar una carta por otra o hacerla desaparecer. Además, tenía buena memoria y talento para los números; a los pocos minutos adivinaba el juego de sus oponentes. Así no perdió el medallón y en cambio fue llenando su bolsa; a ese ritmo juntaría en poco tiempo los ocho mil dólares americanos del rescate. Sabía medirse. Comenzaba perdiendo, para poner en confianza a los otros jugadores, luego fijaba una hora de terminar el juego y enseguida comenzaba a ganar. Nunca se excedía. Apenas los otros hombres se ponían quisquillosos, se iba a otro local. Un día, sin embargo, la suerte lo favoreció tanto, que no quiso retirarse y siguió apostando. Sus oponentes habían bebido mucho y apenas lograban enfocarse en la baraja, pero les alcanzaba la cordura para darse cuenta de que Diego hacía trampas. Pronto se armó una trifulca y terminaron en la calle, después de sacar al joven a empujones, con la justificada intención de destrozarlo a golpes. Apenas Diego logró hacerse oír por encima del griterío, los desafió con una propuesta original.

—¡Un momento, señores! Estoy dispuesto a devolver el dinero, que he ganado honestamente, a quien sea capaz de romper a cabezazos aquella puerta —anunció, señalando el portón de gruesa madera con remaches metálicos del presbiterio, un edificio colonial que se alzaba al lado de la catedral.

Eso captó de inmediato la atención de los borrachines. Estaban discutiendo los términos de la competencia, cuando apareció un sargento, quien en vez de poner orden se instaló a observar la escena. Le pidieron que hiciera de juez y él aceptó de buen talante. Salieron músicos de varios locales y se pusieron a tocar alegres canciones; en pocos minutos la plaza se llenó de curiosos. Empezaba a oscurecer y el sargento hizo encender faroles. A los jugadores se unieron otros hombres, que iban pasando y quisieron participar en aquel novedoso deporte, la idea de romper una puerta con el cráneo les parecía sumamente divertida. Diego decidió que los «testadura» debían pagar cinco dólares cada uno para entrar en el juego. El sargento recogió cuarenta y cinco en un santiamén y enseguida dispuso el orden de la fila. Los músicos improvisaron un redoble de tambores y el primer sujeto se lanzó al trote contra la puerta del presbiterio, con una bufanda amarrada en la cabeza. El golpe lo dejó patitieso en el suelo. Una salva de aplausos, rechiflas y carcajadas acogió la proeza. Un par de bellas criollas se acercaron solícitas a socorrer al caído con un vaso de horchata, mientras el segundo de la fila aprovechaba su oportunidad de partirse la cabeza, sin mejores resultados que el primero. Algunos participantes se arrepintieron a última hora, pero no se les devolvieron sus cinco dólares. Al final ninguno consiguió romper la puerta y Diego se quedó con el dinero ganado en la mesa de juego, más treinta y cinco dólares de la colecta. El sargento recibió diez por sus molestias y todo el mundo quedó feliz.

Trajeron a los esclavos a la propiedad de Laffite por la noche. Los desembarcaron sigilosamente en la playa y los encerraron en un galpón de madera; eran cinco hombres jóvenes y dos de más edad, también dos muchachas y una mujer con un niño de unos seis años, aferrado a sus piernas, y otro de pocos meses en brazos. Isabel había salido a refrescarse en la terraza y percibió las siluetas que se movían en la noche, alumbradas por algunas antorchas. Sin poder resistir la curiosidad, se aproximó y vio de cerca a esa fila de patéticos seres humanos en andrajos. Las muchachas lloraban, pero la madre caminaba en silencio, con la vista fija, como un zombi; todos arrastraban los pies, extenuados y hambrientos. Iban vigilados por varios piratas armados al mando de Pierre Laffite, quien dejó la «mercadería» en el galpón y enseguida fue a dar cuenta a su hermano Jean, mientras Isabel corría a contarles lo que había visto a Diego, Juliana y Nuria. Diego había visto los anuncios en la ciudad, sabía que dentro de un par de días habría un remate de esclavos en el Templo.

En Barataria los amigos habían tenido tiempo sobrado de informarse sobre la esclavitud. No se podían traer esclavos de África, pero igual se vendían y «criaban» en América. El primer impulso de Diego fue tratar de ponerlos en libertad, pero sus amigas le hicieron ver que aunque pudiera entrar al galpón, romper las cadenas y convencer a esa gente de que escapara, no tendrían adónde ir. Les darían caza con perros. Su única esperanza sería llegar a Canadá, pero jamás podrían hacerlo solos. Diego decidió averiguar por lo menos las condiciones en que se hallaban los prisioneros. Sin decirles lo que pensaba hacer, se despidió de sus amigas, se puso su disfraz de Zorro y, aprovechando la oscuridad, salió de la casa. En la terraza estaban los hermanos Laffite, Pierre con un vaso de licor en la mano y Jean fumando, pero no podía acercarse para oírlos sin correr el riesgo de ser descubierto, así es que siguió hasta el galpón. La luz de una antorcha iluminaba a un solo pirata montando guardia con un mosquete al hombro. Se aproximó con la idea de pillarlo por sorpresa, pero el sorprendido fue él, porque otro hombre surgió de súbito a su espalda.

—Buenas noches, *boss* —saludó.

Diego dio media vuelta y lo enfrentó, listo para batirse, pero el sujeto tenía una actitud relajada y amable. Entonces se dio cuenta de que en la oscuridad lo había confundido con Jean Laffite, quien siempre se vestía de negro. El otro pirata se acercó también.

—Les dimos de comer y están descansando, *boss*. Mañana los lavaremos y les daremos ropa. Están en buenas condiciones, menos el bebé, que tiene fiebre. No creo que dure mucho.

—Abran la puerta, quiero verlos —dijo Diego en francés, imitando el tono del corsario.

Mantuvo la cara en la sombra mientras abrían la tranca de la puerta, precaución inútil, porque los piratas nada sospechaban. Les ordenó que aguardaran afuera y entró. En el galpón había un farol colgado en un rincón que ofrecía una luz débil pero suficiente para distinguir cada uno de esos rostros que lo miraban en silencio, aterrorizados. Todos, menos el niño y el bebé, tenían argollas de hierro al cuello y cadenas fijas a unos postes. Diego se acercó con gestos tranquilizadores, pero al ver la máscara los esclavos creyeron hallarse frente a un demonio y se encogieron hasta donde permitían las cadenas. Fue inútil tratar de comunicarse con ellos, no le entendían. Comprendió que habían llegado recién de África, se trataba de «mercadería fresca», como decían los negreros, no habían tenido oportunidad de aprender la lengua de sus captores. Posiblemente los habían llevado a Cuba, donde los hermanos Laffite los habían comprado para revenderlos en Nueva Orleáns. Habían sobrevivido al viaje por mar en horribles condiciones y soportado maltratos en tierra. ¿Serían de la misma aldea, de la misma familia? En el remate serían separados y ya no volverían a verse. Los sufrimientos les habían quebrado el espíritu, tenían una expresión enloquecida. Diego los dejó con una opresión insoportable en el corazón. Una vez antes, en California, había sentido esa misma lápida aplastándole el pecho, cuando Bernardo y él presenciaron cómo los soldados atacaban una aldea de indios. Recordaba la sensación de impotencia que tuvo entonces, idéntica a la que lo agobiaba en ese momento.

Regresó a la casa de Laffite, se cambió de ropa y se reunió con las niñas De Romeu y Nuria para comunicarles lo que había visto. Estaba desesperado.

—¿Cuánto cuestan esos esclavos, Diego? —preguntó Juliana.

—No lo sé exactamente, pero he visto las listas de remates en Nueva Orleáns y a ojo calculo que los Laffite pueden obtener mil dólares por cada hombre joven, ochocientos por los otros dos, seiscientos por cada una de las muchachas y más o menos mil por la madre y sus hijos. No sé si pueden vender a los niños separadamente, son menores de siete años.

—¿Cuánto sería el total?

—Digamos que alrededor de ocho mil ochocientos dólares.

—Es muy poco más de lo que piden por nuestro rescate.

—No veo la relación —dijo Diego.

—Tenemos dinero. Isabel, Nuria y yo hemos decidido usarlo para comprar a esos esclavos —dijo Juliana.

—¿Tenéis dinero? —preguntó Diego, sorprendido.

—Las piedras preciosas, ¿no te acuerdas?

—¡Pensé que los piratas os las habían quitado!

Juliana e Isabel le explicaron la forma en que habían salvado su modesta fortuna. Mientras navegaban en el barco de los corsarios,

Nuria tuvo la brillante idea de esconder las piedras, porque si sus captores sospechaban su existencia, las perderían para siempre. Se las tragaron una por una con sorbos de vino. Más temprano que tarde, los diamantes, rubíes y esmeraldas salieron intactos por el otro extremo del tubo digestivo, sólo tuvieron que estar atentas al contenido de las bacinillas para recuperarlos. No fue una solución agradable, pero había funcionado y ahora las piedras, bien lavadas, estaban otra vez cosidas en los refajos.

—¡Con eso podéis comprar vuestro rescate! —exclamó Diego.

—Cierto, pero preferimos poner en libertad a los esclavos, porque aunque el dinero de tu padre nunca llegue, sabemos que tú vas a ganarlo con trampas —replicó Isabel.

Jean Laffite estaba sentado en la terraza, con una taza de café y un plato de *beignets*, sabrosos buñuelos franceses, anotando cifras en su libro de cuentas, cuando Juliana se presentó con un pañuelo amarrado por las cuatro puntas y lo colocó sobre la mesa. El corsario levantó la vista y una vez más su corazón dio un brinco ante esa joven, que lo había acompañado en sus sueños durante cada noche. Desató el paquete y no logró contener una exclamación.

—¿Cuánto cree que vale esto? —preguntó ella, con las mejillas arreboladas, y procedió a proponerle el negocio que tenía en mente.

Para el corsario la primera sorpresa fue descubrir que las hermanas habían sido capaces de esconder las piedras; la segunda, que las destinaran a comprar a los esclavos en vez de su propia libertad. ¿Qué dirían Pierre y los otros capitanes de esto? Lo único que deseaba era borrar la mala impresión que la piratería y ahora los esclavos habían causado en Juliana. Por primera vez se sentía avergonzado de sus acciones, indigno. No pretendía ganar el amor de esa joven, porque él mismo no era libre para ofrecerle el suyo, pero necesitaba por lo menos su respeto. El dinero no le importaba un bledo en este caso, podía recuperarlo, y además tenía más que suficiente para tapar la boca de sus socios.

—Esto vale mucho, Juliana. Alcanza de más para comprar a los esclavos, pagar su rescate, el de sus amigos y viajar a California. También hay para su dote y la de su hermana —dijo.

Juliana no había imaginado que esos guijarros de colores sirvieran para tanto. Dividió las piedras en dos montoncitos, uno grande y otro más pequeño, envolvió el primero en el pañuelo, se lo puso en el escote y dejó el resto sobre la mesa. Hizo ademán de retirarse, pero él se puso de pie, agitado, y la detuvo por un brazo.

—¿Qué hará con los esclavos?

—Quitarles las cadenas, antes que nada, luego veré cómo ayudarlos.

—Está bien. Es usted libre, Juliana. Me ocuparé de que pueda partir pronto. Perdóneme los sinsabores que le he hecho pasar, no sabe cuánto desearía que nos hubiésemos conocido en otras circunstancias. Por favor, acepte esto como un regalo mío —dijo el pirata, entregándole las piedras que ella había dejado sobre la mesa.

Juliana había requerido de todas sus fuerzas para enfrentar a ese hombre y ahora ese gesto la desarmaba por completo. No estaba segura de su significado, pero el instinto le advertía de que el sentimiento que la trastornaba era correspondido a plenitud por Laffite: el regalo era una declaración de amor. El corsario la vio vacilar y sin pensar la tomó en sus brazos y la besó de lleno en la boca. Fue el primer beso de amor de Juliana y seguramente el más largo e intenso que habría de recibir en su vida. En cualquier caso, fue el más memorable, como siempre ocurre con el primero. La proximidad del pirata, sus brazos envolviéndola, su aliento, su calor, su olor viril, su lengua dentro de su propia boca, la remecieron hasta los huesos. Se había preparado para ese momento con centenares de novelas de amor, con años imaginando al galán predestinado para ella. Deseaba a Laffite con una pasión recién estrenada, pero con una certeza antigua y absoluta. Jamás amaría a otro, ese amor prohibido sería el único que tendría en este mundo. Se aferró a él, sujetándolo a dos manos por la camisa, y le devolvió el beso con igual intensidad, mientras se desgarraba por dentro, porque sabía que esa caricia era una despedida. Cuando por fin lograron separarse, ella se recostó en el pecho del pirata, mareada, tratando de recuperar la respiración y el ritmo del corazón, mientras él repetía su nombre, Juliana, Juliana, en un largo murmullo.

—Debo irme —dijo ella, desprendiéndose.

—La amo con toda mi alma, Juliana, pero también amo a Catherine. Nunca la abandonaré. ¿Puede entender eso?

—Sí, Jean. Mi desgracia es haberme enamorado de usted y saber que nunca podremos estar juntos. Pero le amo más por su fidelidad a Catherine. Dios quiera que ella se reponga pronto y que sean felices...

Jean Laffite quiso besarla de nuevo, pero ella se retiró corriendo. Ninguno de los dos, turbados como estaban, alcanzó a ver a madame Odilia, quien había presenciado la escena a corta distancia.

A Juliana no le cabía duda de que su vida había terminado. No valía la pena seguir en este mundo separada de Jean. Prefería morir, como las heroínas trágicas de la literatura, pero no sospechaba cómo se contrae tuberculosis u otra enfermedad fina, y despacharse de tifus le resultaba indigno. Descartó morir por su propia mano porque, por muy profundo que fuese su sufrimiento, no podía condenarse al infierno; ni siquiera Laffite merecía tal sacrificio. Además, si ella se suicidaba, Isabel y Nuria se llevarían una molestia. Hacerse monja se vislumbraba como la única opción, pero la idea de usar un hábito en el calor de Nueva Orleáns era poco tentadora. Imaginaba lo que diría su difunto padre, quien con el favor de Dios había sido siempre ateo, si supiera de sus intenciones. Tomás de Romeu habría preferido verla casada con un pirata antes que de monja. Lo mejor sería partir de allí apenas consiguiera transporte y acabar sus días cuidando indios bajo las órdenes del padre Mendoza, quien era un buen hombre, según Diego. Atesoraría el recuerdo claro y limpio de aquel beso y la imagen de Jean Laffite, de su rostro apasionado, sus ojos de azabache, su melena peinada hacia atrás, su cuello y su pecho asomando de la camisa de seda negra, su cadena de oro, sus firmes manos abrazándola. No tenía el alivio del llanto. Estaba seca, había gastado su reserva completa de lágrimas en los días anteriores y creía que no lloraría más en su vida.

En eso estaba, mirando la playa por la ventana y sufriendo callada el dolor de su corazón destrozado, cuando sintió la presencia de alguien a su espalda. Era madame Odilia, más espectacular que nunca, toda de lino blanco, con un turbante del mismo color, varios collares de ámbar, pulseras en los brazos y pendientes de oro en las orejas. Una reina de Senegal, como su madre.

—Te has enamorado de Jean —dijo en un tono neutro, tuteándola por primera vez.

—No se preocupe, madame, nunca me interpondría entre su hija y su yerno. Me iré de aquí y él me olvidará —replicó Juliana.

—¿Para qué compraste a los esclavos?

—Para liberarlos. ¿Puede usted ayudarlos? He oído que los cuáqueros protegen a los esclavos y los conducen a Canadá, pero no sé cómo ponerme en contacto con ellos.

—En Nueva Orleáns hay muchos negros libres. Pueden encontrar trabajo y vivir allí, yo me haré cargo de colocarlos —dijo la reina.

Se quedó en silencio un rato largo, observando a Juliana con sus ojos de avellana, manoseando las pelotas de ámbar de sus collares, estudiándola, calculando. Por fin su dura mirada pareció suavizarse un poco.

—¿Quieres ver a Catherine? —preguntó a boca de jarro.

—Sí, madame. Y me gustaría ver al niño también, para llevarme una imagen de ambos, así será más fácil para mí visualizar desde California la felicidad de Jean.

Madame Odilia condujo a Juliana a otra ala de la casa, tan limpia y bien decorada como el resto, donde había instalado una guardería para su nieto. Parecía el cuarto de un pequeño príncipe europeo, salvo por los fetiches de vudú que lo protegían del mal de ojo. En una cuna de bronce con vuelos de encaje dormía Pierre, acompañado por su aya de leche, una negra joven de grandes senos y ojos lánguidos, y una niña de cortos años, encargada de mover los ventiladores. La abuela apartó el mosquitero y Juliana se inclinó para ver al hijo del hombre que adoraba. Le pareció precioso. No había visto muchos críos con quienes compararlo, pero hubiera jurado que no había otro más lindo en el mundo. Tenía puesto solamente un pañal y estaba de espaldas, abierto de brazos y piernas, abandonado al sueño. Con un gesto, madame Odilia la autorizó para sacarlo de la cuna. Cuando lo tuvo en brazos y pudo oler su cabeza casi calva, ver su sonrisa sin dientes, tocar sus dedos como gusanitos, la enorme piedra negra que tenía en el pecho pareció reducirse, desgranarse, desaparecer. Empezó a besarlo por todas partes, los pies desnudos, la panza con el ombligo salido, el cuello húmedo de sudor, y entonces un río de lágrimas calientes le bañó la cara y cayó sobre la criatura. No lloraba de celos por lo que nunca tendría, sino de irreprimible ternura. La abuela puso a Pierre en la cuna y, sin una palabra, le indicó que la siguiera.

Cruzaron el jardín de naranjos y oleandros, se alejaron de la casa y llegaron a la playa, donde ya las esperaba un remero con un bote para conducirlas a Nueva Orleáns. Recorrieron deprisa las calles del centro y cruzaron el cementerio. Las inundaciones impedían enterrar a los muertos bajo tierra, de modo que el cementerio era una pequeña ciudad de mausoleos, algunos decorados con estatuas de mármol, otros con rejas de hierro forjado, cúpulas y campanarios. Un poco más allá vieron una calle de casas altas y angostas, todas iguales, con una puerta al centro y una ventana a cada lado. Las llamaban «de tiro», porque un balazo disparado a la puerta principal atravesaba toda la casa y salía por la puerta trasera sin tocar ninguna pared. Madame Odilia entró sin llamar. Adentro había un desorden inaudito de chiquillos de varias edades, cuidados por dos mujeres vestidas con delantales de calicó. La casa estaba atiborrada de fetiches, frascos de pociones, hierbas colgadas en ramas del techo, estatuas de madera erizadas de clavos, máscaras y un sinfín de objetos propios de la religión vudú. Había un olor dulce y pegajoso, como melaza. Madame Odilia saludó a las mujeres y se dirigió a una de las pequeñas habitaciones. Juliana se encontró frente a una mulata oscura de huesos largos y ojos amarillos de pantera, con la piel brillante de sudor, el cabello recogido en medio centenar de trenzas decoradas con cintas y cuentas de colores, amamantando a un recién nacido. Era la célebre Marie Laveau, la pitonisa que los domingos danzaba con los esclavos en la plaza del Congo y durante las ceremonias sagradas en el bosque caía en trance y encarnaba a los dioses.

—Te la traje, para que me digas si es ella —dijo madame Odilia.

Marie Laveau se puso de pie y se acercó a Juliana, con el bebé prendido del seno. Se había propuesto tener un hijo cada año mientras le alcanzara la juventud, y ya llevaba cinco. Le puso tres dedos en la frente y la miró largamente a los ojos. Juliana sintió una energía formidable, un latigazo que la sacudió de pies a cabeza. Pasó un minuto completo.

—Es ella —dijo Marie Laveau.

—Pero es blanca —objetó madame Odilia.

—Te digo que es ella —repitió la sacerdotisa, y con eso dio por terminada la entrevista.

La reina de Senegal se llevó a Juliana de vuelta al muelle, volvieron a cruzar el cementerio y la plaza de Armas, y se reunieron con el remero, que las había esperado paciente, fumando su tabaco. El hombre las condujo por otra vía hacia la zona de los pantanos. Pronto se encontraron en el laberinto de la ciénaga, con sus canales, charcos, lagunas e islotes. La soledad absoluta del paisaje, las miasmas del lodazal, los súbitos coletazos de los caimanes, los gritos de los pájaros, todo contribuía a crear un aire de misterio y peligro. Juliana se dio cuenta de que no había advertido a nadie de su partida. Su hermana y Nuria ya debían de estar buscándola. Se le ocurrió que esa mujer podía tener aviesas intenciones, después de todo era la madre de Catherine, pero descartó de inmediato esa idea. La travesía le pareció muy larga y el calor comenzó a adormecerla, sentía sed, había caído la tarde y el aire se llenó de mosquitos. No se atrevió a preguntar adónde iban. Después de un largo rato de viaje, cuando comenzaba a oscurecer, atracaron en una orilla. El remero se quedó junto al bote y madame Odilia encendió un farol, tomó a Juliana de la mano y la guió entre los pastos altos, donde no había ni una huella que indicase la dirección. «Cuidado con pisar una víbora», fue todo lo que dijo. Anduvieron un trecho largo y por fin la reina encontró lo que buscaba. Era un pequeño claro en los pastizales, con dos árboles altos, chorreados de musgo y marcados con cruces. No eran cruces cristianas, sino cruces de vudú, que simbolizaban la intersección de los dos mundos, el de los vivos y el de los muertos. Varias máscaras y figuras de dioses africanos talladas en madera vigilaban el lugar. A la luz del farol y de la luna, la escena era terrorífica.

—Allí está mi hija —dijo madame Odilia, señalando el suelo.

Catherine Villars había muerto de fiebre puerperal hacía cinco semanas. No pudieron salvarla los recursos de la ciencia médica, las oraciones cristianas ni los encantamientos y hierbas de la magia africana. Su madre y otras mujeres envolvieron su cuerpo, consumido por la infección y las hemorragias, y lo transportaron a ese lugar sagrado en la ciénaga, donde fue enterrado temporalmente, hasta que la joven difunta señalara a la persona destinada a reemplazarla. Catherine no podía permitir que su hijo cayera en manos de cualquier mujer escogida por Jean Laffite, según explicó la reina de Senegal. Su deber de madre era ayudarla en esa tarea, por eso ocultó su muerte. Catherine se encontraba en una región intermedia, iba y venía entre dos mundos. ¿Acaso Juliana no había oído sus pasos en la casa de Laffite? ¿No la había visto de pie junto a su cama por las noches? Ese olor de naranjas que flotaba en la isla era el perfume de Catherine, que en su nuevo estado vigilaba al pequeño Pierre y buscaba a la madrastra adecuada. A madame Odilia le sorprendió que Catherine hubiese ido hasta el otro lado del mundo para encontrar a Juliana y no le gustaba la idea de que hubiese escogido a una blanca, pero ¿quién era ella para oponerse? Desde la región de los espíritus Catherine podía decidir mejor que nadie lo más conveniente. Así le había asegurado Marie Laveau al ser consultada. «Cuando aparezca la mujer adecuada, yo sabré reconocerla», prometió la sacerdotisa. Madame Odilia tuvo la primera sospecha de que podía ser Juliana cuando vio que amaba a Jean Laffite pero estaba dispuesta a renunciar a él por respeto a Catherine, y la segunda cuando la joven se compadeció de la suerte de los esclavos. Ahora estaba satisfecha, dijo, porque su pobre hija descansaría tranquila en el cielo y podría ser enterrada en el cementerio, donde la subida de las aguas no arrastraría su cuerpo al mar.

Tuvo que repetir varios detalles, porque a Juliana no le entraba la historia en la cabeza. No podía creer que esa mujer hubiese ocultado la verdad a Jean durante cinco semanas. ¿Cómo se lo explicaría ahora? Madame Odilia dijo que no había ninguna necesidad de que su yerno se enterara de todo el asunto. La fecha exacta daba lo mismo, le diría que Catherine había fallecido el día anterior.

—¡Pero Jean exigirá ver el cuerpo! —alegó Juliana.

—Eso no es posible. Sólo las mujeres podemos ver los cadáveres. Es nuestra misión traer niños al mundo y despedir a los muertos. Jean tendrá que aceptarlo. Después del funeral de Catherine, él te pertenece —replicó la reina.

—¿Me pertenece?... —balbuceó Juliana desconcertada.

—Lo único que importa en este caso es mi nieto Pierre. Laffite es sólo el medio que usó Catherine para confiarte a su hijo. Ella y yo velaremos para que cumplas con tu obligación. Para eso es necesario que permanezcas junto al padre del niño y lo mantengas satisfecho y tranquilo.

—Jean no es la clase de hombre que puede estar satisfecho y tranquilo, es un corsario, un aventurero...

—Te daré pociones mágicas y los secretos para complacerlo en la cama, como se los di a Catherine cuando cumplió doce años.

—No soy una mujer de ésas... —se defendió Juliana, enrojeciendo.

—No te preocupes, lo serás, aunque nunca tan hábil como Catherine, porque estás un poco vieja para aprender y tienes muchas ideas tontas en la cabeza, pero Jean no notará la diferencia. Los hombres son torpes, los ciega el deseo, saben muy poco de placer.

—¡No puedo emplear trucos de cortesana o pociones mágicas, madame!

—¿Quieres a Jean o no, niña?

—Sí —admitió Juliana.

—Entonces tendrás que afanarte. Déjalo en mis manos. Lo harás feliz y es posible que tú también lo seas, pero te advierto que debes considerar a Pierre como tu propio hijo o tendrás que vértelas conmigo. ¿Has entendido bien?

No sé cómo transmitiros en su real magnitud, estimados lectores, la reacción del infeliz Diego de la Vega al saber lo que había ocurrido. El próximo barco a Cuba zarpaba de Nueva Orleáns dos días después, había comprado los pasajes y tenía todo dispuesto para salir volando del coto de caza de Jean Laffite con Juliana a la rastra. Iba a salvar a su amada, después de todo. Le había vuelto el alma al cuerpo, cuando se le dio vuelta la tortilla y resultó que su rival era viudo. Se arrojó a los pies de Juliana para convencerla de la estupidez que iba a cometer. Bueno, ésta es una manera de decir. Se quedó de pie, paseando a grandes trancos, gesticulando, halándose los pelos, dando gritos, mientras ella lo miraba impávida, con una sonrisa boba en su rostro de sirena. ¡Vaya uno a convencer a una mujer enamorada! Diego creía que en California, lejos del corsario, la joven recuperaría la razón y él recuperaría el terreno perdido. Juliana tendría que ser muy burra para seguir amando a un tipo que traficaba con esclavos. Confiaba en que al fin ella sabría apreciar a un hombre como él, tan guapo y valiente como Laffite, pero mucho más joven, honesto, de recto corazón y sanas intenciones, que podía ofrecerle una vida muy cómoda sin asesinar a inocentes para robarles. Él era casi perfecto y la adoraba. ¡Pardiez! ¿Qué más quería Juliana? ¡Nada le resultaba suficiente! ¡Era un saco sin fondo! Cierto, habían bastado unas pocas semanas en el calor de Barataria para borrar de un plumazo los avances que él había logrado en cinco años de cortejarla. Uno más avispado habría sacado la cuenta de que esa joven tenía un corazón veleidoso, pero no Diego. La vanidad le impedía ver claro, como suele ser el caso de los galanes como él.

Isabel observaba la escena pasmada. En las últimas cuarenta y ocho horas habían sucedido tantas cosas, que era incapaz de recordarlas en orden. Digamos que fue más o menos así: después de soltar las cadenas de los esclavos, alimentarlos, darles ropa y explicarles con gran dificultad que eran libres, presenciaron una escena desgarradora cuando murió el bebé, que había llegado agónico. Se requirió la fuerza de tres hombres para quitarle el cuerpo inerte a la madre y no hubo forma de calmarla, todavía se escuchaban sus aullidos, coreados por los perros de la isla. Los infelices esclavos no entendían la diferencia entre ser libres y no serlo, si de todos modos debían permanecer en ese detestable lugar. Su único deseo era regresar a África. ¿Cómo iban a sobrevivir en esa tierra hostil y bárbara? El negro que hacía de intérprete procuraba apaciguarlos con la promesa de que no les faltaría cómo ganarse la vida, siempre se necesitaban más piratas en la isla, con un poco de suerte las muchachas encontrarían marido y la pobre madre podría emplearse con una familia, le enseñarían a cocinar, no tendría que separarse del otro niño. Inútil, el mísero grupo repetía como una letanía que los enviaran de vuelta a África.

Juliana regresó de su larga excursión con madame Odilia transformada por una inmensa dicha y contando un cuento capaz de erizar los pelos del más cuerdo. Les hizo jurar a Diego, Isabel y Nuria que no repetirían ni una palabra y luego les soltó la novedad de que Catherine Villars no pensaba estar enferma, sino que era una especie de zombi y además la había escogido a ella para ser la madrastra del pequeño Pierre. Se casaría con Jean Laffite, sólo que él aún no lo sabía, se lo diría después del funeral de Catherine. Como regalo de bodas pensaba pedirle que renunciara para siempre al tráfico de esclavos, era lo único que no podía tolerar, las otras bellaquerías no importaban tanto. Confesó también, un poco abochornada, que madame Odilia le iba a enseñar a hacer el amor como le gustaba al pirata. A estas alturas Diego perdió el control. Juliana estaba demente, no cabía duda. Había una mosca que transmitía esa enfermedad, seguro que la había picado. ¿Pensaba que él la dejaría en manos de ese criminal? ¿Acaso no le había prometido a don Tomás de Romeu, que en paz descanse, conducirla sana y salva a California? Cumpliría su promesa, aunque tuviera que llevársela a coscorrones.

Jean Laffite padeció muchas y muy variadas emociones en esas horas. El beso lo dejó turulato. Renunciar a Juliana era lo más difícil que le había tocado en la vida, necesitaría todo su valor, que no era poco, para sobreponerse al despecho y la frustración. Se reunió con su hermano y los otros capitanes para entregarles su parte de la venta de los esclavos y el rescate de los rehenes, que a su vez ellos repartían con justicia entre el resto de los hombres. El dinero salía de su propia bolsa, fue toda la explicación que ofreció. Los capitanes, extrañados, le hicieron ver que desde el punto de vista comercial eso no tenía el menor sentido, para qué diablos traía esclavos y rehenes, con los consabidos gastos y molestias, si pensaba soltarlos gratuitamente. Pierre Laffite esperó que los otros se fueran para manifestarle su opinión a Jean. Pensaba que éste había perdido la capacidad de dirigir los negocios, se le había ablandado el cerebro, tal vez había llegado el momento de destituirlo.

—De acuerdo, Pierre. Lo someteremos a votación entre los hombres, como es habitual. ¿Deseas reemplazarme? —lo desafió Jean.

Por si fuera poco, a las pocas horas llegó su suegra a darle la noticia de que Catherine había muerto. No, no podía verla. El funeral se llevaría a cabo dentro de un par de días en Nueva Orleáns, con asistencia de la comunidad criolla. Habría un breve rito cristiano, para apaciguar al cura, y luego una ceremonia africana, con festín, música y danza, como correspondía. La mujer estaba triste, pero serena, y tuvo suficiente fortaleza para consolarlo cuando él se echó a llorar como un chiquillo. Adoraba a Catherine, había sido su compañera, su único amor, sollozaba Laffite. Madame Odilia le dio un trago de ron y unas palmaditas en el hombro. No sentía una desmesurada compasión por el viudo, porque sabía que muy pronto olvidaría a Catherine en otros brazos. Por decencia, Jean Laffite no podía salir corriendo a pedirle a Juliana que se casara con él, debía esperar un plazo prudente, pero la idea ya había tomado forma en su mente y en su corazón, aunque todavía no se atrevía a ponerla en palabras. La pérdida de su esposa resultaba terrible, pero le ofrecía una inesperada libertad. Incluso en su tumba, la dulce Catherine satisfacía sus más recónditos deseos. Estaba dispuesto a enmendar su rumbo por Juliana. Los años pasaban rápido, estaba harto de vivir como un proscrito, con una pistola al cinto y la posibilidad de que pusieran precio a su cabeza en cualquier momento. En esos años había amasado una fortuna, Juliana y él podrían irse con el pequeño Pierre a Texas, donde iban a parar habitualmente los rufianes, y dedicarse a otras actividades menos peligrosas, aunque siempre ilegales. De tráfico de esclavos, nada, por supuesto, porque por lo visto irritaba la sensibilidad de Juliana. Laffite jamás había tolerado que una mujer interfiriera en sus negocios y ella no sería la primera, pero tampoco podía arruinar su matrimonio peleando por ese asunto. Sí, se irían a Texas, ya lo había decidido. Ese lugar ofrecía muchas posibilidades para un hombre de moral flexible y espíritu aventurero. Estaba dispuesto a renunciar a la piratería, aunque eso no significaba convertirse en ciudadano respetable, no había para qué exagerar.

QUINTA PARTE

Alta California, 1815

Diego, Isabel y Nuria se embarcaron en una goleta en el puerto de Nueva Orleáns en la primavera de 1815. Juliana quedó atrás. Lamento que así fuera, porque todo lector de buen corazón espera un desenlace romántico en favor del héroe. Comprendo que la decisión de Juliana es decepcionante, pero no podía ser de otro modo, ya que en su lugar la mayoría de las mujeres hubiese actuado igual. Devolver a un pecador al buen camino es un proyecto irresistible y Juliana se lo propuso con celo religioso. Isabel le preguntó por qué nunca intentó hacer lo mismo con Rafael Moncada y ella le explicó que el esfuerzo no valía la pena, porque Moncada no era hombre de vicios estupendos, como Laffite, sino de mezquindades. «Y ésas, como todo el mundo sabe, no tienen cura», agregó la bella. En esa época al Zorro todavía le faltaba mucho para merecer que una mujer se diera el trabajo de reformarlo.

Hemos llegado a la quinta y última parte de este libro. Falta poco para despedirnos, estimados lectores, ya que la historia concluye cuando el héroe regresa al punto de partida, transformado por sus aventuras y por los obstáculos superados. Esto es lo habitual en las narraciones épicas, desde la *Odisea* hasta los cuentos de hadas, y no seré yo quien pretenda innovar.

La tremenda alharaca que armó Diego al conocer la decisión de Juliana de quedarse con Laffite en Nueva Orleáns no sirvió de nada, porque ella se lo sacudió de encima como a un mosquito. ¿Quién era Diego para darle órdenes? Ni siquiera estaban unidos por lazos de sangre, alegó. Además, ella tenía edad sobrada para saber lo que le convenía. Como último recurso, Diego desafió al pirata en duelo a muerte «para defender el honor de la señorita De Romeu», como dijo, pero entonces éste le informó de que esa misma mañana se habían casado en una parroquia criolla en estricta privacidad, sin más testigos que su hermano Pierre y madame Odilia. Lo habían hecho así para evitar las escenas que sin duda armarían quienes no entendían las urgencias del amor. No había nada que hacer, la unión era legal. Así Diego perdió para siempre a su amada y, presa de la mayor angustia, juró permanecer célibe para el resto de sus días. Nadie le creyó. Isabel le hizo ver que Laffite no duraría mucho en este mundo, dado su peligroso estilo de vida, y que, apenas Juliana quedara viuda, él podría volver a perseguirla hasta el cansancio, pero este argumento fue insuficiente consuelo para Diego.

Nuria e Isabel se despidieron de Juliana con mucho llanto, a pesar de las promesas de Laffite de que irían pronto a California a visitarlas. Nuria, quien consideraba a las niñas De Romeu como sus propias hijas, dudaba entre quedarse con Juliana para defenderla del vudú, los piratas y otros sinsabores, que sin duda le deparaba el destino, o seguir a California con Isabel, quien, a pesar de ser varios años más joven, la necesitaba menos. Juliana resolvió el dilema exigiéndole que se fuera, porque la reputación de Isabel quedaría tiznada para siempre si viajaba sola con Diego de la Vega. Como regalo de despedida, Laffite le dio a la dueña una cadena de oro y una pieza de la seda más fina. Nuria la escogió de color negro, por el luto.

La goleta se alejó del puerto en medio de un chubasco caliente, como tantos que ocurrían a diario en esa época, y Juliana quedó bañada en lágrimas y salpicada de lluvia, con el pequeño Pierre en los brazos, escoltada por su inefable corsario y la reina de Senegal, constituida en su instructora y guardiana. Juliana vestía con sencillez, a gusto de su marido, e irradiaba tanta dicha, que Diego se echó a llorar. Nunca le había parecido tan hermosa como en el momento de perderla. Juliana y Laffite formaban una pareja espléndida, él todo de negro con un loro en el hombro, ella de muselina blanca, ambos protegidos a medias por los paraguas que sostenían dos muchachas africanas, antes esclavas y ahora libres. Nuria se encerró en su cabina para que no la vieran llorando a gritos, mientras Diego e Isabel, desconsolados, les hacían adiós con las manos hasta perderlos de vista. Diego tragaba lágrimas por las razones que conocemos e Isabel porque se separaba de su hermana. Además, hay que decirlo, se había hecho ilusiones respecto a Laffite, el primer hombre en llamarla hermosa. Así es la vida, pura ironía. Retomemos la historia.

El barco llevó a nuestros personajes a Cuba. La histórica ciudad de La Habana, con sus casas coloniales y su largo malecón, bañada por el mar cristalino y la luz imposible del Caribe, ofrecía placeres decadentes que ninguno supo aprovechar, Diego por despechado, Nuria por sentirse vieja, e Isabel porque no se lo permitieron. Vigilada por los otros dos, la joven no pudo visitar los casinos ni participar en los desfiles de alegres músicos callejeros. Pobres y ricos, blancos y negros, comían en las tabernas y en los mesones de la calle, bebían ron sin medida y bailaban hasta el alba. Si le hubiesen dado la oportunidad, Isabel habría renunciado a la virtud española, que de poco le había servido hasta entonces, para incursionar en la lujuria caribeña, que parecía harto más interesante, pero se quedó con las ganas. Por el dueño del hotel obtuvieron noticias de Santiago de León. El capitán había logrado llegar a salvo a Cuba con los otros sobrevivientes del ataque de los corsarios y apenas se recuperó de la insolación y el susto se embarcó hacia Inglaterra. Pensaba cobrar un seguro y retirarse a una casita en el campo, donde seguiría dibujando mapas fantásticos para coleccionistas de rarezas.

Los tres amigos permanecieron en La Habana varios días, que Diego aprovechó para mandar a hacer un par de atuendos completos de Zorro, copiados de Jean Laffite. Al verse en el espejo de la sastrería debió admitir que su rival era de una elegancia incuestionable. Se miró de frente y de perfil, puso una mano en la cadera y otra en la empuñadura de su arma, levantó el mentón y sonrió muy satisfecho, tenía dientes perfectos y le gustaba lucirlos. Pensó que se veía magnífico. Por primera vez lamentó el asunto de la doble personalidad, le gustaría andar siempre vestido así. «En fin, no se puede tener todo en la vida», suspiró. Sólo faltaban la máscara para aplastarse las orejas y el bigotillo postizo para despistar a sus enemigos y el Zorro estaría listo para aparecer donde su espada fuese requerida. «A propósito, guapo, necesitas una segunda espada», le dijo a la imagen del espejo. Nunca se separaría de su querida Justina, pero un solo acero no era suficiente. Hizo enviar sus nuevas galas al hotel y se fue a recorrer las armerías del puerto en busca de una espada parecida a la que le había regalado Pelayo. Encontró exactamente lo que deseaba y compró también un par de dagas moriscas, delgadas y flexibles, pero muy fuertes. El dinero mal habido en los garitos de juego de Nueva Orleáns se le fue de las manos rápidamente y unos días más tarde, cuando pudieron embarcarse rumbo a Portobelo, iba tan pobre como cuando lo secuestró Jean Laffite.

Para Diego, quien había atravesado antes el istmo de Panamá en sentido contrario, esa parte del viaje no resultó tan interesante como para Nuria e Isabel, que jamás habían visto sapos ponzoñosos y mucho menos indígenas desnudos. Horrorizada, Nuria clavó los ojos en el río Chagres, convencida de que sus peores temores sobre el salvajismo de las Américas se veían confirmados. Isabel, en cambio, aprovechó aquel despliegue de nudismo para satisfacer una antigua curiosidad. Hacía años que se preguntaba cómo sería la diferencia entre hombres y mujeres. Se llevó una desilusión, porque esa diferencia cabía holgadamente en su bolso, como le comentó a su dueña. En todo caso, gracias a los rosarios de Nuria se libraron de contraer malaria o ser mordidos por víboras y llegaron sin tropiezos al puerto de Panamá. Allí consiguieron un barco que los llevó a Alta California.

El barco echó el ancla en el pequeño puerto de San Pedro, cerca de Los Ángeles, y los viajeros fueron conducidos en un bote a la playa. No fue fácil descender a Nuria por la escalera de cuerda. Un marinero de buena voluntad y firmes músculos la cogió por la cintura sin pedirle permiso, se la echó al hombro y la bajó como si fuese un saco de azúcar. Al acercarse a tierra vieron la figura de un indio que les hacía señas con la mano. Momentos después Diego e Isabel empezaron a lanzar gritos de alegría al reconocer a Bernardo.

—¿Cómo sabía que llegábamos hoy? —preguntó Nuria, extrañada.

—Yo le avisé —replicó Diego, sin ofrecer explicaciones de cómo lo había hecho.

Bernardo había aguardado en ese lugar desde hacía más de una semana, cuando tuvo el claro presentimiento de que su hermano estaba por llegar. No dudó del mensaje telepático y se instaló a otear el mar con infinita paciencia, seguro de que tarde o temprano aparecería una nave en el horizonte. No sabía que Diego venía acompañado, pero calculó que traería bastante equipaje, por eso había tomado la precaución de llevar varios caballos. Había cambiado tanto, que a Nuria le costó reconocer en ese indio fornido al discreto criado que había conocido en Barcelona. Bernardo vestía sólo un pantalón de lienzo sujeto a la cintura con una faja de cuero de vaca. Estaba muy tostado por el sol, con la piel muy oscura y el pelo largo y trenzado. Llevaba un puñal al cinto y un mosquete colgado a la espalda.

—¿Cómo están mis padres? ¿Y Rayo en la Noche y tu hijo? —fueron las primeras inquietudes de Diego.

Por señas Bernardo contestó que había malas noticias y debían ir en directo a la misión San Gabriel, donde el padre Mendoza les daría las explicaciones del caso. Él mismo había estado viviendo entre los indios desde hacía varios meses y no estaba al tanto de los detalles. Ataron parte del equipaje en uno de los caballos, enterraron el resto en la arena y marcaron el sitio con piedras, para retirarlo más tarde, luego montaron en las otras cabalgaduras y enfilaron hacia la misión. Diego se dio cuenta de que Bernardo los llevaba por un desvío, evitando el Camino Real y la hacienda De la Vega. Después de galopar algunas leguas vieron los terrenos de la misión. A Diego se le escapó una exclamación de sorpresa al comprobar que los campos plantados con tanta dedicación por el padre Mendoza habían sido invadidos por la maleza, a los techos les faltaban la mitad de las tejas y las cabañas de los neófitos parecían abandonadas. Reinaba un aire de miseria en lo que antes fuera una propiedad muy próspera. Al ruido de cascos surgieron unas cuantas indias con sus críos a la zaga y pocos instantes después apareció el padre Mendoza en el patio. El misionero se había desgastado mucho en esos cinco años, parecía un anciano frágil, con unos pelos ralos en el cráneo que no lograban tapar el cuchillazo de la oreja perdida. Sabía que Bernardo estaba esperando a su hermano y no dudaba de ese presentimiento, por lo mismo la llegada de Diego no fue una sorpresa. Le abrió los brazos y el joven saltó del caballo y corrió a saludarlo. Diego, quien ahora media una cabeza más que el sacerdote, tuvo la sensación de estrechar apenas un montón de huesos y se le encogió el corazón de angustia al comprobar el paso del tiempo.

—Esta niña es Isabel, hija de don Tomás de Romeu, que Dios lo tenga a Su diestra, y esta señora es Nuria, su dueña —las presentó Diego.

—Bienvenidas a la misión, hijas mías. Supongo que el viaje ha sido muy pesado. Podréis lavaros y descansar, mientras Diego y yo nos ponemos al día. Os avisaré cuando estemos listos para cenar —dijo el padre Mendoza.

Las noticias eran peores de lo que Diego imaginaba. Sus padres se habían separado hacía cinco años; el mismo día que él partió a estudiar a España, Regina se fue de la casa llevando sólo la ropa puesta. Desde entonces vivía con la tribu de Lechuza Blanca y nadie la había visto en el pueblo o la misión, decían que había renunciado a sus modales de dama española y estaba convertida en la misma india brava que fuera en su juventud. Bernardo, quien vivía en la misma tribu, confirmó sus palabras. La madre de Diego ahora usaba su nombre indígena, Toypurnia, y se preparaba para reemplazar algún día a Lechuza Blanca como curandera y chamán. La reputación de visionarias de las dos mujeres se había extendido más allá de la sierra y los indios de otras tribus viajaban de lejos para consultarlas. Entretanto, Alejandro de la Vega prohibió la sola mención del nombre de su mujer, pero nunca logró acostumbrarse a su ausencia y había envejecido de tristeza. Para no dar explicaciones a la mezquina sociedad blanca de la colonia, dejó su cargo de alcalde y se dedicó por completo a la hacienda y sus negocios, multiplicando su fortuna. De poco le sirvió el trabajo, porque hacía unos meses, justamente cuando Diego se encontraba con los gitanos en España, había llegado Rafael Moncada a California, en calidad de enviado plenipotenciario del rey Fernando VII, con la misión oficial de informar sobre el estado político y económico de la colonia. Su poder era superior al del gobernador y el jefe militar de la plaza. A Diego no le cupo duda de que Moncada había conseguido el cargo mediante la influencia de su tía Eulalia de Callís y que su única razón para alejarse de la corte española era la esperanza de atrapar a Juliana. Así se lo manifestó al padre Mendoza.

—Moncada se debe de haber llevado un chasco al comprobar que la señorita De Romeu no estaba aquí —dijo Diego.

—Supuso que vosotros vendríais en camino, puesto que se quedó. Mientras tanto no ha perdido su tiempo, se rumorea que está haciendo una fortuna —replicó el misionero.

—Ese hombre me odia por muchas razones, siendo la principal que ayudé a Juliana a eludir sus atenciones —le explicó Diego.

—Ahora entiendo mejor lo sucedido, Diego. Codicia no es la única motivación de Moncada, también ha querido vengarse de ti... —suspiró el padre Mendoza.

Rafael Moncada inició su mandato en California confiscando la hacienda De la Vega, después de ordenar el arresto de su dueño, a quien acusó de encabezar una insurrección para independizar California del reino de España. No existía tal movimiento, le aseguró el padre Mendoza a Diego, la idea aún no pasaba por las mentes de los colonos, a pesar de que el germen de la rebelión había comenzado en algunos países de Sudamérica y estaba prendiendo como pólvora en el resto del continente. Con el infundado cargo de traición, Alejandro de la Vega fue a dar con sus huesos a la temible prisión de El Diablo. Moncada se instaló con su séquito en la hacienda, ahora convertida en su residencia y cuartel. El misionero agregó que ese hombre había hecho mucho daño en poco tiempo. También él estaba en la mira de Moncada, porque defendía a los indios y se atrevía a cantarle ciertas verdades, pero las pagaba caras: la misión estaba arruinada. Moncada le negaba los recursos habituales y además se había llevado a los hombres, no quedaban brazos para trabajar la tierra, sólo mujeres, niños y ancianos. Las familias indígenas estaban deshechas, la gente desmoralizada. Corrían rumores sobre un negocio de perlas, armado por Rafael Moncada, para el cual empleaban el trabajo forzado de los indios. Las perlas de California, más valiosas que el oro y la plata de otras colonias, habían contribuido al tesoro de España durante dos siglos, pero llegó un momento en que la explotación desmedida acabó con ellas, explicó el misionero. Nadie volvió a acordarse de las perlas por cincuenta años, lo que dio tiempo a las ostras para recuperarse. Las autoridades, ocupadas de otros asuntos y enredadas en burocracia, carecían de iniciativa para emprender la búsqueda. Se suponía que los nuevos bancos de ostras estaban más al norte, cerca de Los Ángeles, pero nadie se había dado el trabajo de confirmarlo hasta que apareció Moncada con unas cartas marítimas. El padre Mendoza creía que se había propuesto obtener las perlas sin informar a España, ya que en principio éstas pertenecían a la Corona. Para explotarlas necesitaba a Carlos Alcázar, jefe de la prisión de El Diablo, quien proveía esclavos para el buceo. Ambos se estaban enriqueciendo con rapidez y discreción. Antiguamente los buscadores de perlas eran indios yaquis de México, hombres muy fuertes, que durante generaciones habían trabajado en el mar y podían sumergirse por casi dos minutos completos, pero trasladarlos a Alta California habría llamado la atención. Como alternativa, los socios decidieron utilizar a los indios de la región, que no eran expertos nadadores y jamás se habrían prestado de buena gana para aquella faena. Eso no constituía un problema: los arrestaban con cualquiera excusa y los explotaban hasta reventarles los pulmones. Los emborrachaban o los molían a golpes y les empapaban la ropa de alcohol, luego los arrastraban ante el juez, quien hacía la vista gorda. Así los infelices terminaban en El Diablo, a pesar de las gestiones desesperadas del misionero. Diego quiso saber si allí estaba su padre, y el padre Mendoza le confirmó que así era. Don Alejandro estaba enfermo y débil, no sobreviviría mucho más en ese lugar, agregó. Era el de más edad y el único blanco entre los presos, los demás eran indios o mestizos. Quienes entraban a ese infierno no salían con vida; habían muerto varios en los últimos meses. Nadie se atrevía a hablar de lo que ocurría entre esos muros, ni guardias ni detenidos; un silencio de tumba envolvía a El Diablo.

—Ya ni siquiera puedo llevar consuelo espiritual a esas pobres almas. Antes acudía con frecuencia a decir misa, pero tuve un cruce de palabras con Carlos Alcázar y me ha prohibido la entrada. En mi lugar vendrá pronto un sacerdote de Baja California.

—¿Ese Carlos Alcázar es el matón tan temido cuando éramos chicos? —preguntó Diego.

—El mismo, hijo. Con los años su carácter ha empeorado, es un hombre déspota y cobarde. Su prima Lolita, en cambio, es una santa. La muchacha solía acompañarme a la prisión para llevar medicinas, comida y mantas a los presos, pero por desgracia no tiene influencia sobre Carlos.

—Recuerdo a Lolita. La familia Pulido es noble y virtuosa. Francisco, hermano de Lolita, estudiaba en Madrid. Mantuvimos cierta correspondencia cuando yo estaba en Barcelona —comentó Diego.

—En fin, hijo mío, la situación de don Alejandro es muy grave, eres su única esperanza, debes intervenir con urgencia —concluyó el padre Mendoza.

Hacía un buen rato que Diego se paseaba por el cuarto procurando controlar la indignación que le embargaba. Desde su silla, Bernardo seguía la conversación con los ojos clavados en su hermano, mandándole mensajes mentales. El primer impulso de Diego había sido buscar a Moncada para batirse con él, pero la mirada de Bernardo le hizo comprender que en esas circunstancias se requería más astucia que valor, aquella misión correspondía al Zorro y sería necesario llevarla a cabo con la cabeza fría. Sacó un pañuelo de encaje para secarse la frente con gesto afectado y suspiró.

—Iré a Monterrey a hablar con el gobernador. Es amigo de mi padre —propuso.

—Ya lo hice, Diego. Cuando don Alejandro fue arrestado, hablé personalmente con el gobernador, pero me contestó que no tiene autoridad sobre Moncada. Tampoco me escuchó cuando le sugerí que averiguara por qué mueren tantos presos en El Diablo —replicó el misionero.

—Entonces tendré que ir a México a ver al virrey.

—¡Eso tardaría meses! —alegó el padre Mendoza.

Le costaba creer que el atrevido muchacho, a quien había traído al mundo con sus propias manos y visto crecer, se hubiese convertido en un dandi. España le había ablandado el cerebro y los músculos, era una vergüenza. Había rezado mucho para que Diego regresara a tiempo para salvar a su padre y la respuesta a sus oraciones era ese pisaverde con pañuelito de encaje. Apenas lograba disimular el desprecio que el joven le provocaba.

El misionero hizo avisar a Isabel y Nuria de que la cena esperaba y los cuatro se sentaron a la mesa. Una india trajo una paila de greda con una mazamorra de maíz y unos trozos de carne hervida, dura y sosa como suela. No había pan, vino, ni vegetales, incluso faltaba café, el único vicio que se permitía el padre Mendoza. Estaban comiendo en silencio, cuando oyeron ruido de cascos y voces en el patio y momentos más tarde irrumpió en la sala un grupo de hombres uniformados al mando de Rafael Moncada.

—¡Excelencia! ¡Qué sorpresa! —exclamó Diego sin ponerse de pie.

—Acabo de enterarme de su llegada —replicó Moncada, buscando a Juliana con la mirada.

—Aquí estamos, tal como le prometimos en Barcelona, señor Moncada. ¿Puedo saber cómo salió de la cámara secreta? —le preguntó Isabel, burlona.

—¿Dónde está su hermana? —la interrumpió Moncada.

—¡Ah! Se encuentra en Nueva Orleáns. Tengo el placer de notificarle que Juliana está felizmente casada.

—¡Casada! ¡No puede ser! ¿Con quién? —gritó el despechado pretendiente.

—Con un adinerado y guapo hombre de negocios que logró enamorarla a primera vista —explicó Isabel con la expresión más inocente del mundo.

Rafael Moncada dio un puñetazo sobre la mesa y apretó los labios para no soltar una retahíla de improperios. No podía creer que Juliana se le hubiera escurrido de las manos una vez más. Había cruzado el mundo, dejado su puesto en la Corte y postergado su carrera por ella. Era tanta su furia, que en ese instante la hubiera estrangulado con sus propias manos. Diego aprovechó la pausa para acercarse a un sargento gordo y sudoroso, que lo miraba con ojos de perro manso.

—¿García? —preguntó.

—Don Diego de la Vega... me reconoce... ¡qué honor! —murmuró el gordo, dichoso.

—¡Cómo no! ¡El inconfundible García! —exclamó Diego, abrazándolo.

Esa inapropiada demostración de afecto entre Diego y su propio sargento desconcertó brevemente a Moncada.

—Aprovecho esta oportunidad para preguntarle por mi padre, excelencia —dijo Diego.

—Es un traidor y como tal será castigado —replicó Moncada, escupiendo cada palabra.

—¿Traidor? ¡No puede decir eso del señor De la Vega, excelencia! Usted es nuevo por estas tierras, no conoce a la gente. Pero yo nací aquí y puedo decirle que la familia De la Vega es la más honorable y distinguida de toda California... —intervino el sargento García, angustiado.

—¡Silencio, García! ¡Nadie ha solicitado tu opinión! —lo interrumpió Moncada, fulminándolo con una mirada de cuchillo.

Enseguida ladró una orden y el sudoroso sargento no tuvo más remedio que saludar chocando los talones y encabezar la retirada de sus hombres. En la puerta vaciló y, volviéndose hacia Diego, hizo un gesto de impotencia, que el otro respondió con un guiño de complicidad.

—Me permito recordarle que mi padre, don Alejandro de la Vega, es un hidalgo español, héroe de muchas batallas al servicio del rey. Sólo un tribunal español calificado puede juzgarlo —dijo Diego a Moncada.

—Su caso será revisado por las autoridades pertinentes en México. Entretanto, su padre está a buen resguardo, donde no puede seguir conspirando contra España.

—El juicio tardará años y don Alejandro es un anciano. No puede permanecer en El Diablo —intercedió el padre Mendoza.

—Antes de violar la ley, De la Vega debió haber pensado en que arriesgaba la pérdida de su libertad y de sus bienes. Por su imprudencia, el viejo condenó a su familia a la miseria —replicó Moncada en tono despectivo.

La diestra de Diego empuñó la espada, pero Bernardo lo cogió por el brazo y lo sujetó, para recordarle la necesidad de tener paciencia. Moncada le recomendó que buscara la forma de ganarse la vida, ya que no disponía de la fortuna de su padre, y con eso dio media vuelta y salió tras sus hombres. El padre Mendoza le dio una palmada solidaria en el hombro a Diego y repitió su ofrecimiento de hospitalidad. En la misión la vida era austera y esforzada, dijo, faltaban las comodidades a que ellos estaban habituados, pero al menos tendrían un techo.

—Gracias, padre. Un día le contaré lo que nos ha sucedido desde la muerte de mi pobre padre. Verá que hemos recorrido España a pie, hemos vivido con gitanos y hemos sido raptados por piratas. En más de una ocasión salvamos la vida de milagro. En lo que se refiere a falta de comodidades, le aseguro que estamos bien curtidos —sonrió Isabel.

—Y desde mañana, padre, yo me haré cargo de la cocina, porque aquí se come peor que en la guerra —agregó Nuria con un respingo.

—La misión es muy pobre —se disculpó el padre Mendoza.

—Con los mismos ingredientes y algo más de inventiva, comeremos como la gente —replicó Nuria.

Esa noche, cuando los demás dormían, Diego y Bernardo se escabulleron de sus habitaciones, tomaron un par de caballos y sin detenerse a ponerles monturas, partieron galopando en dirección a las cuevas de los indios, donde tantas veces habían jugado en la infancia. Habían decidido que lo primero sería sacar a Alejandro de la Vega de la prisión y llevarlo a un lugar seguro, donde Moncada y Alcázar no pudieran hallarlo, luego vendría la difícil tarea de limpiar su nombre del cargo de traición. Ésa era la semana del cumpleaños de ambos, hacía exactamente veinte años que habían nacido. A Diego le pareció que era un momento muy importante de sus vidas y quiso marcarlo con algo en especial, por eso le propuso a su hermano de leche que fueran a las cuevas. Además, si el pasadizo que las unía a la hacienda De la Vega no había sido desbaratado por los temblores de tierra, tal vez podrían espiar a Rafael Moncada.

Diego apenas reconocía el terreno, pero Bernardo lo condujo sin vacilar a la entrada, oculta por tupidos arbustos. Una vez adentro encendieron un candil y pudieron orientarse en el laberinto de pasadizos, hasta dar con la caverna principal. Aspiraron a bocanadas el indescriptible olor subterráneo, que tanto les gustaba cuando eran niños. Diego se acordó del día fatídico en que su casa fue asaltada por piratas y se escondió allí con su madre herida. Le pareció sentir el olor de ese momento, mezcla de sangre, sudor, miedo y la oscura fragancia de la tierra. Todo estaba tal cual lo habían dejado, desde los arcos y flechas, velas y frascos de miel almacenados allí cinco años antes, hasta la Rueda Mágica, que hicieron con piedras cuando aspiraban al Okahué. Diego alumbró el altar circular con un par de antorchas y colocó al centro el paquete que había traído, envuelto en una tela oscura y atado con un cordel.

—Hermano, he esperado este instante por mucho tiempo. Hemos cumplido veinte años y los dos estamos preparados para lo que voy a proponerte —le anunció a Bernardo con inesperada solemnidad—. ¿Te acuerdas de las virtudes del Okahué? Honor, justicia, respeto, dignidad y valor. He tratado de que esas virtudes guíen mi vida y sé que han guiado la tuya.

En el resplandor rojizo de las antorchas Diego procedió a desatar el paquete, que contenía el atuendo completo del Zorro —pantalones, blusa, capa, botas, sombrero y máscara— y se lo entregó a Bernardo.

—Deseo que el Zorro sea el fundamento de mi vida, Bernardo. Me dedicaré a luchar por la justicia y te invito a que me acompañes. Juntos nos multiplicaremos por mil, confundiendo a nuestros enemigos. Habrá dos Zorros, tú y yo, pero jamás serán vistos juntos.

Era tan serio el tono de Diego, que por una vez Bernardo no estuvo tentado de responderle con un gesto burlón. Se dio cuenta de que su hermano de leche lo había pensado muy bien, no se trataba de un impulso nacido al conocer la suerte de su padre, así lo probaba el disfraz negro que había traído de su viaje. El joven indio se desprendió de los pantalones y con la misma solemnidad de Diego se fue poniendo una a una las prendas de ropa, hasta quedar convertido en una réplica del Zorro. Entonces Diego se quitó del cinto la espada que había comprado en Cuba y, tomándola con ambas manos, se la ofreció.

—¡Juro defender a los débiles y luchar por la justicia! —exclamó Diego.

Bernardo recibió el arma y, en un susurro inaudible, repitió las palabras de su hermano.

Los dos jóvenes abrieron con precaución la puerta secreta de la chimenea, que daba al salón, comprobando que a pesar de los años transcurridos se deslizaba en el riel sin ruido. Antes se preocupaban de mantener el metal engrasado y por lo visto cinco años más tarde aún lo estaba. Los grandes troncos dentro de la chimenea eran los mismos de siempre, ahora cubiertos de una gruesa capa de polvo. Nadie había encendido fuego en ese tiempo. El resto de la habitación estaba intacto, los mismos muebles comprados por Alejandro de la Vega en México para halagar a su esposa, la misma gran lámpara de ciento cincuenta bujías en el techo, la misma mesa de madera y sillas tapizadas, las mismas pretenciosas pinturas. Todo estaba igual, sin embargo a ellos les pareció que la casa era más pequeña y triste de lo que recordaban. Una pátina de olvido la afeaba, un silencio de cementerio pesaba en el aire, un olor a encierro y mugre impregnaba las paredes. Se deslizaron como gatos por los corredores, mal alumbrados por unos cuantos faroles. Antes había un viejo criado cuya única tarea era proveer luz; el hombre dormía de día y pasaba la noche vigilando velas y lámparas de sebo. Se preguntaron si ese viejo y otros antiguos criados aún vivirían en la hacienda, o si Moncada los había reemplazado por su propia gente.

A esa hora tardía hasta los perros descansaban y sólo un hombre montaba guardia en el patio principal, con su arma al hombro, luchando por mantener los ojos abiertos. Los dos jóvenes descubrieron el dormitorio de los soldados, donde contaron doce hamacas colgadas a diferentes alturas, unas encima de otras, aunque sólo ocho estaban ocupadas. En otro cuarto había un arsenal de armas de fuego, pólvora y sables. No se atrevieron a explorar las demás habitaciones por miedo a ser sorprendidos, pero a través de una puerta entreabierta vislumbraron a Rafael Moncada escribiendo o sacando cuentas en la biblioteca. Diego ahogó una exclamación de rabia al ver a su enemigo instalado en la silla de su padre, usando su papel y su tinta. Bernardo lo codeó para que se fueran, esa expedición se estaba poniendo peligrosa. Se retiraron con sigilo por donde mismo habían entrado, después de soplar el polvo espeso de la chimenea para borrar sus huellas.

Llegaron a la misión al romper el alba, hora en que Diego sintió por primera vez el mazazo de la fatiga acumulada desde que desembarcó en la playa el día anterior. Cayó a la cama de bruces y durmió hasta bien entrada la mañana siguiente, cuando Bernardo lo despertó para avisarle de que los caballos estaban listos. La idea de ir a ver a Toypurnia y pedirle ayuda para rescatar a Alejandro de la Vega había sido suya. No vieron al padre Mendoza, quien había partido temprano a Los Ángeles, pero Nuria les sirvió un desayuno contundente de frijoles, arroz y huevos fritos. Isabel se presentó a la mesa con el pelo recogido en una trenza, falda de viaje y una blusa de lienzo como las que usaban los neófitos en la misión, anunciando que iría con ellos porque quería conocer a la madre de Diego y ver cómo era una aldea de indios.

—En ese caso tendré que ir también —refunfuñó Nuria, a quien la idea de una larga cabalgata en esa tierra de bárbaros le hacía muy poca gracia.

—No. El padre Mendoza te necesita aquí. Volveremos pronto —replicó Isabel, dándole un beso de consuelo.

Los tres jóvenes partieron en los mejores caballos palominos de la misión, llevando uno más con el equipaje. Tendrían que viajar todo ese día, acampar por la noche bajo las estrellas e iniciar el ascenso a las montañas a la mañana siguiente. Para evitar a los soldados, la tribu se había ido lo más lejos posible y cambiaba de lugar a menudo, pero Bernardo sabía ubicarla. Isabel, quien había aprendido a montar a horcajadas, pero no tenía costumbre de largas cabalgatas, siguió a sus dos amigos sin quejarse. En el primer alto que hicieron para refrescarse en un arroyo y repartirse la merienda preparada por Nuria, se dio cuenta de cuán machucada estaba. Diego se burló de ella porque caminaba como pato, pero Bernardo le dio una pomada de yerbas, preparada por Lechuza Blanca, para que se frotara los miembros doloridos.

Al día siguiente al mediodía Bernardo señaló unas marcas en los árboles, que indicaban la cercanía de la tribu; así avisaban a otros indios cuando cambiaban de lugar. Instantes después les salieron al encuentro un par de hombres casi desnudos, con los cuerpos pintados y los arcos listos, pero al reconocer a Bernardo bajaron las armas y se acercaron a saludar. Hechas las presentaciones del caso, los condujeron entre los árboles hasta la aldea, un miserable conjunto de chozas de paja entre las que pululaban unos cuantos perros. Los indios silbaron y a los pocos minutos se materializaron de la nada los habitantes de aquel fantasmal villorrio, un patético grupo de indios, algunos desnudos y otros en harapos. Con horror, Diego reconoció a su abuela Lechuza Blanca y a su madre. Necesitó varios segundos para reponerse de la angustia al verlas tan mal, desmontar de un salto y correr a abrazarlas. Había olvidado lo pobres que eran los indios, pero no había olvidado la fragancia de humo y de yerbas de su abuela, que le llegó directo al alma, así como el nuevo aroma de su madre. Regina olía a jabón de leche y agua de flores; Toypurnia olía a salvia y sudor.

—Diego, cómo has crecido... —murmuró la madre.

Toypurnia le hablaba en lengua indígena, los primeros sonidos que Diego oyera en su infancia y que no había olvidado. En ese idioma podían acariciarse, en español se trataban con formalidad, sin tocarse. La primera lengua era para sentimientos, la segunda para ideas. Las manos llenas de callos de Toypurnia palparon a su hijo, los brazos, el pecho, el cuello, reconociéndolo, midiéndolo, asustada de los cambios. Después le tocó el turno a la abuela de darle la bienvenida. Lechuza Blanca le levantó el cabello para estudiarle las orejas, como si ésa fuera la única forma de identificarlo sin margen de error. Diego se echó a reír de buena gana y, tomándola por la cintura, la levantó un palmo del suelo. Pesaba muy poco, era como alzar a un niño, pero, bajo los trapos y pieles de conejo que la cubrían, Diego pudo apreciar su cuerpo fibroso y duro, pura madera. No estaba tan vieja ni tan frágil como le había parecido a simple vista.

Bernardo sólo tenía ojos para Rayo en la Noche y su hijo, el pequeño Diego, un chiquillo de cinco años, del color y la firmeza de un ladrillo, con ojos retintos y la misma risa de su madre, desnudo y armado con un arco y flechas en miniatura. Diego, quien había conocido a Rayo en la Noche en la infancia, cuando visitaba la aldea de su abuela, por las escasas referencias telepáticas de Bernardo y una carta del padre Mendoza, quedó impresionado por su belleza. Con ella y el niño, Bernardo parecía otro hombre, crecía en tamaño y se le iluminaba la expresión.

Pasada la primera euforia del encuentro, Diego se acordó de presentarles a Isabel, quien observaba la escena a cierta distancia. Por las anécdotas que Diego le había contado de su madre y su abuela, las imaginaba como figuras de cuadros epopéyicos, donde los conquistadores salen retratados en refulgentes armaduras y los indígenas americanos parecen semidioses emplumados. Esas mujeres en los huesos, desgreñadas y sucias no se parecían ni remotamente a las de los cuadros de los museos, pero tenían la misma dignidad. No podía comunicarse con la abuela, pero al poco rato de llegar había intimado con Toypurnia. Se propuso visitarla a menudo, porque supuso que podía aprender mucho de esa extraña y sabia mujer. Así de indómita quisiera ser yo, pensó. La simpatía fue mutua, porque a Toypurnia le gustó la joven española de ojos bizcos. Creía que eso indica la capacidad de ver lo que los demás no ven.

De la tribu quedaba un grupo numeroso de niños, mujeres y viejos, pero sólo había cinco cazadores, que debían ir lejos para obtener una presa porque los blancos se habían repartido el terreno y lo defendían a tiros. A veces el hambre los incitaba a robar ganado, pero si eran sorprendidos lo pagaban con azotes o la horca. La mayoría de los hombres se empleaba en los ranchos, pero el clan de Lechuza Blanca y Toypurnia había preferido la libertad, con todos sus riesgos. No tenían problemas con tribus guerreras gracias a la reputación de chamanes y curanderas de las dos mujeres. Si llegaban desconocidos al campamento era para pedir consejos y medicinas, que retribuían con comida y pieles. Habían sobrevivido, pero desde que Rafael Moncada y Carlos Alcázar se dedicaban a arrestar a los hombres jóvenes, no podían quedarse en un sitio fijo. La vida nómada había terminado con las plantaciones de maíz y otros granos, debían conformarse con hongos y frutos salvajes, pescado y carne, cuando la conseguían.

Bernardo y Rayo en la Noche trajeron el regalo que tenían para Diego, un corcel negro de grandes ojos inteligentes. Era Tornado, el potrillo sin madre que Bernardo conoció durante su rito de iniciación, siete años antes, y que Rayo en la Noche había amansado y había enseñado a obedecer con silbidos. Era un animal de noble estampa, un compañero espléndido. Diego le acarició la nariz y hundió la cara en su larga melena, repitiendo su nombre.

—Tendremos que mantenerte oculto, Tornado. Sólo te montará el Zorro —le dijo, y el caballo respondió con un relincho y una sacudida de cola.

El resto de la tarde se fue en asar unos mapaches y unos pájaros, que habían conseguido cazar, y en ponerse al día de las malas noticias. Al caer la noche, Isabel, rendida, se envolvió en una manta y se quedó dormida junto al fuego. Entretanto, Toypurnia escuchó de boca de su hijo la tragedia de Alejandro de la Vega. Le confesó que lo echaba de menos, era el único hombre al que había amado, pero no había podido permanecer casada con él. Prefería la miserable existencia nómada de su tribu a los lujos de la hacienda, donde se sentía prisionera. Había pasado la infancia y la juventud al aire libre, no soportaba la opresión de paredes de adobe y un techo sobre su cabeza, el estiramiento de las costumbres, la incomodidad de los vestidos españoles, el peso del cristianismo. Con la edad Alejandro se había vuelto más severo para juzgar al prójimo. Al final tenían poco en común, y cuando el hijo se les fue a España y se les enfrió la pasión de la juventud, no quedó nada. Sin embargo, se conmovió al oír la suerte de su marido y ofreció su ayuda para rescatarlo de la mazmorra y esconderlo en lo más recóndito de la naturaleza. California era muy vasta y Toypurnia conocía casi todos los senderos. Le confirmó que las sospechas del padre Mendoza eran ciertas.

—Desde hace un par de meses tienen una barcaza grande anclada en el mar, cerca de los bancos de ostras, y transportan a los presos en botes pequeños —dijo Toypurnia.

Le explicó que se habían llevado a varios jóvenes de la tribu y que los obligaban a bucear desde el amanecer hasta la puesta del sol. Los bajaban al fondo atados con una cuerda, con una piedra como peso y un canasto para echar las ostras. Cuando tiraban de la cuerda, los izaban al bote. La cosecha del día se depositaba en la barcaza, donde otros presos abrían las ostras en busca de las perlas, tarea que les destrozaba las manos. Toypurnia suponía que entre ellos estaba Alejandro, porque era demasiado viejo para bucear. Agregó que los presos dormían en la playa, encadenados sobre la arena, y pasaban hambre, porque nadie puede vivir sólo de ostras.

—No veo cómo puedes salvar a tu padre de ese infierno —dijo.

Sería imposible mientras estuviera en el barco, pero Diego sabía, por el padre Mendoza, que un cura visitaría la prisión. Moncada y Alcázar, que debían mantener en secreto el asunto de las perlas, habían suspendido la operación por unos días, para que los presos se hallaran en El Diablo cuando llegara el cura. Ésa sería su única oportunidad, explicó. Comprendió que sería imposible ocultar la identidad del Zorro a su madre y su abuela, las necesitaba en este caso. Al hablarles del Zorro y de sus planes, él mismo se dio cuenta de que sus palabras sonaban a pura demencia, por lo mismo le sorprendió que las dos mujeres no se inmutaran, como si la idea de ponerse una máscara y asaltar El Diablo fuera un asunto normal. Las dos prometieron guardar el secreto. Acordaron que dentro de unos días Bernardo, acompañado por tres hombres de la tribu, los más atléticos y valientes, se presentarían con varios caballos en La Cruz de las Calaveras, a pocas leguas de El Diablo, un cruce de caminos donde habían ahorcado a dos bandidos. Sus calaveras, blanqueadas por la lluvia y el sol, seguían expuestas sobre una cruz de madera. A los indios no les informarían de los detalles, porque mientras menos supieran, mejor, en caso de que fueran apresados.

Diego explicó a grandes rasgos su plan para rescatar a su padre y, en lo posible, a los demás presos. La mayoría eran indígenas, conocían muy bien el terreno y, si disponían de alguna ventaja, correrían a perderse en la naturaleza. Lechuza Blanca le contó que muchos indios trabajaron en la construcción de El Diablo, entre ellos su propio hermano, a quien los blancos llamaban Arsenio, pero su nombre verdadero era Ojos que ven en la Sombra. Era ciego, y los indios suponían que quienes nacen sin ver la luz del sol pueden ver en la oscuridad, como los murciélagos, y Arsenio era un buen ejemplo. Tenía habilidad con las manos, fabricaba herramientas y podía reparar cualquier mecanismo. Conocía la prisión como nadie, se movía adentro sin tropiezos porque había sido su único mundo desde hacía cuarenta años. Trabajaba allí desde mucho antes de la llegada de Carlos Alcázar y llevaba la cuenta en su prodigiosa memoria de todos los prisioneros que habían pasado por El Diablo. La abuela le entregó a Diego unas plumas de lechuza.

—Tal vez mi hermano pueda ayudarte. Si lo ves, dile que eres mi nieto y dale las plumas, así sabrá que no mientes —le dijo.

Al día siguiente, muy temprano, Diego emprendió el viaje de regreso a la misión, después de acordar con Bernardo el sitio y el momento en que volverían a encontrarse. Bernardo se quedó con la tribu para preparar su parte del equipo con algunos materiales que habían sustraído de la misión a espaldas del padre Mendoza. «Éste es uno de esos raros casos en que el fin justifica los medios», había asegurado Diego mientras saqueaban la bodega del misionero en busca de una cuerda larga, salitre, polvo de cinc y mechas.

Antes de irse, el joven le preguntó a su madre por qué había escogido el nombre de Diego para él.

—Así se llamaba mi padre, tu abuelo español: Diego Salazar. Era un hombre valiente y bueno, que comprendía el alma de los indios. Desertó del barco porque quería ser libre, nunca aceptó la obediencia ciega que se le exigía a bordo. Respetaba a mi madre y se adaptó a las costumbres de nuestra tribu. Me enseñó muchas cosas, entre otras el castellano. ¿Por qué me lo preguntas? —replicó Toypurnia.

—Siempre tuve curiosidad. ¿Sabías que Diego quiere decir suplantador?

—No. ¿Qué es eso?

—Alguien que toma el lugar de otro —explicó Diego.

Diego se despidió de sus amigos en la misión para ir a Monterrey, como anunció. Le insistiría al gobernador que hiciera justicia en el caso de su padre. No quiso ir acompañado, dijo que haría el viaje sin esfuerzo, deteniéndose en las misiones a lo largo del Camino Real. El padre Mendoza lo vio alejarse montado en caballo, llevando otro a la zaga, que transportaba las bolsas del equipaje. Estaba seguro de que era un viaje inútil, una pérdida de tiempo que podía costarle la vida a don Alejandro, porque cada nuevo día que el anciano pasaba en El Diablo podía ser el último. Sus argumentos no habían tenido efecto en Diego.

Tan pronto Diego dejó atrás la misión, se salió del camino y, dando media vuelta, se dirigió a campo abierto hacia el sur. Confiaba en que Bernardo habría preparado lo suyo y estaría aguardándolo en La Cruz de las Calaveras. Horas más tarde, cuando faltaba poco para llegar al lugar designado, se cambió de ropa. Se puso el remendado hábito de fraile, que le había sustraído al buen padre Mendoza, se pegó una barba, improvisada con unos mechones del cabello de Lechuza Blanca, y completó el disfraz con los lentes de Nuria. La dueña estaría buscándolos por cielo y tierra. Llegó al cruce donde las cabezas de los bandidos saludaban clavadas en los palos de la cruz y no tuvo que aguardar mucho, pronto salieron de la nada Bernardo y tres indios jóvenes, vestidos solamente con taparrabos, armados de arcos y flechas, con los cuerpos pintados para la guerra. Bernardo no les reveló la identidad del viajero y tampoco dio explicaciones cuando le entregó las bolsas con las bombas y la cuerda al presunto religioso. Los hermanos intercambiaron un guiño: todo estaba listo. Diego notó que entre la media docena de caballos conducidos por los indios se hallaba Tornado y no pudo resistir la tentación de aproximarse para acariciarle el cuello, antes de despedirse.

Diego tomó el camino a la prisión a pie, le pareció que así su aspecto era inofensivo, una patética silueta en la reverberación blanca del sol. Uno de los caballos cargaba su equipaje y el otro los artículos preparados por Bernardo, incluso una gran cruz de madera, de cinco palmos de altura. Al asomarse a la cima de una pequeña colina, pudo ver el mar a la distancia y distinguir la mancha negra del sombrío edificio de El Diablo, erguido sobre las rocas. Tenía sed y el hábito empapado de sudor, pero apuró el paso porque estaba ansioso por ver a su padre y empezar la aventura. Había andado unos veinte minutos, cuando sintió ruido de cascos y vio la polvareda de un carruaje. No pudo evitar una exclamación de ira: eso venía a complicar sus planes, porque nadie andaba por esos lados a menos que fuera a la fortaleza. Agachó la cabeza, se acomodó el capuchón y se aseguró de que la barba estuviera en su sitio. El sudor podía desprenderla, a pesar de que había usado una cola espesa, hecha con la más firme resina. El coche se detuvo a su lado y, ante su inmensa sorpresa, una joven de muy buen parecer asomó a la ventanilla.

—Usted debe de ser el sacerdote que viene a la prisión, ¿verdad? Lo estábamos esperando, padre —saludó.

La sonrisa de la muchacha era encantadora y el corazón caprichoso de Diego dio un salto. Empezaba a recuperarse del despecho causado por Juliana y estaba en capacidad de admirar a otras mujeres, especialmente a una tan agraciada como aquélla. Debió hacer un esfuerzo por recordar su nuevo papel.

—En efecto, hija, soy el padre Aguilar —replicó con la voz más cascada posible.

—Suba usted a mi coche, padre, así podrá descansar un poco. Yo también voy a El Diablo a ver a mi primo —ofreció ella.

—Que Dios te lo pague, hija mía.

¡Así es que esa beldad era Lolita Pulido! La misma niña flaca que le enviaba billetes amorosos cuando él tenía quince años. ¡Qué golpe de suerte! En verdad lo era, porque cuando el coche de Lolita llegó a la prisión, con los dos caballos del falso cura atados atrás, Diego no tuvo que dar explicaciones. Apenas el cochero anunció a la joven y al padre Aguilar, los guardias les abrieron las puertas y los recibieron con amabilidad. Lolita era una figura conocida, los soldados la saludaban por su nombre y hasta un par de presos que se hallaban en el cepo le sonrieron. «Dadles agua a esos pobres hombres, están cocinándose al sol», suplicó ella a un guardia, quien voló a cumplir sus deseos. Entretanto, Diego observaba el edificio y contaba a los uniformados con disimulo. Con su cuerda podría deslizarse del muro hacia afuera, pero no tenía idea de cómo sacar a su padre; la prisión parecía inexpugnable y había demasiados guardias.

Los visitantes fueron conducidos de inmediato a la oficina de Carlos Alcázar, una sala sin más muebles que una mesa, sillas y anaqueles con los libros de registro de la prisión. En esos gastados libracos se anotaba desde el gasto en forraje de caballos hasta las muertes de los presos, todo menos las perlas, que pasaban de la ostra directamente a los cofres de Moncada y Alcázar, sin dejar huellas visibles. En un rincón, una estatua de yeso pintado de la Virgen María aplastaba con el pie al demonio.

—Bienvenido, padre —saludó Carlos Alcázar, después de besar en las mejillas a su prima, de quien seguía tan enamorado como en la infancia—. No lo esperábamos hasta mañana.

Diego, la cabeza ladeada, los ojos bajos, la voz untuosa, respondió recitando lo primero que se le ocurrió en latín y lo coronó con un enfático *sursum corda*, que no venía al caso, pero resultó apabullante. Carlos quedó en la luna, nunca había sido buen estudiante de lenguas muertas. Aún era joven, no podía tener más de unos veintitrés o veinticuatro años, pero parecía mayor por la expresión cínica. Tenía labios crueles y ojos de rata. Diego pensó que Lolita no podía ser de la misma familia, esa muchacha merecía mejor suerte que ser prima de Carlos.

El suplantador de cura aceptó un vaso de agua y anunció que al día siguiente diría misa, confesaría y daría la comunión a quienes solicitaran los sacramentos. Estaba muy cansado, agregó, pero deseaba ver esa misma tarde a los presos enfermos y a los castigados, incluso al par que estaba en el cepo. Lolita se sumó al programa; entre otras cosas traía una caja con medicinas que puso a disposición del padre Aguilar.

—Mi prima tiene el corazón muy blando, padre. Le he dicho que El Diablo no es lugar recomendable para señoritas, pero no me hace caso. Tampoco quiere entender que la mayoría de esos hombres son bestias sin moral ni sentimientos, capaces de morder la mano de quien les da de comer.

—Ninguno me ha mordido todavía, Carlos —replicó Lolita.

—Cenaremos dentro de poco, padre. No espere un festín, aquí vivimos con modestia —dijo Alcázar.

—No te preocupes, hijo mío, yo como muy poco y esta semana estoy ayunando. Pan y agua serán suficientes. Prefiero una merienda en mi habitación, porque después de ver a los enfermos debo decir mis oraciones.

—¡Arsenio! —llamó Alcázar.

Un indio surgió de las sombras. Había estado todo el tiempo en su rincón, tan silencioso e inmóvil, que Diego no se había dado cuenta de su presencia. Lo reconoció por la descripción de Lechuza Blanca. Tenía los ojos velados por una película blanca, pero se movía con precisión.

—Conduce al padre a su cuarto, para que se refresque. Ponte a sus órdenes, ¿me oíste? —ordenó Alcázar.

—Sí, señor.

—Puedes llevarlo a ver a los enfermos.

—¿También a Sebastián, señor?

—No, a ese desgraciado no.

—¿Por qué? —intervino Diego.

—Ése no está enfermo. Tuvimos que darle unos azotes, nada grave, no se preocupe, padre.

Lolita se echó a llorar: su primo le había prometido que no habría más castigos de ese tipo. Diego los dejó discutiendo y siguió a Arsenio al cuarto que le habían asignado, donde lo esperaban intactas las bolsas de su equipaje, incluso la gran cruz.

—Usted no es hombre de Iglesia —dijo Arsenio cuando estuvieron a puerta cerrada en la habitación del huésped.

Diego dio un respingo de susto; si un ciego podía adivinar que estaba disfrazado, no tenía esperanza de engañar a los videntes.

—No tiene olor a cura —agregó Arsenio a modo de explicación.

—¿No? ¿A qué huelo? —preguntó Diego, extrañado, porque vestía el hábito del padre Mendoza.

—A pelo de india y a cola para pegar madera —respondió Arsenio.

El joven se tocó la barba postiza y no pudo evitar una carcajada. Decidió aprovechar la ocasión, porque seguramente no habría otra, y le confesó a Arsenio que había venido en una misión particular y necesitaba su ayuda. Le puso en la mano las plumas de su abuela. El ciego las palpó con sus dedos clarividentes y la emoción al reconocer a su hermana se le plasmó en el rostro. Diego le aclaró que él era nieto de Lechuza Blanca y eso bastó para que Arsenio se abriera; no tenía noticias de ella desde hacía años, dijo. Le confirmó que El Diablo había sido fortaleza antes que prisión, y que él había ayudado a construirla, luego se había quedado a servir a los soldados y ahora a los carceleros. La existencia siempre fue dura entre esos muros, pero desde que Carlos Alcázar estaba al cargo era un infierno; la codicia y crueldad de ese hombre eran indescriptibles, explicó. Alcázar imponía trabajos forzados y castigos brutales a los prisioneros, se quedaba con el dinero asignado para la comida y los alimentaba con las sobras del rancho de los soldados. En ese momento había uno agónico, otros afiebrados por el contacto con medusas venenosas y varios con los pulmones reventados, echando sangre por nariz y orejas.

—¿Y Alejandro de la Vega? —preguntó Diego con el alma en un hilo.

—No durará mucho más, perdió las ganas de vivir, ya casi no se mueve. Los otros presos hacen su trabajo, para que no lo castiguen, y le dan de comer en la boca —dijo Arsenio.

—Por favor, Ojos que ven en la Sombra, lléveme donde él.

Afuera todavía no se ponía el sol, pero dentro la prisión estaba oscura. Los muros gruesos y las ventanas angostas apenas dejaban entrar la luz. Arsenio, quien no necesitaba un candil para ubicarse, tomó a Diego de una manga y lo condujo sin vacilar por los corredores en penumbra y las angostas escaleras del edificio hasta los calabozos del sótano, que habían sido agregados a la fortaleza cuando decidieron utilizarla como prisión. Esas celdas se hallaban bajo el nivel del agua y cuando subía la marea se filtraba humedad, produciendo una pátina verdosa sobre las piedras y un olor nauseabundo. El guardia de turno, un mestizo picado de viruela, con un mostacho de foca, abrió la reja de hierro, que daba acceso a un corredor, y le entregó a Arsenio el manojo de llaves. A Diego le sorprendió el silencio. Suponía que habría varios prisioneros, pero aparentemente éstos se hallaban tan agotados y débiles que no emitían ni un murmullo. Arsenio se dirigió a uno de los calabozos, palpó el manojo de llaves, escogió la adecuada y abrió la reja sin titubeo. Diego necesitó varios segundos para ajustar la vista a la oscuridad y distinguir unas siluetas recostadas contra el muro y un bulto en el suelo. Arsenio encendió una vela y él se arrodilló junto a su padre, tan emocionado que no pudo pronunciar ni una palabra. Levantó con cuidado la cabeza de Alejandro de la Vega y se la puso en el regazo, apartando de su frente los mechones apelmazados de cabello. A la luz de la temblorosa llama pudo verlo mejor y no lo reconoció. Nada quedaba del apuesto y soberbio hidalgo, héroe de antiguas batallas, alcalde de Los Ángeles y próspero hacendado. Estaba inmundo, en los huesos, con la piel cuarteada y terrosa, temblaba de fiebre, tenía los ojos pegados de legañas y un hilo de saliva le corría por la barbilla.

—Don Alejandro, ¿puede oírme? Éste es el padre Aguilar... —dijo Arsenio.

—He venido a socorrerlo, señor, vamos a sacarlo de aquí —murmuró Diego.

Los otros tres hombres que había en la celda sintieron un chispazo de interés, pero enseguida volvieron a recostarse contra la pared. Estaban más allá de la esperanza.

—Deme los últimos sacramentos, padre. Ya es tarde para mí —murmuró el enfermo con un hilo de voz.

—No es tarde. Vamos, señor, siéntese... —le suplicó Diego.

Logró incorporarlo y darle a beber agua, luego le limpió los ojos con el borde mojado de su hábito.

—Haga un esfuerzo por ponerse de pie, señor, porque para salir debe caminar —insistió Diego.

—Déjeme, padre, no saldré con vida de aquí.

—Sí saldrá. Le aseguro que verá a su hijo de nuevo, y no me refiero en el cielo, sino en este mundo...

—¿Mi hijo, ha dicho?

—Soy yo, Diego, ¿no me reconoce, su merced? —susurró el fraile, procurando que los demás no le oyeran.

Alejandro de la Vega lo observó por unos segundos, tratando de fijar la vista con sus ojos nublados, pero no encontró la imagen conocida en ese fraile encapuchado e hirsuto. Siempre en un murmullo, el joven le explicó que llevaba hábito y barba postiza porque nadie debía saber que se encontraba en El Diablo.

—Diego... Diego... ¡Dios ha escuchado mi súplica! ¡He rezado tanto para volver a verte antes de morir, hijo mío!

—Usted ha sido siempre un hombre bravo y esforzado, su merced. No me falle, se lo ruego. Tiene que vivir. Debo irme ahora, pero prepárese, porque dentro de un rato vendrá a rescatarlo un amigo mío.

—Dile a tu amigo que no es a mí a quien debe liberar, Diego, sino a mis compañeros. Les debo mucho, se han quitado el pan de la boca para dármelo.

Diego se volvió a mirar a los otros presos, tres indios tan sucios y flacos como su padre, con la misma expresión de absoluto desaliento, pero jóvenes y todavía sanos. Por lo visto esos hombres habían logrado cambiar en pocas semanas la actitud de superioridad que había sostenido al hidalgo español durante su larga vida. Pensó en las vueltas del destino. El capitán Santiago de León le había dicho cierta vez, cuando observaban las estrellas en alta mar, que si uno vive lo suficiente, alcanza a revisar sus convicciones y enmendar algunas.

—Saldrán con usted, su merced, se lo prometo —le aseguró Diego al despedirse.

Arsenio dejó al supuesto sacerdote en su cuarto y poco después le llevó una sencilla merienda de pan añejo, sopa aguada y un vaso de vino ordinario. Diego se dio cuenta de que tenía un hambre de coyote y lamentó haber anunciado a Carlos Alcázar que estaba ayunando. No había por qué haber llegado tan lejos con la impostura. Pensó que a esa misma hora Nuria debía de estar preparando un estofado de cola de buey en la misión San Gabriel.

—Yo he venido sólo a explorar el terreno, Arsenio. Otra persona intentará soltar a los presos y llevarse a don Alejandro de la Vega a lugar seguro. Se trata del Zorro, un valiente caballero, vestido de negro y enmascarado, que siempre aparece cuando hay que hacer justicia —le explicó al ciego.

Arsenio creyó que se burlaba de él. Jamás había oído de semejante personaje; llevaba cincuenta años viendo injusticia por todas partes sin que nadie hubiese mencionado a un enmascarado. Diego le aseguró que las cosas iban a cambiar en California. ¡Ya verían quién era el Zorro! Los débiles recibirían protección y los malvados probarían el filo de su espada y el golpe de su látigo. Arsenio se echó a reír, ahora completamente convencido de que ese hombre estaba mal de la cabeza.

—¿Cree que Lechuza Blanca me hubiese enviado a hablar con usted si se tratara de una broma? —exclamó Diego, ya enojado.

Ese argumento pareció tener cierto impacto sobre el indio, porque preguntó cómo pensaba el tal Zorro liberar a los presos, considerando que nadie había escapado jamás de El Diablo. No era cosa de salir caminando tranquilamente por la puerta principal. Diego le explicó que por muy magnífico que fuese el enmascarado, no podría hacerlo solo, necesitaba ayuda. El otro se quedó pensando un buen rato y al fin le notificó que existía otra salida, pero no sabía si estaba en buenas condiciones. Cuando construyeron la fortaleza, cavaron un túnel como vía de escape en caso de asedio. En esa época eran frecuentes los asaltos de piratas y se hablaba de que los rusos pensaban apoderarse de California. El túnel, que nunca se había usado y ya nadie recordaba, desembocaba en medio de un tupido bosque, a corta distancia, hacia el oeste, justamente en un antiguo sitio sagrado de los indios.

—¡Bendito sea Dios! Eso es justamente lo que necesito, es decir, lo que el Zorro necesita. ¿Dónde está la entrada del túnel?

—Si viene ese Zorro, se lo mostraré —replicó Arsenio en tono socarrón.

Una vez a solas, Diego procedió a abrir su equipaje, que contenía su traje negro, el látigo y una pistola. En las bolsas de Bernardo encontró la cuerda, un ancla metálica y varios recipientes de greda. Eran las bombas de humo, preparadas con nitrato y polvo de cinc, conforme a las instrucciones copiadas, junto a otras curiosidades, de los libros del capitán Santiago de León. Había planeado hacer una de aquellas bombas para darle un susto a Bernardo, nunca imaginó que serviría para salvar a su padre. Se quitó la barba con bastante dificultad, mordiéndose para no gritar de dolor con los tirones. Le quedó la cara irritada, como si se la hubiera quemado, y decidió que no valía la pena pegarse el bigote, bastaba con la máscara, pero que tarde o temprano tendría que dejarse crecer el bigote. Se lavó con el agua que Arsenio había dejado en una jofaina y se vistió de Zorro. Enseguida procedió a desarmar la gran cruz de madera y extrajo de adentro su espada. Se colocó los guantes de cuero e hizo unos pases, probando la flexibilidad del acero y la firmeza de sus músculos. Sonrió satisfecho.

Se asomó a la ventana, vio que afuera ya estaba oscuro y supuso que Carlos y Lolita habrían cenado y probablemente estarían en sus habitaciones. La prisión se hallaba tranquila y en silencio, había llegado el momento de actuar. Se puso el látigo y la pistola en la cintura, enfundó la espada y se dispuso a salir. «¡En nombre de Dios!», murmuró cruzando los dedos, para que al designio divino se sumara la buena suerte. Había memorizado el plano del edificio y contado los peldaños de las escaleras, para poder desplazarse sin luz. Su traje oscuro le permitía desaparecer en la sombra y confiaba en que no habría demasiada vigilancia.

Deslizándose sin hacer ruido llegó a una de las terrazas y buscó dónde ocultar las bombas, que fue trayendo de a dos en dos. Eran pesadas y no podía correr el riesgo de que se le cayeran. En el último viaje se echó al hombro la cuerda enrollada y el ancla de hierro. Después de asegurarse de que las bombas estaban a buen resguardo, saltó desde la terraza hasta la muralla periférica que encerraba la prisión, hecha de piedra y argamasa, con ancho suficiente para que pasearan centinelas y alumbrada por antorchas cada cincuenta pasos. Desde su refugio vio pasar a un guardia y contó los minutos hasta que pasó el segundo. Cuando estuvo seguro de que había sólo dos hombres circulando, calculó que dispondría del tiempo justo para realizar el paso siguiente. Corrió agazapado hacia el ala sur de la prisión, porque había acordado con Bernardo que lo esperara en ese lugar, donde un pequeño promontorio de rocas podría facilitar el ascenso. Ambos conocían los alrededores de la prisión porque en más de una ocasión los habían explorado en la infancia. Una vez ubicado el sitio preciso, dejó pasar al centinela antes de tomar una de las antorchas y trazar con ella varios arcos de luz; era la señal para Bernardo. Luego aseguró el ancla de hierro en el muro y lanzó la cuerda hacia el exterior, rogando que alcanzara el suelo y su hermano la viera. Debió esconderse de nuevo porque se aproximaba el segundo centinela, quien se detuvo a mirar el cielo a dos palmos del ancla metálica. El corazón le dio un brinco y sintió que se le mojaba la máscara de sudor al ver que las piernas del hombre estaban tan cerca del ancla que podría tocarla. Si eso ocurría, tendría que darle un empujón y lanzarlo por encima de la muralla, pero ese tipo de violencia le repugnaba. Tal como le había explicado a Bernardo alguna vez, el mayor desafío era hacer justicia sin mancharse la conciencia con sangre ajena. Bernardo, siempre con los pies firmes en la tierra, le había hecho ver que ese ideal no siempre sería posible.

El guardia reanudó su paseo en el mismo momento en que Bernardo halaba la cuerda desde abajo, moviendo el ancla. Al Zorro el ruido le pareció atronador, pero el centinela sólo vaciló por unos segundos, luego se acomodó el arma al hombro y continuó su camino. Con un suspiró de alivio, el enmascarado se asomó al otro lado de la pared. Aunque no alcanzaba a ver a sus compañeros, la tensión de la cuerda le indicaba que éstos habían iniciado el ascenso. Tal como habían previsto, los cuatro llegaron arriba con el tiempo justo para esconderse antes de que oyeran los pasos del otro guardia en su ronda. El Zorro indicó a los indios la ubicación de la salida del túnel en el bosque, tal como le había dicho Arsenio, y pidió a dos de ellos que descendieran al patio de la prisión y espantaran a los caballos de la guarnición para evitar que los soldados los siguieran. Enseguida cada uno partió a lo suyo.

El Zorro volvió a la terraza donde había ocultado las bombas y, después de intercambiar con Bernardo un breve ladrido de coyote, se las fue lanzando una a una a la muralla. Se quedó con dos, que le tocaban a él, para usarlas dentro del edificio. Bernardo encendió las mechas de las suyas, se las pasó al indio que lo acompañaba y ambos corrieron a lo largo del muro, silenciosos y veloces, tal como hacían cuando iban de caza. Se ubicaron en diferentes lugares y, en el momento en que las llamas consumían las mechas y alcanzaban el contenido de las vasijas de greda, las lanzaron hacia sus objetivos: la caballeriza, el arsenal de armas, el albergue de los soldados, el patio. Cuando la espesa humareda blanca de las bombas envolvía la prisión, el Zorro hacía estallar las suyas en el primer y segundo piso del edificio principal. El pánico cundió en pocos minutos. A la voz de «¡Fuego!» salieron los soldados a tropezones, poniéndose pantalones y botas, mientras sonaba la campana de alarma. Corría todo el mundo para salvar lo que se pudiera, unos pasaban baldes de agua de mano en mano y los vaciaban a ciegas, sofocados, otros abrían las caballerizas y obligaban a salir a los animales. El lugar se llenó de caballos despavoridos, contribuyendo al pandemonio. Los dos indios de Toypurnia, que habían descendido del muro y estaban ocultos en el patio, aprovecharon la situación para abrir el portón de la fortaleza y provocar una estampida de los caballos, que salieron a campo traviesa. Eran bestias domesticadas y no llegaron muy lejos, se agruparon a poca distancia, donde los indios les dieron alcance. Montaron un par de ellos y arrearon a los demás hacia el sitio de reunión indicado por el Zorro, en la proximidad de la salida del túnel.

Carlos Alcázar despertó con la campana y salió a indagar la causa de tanta alharaca. Trató de imponer calma entre sus hombres explicando que las paredes de piedra eran incombustibles, pero nadie le hizo caso, pues los indios habían disparado flechas encendidas a la paja de las caballerizas y se veían llamas en medio de la humareda. Para entonces el humo dentro del edificio era intolerable y Alcázar corrió a buscar a su amada prima, pero antes de alcanzar su habitación se topó con ella en medio del corredor.

—¡Los presos! ¡Hay que salvar a los presos! —exclamó Lolita, desesperada.

Pero él tenía otras prioridades. No podía permitir que el incendio destruyera sus preciosas perlas.

En ese par de meses los presos habían sacado miles de ostras y Moncada y Alcázar ya tenían varios puñados de perlas. En el reparto correspondía dos tercios a Moncada, quien financiaba la operación, y el otro tercio a Alcázar, que la manejaba. No llevaban un registro, ya que el negocio era ilegal, pero habían diseñado un sistema de contabilidad. Introducían las perlas por un pequeño agujero en un cofre sellado, fijo por dos barras metálicas en el suelo, que se abría con dos llaves. Cada socio estaba en posesión de una de las llaves, y al final de la temporada se juntarían para abrir el cofre y repartirse el contenido. Moncada había designado a un hombre de su confianza para vigilar la cosecha en el barco, y exigía que fuese Arsenio, quien las colocaba una a una en el cofre. El ciego, con su extraordinaria memoria táctil, era el único capaz de recordar el número exacto de perlas y, de ser necesario, tal vez podría describir el tamaño y forma de cada una. Carlos Alcázar lo detestaba, porque mantenía esas cifras en la mente y había probado ser incorruptible. Se cuidaba de maltratarlo, porque Moncada lo protegía, pero no perdía ocasión de humillarlo. En cambio, había sobornado al hombre que vigilaba en el barco y, mediante un pago razonable, éste permitía que Alcázar sustrajera las perlas más redondas, más grandes y de mejor oriente, que no pasaban por las manos de Arsenio ni llegaban al cofre. Rafael Moncada jamás sabría de su existencia.

Mientras los tres indios de la tribu de Toypurnia terminaban de sembrar el caos y se robaban los caballos, Bernardo se introdujo en el edificio, donde lo esperaba el Zorro, quien lo guió hacia los calabozos. Habían recorrido unos cuantos metros de pasillo, tapándose la cara con pañuelos mojados para soportar el humo, cuando una mano cogió el brazo del Zorro.

—¡Padre Aguilar! Sígame, es más corto por aquí…

Era Arsenio, quien no podía apreciar la transformación del supuesto misionero en el inefable Zorro, pero había reconocido la voz. No era indispensable sacarlo de su error. Los hermanos se aprontaron a seguirlo, pero la figura de Carlos Alcázar apareció de súbito en el corredor, bloqueando el paso. Al ver a ese par de desconocidos, uno de ellos vestido de la manera más pintoresca, el jefe de la prisión echó mano de su pistola y disparó. Un grito de dolor resonó entre las paredes y la bala se incrustó en una viga del techo: el Zorro le había arrancado la pistola de un latigazo en la muñeca en el instante en que apretaba el gatillo. Bernardo y Arsenio se dirigieron a los calabozos, mientras Diego, espada en mano, seguía a Alcázar escaleras arriba. Acababa de ocurrírsele una idea para resolver los problemas del padre Mendoza y, de paso, hacer que Moncada pasara un mal rato. En verdad, soy un genio, concluyó a las carreras.

Alcázar llegó a su oficina en cuatro saltos y logró cerrar la puerta y echar la llave antes de que el otro le diera alcance. El humo no había penetrado dentro de ese cuarto. El Zorro descargó su pistola en el cerrojo de la puerta y la empujó, pero ésta no cedió, tenía una tranca por dentro. Había perdido su único tiro, no tenía tiempo de recargar el arma y cada minuto contaba. Sabía, porque había estado en esa sala, que las ventanas daban al balcón exterior. Era evidente a simple vista que no podría alcanzarlo de un salto, como pretendía, sin riesgo de romperse la cabeza sobre las piedras del patio, pero en el piso superior asomaba una gárgola decorativa tallada en la piedra. Logró enrollar en ella la punta de su látigo, dio un tirón para afirmarlo y, rezando para que la figura resistiera su peso, se columpió, cayendo limpiamente en el balcón. Dentro de su oficina, Carlos Alcázar estaba ocupado cargando su pistola para violar los cerrojos del cofre a balazos y no vio la sombra en la ventana. El Zorro aguardó a que descargara el arma, pulverizando uno de los candados, e irrumpió en la habitación por la ventana abierta. La capa se le enredó y lo hizo vacilar por un segundo, tiempo suficiente para que Alcázar soltara la pistola, ahora inútil, y cogiera su espada. Ese hombre, tan cruel con los débiles, era cobarde ante un contrincante de su altura y, además, tenía poca práctica en esgrima; en menos de tres minutos su acero había saltado por los aires y se hallaba con los brazos en alto y la punta de una espada en el pecho.

—Podría matarte, pero no deseo mancharme con sangre de perro. Soy el Zorro y vengo a por tus perlas.

—¡Las perlas pertenecen al señor Moncada!

—Pertenecían. Ahora son mías. Abre el cofre.

—Se necesitan dos llaves y sólo tengo una.

—Usa la pistola. Cuidado, al menor gesto sospechoso, te atravesaré el cuello sin el menor escrúpulo. El Zorro es generoso, te perdonará la vida siempre que obedezcas —le amenazó el enmascarado.

Temblando, Alcázar logró recargar la pistola y romper de un tiro el otro candado. Levantó la tapa de madera y apareció el tesoro, tan blanco y reluciente que no pudo evitar la tentación de hundir la mano y dejar que las maravillosas perlas se escurrieran entre sus dedos. Por su parte, el Zorro nunca había visto nada de tanto valor. Comparadas con eso, las piedras preciosas que habían obtenido en Barcelona por el valor de las propiedades de Tomás de Romeu parecían modestas. En esa caja había una fortuna. Indicó a su adversario que vaciara el contenido en una faltriquera.

—El fuego alcanzará el polvorín de un momento a otro y El Diablo volará por los aires. Cumplo mi palabra, tienes tu vida, que te aproveche —dijo.

El otro no respondió. En vez de precipitarse a la salida, como era de esperar, se quedó en la oficina. El Zorro había notado que lanzaba miradas furtivas al otro extremo de la habitación, donde estaba la estatua de la Virgen María sobre su pedestal de piedra. Por lo visto eso le interesaba más que la propia vida. Cogió la faltriquera con las perlas, quitó la tranca de la puerta y desapareció en el corredor, pero no fue lejos. Esperó, contando los segundos, y como Alcázar no salía, regresó a la oficina a tiempo para sorprenderlo destrozando la cabeza de la estatua con la culata de su pistola.

—¡Qué manera tan irreverente de tratar a la Madona! —exclamó.

Carlos Alcázar se volvió, demudado por la furia, y le lanzó la pistola a la cara, errando por un amplio margen, al tiempo que echaba mano de su espada, que yacía en el suelo a dos pasos de distancia. Apenas alcanzó a erguirse y ya el enmascarado estaba encima de él, mientras la blanca humareda del pasillo empezaba a invadir la sala. Cruzaron los aceros durante varios minutos, enceguecidos por el humo, tosiendo. Alcázar fue retrocediendo hacia su mesa de trabajo y, en el momento en que perdía la espada por segunda vez, sacó del cajón una pistola cargada. No tuvo ocasión de apuntar, porque una patada formidable en el brazo le desarmó y enseguida el Zorro le marcó la mejilla con tres rayas vertiginosas de su acero, formando la letra zeta. Alcázar dio un alarido, cayó de rodillas y se llevó las manos a la cara.

—No es mortal, hombre, es la marca del Zorro, para que no me olvides —dijo el enmascarado.

En el suelo, entre los pedazos rotos de la estatua, había una bolsita de gamuza que el Zorro cogió al vuelo antes de salir corriendo. Sólo más tarde, al examinar su contenido, vería que en ella había ciento tres perlas magníficas, más valiosas que todas las del cofre.

El Zorro había memorizado el camino y dio pronto con los calabozos. El sótano era la única parte de El Diablo donde no había llegado el humo ni se oía el escándalo de campanazos, carreras y gritos. Los presos ignoraban lo ocurrido afuera hasta que apareció Lolita dando la voz de alarma. La muchacha había bajado en camisa de dormir y descalza a exigir a los guardias que salvaran a la gente. Ante la eventualidad de un incendio, los guardias cogieron la antorcha del muro y escaparon deprisa, sin acordarse para nada de los prisioneros, y Lolita se encontró tanteando en las tinieblas en busca de las llaves. Al comprender que se trataba de un incendio, los aterrados cautivos empezaron a dar alaridos y sacudir las rejas tratando de salir. En eso aparecieron Arsenio y Bernardo. El primero se dirigió con calma al pequeño armario donde se guardaban las velas y las llaves para abrir las celdas, que podía reconocer al tacto, mientras el segundo encendía luces y trataba de tranquilizar a Lolita.

Un momento después hizo su entrada el Zorro. Lolita lanzó una exclamación al ver a ese enmascarado de luto blandiendo una espada ensangrentada, pero el susto se trocó en curiosidad cuando él enfundó el acero y se inclinó para besarle la mano. Bernardo intervino palmoteando el hombro de su hermano: no era el momento para galanterías.

—¡Calma! ¡Es sólo humo! Seguid a Arsenio, él conoce otra salida —indicó el Zorro a los presos que emergían de sus calabozos.

Tiró su capa al suelo y sobre ella colocaron a Alejandro de la Vega. Cuatro indios alzaron la capa por las puntas, como una hamaca, y se llevaron al enfermo. Otros ayudaron al infeliz que había sido azotado y todos, incluyendo Lolita, siguieron a Arsenio hacia el túnel, con Bernardo y el Zorro en la retaguardia para protegerlos. La entrada se hallaba detrás de una pila de barriles y trastos, no por intención de ocultarla, sino porque nunca se había usado y con el tiempo se acumularon cosas en el lugar. Era evidente que nadie había notado su existencia. Despejaron la portezuela y entraron uno a uno al negro socavón. El Zorro le explicó a Lolita que no había peligro de incendio, el humo era una distracción para salvar a esos hombres, la mayoría inocentes. Ella apenas entendía sus palabras, pero asentía como hipnotizada. ¿Quién era ese joven tan atrayente? Tal vez un forajido y por eso ocultaba el rostro, pero tal posibilidad, lejos de frenarla, avivaba su entusiasmo. Estaba dispuesta a seguirlo hasta el fin del mundo, pero él no se lo pidió, en cambio le dijo que volviera a arrimar los barriles y trastos frente a la portezuela, una vez que todos hubieran entrado al túnel. Además, debía prender fuego a la paja de los calabozos, eso les daría más tiempo para escapar, le indicó. Lolita, perdida la voluntad, asintió con una sonrisa boba pero la mirada ardiente.

—Gracias, señorita —dijo él.

—¿Quién es usted?

—Mi nombre es el Zorro.

—¿Qué clase de tontería es ésta, señor?

—Ninguna tontería, se lo aseguro, Lolita. No puedo darle más explicaciones por ahora, ya que el tiempo apremia, pero volveremos a vernos —replicó él.

—¿Cuándo?

—Pronto. No cierre la ventana de su balcón y una de estas noches iré a visitarla.

Esa proposición debía tomarse como un insulto, pero el tono del desconocido era galante y sus dientes muy blancos. Lolita no supo qué responder, y cuando el brazo firme de él la rodeó por la cintura, no hizo nada por apartarlo, al contrario, cerró los ojos y le ofreció los labios. El Zorro, un poco sorprendido ante la rapidez con que avanzaba en ese terreno, la besó sin rastro de la timidez que antes sentía frente a Juliana. Oculto tras la máscara del Zorro podía dar rienda suelta a su galantería. Dadas las circunstancias, fue un beso bastante bueno. En realidad habría sido perfecto si no hubieran estado los dos tosiendo por el humo. El Zorro se desprendió de ella con pesar y se introdujo en el túnel siguiendo a los demás. Lolita necesitó tres minutos completos para recuperar el uso de la razón y el aliento, y enseguida procedió a cumplir las instrucciones del fascinante enmascarado, con el cual pensaba casarse algún día no muy lejano, ya lo había decidido. Era una muchacha avispada.

Media hora después de que estallaran las bombas, el humo empezó a disiparse y para entonces los soldados habían apagado el fuego en las caballerizas y lidiaban con el de los calabozos, mientras Carlos Alcázar, restañando la sangre de la mejilla con un trapo, había recuperado el control de la situación. Todavía no lograba entender lo sucedido. Sus hombres encontraron las flechas que iniciaron el fuego, pero nadie vio a los responsables. No creía que se tratara de un ataque de indios, eso no había ocurrido desde hacía veinticinco años, debía de ser una distracción del tal Zorro para robarse las perlas. Hasta un buen rato más tarde no supo que los presos habían desaparecido sin dejar rastro.

El túnel, reforzado con tablas para evitar derrumbes, era estrecho, pero permitía holgadamente el paso de una persona. El aire estaba enrarecido, los conductos de ventilación se habían obstruido con el paso del tiempo y el Zorro decidió que no podían consumir el escaso oxígeno disponible con las llamas de las velas, tendrían que avanzar en la oscuridad. Arsenio, que no necesitaba luz, iba adelante, con la única vela permitida, como señal para los demás. La sensación de estar enterrados en vida y la idea de que un derrumbe los atrapara allí para siempre eran aterradoras. Bernardo muy rara vez perdía la calma, pero estaba acostumbrado a grandes espacios y allí se sentía como un topo; el pánico iba apoderándose de él. No podía avanzar más deprisa ni retroceder, le faltaba aire, se ahogaba, creía pisar ratas y serpientes, estaba seguro de que el túnel se estrechaba por momentos y jamás podría salir. Cuando el terror lo detenía, la mano firme de su hermano en la espalda y su voz tranquilizadora le daban ánimo. El Zorro era el único del grupo a quien no le afectaba ese confinamiento, porque estaba muy ocupado pensando en Lolita. Tal como le había dicho Lechuza Blanca durante su iniciación, las cuevas y la noche eran los elementos del zorro.

El recorrido del túnel les pareció muy largo, aunque la salida no estaba lejos de la prisión. De día los guardias habrían logrado verlos, pero en plena noche los fugitivos pudieron emerger del túnel sin peligro de ser vistos, protegidos por los árboles. Salieron cubiertos de tierra, sedientos, ansiosos de respirar aire puro. Los indios se despojaron de sus andrajos de prisioneros, se sacudieron la tierra y, desnudos, levantaron los brazos y la cara al cielo para celebrar ese primer momento de libertad. Al comprender que estaban en un lugar sagrado, se sintieron reconfortados: era un buen augurio. Unos silbidos respondieron a los de Bernardo y pronto aparecieron los indios de Toypurnia conduciendo los caballos robados y los de ellos, entre los cuales iba Tornado. Los fugitivos montaron de a dos en las cabalgaduras y se dispersaron hacia los cerros. Eran gente de la región y podrían reunirse con sus tribus antes de que los soldados se organizaran para alcanzarlos. Pensaban mantenerse lo más lejos posible de los blancos hasta que volviera la normalidad a California.

El Zorro se sacudió la tierra, lamentando que su traje recién comprado en Cuba ya estuviera inmundo, y se felicitó porque las cosas habían salido incluso mejor de lo planeado. Arsenio se llevó al anca de su caballo al hombre que había sido flagelado; Bernardo acomodó a Alejandro de la Vega sobre el suyo y él se sentó detrás para sostenerlo. El camino de la montaña era escarpado y recorrerían la mayor parte durante la noche. El aire frío había despercudido el letargo del anciano y la alegría de ver a su hijo le había devuelto la esperanza. Bernardo le aseguró que Toypurnia y Lechuza Blanca le cuidarían hasta que pudiese regresar a su hacienda.

Entretanto el Zorro galopaba en Tornado rumbo a la misión San Gabriel.

El padre Mendoza pasó varias noches dándose vueltas en su camastro sin poder dormir. Había leído y rezado sin hallar tranquilidad para su espíritu desde que descubrió que faltaban cosas en la bodega y el hábito de repuesto. Sólo tenía dos, que alternaba cada tres semanas para lavarlos, tan usados y rotosos, que no podía imaginar quién habría tenido la tentación de sustraerle uno. Quiso dar al ladrón oportunidad de devolver lo robado, pero ya no podía postergar más la decisión de actuar. La idea de reunir a sus neófitos, darles un sermón sobre el tercer mandamiento y averiguar quién era el responsable, le quitaba el sueño. Sabía que su gente tenía muchas necesidades, no era el momento de imponer castigos, pero no podía dejar pasar esa falta. No comprendía por qué, en vez de hurtar alimentos, habían sacado cuerdas, nitrato, cinc y su hábito; el asunto no tenía sentido. Estaba cansado de tanta lucha, trabajo y soledad, le dolían los huesos y el alma. Los tiempos habían cambiado tanto, que ya no reconocía el mundo, reinaba la codicia, nadie se acordaba de las enseñanzas de Cristo, ya nadie lo respetaba, no podía proteger a sus neófitos de los abusos de los blancos. A veces se preguntaba si los indios no estaban mejor antes, cuando eran dueños de California y vivían a su manera, con sus costumbres y sus dioses, pero enseguida se persignaba y pedía perdón a Dios por tamaña herejía. «¡Adónde vamos a parar si yo mismo dudo del cristianismo!», suspiraba, arrepentido.

La situación había empeorado mucho con la llegada de Rafael Moncada, quien representaba lo peor de la colonización: venía a hacer fortuna deprisa e irse lo antes posible. Para él los indios eran bestias de carga. En los más de veinte años que llevaba en San Gabriel, el misionero había pasado por momentos críticos —terremotos, epidemias, sequías y hasta un ataque de indios—, pero nunca se desanimó, porque estaba seguro de que cumplía un mandato divino. Ahora se sentía abandonado por Dios.

Caía la noche y habían encendido antorchas en el patio. Después de una jornada de duro trabajo, el padre Mendoza, arremangado y sudoroso, estaba cortando leña para la cocina. Levantaba el hacha con dificultad, cada día le parecía más pesada, cada día la madera era más dura. En eso sintió un galope de caballo. Hizo una pausa y ajustó la vista, que ya no era la misma de antes, preguntándose quién vendría tan apurado a esa hora tardía. Al aproximarse el jinete, vio que se trataba de un hombre vestido de oscuro y con la cara cubierta por una máscara, sin duda un bandido. Dio la voz de alarma, para que mujeres y niños se refugiaran, luego se aprontó para enfrentarlo con el hacha en las manos y una oración en los labios; no había tiempo de ir en busca de su viejo mosquete. El desconocido no esperó que su corcel se detuviera para saltar a tierra, llamando al misionero por su nombre.

—¡No tema, padre Mendoza, soy un amigo!

—Entonces la máscara está de más. Tu nombre, hijo —replicó el sacerdote.

—El Zorro. Ya sé que parece extraño, pero más extraño es lo que voy a decirle, padre. Vamos adentro, por favor.

El misionero condujo al desconocido a la capilla, con la idea de que allí contaba con protección celestial y podría convencerlo de que en ese lugar nada había de valor. El individuo resultaba temible, llevaba espada, pistola y látigo, iba armado para la guerra, pero tenía un aire vagamente familiar. ¿Dónde había escuchado esa voz? El Zorro empezó por asegurarle que no era un rufián y enseguida le confirmó sus sospechas sobre la explotación de perlas de Moncada y Alcázar. Legalmente sólo les pertenecía un diez por ciento, el resto del tesoro era de España. Utilizaban a los indios como esclavos, seguros de que nadie, salvo el padre Mendoza, intercedería por ellos.

—No tengo a quien apelar, hijo. El nuevo gobernador es un hombre débil y teme a Moncada —alegó el misionero.

—Entonces deberá recurrir a las autoridades en México y España, padre.

—¿Con qué pruebas? Nadie me creerá, tengo fama de ser un viejo fanático, obsesionado con el bienestar de los indios.

—Ésta es la prueba —dijo el Zorro colocándole una pesada faltriquera en las manos.

El misionero miró el contenido y lanzó una exclamación de sorpresa al ver el montón de perlas.

—¿Cómo obtuviste esto, hijo, por Dios?

—Eso no importa.

El Zorro le sugirió que llevara el botín al obispo en México y denunciara lo ocurrido, única forma de evitar que esclavizaran a los neófitos. Si España decidía explotar los bancos de ostras, contratarían a los indios yaquis, tal como se hacía antes. Después le pidió que informara a Diego de la Vega de que su padre se encontraba libre y a salvo. El misionero comentó que ese joven había resultado una desilusión, no parecía hijo de Alejandro y Regina, le faltaban agallas. Pidió de nuevo al visitante que le mostrara la cara, de otro modo no podía confiar en su palabra, podía ser una trampa. El otro replicó que su identidad debía permanecer secreta, pero le prometió que ya no estaría solo en su empeño de defender a los pobres, porque de ahora en adelante el Zorro velaría por la justicia. El padre Mendoza soltó una risa nerviosa; el tipo podía ser un loco suelto.

—Una última cosa, padre... Esta bolsita de gamuza contiene ciento tres perlas mucho más finas que las demás, valen una fortuna. Son suyas. No tiene que mencionarlas a nadie, le aseguro que la única persona que conoce su existencia no se atreverá a preguntar por ellas.

—Imagino que son robadas.

—Sí, lo son, pero en justicia pertenecen a quienes las arrancaron del mar con su último aliento. Usted sabrá darles buen uso.

—Si son mal habidas, no quiero verlas, hijo mío.

—No tiene que hacerlo, padre, pero guárdelas —replicó el Zorro con un guiño de complicidad.

El misionero ocultó la bolsa en los pliegues del hábito y acompañó al visitante al patio, donde aguardaba el lustroso caballo negro, rodeado por los niños de la misión. El hombre montó el corcel y, para divertir a los críos, lo hizo corcovear con un silbido, luego sacó a relucir su espada en la luz de las antorchas y cantó unos versos, que él mismo había compuesto durante los meses de ocio en Nueva Orleáns, respecto a un valiente jinete que en las noches de luna sale a defender la justicia, castigar a los malvados y tallar la zeta con su acero. El detalle de la canción sedujo a los niños, pero acrecentó el temor del padre Mendoza de que el tipo estaba deschavetado. Isabel y Nuria, quienes pasaban la mayor parte del día encerradas en su habitación cosiendo, asomaron al patio a tiempo de vislumbrar la galante figura haciendo piruetas sobre el negro corcel, antes de desaparecer. Preguntaron quién era aquel llamativo personaje y el padre Mendoza replicó que, si no era un demonio, debía ser un ángel enviado por Dios para reforzarle la fe.

Esa misma noche Diego de la Vega regresó a la misión cubierto de polvo, contando que había tenido que acortar el viaje porque estuvo a punto de perecer en manos de bandidos. Vio venir de lejos a un par de sujetos sospechosos y para evitarlos se salió del Camino Real y echó a galopar hacia los bosques, pero se perdió. Pasó la noche acurrucado bajo los árboles, a salvo de bandoleros, pero a merced de osos y lobos. Al alba pudo orientarse y decidió volver a San Gabriel, era una imprudencia continuar solo. Había cabalgado el día entero sin probar bocado, estaba muerto de fatiga y con dolor de cabeza. Saldría para Monterrey dentro de unos días, pero esta vez iría bien armado y con escolta. El padre Mendoza le informó que ya no sería necesaria su visita al gobernador, porque don Alejandro de la Vega había sido rescatado de la prisión por un bravo desconocido. A Diego sólo le quedaba por delante el deber de recuperar los bienes de la familia. Se calló las dudas de que ese currutaco hipocondríaco fuera capaz de hacerlo.

—¿Quién rescató a mi padre? —preguntó Diego.

—Se hacía llamar el Zorro y llevaba una máscara —dijo el misionero.

—¿Máscara? ¿Un bandolero, acaso? —inquirió el joven.

—Yo también lo vi, Diego, y para ser un forajido no estaba mal el hombre. ¡Ni te digo lo guapo y elegante que era! Además, montaba un caballo que le debe haber costado un ojo de la cara —intervino Isabel, entusiasmada.

—Tú siempre has tenido más imaginación de la conveniente —replicó él.

Nuria interrumpió para anunciar la cena. Esa noche Diego comió con voracidad, a pesar de la tan anunciada migraña, y al terminar felicitó a la dueña, quien había mejorado la dieta de la misión. Isabel le interrogó sin piedad, quería averiguar por qué sus caballos no llegaron cansados, el aspecto de los supuestos malandrines, el tiempo que echó en ir de un punto a otro y la razón por la cual no se hospedó en otras misiones, a sólo una jornada de camino. El padre Mendoza no percibió la vaguedad de las respuestas, sumido como estaba en sus cavilaciones. Con la mano derecha comía y con la izquierda palpaba en su bolsillo la bolsita de gamuza, calculando que su contenido podría devolver a la misión su antiguo bienestar. ¿Había pecado al aceptar esas perlas manchadas de sufrimiento y codicia? No. De pecado, nada, pero podrían traerle mala suerte... Sonrió al comprobar que con los años se había vuelto más supersticioso.

Un par de días más tarde, cuando ya el padre Mendoza había enviado una carta sobre las perlas a México y preparaba su equipaje para el viaje con Diego, llegaron Rafael Moncada y Carlos Alcázar, a la cabeza de varios soldados, entre ellos el obeso sargento García. Alcázar lucía un feo costurón en la mejilla, que le deformaba la cara, y venía inquieto porque no había logrado convencer a su socio de la forma en que se esfumaron las perlas. La verdad no le servía en este caso, porque habría puesto en evidencia su triste papel en la defensa de la prisión y del botín. Prefirió decirle que medio centenar de indios incendió El Diablo mientras una banda de forajidos, a las órdenes de un enmascarado vestido de negro, que se identificó como el Zorro, se introdujo en el edificio. Después de cruenta lucha, en la que él mismo fue herido, los asaltantes lograron reducir a los soldados y se largaron con las perlas. En la confusión escaparon los presos. Sabía que Moncada no quedaría tranquilo hasta averiguar la verdad y encontrar las perlas. Los presos fugitivos eran lo de menos, sobraba mano de obra indígena para reemplazarlos.

La curiosa forma del corte en la cara de Alcázar —una zeta perfecta— le recordó a Moncada a un enmascarado, cuya descripción correspondía al Zorro, quien había trazado una letra similar en la residencia del chevalier Duchamp y en un cuartel de Barcelona. En ambas ocasiones el pretexto fue liberar a unos presos, como en El Diablo. Además, en el segundo caso tuvo la audacia de utilizar su propio nombre y el de su tía Eulalia. Había jurado hacerle pagar aquel insulto, pero nunca lograron echarle el guante. Llegó rápidamente a la única conclusión posible: Diego de la Vega estaba en Barcelona en la época en que alguien tallaba una zeta en las paredes y tan pronto desembarcó en California le marcaron la misma letra en la mejilla a Alcázar. No era simple coincidencia. El tal Zorro no podía ser otro que Diego. Costaba creerlo, pero de cualquier manera era buen pretexto para hacerle pagar las molestias que le había causado. Llegó a la misión a mata caballo, porque pensaba que su presa podría haber escapado, y se encontró a Diego sentado bajo un parrón bebiendo limonada y leyendo poesías. Ordenó al sargento García que lo arrestara y el pobre gordo, quien seguía teniendo por Diego la misma incondicional admiración de la infancia, se dispuso de mala gana a obedecer, pero el padre Mendoza alegó que el enmascarado que decía ser el Zorro no era ni remotamente parecido a Diego de la Vega. Isabel lo apoyó: ni un tonto podía confundir a esos dos hombres, dijo, conocía a Diego como a un hermano, había vivido con él por cinco años, era buen muchacho, inofensivo, sentimental, enfermizo, de bandido nada tenía, y menos de héroe.

—Gracias —la cortó Diego, ofendido, pero notó que el ojo errante de su amiga giraba como un trompo.

—El Zorro ayudó a los indios porque son inocentes, usted lo sabe tan bien como yo, señor Moncada. No se robó las perlas, las tomó como prueba de lo que sucede en El Diablo —dijo el misionero.

—¿De qué perlas habla? —lo interrumpió Carlos Alcázar, muy nervioso, porque hasta ese momento nadie las había mencionado e ignoraba cuánto sabía el cura de sus trampas.

El padre Mendoza admitió que el Zorro le había entregado la bolsa con el encargo de acudir a los tribunales en México. Rafael Moncada disimuló un suspiro de alivio: había sido más fácil recuperar su tesoro de lo imaginado. Ese viejo ridículo no constituía un problema, podía borrarlo del mapa de un soplido, sucedían accidentes lamentables a cada rato. Con expresión preocupada le agradeció la maña para recuperar las perlas y el celo para cuidarlas, luego le exigió que se las entregara, él se haría cargo del asunto. Si Carlos Alcázar, como jefe de la prisión, había cometido irregularidades, se tomarían las medidas pertinentes, no había motivo para molestar a nadie en México. El cura tuvo que obedecer. No se atrevió a acusarlo de complicidad con Alcázar, porque un paso en falso le costaría lo que más le importaba en este mundo: su misión. Trajo la faltriquera y la colocó sobre la mesa.

—Esto pertenece a España. He enviado una carta a mis superiores y habrá una investigación al respecto —dijo.

—¿Una carta? Pero si el barco no ha llegado aún… —interrumpió Alcázar.

—Dispongo de otros medios, más rápidos y seguros que el barco.

—¿Están aquí todas las perlas? —preguntó Moncada, molesto.

—¿Cómo puedo saberlo? Yo no estaba presente cuando fueron sustraídas, no sé cuántas había originalmente. Sólo Carlos puede contestar esa pregunta —replicó el misionero.

Esas palabras aumentaron las sospechas que Moncada ya tenía de su socio. Tomó al misionero por un brazo y lo llevó a viva fuerza delante del crucifijo que había sobre una repisa en la pared.

—Jure ante la cruz de Nuestro Señor que no ha visto otras perlas. Si miente, su alma se condenará al infierno —le ordenó.

Un silencio ominoso se impuso en la habitación, todos retuvieron el aliento y hasta el aire se inmovilizó. Lívido, el padre Mendoza se soltó de un tirón de la garra que lo paralizaba.

—¡Cómo se atreve! —mascullò.

—¡Jure! —repitió el otro.

Diego e Isabel se adelantaron para intervenir, pero el padre Mendoza, deteniéndolos con un gesto, puso una rodilla en el suelo, la mano derecha en su pecho y los ojos en el Cristo tallado en madera por manos de indio. Temblaba de impresión y de rabia por la violencia a que era sometido, pero no temía ir a dar al infierno, al menos no por ese motivo.

—Juro ante la Cruz que no he visto otras perlas. Que mi alma se condene si miento —dijo con voz firme.

Durante una larga pausa nadie dijo una sola palabra, el único sonido fue la exhalación de alivio de Carlos Alcázar, cuya vida no valía un centavo si Rafael Moncada se enteraba de que se había quedado con la mejor parte del botín. Suponía que la bolsita de gamuza estaba en poder del enmascarado, pero no entendía por qué éste le había entregado las demás perlas al cura, si podía quedarse con todas. Diego adivinó el curso de sus pensamientos y le sonrió, desafiante. Moncada debió aceptar el juramento del padre Mendoza, pero les recordó a todos que no daba por concluido ese asunto hasta colgar al culpable de la horca.

—¡García! ¡Arresta a De la Vega! —repitió Rafael Moncada.

El gordo se secó la frente con la manga del uniforme y se dispuso a cumplir su cometido de mala gana.

—Lo siento —balbuceó, indicando a dos soldados que se lo llevaran.

Isabel se le puso por delante a Moncada aduciendo que no había pruebas contra su amigo, pero él la apartó de un brusco empujón.

Diego de la Vega pasó la noche encerrado en uno de los antiguos cuartos de servicio de la hacienda donde había nacido. Se acordaba incluso de quién lo ocupaba en la época en que él vivía allí con sus padres, una india mexicana de nombre Roberta que tenía media cara quemada por un accidente con una olla de chocolate hirviendo. ¿Qué habría sido de ella? No recordaba, en cambio, que esas habitaciones fueran tan miserables, cubículos sin ventanas, con suelo de tierra y muros de adobe sin pintar, amueblados con un jergón de paja, una silla y un arcón de palo. Pensó que así había pasado la infancia Bernardo, mientras a pocos metros de distancia él dormía en una cama de bronce con cortina de tul para protegerlo de las arañas, en un aposento atiborrado de juguetes. ¿Cómo no lo había notado entonces? La casa estaba dividida por una línea invisible que separaba el ámbito de la familia del complejo universo de los criados. El primero, amplio y lujoso, decorado en estilo colonial, era un prodigio de orden, calma y limpieza, olía a ramos de flores y al tabaco de su padre. En el segundo hervía la vida: parloteo incesante, animales domésticos, riñas, trabajo. Esa parte de la casa olía a chile molido, a pan horneado, a ropa remojada en lejía, a basura. Las terrazas de la familia, con sus azulejos pintados, sus trinitarias y fuentes, eran un paraíso de frescura, mientras que los patios de la servidumbre se llenaban de polvo en verano y de barro en invierno.

Diego pasó horas incontables en el jergón del suelo, sudando el calor de mayo, sin ver luz natural. Faltaba aire, le ardía el pecho.

No podía medir el tiempo, pero sentía que había estado allí varios días. Tenía la boca seca y temía que el plan de Moncada fuera a vencerlo por sed y hambre. A ratos cerraba los ojos y trataba de dormir, pero estaba demasiado incómodo. No había espacio para dar más de dos pasos, sentía los músculos acalambrados. Examinó el cuarto palmo a palmo buscando la forma de salir y no la encontró. La puerta tenía una sólida barra de hierro por fuera; ni Galileo Tempesta hubiera podido abrirla desde adentro. Trató de desprender las tablas del techo, pero estaban reforzadas, era evidente que el lugar se usaba como celda. Mucho tiempo más tarde la puerta de su tumba se abrió y el rostro rubicundo del sargento García apareció en el umbral. A pesar de la debilidad que sentía, Diego calculó que podía aturdir al buen sargento con un mínimo de violencia, utilizando la presión en el cuello que le enseñó el maestro Escalante cuando lo entrenaba en el método de lucha de los miembros de La Justicia, pero no quería causarle problemas con Moncada a su antiguo amigo. Además, de esa manera podría salir de su celda, pero no podría escapar de la hacienda; era mejor esperar. El gordo colocó en el suelo una jarra de agua y una escudilla con frijoles y arroz.

—¿Qué hora es, amigo mío? —le preguntó Diego, simulando un buen humor que estaba lejos de sentir.

García contestó con morisquetas y gestos de los dedos.

—¿Las nueve de la mañana del martes, dices? Eso significa que he estado aquí dos noches y un día. ¡Qué bien he dormido! ¿Sabes cuáles son las intenciones de Moncada?

García negó con la cabeza.

—¿Qué te pasa? ¿Tienes órdenes de no hablarme? Bueno, pero nadie te dijo que no podías escucharme, ¿verdad?

—Hmmm —asintió el otro.

Diego se estiró, bostezó, se bebió el agua y saboreó con parsimonia la comida, que le pareció deliciosa, como le comentó a García, mientras charlaba sobre tiempos pasados: las aventuras estupendas de la infancia, el valor que siempre demostró García cuando se enfrentó con Alcázar y atrapó a un oso vivo. Con razón era tan admirado por los rapaces de la escuela, concluyó. No era exactamente así como el sargento recordaba aquella época, pero esas palabras cayeron como un bálsamo sobre su alma magullada.

—En nombre de nuestra amistad, García, tienes que ayudarme a salir de aquí —concluyó Diego.

—Me gustaría, pero soy soldado y el deber está antes que todo —respondió el otro en un susurro, mirando por encima del hombro para verificar que nadie los oía.

—Nunca te pediría que faltaras a tu deber o cometieras un acto ilegal, García, pero nadie puede culparte si la puerta no queda bien atrancada...

No hubo tiempo de continuar la conversación, porque llegó un soldado a indicarle al sargento que don Rafael Moncada esperaba al prisionero. García se enderezó la casaca, sacó pecho y chocó los talones con aire marcial, pero le guiñó un ojo a Diego. Alzaron al detenido por los brazos y lo condujeron al salón principal: sosteniéndolo casi en vilo hasta que pudo afirmarse en las piernas dormidas por la inmovilidad. Con pesar, Diego comprobó una vez más los cambios, su hogar tenía aspecto de cuartel. Lo sentaron en una de las sillas del salón y lo ataron por el pecho al respaldo y por los tobillos a las patas del mueble. Se dio cuenta de que el sargento cumplía su obligación a medias, las amarras no quedaron bien apretadas y con algo de maña podría soltarse, pero había soldados por todas partes. «Necesito una espada», le susurró a García en un momento en que el otro uniformado se alejó un par de pasos. El gordo casi se ahoga de susto ante semejante solicitud; a Diego se le pasaba la mano, ¿cómo iba a darle un arma en esas circunstancias? Le costaría varios días en el cepo y su carrera militar. Lo palmoteó con cariño en el hombro y se fue, cabizbajo y arrastrando los pies, mientras el guardia se apostaba en un rincón a vigilar al cautivo.

Diego estuvo en la silla por más de dos horas, que empleó para sustraer con disimulo las manos de las cuerdas, pero no podía desamarrarse los tobillos sin llamar la atención del soldado, un inconmovible mestizo con aspecto de estatua azteca. Intentó atraerlo fingiendo que se ahogaba de tos, después le rogó que le diera un cigarro, un vaso de agua, un pañuelo, pero no hubo forma de que se aproximara. Por toda respuesta aprontaba el arma y lo observaba con sus ojillos de piedra, que apenas asomaban sobre sus pómulos prominentes. Diego concluyó que si ésa era una estrategia de Moncada para bajarle los humos y ablandarle la voluntad, estaba dando buen resultado.

Por fin, a media tarde hizo su entrada Rafael Moncada, pidiendo disculpas por haber incomodado a una persona tan fina como Diego. Nada más lejos de su ánimo que hacerle pasar un mal rato, dijo, pero dadas las circunstancias no podía actuar de otro modo. ¿Sabía Diego cuánto rato estuvo encerrado en el cuarto de servicio? Exactamente el mismo número de horas que él permaneció en la cámara secreta de Tomás de Romeu, antes de que acudiera su tía a sacarlo. Una curiosa coincidencia. Aunque él se preciaba de tener sentido del humor, la broma aquella había sido algo pesada. En todo caso, le agradecía que lo hubiese librado de Juliana; desposar a una mujer de condición inferior habría arruinado su carrera, tal como le había advertido tantas veces su tía, pero en fin, no estaban allí para hablar de Juliana, ése era un capítulo cerrado. Suponía que Diego —¿o debía llamarlo el Zorro?— deseaba conocer la suerte que le aguardaba. Era un delincuente de la misma calaña que su padre, Alejandro de la Vega; de tal palo, tal astilla. Apresarían al viejo, de eso no cabía duda, y se secaría en un calabozo. Nada le daría más placer que ahorcar al Zorro con su propia mano, pero no era ése su papel, añadió. Lo mandaría a España, en cadenas y bajo estricta vigilancia, para que fuese juzgado donde mismo había iniciado su carrera criminal y donde dejó suficientes pistas para condenarlo. En el gobierno de Fernando VII se aplicaba el peso de la ley con la firmeza adecuada, no como en las colonias, donde la autoridad era un chiste. A los delitos cometidos en España se sumaban los de California: había asaltado la prisión de El Diablo, provocado un incendio, destruido propiedades del reino, herido a un militar y conspirado en la fuga de prisioneros.

—Entiendo que un sujeto llamado el Zorro es el autor de esas tropelías. Y creo que además se apoderó de unas perlas. ¿O prefiere su excelencia no hablar de ese tema? —replicó Diego.

—¡El Zorro sois vos, De la Vega!

—Quisiera serlo, el hombre parece fascinante, pero mi delicada salud no me permite tales aventuras. Sufro de asma, dolores de cabeza y palpitaciones al corazón.

Rafael Moncada le puso ante las narices un documento, redactado de su puño y letra, a falta de escribano, y le exigió que estampara su nombre. El prisionero objetó que sería una imprudencia firmar algo sin conocer el contenido. En ese momento no podía leerlo, ya que había olvidado sus lentes y era corto de vista, otra diferencia con el Zorro, a quien se le atribuían prodigiosa puntería con el látigo y celeridad con la espada. Ningún cegatón poseía tales habilidades, añadió.

—¡Basta! —exclamó Moncada, cruzándole la cara de un bofetón.

Diego estaba esperando una reacción violenta, pero igual debió realizar un tremendo esfuerzo para controlarse y no saltar contra Moncada. No había llegado aún su oportunidad. Mantuvo las manos atrás, sujetando las cuerdas, mientras sangre de la nariz y la boca le manchaba la camisa. En aquel mismo instante irrumpió el sargento García, quien al ver a su amigo de infancia en ese estado se detuvo en seco, sin saber qué partido tomar. La voz de mando de Moncada lo sacó de su estupor.

—¡No te he llamado, García!

—Excelencia... Diego de la Vega es inocente. ¡Le dije que no podía ser el Zorro! Acabamos de ver al verdadero Zorro afuera... —tartamudeó el sargento.

—¿Qué diablos dices, hombre?

—Cierto, excelencia, todos lo vimos.

Moncada salió como una exhalación, seguido por el sargento, pero el guardia permaneció en la sala, apuntando con su arma a Diego. En el portón del jardín, Moncada vio por primera vez la teatral figura del Zorro, recortada con nitidez contra el cielo violeta del atardecer, y la sorpresa lo paralizó por unos segundos.

—¡Seguidle, imbéciles! —gritó, desenfundando su pistola y disparando sin apuntar.

Algunos soldados volaron a buscar sus caballos y otros dispararon sus armas, pero ya el jinete se alejaba al galope. El sargento, más interesado que nadie en descubrir la identidad del Zorro, saltó a la montura con inesperada agilidad, clavó las espuelas y partió en su persecución seguido por media docena de sus hombres. Se perdieron a la carrera en dirección al sur, atravesando lomas y bosques. El enmascarado les llevaba ventaja y conocía bien el terreno, pero aun así la distancia entre él y la tropa se fue acortando. A la media hora de galope, cuando los caballos empezaban a sudar espuma, el sol había desaparecido y los soldados estaban a punto de darle alcance, llegaron a los acantilados: el Zorro estaba atrapado entre ellos y el mar.

Entretanto, en el salón de la casa, a Diego le pareció que se abría la portezuela disimulada en la chimenea. Sólo podía tratarse de Bernardo, quien de algún modo se las había arreglado para volver a la hacienda. Desconocía los detalles de lo ocurrido afuera, pero por las blasfemias de Moncada, los gritos, los disparos y la agitación de caballos, suponía que su hermano había logrado confundir al enemigo. Para distraer al guardia, fingió otro aparatoso ataque de tos, luego se dio impulso, volteó la silla y quedó tendido de costado en el suelo. El hombre se le plantó al lado y le ordenó que se quedara quieto o le volaría los sesos, pero Diego notó que su tono era vacilante, tal vez las instrucciones de la estatua azteca no incluían matarlo. Por el rabillo del ojo percibió una sombra que se desprendía de la chimenea y se aproximaba. Empezó a toser de nuevo, sacudiéndose como si se ahogara, mientras el guardia lo punzaba con el cañón de su arma, sin saber qué hacer. Diego se soltó las manos y le propinó un tremendo golpe en las piernas, pero el tipo debía de ser de piedra maciza, porque no se movió. En ese instante, el guardia sintió el cañón de una pistola en la sien y vio a un enmascarado que le sonreía sin decir palabra.

—Rendíos, buen hombre, antes de que al Zorro se le escape una bala —le aconsejó Diego desde el suelo, mientras se soltaba deprisa las ataduras de los tobillos.

El otro Zorro desarmó al soldado, le lanzó el fusil a Diego, quien lo cogió al vuelo, y enseguida retrocedió con rapidez hacia las sombras de la chimenea, despidiéndose con un guiño de complicidad. Diego no dio ocasión al guardia de ver qué sucedía a sus espaldas, le tendió en el suelo de un solo golpe seco con el canto de la mano en el cuello. El hombre estuvo desmayado unos minutos, que Diego empleó en atarlo con las mismas cuerdas que habían usado en él, después rompió la ventana a patadas, cuidando de que no quedaran vidrios cortantes en los bordes, porque pensaba regresar por allí mismo, y se deslizó por la portezuela secreta hacia las cuevas.

Al volver al salón, Rafael Moncada se encontró con que De la Vega se había esfumado y el hombre encargado de vigilarlo ocupaba su lugar en la silla. La ventana estaba rota y lo único que el atontado guardia recordaba era una silueta oscura y el frío glacial de una pistola en la sien. «Imbéciles, imbéciles sin remedio», fue la conclusión de Moncada. En esos momentos la mitad de sus hombres galopaba tras un fantasma, mientras su prisionero había emprendido la fuga ante sus mismas narices. A pesar de las evidencias, seguía convencido de que el Zorro y Diego de la Vega eran la misma persona.

En la cueva, Diego no encontró a Bernardo, como esperaba, pero éste le había dejado varios velones de sebo encendidos, su disfraz, su espada y su caballo. Tornado resoplaba impaciente, sacudiendo la frondosa melena oscura y pateando el suelo. «Ya te acostumbrarás a este lugar, amigo mío», le dijo Diego, acariciando el cuello lustroso del animal. También encontró una bota de vino, pan, queso y miel para reponerse de los malos ratos pasados. Por lo visto a su hermano no se le escapaba ni un detalle. También debía admirar su habilidad para burlar la persecución de los soldados y aparecer por acto de magia a rescatarlo en el instante debido. ¡Con qué silenciosa elegancia había actuado! Bernardo era tan buen Zorro como él mismo, juntos serían invencibles, concluyó. No había prisa para el paso siguiente, debía esperar la noche cerrada, cuando la agitación en la casa se calmara. Después de comer hizo unas cuantas flexiones para desentumecerse y se echó a dormir a pocos pasos de Tornado, con la beatitud de quien ha realizado un buen trabajo.

Despertó horas más tarde descansado y alegre. Se lavó y cambió de ropa, se puso la máscara y hasta tuvo ánimo para el bigote. «Necesito un espejo, no es fácil pegarse pelos de memoria. Está decidido, tengo que dejarme crecer el bigote, es inevitable. Esta cueva requiere ciertas comodidades, eso facilitará nuestras andanzas, ¿no te parece?», le comentó a Tornado. Se frotó las manos encantado ante las inmensas posibilidades del futuro; mientras tuviera salud y fuerza jamás se aburriría. Pensó en Lolita y sintió un cosquilleo en el estómago similar al que antes le provocaba Juliana, pero no los relacionó. Su atracción por Lolita era tan fresca como si fuese la primera y única de su vida. ¡Cuidado! No debía olvidar que era prima de Carlos Alcázar y por lo mismo no podía ser su novia. ¿Novia? Se rió de buena gana: jamás se casaría, los zorros son animales solitarios.

Comprobó que su espada Justina se deslizaba con facilidad en la funda, se acomodó el sombrero y se dispuso a la acción. Condujo a Tornado a la salida de las cuevas, que Bernardo había tenido la precaución de disimular muy bien con rocas y arbustos, lo montó y se dirigió a la hacienda. No quería correr el riesgo de que se descubriera el pasadizo secreto de la chimenea. Calculó que había dormido varias horas, debía de ser pasada la medianoche, y posiblemente todos, salvo los centinelas, estarían dormidos. Dejó a Tornado con las riendas sueltas bajo unos árboles cercanos, seguro de que no se movería hasta ser llamado, había asimilado bien las enseñanzas de Rayo en la Noche. Aunque habían doblado la guardia, no tuvo inconveniente en aproximarse a la casa y espiar por la ventana del salón, la única con luz. Sobre la mesa había un candelabro de tres velas, que alumbraba un sector, pero el resto estaba en penumbra. Pasó con cuidado las piernas a través de la ventana rota, entró a la habitación y, ocultándose entre los muebles alineados contra las paredes, avanzó hacia la chimenea, donde pudo agazaparse detrás de los grandes troncos. En el otro extremo de la habitación Rafael Moncada se paseaba fumando y el sargento García, cuadrado y con la vista al frente, procuraba explicarle lo ocurrido. Habían seguido al Zorro a galope tendido hasta los acantilados, dijo, pero cuando estaban a punto de atraparlo, el forajido prefirió saltar al mar antes que rendirse. Para entonces quedaba poca luz, además era imposible acercarse al borde por temor a resbalar en las piedras sueltas. Aunque no veían el fondo del precipicio, vaciaron sus armas, de modo que el Zorro se había desnucado en las rocas y además recibido una salva de balas.

—¡Imbécil! —repitió Moncada por enésima vez—. Ese individuo se las arregló para engañarte y entretanto De la Vega escapó.

Una inocente expresión de alivio bailó brevemente en el rostro colorado de García, pero desapareció al instante, fulminada por la mirada de cuchillo de su superior.

—Mañana irás a la misión con un destacamento de ocho hombres armados. Si De la Vega está allí, lo arrestas de inmediato; si se resiste, lo matas. En caso que no esté, me traes al padre Mendoza y a Isabel de Romeu. Serán mis rehenes hasta que ese bandido se entregue. ¿Me has comprendido?

—¡Pero cómo le vamos a hacer eso al padre! Pienso que...

—¡No pienses, García! El cerebro no te da para eso. Obedece y cierra la boca.

—Sí, excelencia.

Desde su escondite en el fogón oscuro de la chimenea, Diego se preguntaba cómo se las había arreglado Bernardo para estar en dos partes al mismo tiempo. Moncada terminó de insultar a García y lo despachó, luego se sirvió un vaso del coñac de Alejandro de la Vega y se sentó a meditar, balanceándose en la silla, con los pies sobre la mesa. Las cosas se habían complicado, había cabos sueltos, tendría que eliminar a varias personas, de otro modo no podría mantener las perlas en secreto. Bebió sin prisa el licor, examinó el documento que había escrito para que firmara Diego y, por último, se dirigió a un pesado armario y sacó la faltriquera. Una de la bujías terminó de consumirse y el cerote goteó sobre la mesa antes de que terminara de contar una vez más las perlas. El Zorro esperó un plazo prudente y luego salió con sigilo de gato de su refugio. Había dado varios pasos pegado a la pared, cuando Moncada, sintiéndose observado, se volvió. Sus ojos se posaron sobre el hombre mimetizado en las sombras, sin verlo, pero el instinto le advirtió del peligro. Cogió la fina espada, con empuñadura de plata y borlas de seda roja, que colgaba de la silla.

—¿Quién anda allí? —preguntó.

—El Zorro. Creo que tenemos algunos asuntillos pendientes... —dijo éste, adelantándose.

Moncada no le dio tiempo de continuar, se le fue encima con un grito de odio, decidido a atravesarlo de lado a lado. El Zorro esquivó el acero con un pase de torero, incluida una vuelta graciosa de la capa, y de dos saltos se apartó, siempre con garbo, la derecha enguantada en la empuñadura, la izquierda en la cadera, el ojo atento y una sonrisa de muchos dientes debajo del bigotillo torcido. Al segundo lance esquivado desenvainó su espada sin prisa, como si la insistencia del otro en matarle fuera un fastidio.

—Mala cosa es batirse con rabia —le desafió.

Paró tres mandobles y un tajo de revés levantando apenas el arma, luego retrocedió para dar confianza al adversario, quien sin vacilar arremetió de nuevo. El Zorro trepó de un solo impulso a la mesa y desde arriba se defendió casi bailando de las estocadas a fondo de Moncada. Algunas pasaban entre sus piernas, otras las esquivaba con cabriolas o las detenía con tal firmeza que los hierros despedían chispas. Descendió de la mesa y se alejó dando brincos sobre las sillas, perseguido de cerca por Moncada, cada vez más frenético. «No se canse, que no es bueno para el corazón», le picaneaba. A ratos el Zorro se perdía en las sombras de los rincones, donde no llegaba la débil luz de las bujías, pero en vez de aprovechar la ventaja para atacar a traición, reaparecía por otro lado, llamando a su contrincante con un silbido. Moncada tenía muy buen dominio de la espada y en combate deportivo le habría dado trabajo a cualquier adversario, pero le cegaba un rencor fanático. No podía soportar a ese atrevido que desafiaba a la autoridad, rompía el orden, se burlaba de la ley. Debía matarlo antes de que destruyera lo que él más valoraba: los privilegios que le correspondían por nacimiento.

El duelo continuó de la misma manera, uno atacando con desesperada furia y el otro esquivando con burlona ligereza. Cuando Moncada estaba listo para clavar al Zorro contra la pared, éste rodaba por el suelo y se erguía con una pirueta de acróbata a dos varas de distancia. Comprendió por fin Moncada que no ganaba terreno, sino que lo perdía, y empezó a dar voces llamando a sus hombres, entonces el Zorro dio por terminado el juego. De tres largos trancos alcanzó la puerta y le echó doble llave con una mano, mientras con la otra mantenía a raya a su enemigo. Enseguida cambió el acero a la izquierda, truco que siempre desconcertaba al contrincante, al menos por unos segundos. Saltó de nuevo sobre la mesa, desde allí se colgó de la gran lámpara de hierro del techo que había estado allí desde la reconstrucción de la casa, y se columpió, cayendo por detrás de Moncada en medio de una lluvia de ciento cincuenta velas empolvadas. Antes de que Moncada alcanzara a darse cuenta de lo sucedido, se encontró desarmado y con la punta de otra espada en la nuca. La maniobra había durado pocos segundos, pero ya media docena de soldados abría la puerta a culatazos y patadas e irrumpía en el salón con los mosquetes preparados. (Al menos así lo ha contado el Zorro en repetidas ocasiones y, como nadie lo ha desmentido, debo creerle, aunque tiende a exagerar sus proezas. Disculpad este breve paréntesis y volvamos al salón.) Decía que los soldados entraron en tropel al mando del sargento García, quien estaba recién salido de la cama e iba en calzoncillos, pero con la gorra del uniforme encasquetada sobre sus cabellos grasientos. Los hombres pisaron las velas y varios de ellos rodaron por el suelo. A uno se le salió un tiro, que pasó rozando la cabeza de Rafael Moncada y fue a dar al cuadro de la chimenea, perforando un ojo de la reina Isabel la Católica.

—¡Cuidado, imbéciles! —bramó Moncada.

—¡Haced caso a vuestro jefe, amigos! —les recomendó el Zorro amablemente.

El sargento García no podía creer lo que veía. Habría apostado su alma a que el Zorro yacía sobre las rocas al pie del acantilado, en cambio allí estaba resucitado, como Lázaro, pinchándole el cogote a su excelencia. La situación era muy grave, ¿por qué entonces él sentía un agradable aletear de mariposas en su amplia panza de glotón? Indicó a sus hombres que retrocedieran, tarea nada fácil porque resbalaban en las velas, y una vez que salieron, cerró la puerta y se quedó adentro.

—El mosquete y el sable, sargento, por favor —le pidió el Zorro en el mismo tono amistoso.

García se desprendió de sus armas con sospechosa prontitud y enseguida se plantó delante de la puerta de piernas abiertas y brazos cruzados sobre el pecho; imponente, a pesar de los calzoncillos. Habría que determinar si velaba por la integridad física de su superior o si se disponía a gozar del espectáculo.

El Zorro indicó a Rafael Moncada que se sentara ante la mesa y leyera en voz alta el documento. Era una confesión de haber incitado a los colonos a rebelarse contra el rey y declarar independiente a California. Esa traición se pagaba con la muerte, además la familia del acusado perdía sus bienes y el honor. El papel estaba en blanco, sólo faltaba el nombre del culpable. Por lo visto Alejandro de la Vega se había negado a firmarlo, a eso se debía la insistencia en que lo hiciera su hijo.

—Bien pensado, Moncada. Como ve, sobra espacio al pie de la página. Tome la pluma y escriba lo que le dictaré a continuación —le mandó el Zorro.

Rafael Moncada se vio forzado a agregar al documento el negocio de las perlas, además del delito de esclavizar a los indios.

—Fírmelo.

—¡Jamás firmaré esto!

—¿Por qué no? Está escrito con su letra y es la santa verdad. ¡Fírmelo! —le ordenó el enmascarado.

Rafael Moncada dejó la pluma en la mesa e hizo ademán de levantarse, pero de tres rápidos movimientos la espada del Zorro le talló una zeta en el cuello, debajo de la oreja izquierda. Un rugido de dolor y de ira escapó del pecho de Moncada. Se llevó la mano a la herida y la retiró ensangrentada. La punta del acero se apoyó en su yugular y la voz firme de su enemigo le indicó que contaría hasta tres y, si no colocaba su nombre y su sello, le mataría con el mayor gusto. Uno... dos... y... Moncada puso su firma al pie de la hoja, luego derritió lacre en la llama de la vela, dejó caer unas gotas sobre el papel y estampó su anillo con el sello de su familia. El Zorro esperó a que se secara la tinta y se enfriara el lacre, luego llamó a García y le ordenó que firmara como testigo. El gordo escribió su nombre con dolorosa lentitud, luego enrolló el documento y, sin poder disimular una sonrisa de satisfacción, se lo pasó al enmascarado, quien se lo guardó en el pecho.

—Muy bien, Moncada. Tomará el barco dentro de un par de días y saldrá de aquí para siempre. Guardaré esta confesión a buen recaudo, y si vuelve por estos lados, le pondré fecha y la presentaré a los tribunales, de otro modo nadie la verá. Sólo el sargento y yo sabemos de su existencia.

—A mí no me meta en esto, por favor, señor Zorro —balbuceó García, espantado.

—Respecto a las perlas, no debe preocuparse, porque yo me

haré cargo del problema. Cuando las autoridades pregunten por ellas, el sargento García dirá la verdad, que el Zorro se las llevó.

Tomó la faltriquera, se dirigió a la ventana rota y emitió un agudo silbido. Momentos después, oyó los cascos de Tornado en el patio, saludó con un gesto y saltó afuera. Rafael Moncada y el sargento García corrieron tras él, llamando a la tropa. Recortada contra la luna llena vieron la silueta negra del misterioso enmascarado en su magnífico corcel.

—¡Hasta la vista, señores! —se despidió el Zorro, haciendo caso omiso de las balas que le pasaban rozando.

Dos días más tarde Rafael Moncada se embarcó en la nave *Santa Lucía* con su cuantioso equipaje y los criados que había traído de España para su servicio personal. Diego, Isabel y el padre Mendoza lo acompañaron a la playa, en parte para cerciorarse de que partiera y en parte por el gusto de verle la cara de furia. Diego le preguntó con tono inocente por qué se iba tan de súbito y por qué llevaba un vendaje en el cuello. A Moncada la imagen de ese joven acicalado, que chupaba pastillas de anís para el dolor de cabeza y usaba un pañuelo de encaje, no le calzaba para nada con la del Zorro, pero seguía aferrado a la sospecha de que ambos eran el mismo hombre. Lo último que les dijo al embarcarse fue que no descansaría ni un solo día hasta desenmascarar al Zorro y vengarse.

Esa misma noche Diego y Bernardo se encontraron en las cuevas. No se habían visto desde la oportuna aparición de Bernardo en la hacienda para salvar al Zorro. Entraron por la chimenea de la casa, que Diego había recuperado y empezaban a reparar del abuso de la soldadesca, con la idea de que, tan pronto estuviera lista, Alejandro de la Vega volvería a ocuparla. Por el momento, éste convalecía al cuidado de Toypurnia y Lechuza Blanca, mientras su hijo aclaraba su situación legal. Con Rafael Moncada fuera del cuadro, no sería difícil lograr que el gobernador levantara los cargos. Los dos jóvenes se disponían a iniciar la tarea de convertir las cuevas en la guarida del Zorro.

Diego quiso saber cómo había hecho Bernardo para presentarse en la hacienda, galopar un buen rato perseguido por la tropa, saltar al vacío desde los acantilados y simultáneamente aparecer en la portezuela de la chimenea en el salón de la casa. Debió repetir la pregunta, porque Bernardo no entendió bien de qué hablaba. Nunca estuvo en la casa, le aseguró con gestos, Diego debió haber soñado ese episodio. Se lanzó al mar con el caballo porque conocía muy bien el terreno y sabía exactamente dónde caer. Era noche cerrada, explicó, pero salió la luna, iluminando el agua, y pudo dar con la playa sin dificultad. Una vez en tierra firme comprendió que no podía exigir más a su extenuado corcel y lo dejó libre. Tuvo que caminar varias horas para llegar al amanecer a la misión San Gabriel. Mucho antes había dejado a Tornado en la cueva, para que lo encontrara Diego, porque estaba seguro de que se las arreglaría para escapar una vez que él distrajera a sus captores.

—Te digo que el Zorro vino a la hacienda para ayudarme. Si no eras tú, ¿quién fue? Lo vi con mis propios ojos.

Entonces Bernardo pegó un silbido y de las sombras salió el Zorro con su espléndido atavío, todo de negro, con sombrero, máscara y bigote, la capa echada sobre un hombro y la diestra sobre la empuñadura de su espada. Nada faltaba al impecable héroe, llevaba incluso el látigo enrollado en la cintura. Allí estaba, de cuerpo entero, alumbrado por varias docenas de velones de sebo y un par de antorchas, soberbio, elegante, inconfundible.

Diego quedó pasmado, mientras Bernardo y el Zorro contenían la risa, saboreando el momento. La incógnita duró menos de lo que éstos habrían deseado, porque Diego se dio cuenta de que el enmascarado tenía los ojos bizcos.

—¡Isabel! ¡Sólo podía tratarse de ti! —exclamó con una carcajada.

La muchacha le había seguido cuando fue a la cueva con Bernardo la primera noche que desembarcaron en California. Los espió cuando Diego le dio a su hermano el traje negro y planearon la existencia de dos Zorros en vez de uno, entonces a ella se le ocurrió que mejor aún serían tres. Le costó muy poco obtener la complicidad de Bernardo, quien la consentía en todo. Ayudada por Nuria, cortó la pieza de tafetán negro, regalo de Laffite, y cosió el disfraz. Diego argumentó que ése era un trabajo de hombres, pero ella le recordó que le había rescatado de las manos de Moncada.

—Se necesita más de un justiciero, porque hay mucha maldad en este mundo, Diego. Tú serás el Zorro, y Bernardo y yo te ayudaremos —determinó Isabel.

No hubo más remedio que aceptarla en la pandilla, porque como argumento final ella amenazó con revelar la identidad del Zorro si la excluían.

Los hermanos se colocaron sus disfraces y los tres Zorros formaron un círculo dentro de la antigua Rueda Mágica de los indios que habían trazado con piedras en la infancia. Con el cuchillo de Bernardo se hicieron un corte en la mano izquierda. «¡Por la justicia!», exclamaron al unísono Diego e Isabel. Bernardo se sumó haciendo el signo apropiado en su lenguaje de señas. Y en ese momento, cuando la sangre mezclada de los amigos goteaba al centro del círculo, creyeron ver que surgía del fondo de la tierra una luz incandescente que bailó en el aire durante varios segundos. Era la señal del Okahué, prometida por la abuela Lechuza Blanca.

BREVE EPÍLOGO Y PUNTO FINAL

Alta California, 1840

A menos que seáis lectores muy distraídos, sin duda habréis adivinado que la cronista de esta historia soy yo, Isabel de Romeu. Escribo treinta años después de que conociera a Diego de la Vega en la casa de mi padre, en 1810, y desde entonces muchas cosas han sucedido. A pesar del paso del tiempo, no temo incurrir en graves inexactitudes, porque a lo largo de la vida he tomado notas y si me falla la memoria consulto a Bernardo. En los episodios en que él estuvo presente, me he visto obligada a escribir con cierto rigor, porque no me permite interpretar los hechos a mi manera. En los demás he tenido más libertad. A veces mi amigo me saca de quicio. Dicen que los años otorgan flexibilidad a la gente, pero no es su caso; tiene cuarenta y cinco años y no ha perdido la rigidez. En vano le he explicado que no hay verdades absolutas, todo pasa por el filtro del observador. La memoria es frágil y caprichosa, cada uno recuerda y olvida según su conveniencia. El pasado es un cuaderno de muchas hojas, donde anotamos la vida con una tinta que cambia según el estado de ánimo. En mi caso, el cuaderno se parece a los mapas fantásticos del capitán Santiago de León y merece ser incluido en la *Enciclopedia de Deseos, versión íntegra*. En el caso de Bernardo el cuaderno es un plomazo. En fin, al menos esa exactitud le ha servido para criar varios hijos y administrar con buen criterio la hacienda De la Vega. Ha multiplicado su fortuna y la de Diego, quien sigue ocupado de hacer justicia, en parte por buen corazón, pero más que nada porque le encanta vestirse de Zorro y correr aventuras de capa y espada. No menciono pistolas porque pronto abandonó su uso; considera que las armas de fuego, además de ser imprecisas, no son dignas de un valiente. Para batirse sólo necesita a Justina, la espada a la que ama como a una novia. Ya no tiene edad para esas chiquilladas, pero por lo visto mi amigo nunca sentará cabeza.

Supongo que deseáis saber de otros personajes de esta historia, a nadie le gusta quedarse con interrogantes después de haber leído tantas páginas, ¿verdad? No hay nada tan insatisfactorio como un final con cabos sueltos, esa tendencia moderna de dejar los libros por la mitad. Nuria tiene la cabeza blanca, se ha reducido al tamaño de un enano y respira con mucho ruido, como los leones marinos, pero está sana. No piensa morirse, dice que tendremos que matarla a palos. Hace poco nos tocó enterrar a Toypurnia, con quien tuve una excelente amistad. No volvió a vivir entre los blancos, se quedó con su tribu, pero a veces visitaba a su marido en la hacienda. Eran buenos amigos. Nueve años antes habíamos enterrado a Alejandro de la Vega y al padre Mendoza, fallecidos durante la epidemia de influenza. La salud de don Alejandro nunca se repuso completamente de la experiencia en El Diablo, pero hasta el último día de su vida manejó su hacienda a caballo. Era un verdadero patriarca, ya no quedan hombres como él.

El correo de los indios repartió la noticia de que el padre Mendoza se estaba muriendo y llegaron tribus completas a despedirlo. Vinieron de Alta y Baja California, de Arizona y Colorado, chumash, shoshone y muchos otros. Durante días y noches danzaron, salmodiando cánticos funerarios, y antes de irse colocaron en su tumba regalos de conchas, plumas y huesos. Los más ancianos repetían la leyenda de las perlas, de cómo el misionero las encontró un día en la playa, traídas por los delfines desde el fondo del mar para socorrer a los indios.

De Juliana y Laffite, podréis enteraros por otros medios, ya que no me cabe más en estas páginas. Se ha escrito en los periódicos sobre el corsario, aunque su destino actual es un misterio. Desapareció después que los americanos, a quienes él había defendido en más de una batalla, arrasaron con su imperio en Grande Isle. Puedo deciros solamente que Juliana, convertida en una robusta matrona, ha tenido la originalidad de permanecer enamorada de su marido. Jean Laffite se cambió el nombre, se compró un rancho en Texas y posa de hombre respetable, aunque en el fondo siempre será un bandido, con el favor de Dios. La pareja tiene ocho hijos y he perdido la cuenta de los nietos.

De Rafael Moncada prefiero no hablar, ese bellaco jamás nos dejará en paz, pero a Carlos Alcázar lo despacharon a tiros en una taberna de San Diego, poco después de la primera intervención del Zorro. No encontraron a los culpables, pero se dijo que fueron matones a sueldo. ¿Quién los contrató? Me gustaría deciros que fue Moncada, al enterarse de que su socio lo había engañado con las perlas, pero sería un truco literario para redondear esta historia, porque Moncada estaba de regreso en España cuando balearon a Alcázar. Su muerte, muy merecida, por cierto, dejó el camino libre a Diego de la Vega para cortejar a Lolita, a quien debió confesarle la identidad del Zorro antes de ser aceptado. Estuvieron casados sólo un par de años, porque ella se desnucó cayéndose del caballo. Mala suerte. Años después Diego se casó con otra joven, de nombre Esperanza, quien también murió trágicamente, pero su historia no cabe en este relato.

Si me vierais, amigos, creo que me reconoceríais, ya que no he cambiado mucho. Las mujeres bellas se afean con la edad. Las mujeres como yo envejecen no más, y algunas hasta mejoran de aspecto. Yo me he suavizado con los años. Mi cabello está salpicado de gris, y no se me ha caído, como al Zorro; todavía alcanza para dos cabezas. Tengo algunas arrugas, que me dan carácter, me quedan casi todos los dientes, sigo siendo fuerte, huesuda y bizca. No me veo mal para mis años bien vividos. Eso sí, luzco varias orgullosas cicatrices de sable y de bala, obtenidas ayudando al Zorro en sus misiones de justicia.

Me preguntaréis, sin duda, si continúo enamorada de él, y tendré que confesar que sí, pero no sufro por eso. Recuerdo cuando lo vi por primera vez, él tenía quince años y yo once, éramos un par de mocosos. Yo llevaba un vestido amarillo, que me daba aspecto de canario mojado. Me enamoré de él entonces y ha sido mi único amor, excepto por un breve período en que me encapriché con el corsario Jean Laffite, pero me lo arrebató mi hermana, como sabéis. Eso no significa que yo sea virgen, ni pensarlo; no me han faltado amantes de buena voluntad, unos mejores que otros, pero ninguno memorable. Por fortuna no me enamoré del Zorro locamente, como le ocurre a la mayoría de las mujeres al conocerlo; siempre he mantenido la cabeza fría con respecto a él. Me di cuenta a tiempo de que nuestro héroe sólo es capaz de amar a aquellas que no le corresponden, y decidí ser una de ellas. Ha pretendido casarse conmigo cada vez que le falla una de sus novias o se queda viudo —eso ha ocurrido un par de veces—, y me he negado. Tal vez por eso sueña conmigo cuando come pesado. Si yo lo aceptara como marido, muy pronto se sentiría atrapado y yo tendría que morirme para dejarle libre, como hicieron sus dos esposas. Prefiero esperar nuestra vejez con paciencia de beduino. Sé que estaremos juntos cuando él sea un anciano de piernas enclenques y mala cabeza, cuando otros zorros más jóvenes le hayan reemplazado, y en el caso improbable de que alguna dama le abriera su balcón y él no fuera capaz de treparlo. ¡Entonces me vengaré de las penurias que el Zorro me ha hecho pasar!

Y con esto concluye mi narración, queridos lectores. Prometí contaros los orígenes de la leyenda y he cumplido, ahora puedo dedicarme a mis propios asuntos. El Zorro me tiene harta, y creo que ha llegado el momento de ponerle punto final.